死了兩次的男人

週四謀殺俱樂部 II

The Man Who Died Twice

理察・歐斯曼
Richard Osman

鄭煥昇 譯

主要人物

伊莉莎白・貝斯特

週四謀殺俱樂部的靈魂人物，閱歷豐富的退役英國特務，各方面的知識與能力令人目不暇給，還有軍情五處幹員的經驗和智謀。有個失智的丈夫叫史提芬。

喬伊絲・米德寇弗

與伊莉莎白個性互補，不如伊莉莎白鋒頭之健，但亦不容小覷，有寫日記的習慣。曾是護理師，專長是烤蛋糕、讓人卸下心防。去世的丈夫叫傑瑞，有個白領女強人女兒喬安娜。

伊博辛・阿里夫

前心理醫師，喜歡數學，屬於學究性格，敏感纖細，喜愛各種冷僻小知識。至今未娶。

朗恩・李奇

前英國工運領袖，身上有刺青，算是衝組，有個當過拳王跟電視名人的明星兒子傑森。

潘妮・葛雷

週四謀殺俱樂部的已故前成員，原是刑警，喬伊絲的加入就是替補潘妮的位子。

克里斯・哈德森

唐娜的搭檔兼上司。費爾黑文警局探長，年逾五十仍未婚，生活曾經相當頹廢。

唐娜・德・費雷塔斯

從倫敦大都會警局調任到鄉下的黑人女警員，是克里斯搭檔，積極婚活中。母親是派翠絲。

波格丹・楊科夫斯基

波蘭移民，負責安養社區的一項新建設案，英文不太好，但體格壯碩、冷靜幹練，史提芬的西洋棋友，跟伊莉莎白有某種程度的合作。

給露比與桑尼——
我既驕傲又幸運能成為你們的父親

希薇亞．芬奇不確定自己還能這樣下去多久。

一步緊接著一步，她的麂皮鞋子在秋日的水窪中沾深了顏色。

大限將至的氣息瀰漫在她的四周，宛若一層薄霧。她的頭髮裡有之，衣裳裡有之。但凡她經過之處，沒人看不出來吧？

她能有朝一日擺脫這一切嗎？希薇亞希望可以，但也希望不要……

上一次有真正的好事發生，是多久以前了？那種真正給了她些許希望的好事？

希薇亞輸入了門禁的密碼，陽光則於此時穿透了雲層。

她就這樣進了門去。

第一部

你那些朋友，絕對會過來看你

第一章

又一個新的星期四……

「我那天跟魯斯金苑的一個女人聊天，她說她在減肥，」喬伊絲說著乾掉了杯裡的葡萄酒。「她都八十有二了！」

「助行器顯胖，」朗恩表示。「問題出在那四支細細的腳。」

「八十二了還減個鳥肥啊？」喬伊絲說。「英式香腸捲還能把你怎麼著？要你老命嗎？先去排個隊好吧。」

週四謀殺俱樂部剛結束了新一次的例會。這禮拜他們討論的懸案主角是黑斯汀斯一間書報攤的老闆，他持十字弓殺死了一個私闖店內的傢伙。老闆遭到了逮捕，但媒體後來摻和了進來，輿論的共識是：拜託，用十字弓保護自家店面是基本人權吧。於是他頭抬得老高，獲得了無罪釋放。

事隔一個月，警方發現這名入侵者在跟書報攤老闆的青春期女兒談戀愛，而老闆自身有一長串重傷害的前科，但此時大家早就將這事拋諸腦後，去忙別的了。畢竟那年是一九七五，沒有閉路電視，也沒有人想沒事找事。

「你們覺得養狗會讓人感覺有個伴嗎？」喬伊絲問道。「我在想自己是要養狗還是來玩１Ｇ。」

「我個人會建議不要養狗。」伊博辛說。

「噢，可你這人有不反對的事嗎？」朗恩說。

「那倒也是，一些小例外不算的話。」伊博辛說。

「當然不是大狗啦，」喬伊絲說。「我沒那麼大台的吸塵器給大狗用。」

喬伊絲、朗恩、伊博辛跟伊莉莎白正在座落於古柏切斯社區中心的餐廳享用午餐。他們的桌上擺著一瓶紅酒跟一瓶白酒。此時大約再一刻鐘[1]，就要十二點了。

「但不要養小狗喔，喬伊絲，」朗恩說。「小狗就像小人：總是想要證明點什麼。叫起來沒完，還會狗吠汽車。」

喬伊絲點起了頭。「那也許養隻中型犬……嗎？伊莉莎白？」

「嗯嗯，好主意，」伊莉莎白答道，只不過她其實並沒有專心在聽。畢竟她才剛收到那樣一封信，怎麼專心得起來？

但要抓住重點還是可以的，這點不在話下。伊莉莎白的警覺從來不曾鬆懈，因為你永遠不知道什麼東西會從天而降，掉進你的懷裡。這些年下來，她聽遍了各種東西：柏林酒吧內某段對話的吉光片羽，的黎波里[2]一名上岸休假但口風不太緊的俄羅斯水兵。而此時在肯特郡這處令人昏昏欲睡的養老院裡，週四的午餐時光中，喬伊絲好像想養條狗。他們幾人就狗的大小進行了一番探討，而伊博辛似乎抱持著某些疑慮。惟伊莉莎白的心思並不在餐廳裡。

---

1 十五分鐘。

2 利比亞首都，為一軍港。

將那封信滑進伊莉莎白門縫的，是一隻看不見的手。

親愛的伊莉莎白，

我在想妳還記不記得我？難保妳不會已經忘了，但還真不是我要老王賣瓜，我想妳應該還記得才是。

人生的神奇又再一次得到了證明，因為我這禮拜剛搬進來，就發現我們竟成了鄰居。我身邊真是一堆神人！但妳一定在想，這個年頭，他們怎麼什麼不入流的老不修都收。

我知道我們真的是久違了，但我想事隔這麼多年，敘敘舊也是美事一樁吧。妳願意賞個光，來魯斯金苑十四號小酌嗎？就當是簡單慶祝一下我喬遷？要是願意的話，明天下午三點妳方便嗎？回覆就不用了，無論如何我都會備酒以候。能再見到妳就太好了。我們有太多的空白需要補上。物換星移，人事已非的東西太多了。

衷心希望妳還記得我，也誠摯期待明天能見到妳。

妳的老朋友，

馬可斯・卡邁克

伊莉莎白自此就一直在琢磨這事兒。

她跟馬可斯・卡邁克上一次見面，應該是一九八一年十一月底的事了吧。在蘭貝斯橋畔的那一夜很黑，很冷，橋下是退潮的泰晤士河，在冰冷空氣中結成白霧的，是她的呼吸。當時的他們是一個團隊，隊上個個都是專家，而伊莉莎白是帶頭老大。他們乘著一台福特全順廂型車[3]來到現場，那車外表破舊，看上去是家叫「吉・普拉克特──洗窗戶、清水溝、各種疑難雜症」的公司所有，但別有洞天的車內卻閃閃發光，塞滿了螢幕跟按鈕。一名年輕警員在河的前灘圍出了一個區塊，阿爾伯特堤防的人行道也暫不對外開放。

伊莉莎白跟她的團隊爬下一道石階，上頭有足以致命的濕滑苔蘚。退潮留下的是一具遺體，幾乎呈坐姿，挺靠在橋底最近的石墩旁。一切都布置得毫無破綻，完全符合伊莉莎白的安排。她的一名隊員檢查了死者的穿著，翻找了他厚重大衣的口袋，一名出身海格特[4]的年輕女性拍了照，醫師則進行了死亡的記錄。很顯然這人是在較上游處跳進了泰晤士河，或是被推了下去。這就要交由法醫判斷了。這一切都會有人用打字機打成報告，伊莉莎白只要在最下面把名字的英文縮寫簽上去，清爽又整齊。

用軍用擔架把死者扛上這些濕滑的階梯，耗了些時間。被叫來幫忙的年輕警員在興高采烈之餘，跌斷了一邊腳踝，而這一跤摔得正是時候。他們解釋了他們沒辦法立刻呼叫救護車過來，而單純的他也不疑有他地接受了。他在幾個月後獲得了破格升遷，所以此舉沒留下什麼後遺症。

她的小隊最終上到了堤防，死者遺體則被送上了白色的全順廂型車。果真專治「各種疑

---

3 Ford Transit，在英國是最暢銷而常見的商用車。

4 Highgate，北倫敦的高級住宅區。

難雜症」。

小隊就此解散，只留下伊莉莎白偕同一名醫師，隨車把屍體送到了漢普郡的殯儀館。她之前不曾與這名醫師合作過——此人身形魁梧、生得一張紅臉、嘴上有深色鬍鬚正在慢慢變灰——但他不失風趣，是個會讓你記住的人。醫師後來睡著了，但在那之前兩人從安樂死聊到了板球。

伊博辛拿著酒杯發表起高見。「我恐怕得從根本上反對起養狗這件事情，喬伊絲，不論那狗是小、中，或大。畢竟妳都這把年紀了。」

「來了來了，他要開始了。」朗恩說。

「一隻中型犬，」伊博辛說，「比方說㹴犬，比方說傑克羅素㹴，牠們的平均壽命大概是十四年。」

「誰說的？」朗恩問起。

「畜犬俱樂部[5]說的，還是你想去找他們理論，朗恩。你要去找他們理論嗎？」

「不想，你說了算。」

「是說，喬伊絲，」伊博辛言歸正傳，「妳今年七十有七了吧？」

喬伊絲點了頭，「明年七十八。」

「嗯，那是理所當然的，沒錯，」伊博辛對此並無異議。

「所以，以七十七歲的年齡，我們不得不考慮一下妳接下來的人生。」

「喔，當然！」喬伊絲說。「這種事情我愛。我有次在碼頭上給人算過塔羅牌。她說我會繼承一筆錢。」

「尤其是我們得考慮到妳的預期餘命長於中型犬預期餘命的機率。」

「大哥，你這樣的人竟然會一輩子孤家寡人，還真是讓人百思不得其解啊，」朗恩邊對伊博辛說，邊從桌上的保冷袋中取出了一瓶白酒。「承您字字珠璣，有人想把酒杯滿上嗎？我來服務大家。」

「勞煩你了，朗恩，」喬伊絲說。「有多滿倒多滿吧，省得還得再來一次。」

伊博辛還不肯罷休。「一名七十七歲的女性有百分之五十一的機率再活十五年。」

「那可真令人開心，」喬伊絲說。「是說，我沒繼承到錢。」

「所以如果妳現在開始養狗，喬伊絲，妳能活得比牠久嗎？這才是問題所在。」

「我光靠純粹的恨意就可以活得比狗狗長，」朗恩說。「我們會坐在房間裡各據一角互瞪，看誰先嗝屁。我肯定不會輸。這跟一九七八年我們同英國利蘭汽車進行勞資談判是同一種事。那幫傢伙一有人忍不住去上廁所，我就知道搞定他們了。」朗恩又是一仰頭乾了些酒。「先去上廁所是大忌。必要的時候該綁的就得綁一綁。」

「說正經的，喬伊絲，」伊博辛說。「妳也許還有十五年可活，也許沒有。百分之五十一，那就是丟銅板一翻兩瞪眼，我是覺得妳不值得去冒這險。人萬不可死得比自己的狗早。」

「而這話是古埃及的俗諺，還是老心理醫師的名言？」喬伊絲有此一問。「抑或是你剛剛編的？」

---

5 Kennel Club，英國最具權威的畜犬俱樂部，業務範圍涵蓋與犬隻相關的各種認證與活動，為全球範圍內歷史最悠久的同類機構。

伊博辛再次把手上的酒杯朝喬伊絲點了一下，要她準備迎接更多的智慧之言。「人自不可活得比孩子長，因為你已經教會他們怎麼不靠你活下去。但狗狗則另當別論。你只教過牠在你身邊過活。」

「嗯，這些話還真是發人深省啊，伊博辛，謝了，」喬伊絲說。「但是不是冷血了點啊。妳覺得呢，伊莉莎白？」

伊莉莎白的耳朵聽見了，但她的心思仍沒有離開超速行駛的全順廂型車，也沒有離開那具遺體與嘴唇上留著鬍鬚的醫師。那樣的場面在伊莉莎白生涯中並非僅見，但仍稀罕到足以讓人記憶猶新——但凡任何當年就認識馬可斯．卡邁克的人，就會對這一點了然於胸。

「想破解伊博辛的理論，」伊莉莎白說，「就直接養條已經老邁的狗狗。」

而事隔多年，卡邁克再度現蹤。他圖什麼？友善的寒暄？在溫暖舒適的壁爐邊敘舊？誰知道呢？

送帳單到桌邊的是服務生裡的一名新成員，前臂上有著一朵雛菊刺青的她名叫帕琵。帕琵加入餐廳已經快兩星期了，但迄今的口碑並不是太好。

「妳這是十二號桌的，帕琵，」朗恩說。帕琵點起頭來。「喔，對耶，那是……我要笨了……這裡是幾桌？」

「十五，」朗恩說。「妳看蠟燭上那大大的數字十五就知道了。」

「抱歉，」帕琵說。「要記住餐點、還要端菜，然後又是桌號，實在太難了。但我會慢慢上手的。」語畢她往廚房走了回去。

「她有服務的心，」伊博辛說，「但實在不是外場的料。」

「她的指甲很可愛就是了，」喬伊絲說，「沒得挑剔。沒得挑剔，妳說是不是，伊莉莎白？」

伊莉莎白點了頭，「沒得挑剔。」對這位不知道從哪裡冒出來、美甲與糊塗令人印象深刻的帕琵，伊莉莎白留意到的地方可不僅於此。但她此刻有別的心事，帕琵之謎可以改日再議，不急於一時。

她在腦中反覆琢磨著來信中的一字一句。我在想妳還記不記得我？物換星移，人事已非的東西太多了……

伊莉莎白記得馬可斯・卡邁克嗎？這是哪門子荒謬的問題。她可是在泰晤士河退潮時的一座橋下，看到了馬可斯・卡邁克癱坐在河畔的屍體。她在深夜裡幫著把那具屍體抬上了濕滑的台階。她坐在打著洗窗廣告的白色全順廂型車中，距離屍體只有咫尺的距離。她把他的死訊告知了他年輕的遺孀，她甚至出席了他的喪禮，站在了他的墳墓旁，只為致上該有的敬意。

所以，是的，伊莉莎白對馬可斯・卡邁克記得一清二楚。不過此時應該先專注在房間裡的事物。凡事總得按部就班，一樣一樣來。

伊莉莎白把手伸向了白酒。「伊博辛，並非每件事都是數學。朗恩，你會比狗狗早走很多，男性的平均壽命遠不如女性，你的家庭醫師提過關於血糖的那些事情，你心裡有數。還有喬伊絲，我們都知道妳早就下定了決心。妳會成為一隻搜救犬的主人，牠此刻會在某個角落坐著，孑然一身張著大眼，只等妳的出現。妳將毫無抵抗力，更何況我們全體的生活也會增加不少樂趣，所以連再往下討論都不必了。」

一切交代完畢。

「那ＩＧ呢？」喬伊絲說。

「我連ＩＧ是什麼都沒概念，所以妳自便吧。」伊莉莎白語畢將酒一飲而盡。

至於來自死人的邀請？經過一番思慮，她將應邀去一探究竟。

第二章

「前幾天晚上，我們在看《環英古董行》[6]，」克里斯・哈德森探長邊說邊用手指在方向盤上敲起鼓點，「然後這個女人出現在畫面上，秀出了一些老水壺，結果妳媽挨到我身邊說——」唐娜・德・費雷塔斯警員一頭重重地撞在儀表板上。「長官，算我求你，真心誠意地求你了。可不可以不要聊我媽，十分鐘就好。」

理論上，克里斯・哈德森是她的指導者，應該要手把手地帶著她擠進刑事組的窄門，但這一點你從他們相處時的沒大沒小真的看不出來，但那種隨便其實代表著兩人的友誼，兩人從初次見面就開花結果的友誼。

不久前，唐娜才給身為她上司的克里斯介紹認識了她的母親派翠絲。她私以為兩人會合得來。而事實證明這兩人合得有點讓她看不下去。

跟克里斯・哈德森搭檔盯梢曾經十分有趣。他們會配著洋芋片、猜著謎，聊著剛來費爾黑文警局報到的新任警佐八卦，包括他是如何不小心把自己的屌照發給在地的一家店老闆，只因為對方請他就鐵柵門的安裝給予一些建議。

他們會一起吃、一起笑、一起讓世界恢復該有的面貌。

但如今呢？深秋夜裡坐在克里斯的福特Focus車上，一起緊盯著康妮・強森的車庫，又

6 Antiques Roadshow，英國的老牌巡迴古董鑑價節目。

是一幅什麼光景呢？現在的克里斯有一個特百惠收納盒，裡頭滿滿裝著橄欖、胡蘿蔔棒跟鷹嘴豆泥。買下這食物收納盒的，是她媽；手作這些鷹嘴豆泥的，是她媽；切出那一條條胡蘿蔔棒的，還是她媽。聽到唐娜提議買條奇巧巧克力棒，他的反應是瞪著她說出三個字：「空熱量」。

康妮．強森是他們在地的友善好毒販。嗯，康妮這年頭已經慢慢轉型為毒品的大盤商。在地的毒品交易原本有些年都控制在來自聖倫納茲的安東尼奧兄弟手裡，但這兩人已經大約一年不見蹤影，於是康妮便趁虛崛起。她只是單純的毒品大盤商、抑或也是個殺人犯，這只能打上問號，但不論真相為何，康妮都值得他們一整週坐在福特Focus裡，拿雙筒望遠鏡對準費爾黑文的一處車庫。

克里斯減了點肥、剪了個像樣的髮型，腳踩著一雙適合他年紀的運動鞋——一切都遵照唐娜的指示。唐娜曾經用書中所寫的一切去鼓勵他、說服他、慫恿他好好照顧自己，但事實證明一路以來，他真正唯一需要的改變動機就是開始跟她媽發展性生活。人真不要沒事亂許願。

唐娜讓自己陷入了座位裡，鼓起了雙頰。此刻她可以為了一條奇巧巧克力殺人。

「別氣了，別氣了，」克里斯說。「OK，我用我的小眼睛，瞄到了一樣y字母開頭的東西[7]。」

唐娜望出車窗外。遠遠地在下方她看到一整排車庫，其中一間就屬於康妮．強森，費爾黑文新任的毒品大哥大，還是該說大姊大？車庫再過去是海，是墨黑的英吉利海峽，月光映照出了溫和的波浪。海平面上有一道光，遠在海的另一頭。

「遊艇（yacht為y開頭）？」唐娜說。

「不是，」克里斯搖頭說道。

唐娜伸了個懶腰，回頭望向了那成排的車庫。一個身著帽T並蓋住頭部的身影騎著BMX[8]自行車，來到了康妮的車庫前面，用力敲起了門。他們從山丘上都能聽得到微弱的金屬撞擊聲。

「腳踏車上的少年（youth為y開頭）？」唐娜又問。

「不是，」克里斯說。

唐娜看著門被打開，少年走了進去。這已經是日復一日，從早到晚都在發生的事情。運毒的車手進進出出，他們帶著古柯鹼、搖頭丸、大麻膏出去，然後帶著現金回來覆命，動線川流不息。唐娜知道他們當下就可以抄了這個據點，搜出不能算少的一批毒品，抓到桌前一名百無聊賴的中間人，還有跨在腳踏車上的一名少年。但他們的團隊很沉得住氣，只是用照片記錄下是哪些人在進進出出，透過跟蹤看他們都去了哪些地方，以求能完整拼湊出康妮·強森做的是什麼勾當。因為只有蒐集到足夠的證據，才能將整個販毒生意一網打盡。運氣好一點等時機成熟，警方會發動一系列的拂曉攻堅。運氣再好一點，他們會獲得戰術支援大隊帶著氣動破門錘前來支援，撞倒幾扇門，並且其中一名戰術支援的警官還剛好名草無主。

「黃夾克？（yellow jacket為y開頭）」唐娜一邊說，一邊看著一名女子沿著大路朝停車

---

7 I spy, with my little eye...，克里斯改編了英文童謠，意思是要對方猜猜他看到什麼。

8 極限運動用的自行車品牌。

場走來。

「不是，」克里斯說。

大獎是康妮．強森本人。而那也是她跟克里斯守在那裡的原因。要是康妮真的把兩名對手殺了、並且全身而退呢？

偶爾在年輕人的腳踏車大軍中，他們會看到幾個比較熟悉的臉孔。他們是費爾黑文販毒圈的資深成員。每個人的名字都被記了下來。就算康妮手上真的沾過安東尼奧兄弟的血，她也不可能親自動手。她不是笨蛋。事實上她發現自己被監視，也是遲早的事。到時候事情就會變得比較低調，變得更難追蹤。所以他們得趁那之前盡可能把證據的行列排長一點。

唐娜在座位上跳了起來，因為有人「叩叩叩」的用指節敲上了她身側的車窗。她轉身看到了黃色夾克，穿在剛剛沿大路走過來的女人身上。一張熟悉的臉孔出現在車窗外，兩杯咖啡就掌在這位不速之客的手上。唐娜被赫然出現的金髮與一抹紅唇嚇了一跳。然後她搖下了車窗。

那名女人蹲低了身體，露出了笑容。「這個嘛，我們還沒有正式認識過，但我想兩位應該是唐娜跟克里斯吧。我從出租車庫那兒給你們買了咖啡過來。」

她說著遞過了咖啡，面面相覷的唐娜與克里斯只得將之收下。

「敝姓強森，康妮．強森，但我想這你們早就知道了吧，」女人說道。她拍了拍夾克口袋。「我還買了香腸捲，兩位有興趣嚐嚐嗎？」

「不了，謝謝妳，」克里斯說。

「好啊，我來點，」唐娜說。

康妮把裝著香腸捲的紙袋交給了唐娜。「我恐怕沒有給躲在垃圾桶後面的女警準備什麼，辛苦她拍了那麼多照片。」

「她反正吃全素。」唐娜說。「來自布萊頓。」

「總之，我只是想自我介紹一下。」康妮說。「隨時想逮捕我就請自便。」

「我們會的。」克里斯說。

「妳的眼影是哪一家的？」康妮問起唐娜。

「派特・麥葛拉斯[9]，標準金色，」唐娜回答。

「很艷，」康妮說。「總之，今天的生意已經告一段落，你們想回家可以回家了。反正你們這兩個星期也沒看到任何我不想讓你們看到的東西。」

克里斯啜飲了手中的咖啡。「這真的是出租車庫業者賣的咖啡嗎？很好喝耶。」

「他們換了新的咖啡機，」康妮說。她摸進了自己的祕密口袋，取出了一只信封交給唐娜。「這些是要給你們的。裡面有你們倆的照片，還有每一位你們在這一帶爬來爬去的警官照片。拍照可不是警察的專利。我賭你們都沒感覺身邊有攝影師，對吧？他們可是還一路跟著你們一些同仁回家呢。他們前幾天才拍了一張妳去約會的美照，唐娜。我只能說妳值得更好的，個人淺見。」

「沒錯，」唐娜說。

「我這就不打擾你們了，不過很高興能夠終於當面跟你們問聲好。我超想認識你們已經

---

9 Pat McGrath，蜜斯佛陀首席化妝師的同名美妝品牌。

好久了。」康妮給了他們一個飛吻。「保持聯絡喔。」

康妮站直了身體，步離了福特Focus。一輛Range Rover休旅車從他們後方出現。車門一開，康妮鑽進了乘客的座位，車子就此揚長而去。

「哇咧，」克里斯說。

「哇咧，」唐娜附議。「這下子怎麼辦？」

克里斯聳了聳肩。

「這計畫太妙了，老闆，」唐娜說。「你用小眼睛看到的究竟是什麼？你說那樣名字是y開頭的東西？」

克里斯轉動鑰匙發動了車輛，繫上了安全帶。「答案是妳母親美麗的臉龐[10]。我一閉上眼睛就會看見。」

「喔，天啊，」唐娜說。「我要請調了啦。」

「好主意，」克里斯說，「但先跟我一起抓到康妮·強森再調，好嗎？」

第三章

喬伊絲

我確實希望有什麼讓人亢奮的事情能再發生。什麼都好。

也許是一場沒有人傷亡的火災？只要有火舌跟消防車就好。我們可以一起站著圍觀，帶著扁扁的鐵酒壺，朗恩可以拉高嗓門對打火弟兄下指導棋。又或者是一場風流韻事，那也會很好玩。當事人能是我那最好，但我並不貪心，我只要求事情有多少帶有一點不倫感，像是年齡差距，或是有其中一方需要接受緊急的髖關節置換手術。又或許是一場同性的戀愛？我們在古柏切斯已經好久沒這種事了，所以我想大家應該都會樂見。也許誰的孫兒可以去蹲個苦牢？或是一場不影響到我們的水災？你應該懂我指的是什麼事情。

一想到最近有多少這裡的居民過世，你就很難無動於衷地回到園藝中心當個綠手指，或是照舊看著重播的《塔格特探案》[11]，雖然我真的很愛這部戲就是了。

還在當護士的時候，病人死掉是家常便飯。他們會從左邊、右邊到中間，輪流像氣球一樣破掉。別誤會，我誰也沒有殺，只不過要殺也不難，至少比醫生殺人簡單。他們曾經盯醫

10 Your mother's beautiful face，也是y開頭。

11 Taggart，從一九八三到二〇一〇年播出的蘇格蘭刑偵劇。

生盯得很緊。這年頭他們恐怕多半對任何人都不會鬆懈，但我在想要是心血來潮，你還是做得到的。

伊博辛不贊成我養狗，但我確信我可以改變他的想法。沒兩下子他就會狗狗東、狗狗西了。此外你不用懷疑，他一定會第一個搶著去遛狗。我真希望自己三十年前能染指伊博辛。

過了郡界進入薩塞克斯不久，就有一家動物救援中心，他們那兒的動物各式各樣。常見的貓狗當然有，同時也不乏驢子、兔子跟天竺鼠。之前我沒想到天竺鼠也需要救援，但顯然牠們真的需要。沒有誰不會偶爾需要人救，天竺鼠當然也不應該例外。牠們在秘魯是一種食材，你知道嗎？前幾天的《廚神當道》有演，不過他們只是提到這件事，沒有真的在節目上大啖鼠肉。

很多獲救的狗狗來自羅馬尼亞；中心把牠們救下然後運到英國。我不清楚他們用什麼辦法把狗運過來，那是我會想問的問題。我不覺得他們會弄架飛機上面裝滿狗狗。偌大的廂型車？反正他們屆時自有辦法。朗恩說這些狗吠起來會有外國口音，不過朗恩的話聽聽就好。

我們瀏覽了救援中心的網站，而你真應該看看那些狗狗，不騙你。我看上了一隻名叫艾倫的公狗。「品種不確定的㹴犬」，牠的簡介是這麼說的。我一看到這句話就心想，我跟你一樣。艾倫六歲大，而中心說狗狗的名字改不得，因為牠們已經習慣了，但不論受到什麼樣的壓力，我也不會叫一隻狗艾倫。

也許我可以說服伊博辛下週開車帶我過去。他最近一整個迷上開車。明天他甚至要開車到費爾黑文。自從到處有人被殺之後，他真的宛若破繭而出，開著車一會兒東，一會兒西，到處跑來跑去，簡直就當自己是莫瑞．沃克[12]似的。

我還在納悶午餐時的伊莉莎白為什麼魂不守舍，有在聽但又沒有認真聽。也許是史提芬怎麼了？你沒忘記吧？史提芬是她先生。又或者她還沒放下潘妮？無論如何，她心裡有事是確定的，而她於午餐離席則是有目標在身。伊莉莎白鎖定了誰，誰就要倒楣了。你只能衷心希望被鎖定的不是自己。

我還開始打起毛線了。我知道，很誇張吧？

我在「打毛線聊是非」[13]跟迪爾德麗聊了起來。她的法國老公不久前剛去世——我想是摔下梯子死的吧，但也有可能是癌症，我記不清。迪爾德麗一直有在織慈善義賣用的友誼手環，而她也把織圖分享給了我。你可以用不同顏色織給不同的人，收到的人可以隨喜贊助，然後所有善款都會捐給慈善機構。我的手環還有亮片點綴。織圖沒有叫人加上亮片，只是我抽屜裡有一些放了幾百年的存貨。

我做了一條紅白藍的手環給伊莉莎白。那是我的天字第一號作品，感覺還有些不修邊幅，但她一點也沒有嫌棄。我問她想把善款捐給哪個慈善機構，她說是「與失智症共存」[14]，而這也就是我們以史提芬為話題的極限了。只不過，我也不覺得伊莉莎白能繼續一個人堅守著他多久了；失智症就像一只摧枯拉朽、森林也擋不住的鐵犁，不退只進。真是苦了伊莉莎白。當然啦，也苦了史提芬。

---

12 Murray Walker，1923-2021，英國一級方程式賽車的知名賽評。

13 Knit & Natter，英國的毛線同好社團。

14 英文名稱為 Living with Dementia。

我也替波格丹做了一條友誼手環，配色是黃跟藍，因為我誤以為那是波蘭國旗的顏色。但照波格丹的說法，波蘭國旗是紅色跟白色，而波蘭出身的他既然這麼說，應該是沒錯了。他認為我應該是想成了瑞典國旗，也或許真的是那樣吧。傑瑞要是還在便會糾正我。他是個好丈夫，好丈夫都認識各國的國旗。

前兩天我看到波格丹戴著我給他的友誼手環，當時他正要去古柏切斯山頂的工地上工。他微微向我揮了揮手，手腕上的手環清晰可見，就繞在他那天曉得是在刺什麼的刺青上。我知道自己很蠢很天真，但我就是止不住一臉的笑意。手環的亮片在陽光下閃閃發光，就跟我一樣。

伊莉莎白還沒把她的手環戴上，但我真心不怪她。話說我的技術有在慢慢進步了，何況伊莉莎白跟我也早不是那種需要手環去證明什麼的朋友了。

昨晚我夢到傑瑞與我新婚時的房子。我們打開了當中的一扇門，門後是我們從來沒見過的一個新房間，而我們對該如何利用它滿懷著各種構想。

我不確定夢中的傑瑞幾歲，但我就是現在的我。兩個現實中無法相見的人，在夢裡碰觸、說笑、計畫。這裡一盆植栽，那裡一面咖啡桌。它們的本質是愛。

醒來的我意識到傑瑞已經不在，又心碎了一遍，我哭得一把鼻涕、一把眼淚。我在想若你聽得到這個地方早上所有的淚滴，那會聽起來就像鳥兒的合鳴。

第四章

又是一個燦爛的秋日，但微微刺骨的空氣在告訴你這樣的日子所剩無多。冬季已經不耐煩地在轉角等候。

此時是下午三點，伊莉莎白手拿著的花是要送給馬可斯．卡邁克。那個死人。那具溺斃的遺體，突然不知怎地活了過來，還住進了魯斯金苑十四號。這個曾在她眼前被垂降進漢普郡某教堂墓園裡一塊墳地中的男人，如今正在一邊開箱行李、一邊手忙腳亂地想連上他的新Wi-Fi。

她步行經過了柳樹園，也就是位在古柏切斯中心的療養院。以前潘妮還住在這裡的時候，這裡是伊莉莎白天天來報到的地方。她會坐在潘妮身邊，跟這位老朋友聊天，時而謀劃，時而八卦，也不知道昏憒的潘妮究竟聽不聽得到。

當然，潘妮已經不在了。

夜晚已經開始慢慢變長，夕陽開始在丘頂的林木後落下。就在此時，伊莉莎白來到了魯斯金苑，按響了十四號的門鈴。沒有反應。靜待片刻的同時，她內心波濤洶湧。

古柏切斯的每一棟建物裡都有電梯，但伊莉莎白堅持在還做得到的時候自己走樓梯。走樓梯有益於髖部與膝蓋的靈活性。再者，電梯門打開的瞬間是殺人的良機，因為你沒有地方逃，沒有地方躲，同時還有「噹」的一聲宣告你要來了。當然她並不擔心自己會被殺，至少她並不覺得這件事是設計來殺她，但怎麼做最好總是要記住的。伊莉莎白從來沒有在電梯裡殺過人。她看過某人被推下德國埃森一處空空如也的電梯井，但那又是另外一碼子事了。

她在樓梯頂端左轉彎，把花換到左手，敲起了十四號的門。來應門的會是誰呢？這是在演哪一齣呢？她該不該擔心呢？

門一開，她看到一張熟悉的臉。

門後的人不是馬可斯．卡邁克，本來嘛，怎麼可能呢？但那個人確實會知道馬可斯．卡邁克這名字，而且知道這名字可以吸引到她的注意力。

而事實證明，沒錯，她應該要擔心。

這人英俊而曬得黝黑，一根根摻著金黃的灰髮仍頑強地巴在頭上。她早就料到他的頭永遠不會禿。

這傢伙該怎麼應付呢？

「馬可斯．卡邁克，沒錯吧？」伊莉莎白說。

「嗯，我想是吧。」那男人說。「很高興見到妳，伊莉莎白。花是給我的嗎？」

「不是，我只是喜歡帶著花到處跑來裝模作樣，」伊莉莎白說著把花遞給了在引路的男人。

「當然，當然，不過還是讓我裝個水瓶插著吧。進來，請坐，別見外。」說著他消失在了廚房裡。

伊莉莎白打量起這層公寓：誠可謂家徒四壁，沒有照片、沒有飾物，沒有一樣可觀的多餘之物。沒有一絲誰「住進來了」的痕跡。兩張簡直可以丟進垃圾車的扶手椅，地板上的一落書，還有一盞閱讀燈。

「我喜歡你的裝潢，」伊莉莎白朝著廚房的方向說道。

「不是我選的，親愛的，」男人一邊說，一邊帶著插在開水壺裡的花走了回來。「我敢說我會喜歡上這裡，只不過我也不希望在這裡久居。妳要不要來杯酒？」他把水壺擱在了一處窗台上。

「好，麻煩你。」伊莉莎白說著在一張扶手椅中坐定。現在這是怎麼回事？他來這裡幹嘛？事隔這麼多年，他如今對她有何打算？不論他想幹嘛，她都覺得麻煩要來了。一個稱不太上有裝潢的家，拉下的百葉窗，上了掛鎖的臥房。魯斯金苑十四號愈來愈像是一處避難所。

但避的是什麼難呢？

男人重新從廚房走了進來，這次手裡多了兩杯紅酒。「這杯馬爾貝克是給妳的，我應該沒記錯吧？」

伊莉莎白接下了紅酒，男人在她對面的扶手椅上坐下。「你是不是自認記得相識二十餘來年我所喝的酒，代表你的記性很了不起？」

「我都快七十了，親愛的，如今記得任何事都代表我的記性很了不起，乾杯！」語畢他舉起了杯子。

「我也敬你，」伊莉莎白說著也一同舉杯，「久違了。」

「豈止久違。但妳還記得馬可斯・卡邁克？」

「虧你想得到這招。」

馬可斯・卡邁克是一個幽靈，伊莉莎白創造的幽靈。幹這事她是一把好手。一個完全是無中生有，被揑造出來把機密輸送給俄國人的窗口。他的過往全由虛假的文件與偽造的照片交織而成。一個子虛烏有的幹員，專門負責把子虛烏有的祕密餵給敵人。而等俄國人挨得愈來愈近，想要從他們的新線人處取得更多情報時，就該把馬可斯．卡邁克幹掉了，為此他們從倫敦一所教學醫院「借」來了一具無人認領的屍體，將之埋在了漢普郡一處教堂墓園內，再從打字員大軍中找來一名年輕小姐演出悲愴的遺孀，讓她哭腫了雙眼，也讓謊言隨著無名屍一起在土中長眠。所以說，馬可斯．卡邁克就是個從來沒有活過的死人。

「多謝誇獎，我想說這樣於妳比較有趣。妳看起來氣色很好。非常好。那個誰還好嗎……提醒我一下……是史提芬嗎？現任的老公？」

「我們可以省了這些客套嗎？」伊莉莎白嘆了口氣。「我們能不能直接跳到你告訴我你來這裡幹嘛？」

男人點了點頭。「當然可以，莉茲。等我把一切都交代清楚後，有的是時間敘舊。我想是史提芬沒錯，對吧？」

伊莉莎白想起了史提芬，在家裡的史提芬。她走時替他開了電視，所以順利的話他已經在打盹了。她想要回家守著他，與他並肩而坐，依偎在他的懷中。她並不想待在這個空蕩蕩的公寓，與眼前這個危險的男人共處一室。她可是見過這個男的動手殺人。這並不是她今天期待從事的冒險。請給她史提芬跟他的親親。請給她喬伊絲跟她的狗狗。

伊莉莎白又啜飲了一口酒。「我在想無事不登三寶殿，你來應該是有求於我吧？哪一次不是。」

男人在扶手椅上往後一靠。「嗯，沒錯，我想我是有求於妳。但不是什麼苦差事——真要說，妳搞不好會覺得這事兒挺有趣的。妳沒忘記什麼叫生活的樂趣吧，伊莉莎白？」

「該有的樂子我在這裡一點兒沒少，但多謝你問起。」

「嗯，是了，這我有所耳聞。一堆屍體跟一些有的沒的。整份檔案我都讀了。」

「檔案？」伊莉莎白問道，內心一沉。

「喔，是啊，這兩個月妳到處討人情，倫敦被妳攪得天翻地覆。一會兒是財務紀錄，一會兒要鑑識報告，甚至妳不是還找了個退休的病理學家南下來陪妳掘墓撿骨？妳以為做到這個份上，還能神不知鬼不覺嗎？」

伊莉莎白意識到自己也有眼光不夠遠的時候。她確實在跟週四謀殺俱樂部聯手調查東尼・庫蘭與伊恩・文瑟姆之死的時候，找了很多人幫忙。另外就是在山丘上的墓園中發現另外一具遺骨，需要確認其身分時也是。她早該想到在某個角落的某個誰，會默默將之看在眼裡。說起人情債，沒有誰能光要而不還。所以這下子她要怎麼還呢？

「你想要我幹嘛？」她問。

「很簡單，我要妳當一下保姆。」

「當誰的保姆？」

「我的。」

「是說，為什麼你會需要保姆？」

男人點起頭，喝了一小口酒，靠前了身體。「實情是，伊莉莎白，我恐怕給自己惹上了麻煩。」

「人生在世，有些事是永遠不會變的，是吧？重點是，你跟我說這些幹嘛？」

鎖頭中傳來鑰匙轉動的聲響，房門旋即敞開。

「就不能準時一次嗎，」男人說道。「來幫我把故事說清楚的女人來了。容我介紹我的處置者。」

此時走進公寓的，是帕琵，古柏切斯新來的餐廳服務生。她分別向兩人點了個頭。「先生，女士，兩位好。」

「嗯，還真是原來如此啊，」伊莉莎白說。「帕琵，我希望妳當特務比當餐廳外場強。」

帕琵臉紅了起來。「老實說，這點我沒什麼把握，不好意思。但靠我們三人齊心協力，我希望我們可以克服萬難，保持平平安安。」

避難所，在伊莉莎白的經驗裡，大難鮮少能避得了多久。帕琵把開水壺裡的花移到一邊。「很美的花。」說著她坐上了窗台。

「究竟，要避什麼難？」伊莉莎白問道。

「嗯，就讓我話說從頭。」男人說。

「如此甚好，道格拉斯，」伊莉莎白說著乾掉了杯中的酒。「你是個很糟糕的丈夫，但說個好故事一向難你不倒。」

第五章

伊博辛剛跟朗恩吃完午飯。他試著說服朗恩嚐嚐鷹嘴豆泥，但朗恩抵死不從。要是沒人攔著他，朗恩可以天天只吃火腿、雞蛋與薯條。而且坦白說，他已經七十五歲了但還十足硬朗，所以又有誰能說他不對呢？伊博辛伸手一拉關上了車門，繫上了安全帶。

朗恩很興奮孫子肯德瑞克下週要來玩，伊博辛也跟著興奮了起來。

伊博辛原本可以是個一等一的好爸爸，一等一的好爺爺。但可能他沒有這個命吧，就跟他人生中少了的許多東西一樣。你這個傻老頭，他邊轉動車鑰匙發動邊心想，你犯了全天下最大的錯誤。你忘了命是拿來活的，你只是躲了起來，你只想毫髮無傷地全身而退。

但那給他帶來了什麼好處？那些他因為謹慎過度而沒能做成的決斷？那些他太過膽怯而不敢去追求的情愛？伊博辛回想著一路以來，被他錯過的一段段人生。

伊博辛向來長於「把事情想個透徹」，但如今他的選擇是常言所云的「說幹就幹」。他決定要更活在當下一點。他打算學學朗恩那種雜亂無章的自由狂放，學學喬伊絲那種怡然自得的樂觀開朗，也學學伊莉莎白當個所向無敵的辦案王。

*不要買狗，喬伊絲。*那是他說過的話。但她自然該買。等他這趟回來他就要這麼告訴她。她會讓他遛她的狗狗嗎？她肯定會。沒有比這更好的心血管運動了。每個人都該買隻狗來養。男人就應該把深愛的女人娶回家，而不是逃到英格蘭，只因為自己害怕。伊博辛為那個決定苦思了一輩子，但卻連跟他的朋友討論一下都從來沒有過。也許有一天他應該這麼做？

他左轉出了古柏切斯的大門。當然在轉彎之前他先確認過有無來車，而且當然不會只檢查一遍。

外頭有著一整個世界，而且不論那個世界讓他多麼戰戰兢兢，他都已經決定自己必須三不五時離開古柏切斯一下。也就在這樣的心情中，他來到了這裡，來到了車水馬龍與人聲嘈雜之中。

他下定決心要每週一次開著朗恩的大發汽車出去兜兜風，看看費爾黑文。他駛過了歡迎來到費爾黑文的標誌。鎮上的熱鬧不在話下。他孑然一身，自己陪伴自己，要來買買東西，要找家星巴克坐下喝喝咖啡讀讀報紙。趁著人在鎮上，他要睜開眼睛看，要豎起耳朵聽。這年頭大家掛在嘴邊的都是什麼？他們是不是看起來不太開心？

伊博辛原本很擔心找不到停車位，但事情最終迎刃而解。他又擔心自己會搞不懂怎麼繳停車費，但事實證明那也是小菜一碟。

哪門子的精神科醫師會對人生怕成這樣？沒有哪個精神科醫師不害怕人生吧，他想，我是說，不然他們怎麼會跑去當精神科醫師。但即便如此，開門讓世界進來也不會少塊肉。要是什麼都不做，腦袋瓜是可以在古柏切斯鈣化的。一成不變的人、一成不變的對話、一成不變的彆扭與抱怨。兇殺案的調查對伊博辛的身心有著天大的好處。

他很快就發現這世界上有兩種東西，一種叫自助結帳，一種叫感應支付。人際接觸低到不能再低。你完全不用對素昧平生的陌生人點頭致意。真的好險，他差一點就沒能見識到這一切！

他找到一間可愛的獨立書店，重點是那裡沒有人會管你是不是坐在扶手椅上看了一個小時的書。當然，他最後掏錢買下了那本他讀了一個小時的書，書名叫做《安眠書店》[15]，裡頭的主角是一個名叫喬伊的變態，伊博辛非常能同理他。他還買了另外三本書，因為他可不希望下禮拜自己回來的時候，書店已經沒了。收銀機後面有個標誌寫著：你在地的好書店——用則進不用則廢。

用進廢退。這話說得很對。所以他才會在這裡出現。在這片人聲鼎沸裡面，在這些呼嘯的車流之間，當中有大呼小叫的青少年，有出口成髒的營建工人。他感覺神清氣爽，也沒那麼害怕了。他感覺大腦活了過來，正所謂用進廢退。

他看了一下手錶。三個小時咻一下就過去了，是時候他帶著滿腦子的冒險經歷踏上返家之路了。等跟喬伊絲說她想養狗沒錯之後，他會再跟她分享關於感應支付的種種。就算喬伊絲已經知道有這回事情，她也不見得像他一樣剛研究過其背後的科技原理。人一開始生活，時間就過得特別快。

他把朗恩的大發停在費爾黑文警察局的附近，因為怎麼想那兒都是最安全的停車地點。也許將來某個星期，他會進去看看克里斯與唐娜。上班時間去看看當警察的朋友，不知道有沒有違反規定喔？他確信兩人會很歡迎他的來訪，但他也不想耽擱了，嗯，比方說縱火案的調查工作，只因為他們覺得有義務陪他話話家常。只不過舊伊博辛才會這樣瞻前顧後，新伊博辛會做了再說。你有想見的人嗎？那就去啊。朗恩就會這樣。不過就是朗恩也會上廁所不關門，所以伊博辛還是得記住分寸。

---

15 原文書名是 *You*，是一本心理驚悚小說，後改編為美劇。

他在警局附近的轉角處經過了三名青少年，三人都跨在腳踏車上，帽T的兜帽也都戴著。他聞到了大麻味。古柏切斯很多人抽大麻。理論上是為了舒緩青光眼，但就統計上而言，得青光眼的人不會那麼多，是吧？還年輕時，伊博辛曾被一些家境較優渥的朋友慫恿吸了鴉片。但那之後他就變回膽小鬼，不敢再輕易嘗試了，但搞不好這也是一件他應該列在嘗試清單上的事情？他納悶著這年頭鴉片要去哪兒買。克里斯跟唐娜肯定知道。有警察朋友就是這麼方便。

這三名年輕人，完全是伊博辛應該要覺得害怕的那種人，他心裡有數。但他們就是一點也嚇不倒伊博辛。年輕人永遠會騎著腳踏車出現在街角，這是一個定數。在費爾黑文如此，在倫敦如此，在開羅亦復如此。

伊博辛看到大發就在前面。回程他打算把車開去洗，主要是他想藉此向朗恩表達謝意，但也是因為他喜歡洗車的地方。他掏出手機。這是他今天學到的第一件事情。你可以在手機的一個app上付停車費，而app是application的縮寫，也就是手機應用程式。所以也許每個人都在滑手機，也不是什麼萬惡不赦的事情？也許當手機讓你可以把人類古往今來的知識跟成就放在口袋裡，你真的可以放下內疚的心情，開始一整天盯著——

伊博辛沒有聽到自行車接近，但他感覺到了車體從他身邊衝過去，也看到了一隻手抓住了他的手機，而且那一抓不但從他掌握中奪走了東西，而且突然的一扯還讓他跌倒在地。

伊博辛身側落地後，一路滾到路緣。痛苦來得毫無時差，先是他的手臂，再來是他的肋骨。他的外套被磨破了袖子。他有辦法修補好嗎？希望可以——那是他心目中第一名的外套，但那裂口看起來很嚴重，外露的白色內襯閃閃發光，就像骨頭一樣。接著他聽到腳步聲、聽到奔跑聲，還有青少年的笑聲。隨著那些腳步聲來到他身邊，他感覺到自己被踢了兩腳。一腳在背上，一腳在後腦杓上。他的頭部又一次撞上路緣。

「萊恩，快點！」

這事不是鬧著玩的，伊博辛心裡明白出大事了。他想要移動身體，但身體不聽使喚。水溝的濕氣滲入了他的羊毛長褲，同時他還嚐到了血。

跑步聲再度響起，但伊博辛無法自衛。他的臉感覺到冰冷的路緣。腳步聲停了下來，但他這次沒有被踢，而是感覺到有人手放在他的肩膀上。

「老兄？老兄？天啊！克莉絲汀，叫救護車。」

沒錯，冒險的句點一定是救護車，不論你是誰都一樣。他這下子有什麼損傷呢？只有骨折嗎？骨折對他這個年紀已經夠糟了。還是有比這更嚴重的地方？他後腦杓也挨了一腳。不論接下來會怎麼樣，他都很確定一點。他錯了。他應該要安全至上才對。這下子他去不了費爾黑文了，也沒辦法再去坐在書店的扶手椅上了。他買的新書呢？在馬路上泡水嗎？他被人搖晃了起來。

「老兄，睜開眼睛，醒醒！」

但我的眼睛是睜著的啊，伊博辛心想，然後才意識到他並沒有睜眼。

第六章

伊莉莎白一邊啜飲著她的第二杯馬爾貝克，一邊聽著前夫道格拉斯・米德密斯講解國際洗錢活動。他是要解釋為什麼一個他這年紀的男人，還會需要保姆照顧。

「我們緊盯他已經有一段時間了，這個叫馬丁・羅麥克斯的傢伙，他有棟美輪美奐的氣派舊宅，成山的錢，問題是他都有文件證明每樣財產從哪兒來。所以我們調查金融犯罪的弟兄動不了他一根寒毛。但某些人有問題是一看就知道，妳說是吧？」

「那是，」伊莉莎白深有同感。

「他的住處不分日夜，都有三教九流，五湖四海的道上弟兄絡繹不絕。俄羅斯人、塞爾維亞人、土耳其黑幫等，都會來到他隱居的宅邸，地點就在一個靜謐村莊外頭。那個村子叫漢伯頓[16]，不知道妳聽說過沒有？那裡是板球的發祥地。」

「聽你這樣說我很遺憾，」伊莉莎白說。

「Range Rover、賓利等名車在鄉村車道上川流不息。阿拉伯人則搭私人直升機，妳想得到的想不到的都有。一名愛爾蘭共和軍的指揮官甚至曾從輕型飛機中跳傘出來，在羅麥克斯的花園裡平安落地。」

「這人做的是什麼生意？」伊莉莎白問起，「我是說私底下。」

「保險。」帕琵答道。

「保險？」

「他扮演的角色是大型犯罪集團的銀行，」道格拉斯把身體靠前說道。「假設土耳其黑幫今天要跟阿富汗買一億英鎊的海洛因，他們不會一口氣把錢付清。」

「就像你買冰箱也可以貨到付款一樣。」帕琵補充說。

「謝謝妳，帕琵，」伊莉莎白說。「多虧有妳幫忙解釋。」

「他們會拿出一筆押金，比方說一千萬英鎊，交給一名雙方信得過的中間人保管，」道格拉斯說。「來彰顯買賣的誠意。」

「而羅麥克斯就是那名中間人？」

「嗯，那個圈子都信任他。妳要是見了他也會相信他。他是個怪咖，相當之邪惡，但又相當之殷實。邪惡與可靠的組合在同一個人身上，是相當難得的。這妳應該明白。」

伊莉莎白點頭。「所以他有一間放滿了現金的房子？」

「有時候是現金，有時候是比現金稀奇古怪得多的珍品。繪畫中的無價之寶，黃金、鑽石，」道格拉斯說。

「一名烏茲別克毒販曾經帶來初版的《坎特伯里故事集》，」帕琵補充說。

「任何值錢的東西都收，」道格拉斯說，「然後我們的主人翁會把這些東西存進家中的一處金庫。某筆交易如果一切順利，他就會退還抵押的現金或珍品，而這些抵押品也往往會於日後重複使用。而萬一交易出了差池，這些押金或抵押品就會被當成賠償金付給賣家。」

「所以這間金庫甚有可觀之處囉？」伊莉莎白問道。

---

16 Hambledon，英國地名，位於漢普郡，在倫敦西南方的靠海處，距離樸茨茅斯港不遠，也是板球的發源地。

「我想妳任何時候去，都可以看到五億英鎊的現金，外加價值五億英鎊的黃金與寶石、被竊的林布蘭畫作、身價數百萬英鎊的中國翡翠等。竟然就在離溫徹斯特只有幾英里的地方，靜靜躺著些稀世珍寶。」

「你怎麼會知道這麼多？」

「我們去過那個家幾次，」帕琵說。「我們鑽牆裝了竊聽器，電燈開關裡有針孔攝影機。」

「那些把戲妳都清楚。」道格拉斯說。

「金庫裡也是嗎？」

帕琵搖了搖頭。「金庫我們一直不得其門而入。」

「但其他地方大剌剌放著的東西已經夠了，」道格拉斯說。「我潛入的時候，撞球桌上放著一幅范艾克[17]的作品。」

「當你潛入的時候？」

「當然有人幫我啦，這點可想而知。帕琵跟舟艇特勤隊[18]的一名弟兄也在。」

「妳也會闖空門啊，帕琵？」伊莉莎白問起了人坐在窗台上，兩隻腿在晃盪著的年輕妹妹。

「我只是穿得烏漆抹黑，然後奉命行事而已，」帕琵說著調整了重心讓自己舒服一點。

「嗯，這話用來總結整個特務人生都夠了。」伊莉莎白說道。「所以你們兩個跟一些感興趣的朋友闖進了像是寶窟的羅麥克斯家？」

「正是如此，」道格拉斯說。「只是四處稍微看看，妳懂吧？看看有沒有什麼可疑的地方，拍幾張照，然後也談不上有什麼收穫地快閃離開。同樣的事情妳我做過不下一百遍了吧，沒什麼好稀罕。」

「原來如此，那這跟你跑來一間有兩張扶手椅跟其中一個房間上了掛鎖的公寓裡，找你日子很幸福的前妻當保姆，有什麼關係嗎？」

「不過分的說，是有點關係，那正是我這點小問題的開端。妳準備好了嗎？」

「你儘管說，道格拉斯。」伊莉莎白直視著他說，那道光芒在他眼裡依舊明亮閃爍。曾經那道光芒折射出智慧與魅力的海市蜃樓，讓妳心甘情願跟它們小妳快十歲的主人走向紅毯的另一端，然後幾個月後再怪自己昏了頭。妳瞬間意識到那道所謂的光芒，其實是燈塔在警告著妳不要觸礁。

「我可以先問妳一個問題嗎？」懸在窗台上的帕琵說。「在我們對妳言無不盡之前？」

「妳儘管問，親愛的。」伊莉莎白說道。

「這裡的人對妳了解到什麼程度？看檔案裡所寫，我想應該知道得不少吧？」

「他們確實對我知道一二，沒錯，」伊莉莎白說，「我親近的朋友。」

「妳所謂親近的朋友，難不成是喬伊絲．米德寇弗、朗恩．李奇，還有伊博辛．阿里夫？」

「正是。妳這檔案還真詳盡，帕琵。喬伊絲一定會很興奮聽到我跟她說她被寫進了檔案。」

---

17 1395-1441，文藝復興時期的大畫家。

18 Special Boat Service，隸屬英國皇家海軍的特種部隊。

「我可以在正式開始前再問一下——我奉命要問這題——過去四個月內，妳有在任何時間點上違反過我國的官方保密法嗎？」

伊莉莎白笑道：「喔，我的天啊，是咧。違反個沒完呢。」

「好的，我會把這點記下來。很重要的是，妳的朋友不能知道道格拉斯跟我的身分。妳能至少答應我這一點嗎？」

「當然沒辦法。我一出這門就會把事情都告訴他們。」

「這我恐怕不能容許。」

「我想妳也沒得選擇吧，帕琵。」

「比起大多數人，女士，妳應該都更能體諒我有命令在身吧。」

「帕琵——首先，叫我伊莉莎白就好，再者，我已經兩個禮拜沒看妳把客人點的菜弄對了（命令跟點菜是英文裡的雙關，用的都是orders這個字），那又何必硬要改變呢？所以我們就開始聽妳說故事吧，聽完我會告訴妳我接不接這工作，然後我會把事情告訴我的朋友，但妳不用為此擔心就是了。」

道格拉斯竊笑了起來。「所以妳的朋友對妳無所不知？」

「他們需要知道的都知道了，嗯。」伊莉莎白說。

「他們知道妳是伊莉莎白女爵[19]嗎？」

「當然不知道。」

「所以不是無所不知囉？」

「嗯，不是無所不知。」

「妳上一次把頭銜拿出來用是什麼時候，伊莉莎白？」

「我急著借到輛摩托車從科索沃脫身的時候。你上次用上你的頭銜又是什麼時候？道格拉斯爵士？」

「當我想買票去看《漢密爾頓》[20]的時候。」

伊莉莎白的手機響起，這倒是很少見。她低頭看了一眼，來電的是喬伊絲，而這就更少見了。

「抱歉，我得接通電話。」

---

19 英國平民因功獲頒帝國勳章並受封為騎士，男性為爵士，女性為女爵。

20 故事講述同名美國開國元勳的熱門音樂劇。

第七章

某種程度上，你不得不佩服康妮．強森的自信。她做起事情有些個人風格。但盯梢行動完全是徹底的浪費時間。想逮住她，他們得想出比盯梢聰明很多的辦法，只不過克里斯．哈德森探長暫時還想不到那個聰明很多的辦法會是啥。同時雪上加霜的是，他現在人正踩著飛輪。

在健身房所有的運動器材裡，腳踏車最適合他。首先是腳踏車可以坐著踩，還可以一邊踩一邊看手機，可以按照自己的步調去騎——以克里斯來說就是不疾不徐——但你也隨時可以在有面子要顧的時候加快速度，比方說當有身穿背心的肌肉男或身穿萊卡的肌肉女經過。克里斯很多費爾黑文警局的同事都會光顧這間健身房。他偶爾會跟他們在這裡碰面，但他的警階在這裡似乎完全不值錢，比方說前幾天就有一名警員往他背上拍了下去說：「加油喔，老兄，你可以的。」老兄？下次克里斯需要有人坐著看完二十四小時出租車庫共計三天份的閉路電視，那個年輕警員就知道誰是他老兄了。

此刻克里斯可以看到他手下的警探泰瑞．哈雷打著赤膊在拉單槓。要不要這麼過分。

但克里斯仍持續穿著他寬版的T恤跟鬆垮的短褲在踩著飛輪。短褲？他身材的慘狀確實已淪落到這個地步。而他踩飛輪自然是為了派翠絲，是因為睽違了近兩年，終於有女人會定期看到他的裸體。當然不可諱言地，他通常會把燈光調暗到不能再暗來蒙混過去，但裸體就是裸體。而到目前為止一切都還算過得去，克里斯開心，派翠絲看起來也算滿意，只不過萬一她不滿意，派翠絲會怎麼跟他說呢？嗯，克里斯的想法是她多半會不願意繼續跟他上床吧，但退一萬步說，飲食健康一點、體重減輕一點、在軟趴趴的肥肉下把肌群迴聲定位出來一點，總歸不會讓他吃虧。

克里斯與派翠絲的這一段才剛剛開始，還算是慾火四射的熱戀期。或許半年後他們會成為永浴愛河的老夫老妻，到時他也許可以放心地把甩掉的肉放回去。但在那之前，他得先在健身房待好待滿。

俗稱飛輪的固定式運動自行車是一尊藝品，上頭滿是轉盤與按鍵，可供人增加阻力、模擬山路、測量心率、記錄健身的距離、時間與燃燒的卡路里。克里斯關掉了大部分的資料顯示。心率監視器太嚇人了；克里斯看過一些讓他覺得怎麼可能的數字，其中最糟糕的還是卡路里統計表。騎了六英里只燒掉一百大卡？六英里？只等於半條Twix巧克力棒？這讓人一想到就冷汗直流。

所以與其看那些顯示螢幕，他寧可看電視上的古董鑑價節目，並大概每四十五秒鐘就抬頭瞄一眼健身房牆上的時鐘，只盼著這一小時能趕快過去。

電視上一名老人家微微露出他得知珍藏的瓶中船只值六十英鎊的失望目光，而克里斯的手機正好在此時響起。他一般不在健身房裡接電話，但他瞥見這通電話是唐娜打的。難道跟康妮．強森有關係嗎？希望是好消息。

克里斯放慢了他原本已經夠慢的節奏，接通了電話。

「唐娜，我在踩飛輪。我就像登月的阿姆斯壯但少了——」

「長官，你可以來一趟醫院嗎？」

唐娜叫他「長官」。所以是有案子。

「當然，怎麼了嗎？」

「搶案。很惡劣的搶案。」

「了解。但為什麼非我不可呢？」

「克里斯，」唐娜說，「是伊博辛。」

克里斯來不及掛電話就跑了起來。

第八章

喬伊絲握著伊博辛的左手。她緊握著那隻手聽他說話，他另一隻手則握在伊莉莎白手中。朗恩靠在遠遠的牆上，盡可能拉開了自己與病床上朋友的距離。但朗恩眼裡含著淚水，喬伊絲是第一次看到他這樣，所以他想站多遠都無妨。

伊博辛插著鼻管，身軀纏著厚重的繃帶，護頸戴在脖子上，手臂上則連著點滴。他整個人毫無血色，看起來遍體鱗傷，也看起來十分害怕。喬伊絲意識到，他看起來就是個老人家。

但他意識是清醒的；他靠坐在病床上，嘴裡說著話。慢慢地、聲音小小地，而且顯然忍著痛，但確實說著話。

喬伊絲前傾想聽清伊博辛的話語。

「妳知道嗎，手機現在可以繳停車費。超級方便的。」

「真的假的？」喬伊絲問了一聲，並再次握緊了他的左手。「伊博辛？」伊莉莎白打了個岔，但聲音之溫柔讓喬伊絲開了眼界。「沒有不敬之意，但我們不想知道停車費可以怎麼繳。我們想知道是誰幹的。」伊博辛盡可能點了個頭，然後忍著痛苦淺淺吸了口氣。他把被伊莉莎白握住的手抽出來，想舉起一隻手指但力有未逮。「好吧，但那個手機程式真的很天才。你只需要——」

病房的門倏地打開，克里斯與唐娜衝了進來，並直奔病床而去。

「伊博辛！」唐娜失聲大喊。

喬伊絲讓出了伊博辛的左手給唐娜，畢竟在場的都輪過一遍了。克里斯走到了病床的另側，用手點起了床頭板求好運。他低頭看向伊博辛，想擠出張笑容。

「你讓我們認真擔心了一下。」

伊博辛向克里斯比了個虛弱的大拇指。

「我們應該擔心那膽敢在太歲頭上動土的傢伙，是吧？」唐娜說。

「你們應該逮捕膽敢在太歲頭上動土的傢伙，才對吧。」伊莉莎白說。

「是是是，我們失言了，伊莉莎白，」克里斯說。「我們進病房都九秒了，竟然還沒破案。」

「別吵了，」喬伊絲說，「要吵等出醫院再吵。」

「你能說說嗎，伊博辛？」唐娜問道，對此伊博辛點了頭。「不論是誰幹的，我們都會找到他們，然後我們會帶他們到一間沒有監視器的房間裡，讓他們後悔莫及。」

「不愧是我的好女孩，」伊莉莎白說。「警察這麼當就對了。」

「這事距離你們局裡大概才一百英尺，」朗恩說著用手指戳了戳克里斯。「治安就是敗壞到了這種程度，就在你們到處在抓人把垃圾丟錯回收箱的時候。」

「夠了，朗恩，」喬伊絲說。

「我人在健身房，」克里斯說。

「嗯，看吧，」朗恩說。

「那代表不了什麼，朗恩，」伊莉莎白說。「所以請你閉嘴，讓克里斯跟唐娜好好做事。」

克里斯向伊莉莎白點了個頭，然後側坐在床上看著伊博辛。「老兄，你要是能想起什麼，任何一點什麼，都能幫上我們。我知道事發過程可能是一片模糊，但即便是一點點小細節也行。」

「你不要太勉強。」喬伊絲說。

伊博辛再次點了頭，並緩緩開了口，只是痛到不行時會偶爾暫停。

「我不算記得很多，克里斯。但你知道我平日對細節算是挺拿手的。」

「當然，老兄，別放在心上。記得什麼都沒關係。」

「他們有三個人，兩個白人，一個亞洲人——我猜是孟加拉裔吧。」

「太好了，伊博辛，」克里斯說。「還有別的嗎？」

「他們全都騎著腳踏車，其中一台是卡列拉的瓦爾肯[21]，一台是諾客的風暴四[22]，第三台我恐怕說不準是什麼牌子跟型號，但八九不離十是巫毒班圖[23]。」

「嗯嗯……」克里斯說。

「三個人都穿著帽T，其中一個人穿的是酒紅色的耐吉附白色拉繩，另外兩個人穿的是黑色的愛迪達。他們的跑鞋分別是白色的銳跑、白色的愛迪達，第三雙我忘了。」伊博辛看向克里斯，一臉虧欠。

21 Carrera Vulcan，Carrera是義大利的知名自行車品牌。
22 Norco Storm 4，Norco是加拿大的自行車大廠。
23 Voodoo Bantu，Voodoo是成立於美國加州的自行車大廠。

「好，我了解了。」克里斯說。

「我確實記得其中一個白人男生戴著一支米色錶帶跟藍色錶面的手錶，另外一個白人男生則在左手上刺著三顆星星。孟加拉裔的少年右臉有青春痘疤，另外兩人的其中一個有因為刮鬍子而起的疹子，但那說了也是白說，因為我想那不到一天就會退了。其中一人的牛仔褲開了個口子在大腿上，你可以看到上面是一塊刺青的底部，我看著像是足球的隊徽，布萊頓與霍夫阿爾比恩[24]，大抵沒錯，還有我認出了r-e-v-e-r這幾個字母，可以合理推斷是forever的尾端，但當然我沒辦法對天發誓沒錯啦。我就記得這麼多了，不好意思。事情真的是說時遲那時快。」

喬伊絲笑了，真不愧是伊博辛。

「我得老實說，」克里斯開了口，「這已經超乎我的預期了。我們會在某處的閉路電視中找到他們，然後我們會找到那些腳踏車。我們會替你們把他們抓起來。」

「多謝你們了，」伊博辛說。「喔對了，我知道攻擊我的其中一個人叫什麼，有用嗎？」

「你說你知道那個人的名字？」

「倒在地上時我聽到他們喊著，『萊恩，快點！』」

「快點，萊恩？」唐娜說。

「那就是你的嫌犯了，」朗恩說。「答案已經告訴你了。別再傻不隆咚地晃來晃去，趕緊去把萊恩給我抓起來。」

「我要是把全費爾黑文有前科的萊恩通通抓起來，牢房就要爆炸了，」克里斯說。

一名護理師走了進來，喬伊絲看出了她的臉色有點臭。喬伊絲於是起身。

「時間差不多了，諸位。別讓護士小姐們不好做事。」

伊博辛一個個接受了眾人輕柔的擁抱與親吻，然後探病者開始魚貫而出，只剩朗恩還在逗留。

「快點，朗恩。」喬伊絲說。「我們回家。」

朗恩換了腳站。「唔，我不走。」

「你要待在這邊？」

「是，我只是……嗯，他們會給我弄張行軍床，而且他們說我可以待著。」朗恩聳了聳肩，看起來有點彆扭。「我在這陪他，也帶了iPad，可能會一起看部電影吧。」

「有部韓國片我想看很久了，」伊博辛說。

「不是那部。」朗恩說。

喬伊絲走到朗恩身邊，抱了他一下，親身感受到了他的尷尬。「我們的帥哥就交給你囉。」接著喬伊絲便走出了病房，讓門在她身後闔上，然後她看見克里斯與唐娜在跟伊莉莎白交頭接耳。

「手機是被一把搶走，所以跡證鑑識無能為力，」克里斯說，「而且就我所知沒有目擊者。監視畫面也不存在，這點犯嫌們遲早會知道。逮到人是遲早的事情，畢竟我們有伊博辛的描述，但他們會在偵訊時嬉皮笑臉，吃定我們拿他們沒輒。」

「然後他們可以拍拍屁股走人，繼續食髓知味地複製受害者。」唐娜說。

---

24 Brighton and Hove Albion，隊徽是海鷗的英國超級足球聯賽隊伍。

「你要讓這些人逍遙法外？」伊莉莎白說。「你難道沒看到他們把伊博辛害得多慘。」

克里斯環顧了一下四周，為的是確定身邊只有朋友。「我們當然不會就這麼算了。」

「喔，那就好，」喬伊絲說道。

「我們會把他們帶到局裡說明，這點我向妳們保證。我們會浪費他們一點時間，但除此之外敝下我跟唐娜也不能怎麼樣。」

伊莉莎白看著他。「是敝人，克里斯，你要我當你的英文老師多少次？」

克里斯無視了她。「但以我對你們的認識，我在想你們多半可以做點什麼，伊莉莎白？我是說妳跟喬伊絲還有朗恩？」

「往下講，」伊莉莎白表示，「我在聽。」

克里斯轉向唐娜。「妳覺得伊博辛聽起來像是在形容什麼人？從名字到穿著，再到刺青。」

「我覺得聽著像是萊恩・貝爾德，長官。」

克里斯點了頭，看向伊莉莎白。「我也聽著像是萊恩・貝爾德。」

「萊恩・貝爾德，」伊莉莎白說。這是在複述，而不是在確認。這名字已經牢牢鎖進她的庫房，跑也沒地方跑。

「所以我們現在會跑去逮捕他，偵訊他，然後得到一連串的『無可奉告』，最後我們不得不放他走，看著他臉上一抹賊笑，因為他知道自己又一次成功地逃掉。」

「慢著，他這次還沒有逃掉。」伊莉莎白說。「沒有誰可以傷了伊博辛卻一點事都沒有。」

「我就想聽妳說這句話，」克里斯說。「妳知道你們四個對我意義多重大，是吧？」

「我知道，」伊莉莎白說。「反過來我也希望你們倆知道我們的心意。」

「我們明白。」唐娜接了話。「那我們這就去逮捕萊恩．貝爾德了，願上帝憐憫他的靈魂。」

「我覺得這個人連上帝都幫不了他，」喬伊絲說著便瞧見一名醫院的搬運工把一張行軍床推進了伊博辛的病房。

第九章

伊莉莎白有點難以專心。昨天晚上去探望了伊博辛，看著他躺在床上全身插滿管線，簡直跟潘妮一模一樣。她不想再失去誰了。

但她不能不專心致志。她走在林子裡，地點就在古柏切斯上方，跟她一起的還有道格拉斯・米德密斯，也就是她的前夫兼她的新任務。這工作並不是她主動要的。要知道道格拉斯身邊會死人，而且死得可多了。

她當初為什麼會嫁給他呢？這個嘛，在他開口的時間點，她正好覺得自己應該有個歸宿了。而且他危險歸危險，也還是有溫暖的一面。至少他假裝得還不錯。更何況說起殺人，當年死在她手上的人也沒少到哪裡去。萊恩・貝爾德若敢現在出現在她面前，她多半還能再重開殺戒。

開開心心跟在他們兩老後面的，是帕琵，頭戴著耳機的帕琵。那是三方達成的妥協，帕琵不能讓道格拉斯離開她的視線，但此外道格拉斯可以對伊莉莎白暢所欲言。

「那又是一次平凡到不能再平凡的例行公事，」道格拉斯說。「我們拍了想拍的照片，闖進了所有可以闖進的空間，然後就閃人了。我們沒法在羅麥克斯的屋子裡待超過半小時。他很少出門，所以我們動作必須要快。」

伊莉莎白暫停了腳步，讓風景盡收眼底。她的下方有古柏切斯、建築物、湖泊、綿延起伏的原野，頭上則有一座墓園葬著幾百年以來以此處為家的修女。在他們身後，一路跟著的帕琵也停了下來眺望同一幅景色。

「而你一個不小心搞砸了？」

「我不太確定怎樣叫搞砸，但兩天後我們經由某種管道收到一則訊息。馬丁・羅麥克斯聯絡了我們。」

「是嗎？」伊莉莎白說，然後兩人重新散起步來，「請繼續。」

「聽他們說他飆出各種三字經。什麼我們私闖民宅、違反人權、無視法律，全套狠話都撂了一輪，還有什麼要抽人腸子當收腹帶的，那一套妳應該很熟了。」

「他怎麼就知道去他家的是軍情五處[25]？」

「這個嘛，有上百種辦法吧，我想。若要人不知，除非己莫為，你去過的地方就不可能徹底保持原樣，是吧？尤其如果有人知道他們該注意什麼地方的話。還有誰闖空門不會順手牽羊呢？親愛的，這個世道，也只有我們會這麼乖了。」

山丘的更上方傳來施工的噪音，那兒有古柏切斯的最後一期開發案正在大興土木。道格拉斯在一棵橡樹邊停了下來，樹幹上看得到一處樹洞。他伸手拍了拍。

「這可真是完美的無人郵筒[26]啊，是吧？」他有感而發。

伊莉莎白看著橡樹表示了認同。她在世界各地都有無人郵筒。矮牆的鬆動磚塊後頭，公

25 軍情五處，也就是英國國家安全局（British Security Services），負責英國國內的安全事務，相對於通稱軍情六處的英國祕密情報局（Secret Intelligence Service）負責對外安全工作。

26 Dead (letter) drop，dead指的是間諜不用親自見面；兩人當面交付情資則稱為live drop。

園長椅底下的鉤子、老店裡乏人聞問的藏書，任何一個幹員可以徹底藏好某樣東西、而另外一名幹員可以不露聲色安全取物的位置。這棵樹完全可以勝任，只可惜它沒生在華沙或貝魯特。

「妳記得我們在東柏林用過的那棵樹嗎？在公園裡？」道格拉斯問道。

「是西柏林，不過你說得沒錯，我有印象。」伊莉莎白說。又老了將近十歲但記憶力反而更加銳利，這點勝利她就不客氣了。

他們讚嘆完樹洞之後，道格拉斯開始繼續往下說。「所以羅麥克斯開始咄咄逼人，讓我們一直到星期三都不堪其擾，畢竟擅闖民宅就是我們不對，他知道我們理虧，我們也知道自己理虧，然後他使出了大絕。」

「大絕？」

「大絕。」

「而這個大絕就是你來這的原因？」

道格拉斯點頭。「他跳了出來，馬丁．羅麥克斯，砲火猛烈而且打完還繼續填子彈，最後撂下一句：『我的鑽石呢？』」

「鑽石？」

「不要再光重複我的話了，伊莉莎白，妳這個習慣真的很糟，跟妳偷腥一樣糟。」

「你說鑽石怎麼了，道格拉斯？」伊莉莎白的節奏完全沒被打亂。

「他說他有價值兩千萬鎊的鑽石在屋子裡。還沒切割過的原石。那是紐約一名富商付給哥倫比亞一幫毒販的訂金。」

「而鑽石在你去過之後不見了？」

「憑空消失，他是這麼說的。他指控了我們不知什麼碗糕，要求賠償，聲音大到天花板都要掀了。所以我被叫了去——應該的，公事就要公辦，我一點都不覺得委屈——我向他們說明了整場行動的過程，我跟另外一個老兄，蘭斯，舟艇特勤隊員，操守沒問題，軍情五處很欣賞他。帕琵在外頭把風，就怕會有獵犬出現。我們沒有看到鑽石，更沒人摸走鑽石，那傢伙肯定是在唬人。」

「上頭相信你？」

「他們沒有理由不相信。我們都能看出他在玩什麼把戲。想抓到點我們的把柄。所以他們回過頭去找馬丁．羅麥克斯交涉，抱歉擅闖您府上，我們只是盡忠職守，但鑽石什麼的就少來了好嗎，兄弟，我們想辦法好好相處吧。」

「他不吃這一套嗎？」

「完全不吃。他發誓自己句句屬實，還跟我們說哥倫比亞那邊已經準備好要是拿不回鑽石，就要先打斷他左腿，再打斷右腿了，問我們打算怎麼辦？」

「結果你們怎麼辦？」

「能怎麼辦，當然是涼拌啊。上頭糾纏了我跟其他組員兩天，為的是確認我們沒有說謊。接著他們就以此回報給了馬丁．羅麥克斯，跟他說聽著老兄，就算鑽石真有其物，當然這點我們不太相信啦，那就是被別人拿走了。雙方嘴巴上你來我往了一下，然後羅麥克斯又放了一個大絕。」

「我的天，道格拉斯，」伊莉莎白說，「兩個大絕。」

「馬丁．羅麥克斯說：『我傳一張照片過去』，結果他傳來的是監視器畫面的截圖，來自他房屋的內部，而被拍到的正是在下小弟我，正臉，清楚得不能再清楚，還沒戴面罩。」

「你脫了面罩？」

「很熱嘛，又很癢，妳懂我，伊莉莎白，這年頭的全臉頭套都是合成纖維做的，我實在很想問一句羊毛頭套都跑哪裡去了。所以畫面上有我的臉，而且羅麥克斯做足了功課，他知道我是誰，還在照片下面寫著：『告訴道格拉斯．米德密斯，我給他兩個禮拜把鑽石還回來。過了兩個禮拜，我就把他的名字告訴美國人跟哥倫比亞人，跟他們說鑽石在他手上。』然後祝一切安好等等。」

「你說的這些是多久之前？」

道格拉斯停下腳步，看了看四周然後自顧自的點頭。他接著望向伊莉莎白。

「這個嘛，那是兩週前的事了。」

伊莉莎白抿起了嘴唇。他們此時已經穿過了林木的遮蔽，來到了通往修女墓園的路徑旁邊。她示意前方往上有一張長椅。

「坐一下？」

伊莉莎白與道格拉斯走了過去，在長椅上並肩而坐。

「所以你現在同時被紐約黑幫與哥倫比亞販毒集團追殺？」

「嗯，禍不單行可以用在這裡嗎，親愛的？」

「而處裡把你派來這裡避難？」

「嗯，容我老道賣瓜一下，這麼聰明的點子是我想出來的。我一直有在報上讀到妳，包括妳近期的各種奇遇，還有這間養老院。古柏切斯，我怎麼想這裡都是絕佳的藏匿處。」

「嗯，那就要看你想藏些什麼了，」伊莉莎白若有所思地看向了墓地，「但基本上沒錯。」

「所以妳願意幫忙救我一命嗎？動員一下妳在這裡的人手？請他們幫忙注意一下來者不善的陌生面孔，但不要告訴他們為什麼，可嗎？風頭過去我就走人。」

「道格拉斯，我知道老實回答我這個問題對你沒好處，但該問的我還是要問一下，你有沒有偷那些鑽石？」

「當然有，親愛的。它們就擺在那裡，我怎麼忍得住。」

伊莉莎白點了點頭。

「而我需要妳確保我的安全，直到我能夠去取鑽石，然後把東西帶到安特衛普[27]變現。我以為自己邂逅了完美犯罪的機會，是不？要不是脫下了那該死的頭套，我現在應該已經在百慕達度假了，沒騙妳。」

「原來如此，」伊莉莎白說。「那鑽石現在何處，道格拉斯？」

「保我不死，親愛的，我自會告訴妳，」道格拉斯說。「啊，我們的好朋友妙麗來了。」

帕琵來到了長椅處。她比了比她的耳機，詢問自己可不可以將之取下了。伊莉莎白點了點頭。

「我希望妳散步散得開心，親愛的？」伊莉莎白表達起關心。

「非常開心，」帕琵說。「我們在大學也會健行。」

---

27 有世界鑽石交易中心之稱的比利時城市，北與荷蘭接壤。

「妳在聽什麼東西？車庫饒舌[28]嗎？」

「我在聽蜜蜂的主題播客，」帕琵說。「蜜蜂要是死絕，人類恐怕也無法獨活，我必須說。」

「那我此後一定會特別注意。」伊莉莎白說。「是說帕琵，道格拉斯已經說服我接受妳提出的職務。我想我應該幫得上忙。」

「喔，那太好了，」帕琵說，「我可以鬆一口氣了。」

「但我有兩個條件。首先，這項替你們注意危險什麼的任務，要是有我三個朋友幫我會事半功倍得多。」

「這一點只怕不可能發生，」帕琵說。

「嗯，親愛的，妳還年輕，慢慢妳會知道世間很少有事情完全不可能，這件事就是一例。」

「那第二件事呢？」道格拉斯問道。

「這個嘛，第二件事非常要緊。比鑽石還要緊，更比道格拉斯要緊。想要我接下這次任務，我需要軍情五處幫我一個忙，一個其實很簡單，但對我意義重大的小忙。」

「妳說說看？」帕琵說。

「我需要你們幫我查費爾黑文一個叫萊恩．貝爾德的少年的底細，愈詳盡愈好。」

「萊恩．貝爾德？」道格拉斯說。

「不要再光重複我的話了，道格拉斯，你這個習慣真的很糟，跟你偷腥一樣糟。」

伊莉莎白起身彎起了手肘，好讓帕琵可以勾住她的手臂。

「我的這點心願，妳可以幫我做到嗎，親愛的？」

「我是說，我想我應該做得到吧，」帕琵說，「我可以問妳想查這個做什麼嗎？」

「恐怕不行，無法。」伊莉莎白說。

「不然妳能保證這個萊恩．貝爾德不會受到任何傷害嗎？」

「唉呦，提『保證』就言重了，妳說是吧？我們都先開開心心散步回家吧。我可不想害妳餐廳的午班遲到。」

28 Grime，一種本世紀初發源於東倫敦的新興說唱音樂。

第十章

喬伊絲

所以我開始玩ＩＧ了，不知道你曉不曉得？

喬安娜說服了我這麼做。她說ＩＧ可以讓我看到各式各樣的人跟各式各樣的照片。奈潔拉[29]、費歐娜・布魯斯[30]，你想得到的都有。

我是今天早上登錄的。ＩＧ跟我要「使用者名稱」，所以我輸入了姓名，結果訊息跳出來說「@JoyceMeadowcroft」已經有人登錄了，我心想「我運氣也太好了吧」。然後我又試了「@JoyceMeadowcroft2」，但一樣是此路不通。

這下子我把腦筋動到了綽號上，但老實說大部分人都直接叫我喬伊絲。我想起以前當護理師時的一個外號，當時有名專科醫師[31]老管我叫 Great Joy，也就是「無比喜樂」的意思。每當我們在醫院有交集，他都會說：「啊，她又出現了，真是讓人無比喜樂啊，她美麗的笑容散播著幸福。」被這樣恭維是很貼心啦，但換尿管時我真的不想聽到這個。

回想起來，他應該是想要拜倒在我的護士裙下，而我也不打算攔著他，但前提是我要在狀況內。千金難買早知道。

總之，我試了「@GreatJoy」，但還是搞不定。我加上了我的出生年分，使之變成「@GreatJoy44」，結果還是不走運。為此我改加上了喬安娜的出生年分，結果終於賓果！這下子我終於萬事俱備，註冊成了「@GreatJoy69」，並開始期待盡享ＩＧ能帶來的樂趣。目前我已經追蹤了「多毛的自行車手」[32]與「國民信託」[33]。

能這樣打發時間讓人開心，老實講，因為今天是星期天，而我時不時會在星期天陷入憂鬱。星期天的時間感覺走得慢些，我想那是因為很多人的星期天是與家人一起度過，餐廳裡總滿滿的是坐不住的小姪女跟令人失望的女婿。還有就是星期天白天的電視比較難看，《古董大尋寶》[34]都是重播，《鎚出我的家》[35]則消失無蹤，連重播都沒有。喬安娜說現在都可以按日期選看近期播過的集數，這我當然相信她，只不過那樣好像只讓人感覺更加寂寞。我認真寧可她南下來陪她媽媽吃個午飯就好。她確實偶爾會來，憑良心講，但總是沒有之前這裡老出人命時來得勤，但誰又能苛責她呢？至少我是做不到。

不過在凶案告一段落後，我想到狗狗或許也能發揮一點吸引力。但喬安娜多半對狗過敏就是了。她小時候完全沒有過敏問題，但人好像一去倫敦就會開始對什麼都過敏。

---

29 Nigella，知名蛋糕達人。

30 Fiona Bruce，電視節目主持人。

31 英國醫生基本分為四級：House Officer、Senior House Officer、Registrar、Consultant，可以各自理解為：不是個咖、小咖、中咖和大咖。其中大咖就是專科醫師。

32 由David Myers與Si King兩名英國電視主持人的合稱，兩人身上都很多毛。

33 National Trust，以保存地方歷史文化遺產為宗旨的非營利組織。

34 Bargain Hunt，英國電視實境秀，由兩隊分別去坊間購入古董並售出，利潤多者獲勝。

35 Homes Under the Hammer，英國電視實境秀，主打舊屋翻新。

今天我要跟朗恩與伊莉莎白一起搭計程車去費爾黑文看伊博辛，所以開心的事起碼不會掛零。我喜歡醫院，它們就像機場。

我給伊博辛買了《週日版泰晤士報》，因為我在他家看到過一份。我的老天啊，這報紙重得像有一噸。為了減輕重量我抽掉了所有我判斷他不會有興趣的內容，但看來看去也只能抽掉時尚版，還有當中報導愛沙尼亞的專刊，所以減去的負擔只能說聊勝於無。我還給他帶了一些鮮花，一大片吉百利牛奶巧克力，還有一罐廣告打得天花亂墜的紅牛。

我知道其他人都因為看到他青一塊紫一塊，身上還纏著繃帶而心碎了，但我反而感激他的傷勢只是這樣而已。聽到他開口說話讓我一整個放下了心。放心，儘管對他講的內容依舊不感興趣，畢竟他還是那個你認識的伊博辛，但當然能再被他無聊到，讓我心情十分美麗。

總之我想說的是，比他慘的我看多了，而且慘不止一點。

怎麼個慘法我就不細說了。

星期五去醫院的途中，我曾跟朗恩與伊莉莎白保證沒什麼好擔心，優秀的醫護人員會照顧他，而且他一出事就被發現了，沒有耽誤時間。但我內心不是不擔心最壞的狀況。有些傷是好不起來的。當然朗恩與伊莉莎白都不是笨蛋，所以他們應該早就想到我那是安慰的話語，但那並不表示我的安慰不要緊。任何時候都需要有人處變不驚，只是這次剛好輪到我而已。

回到家我哭了一下，而我想他們兩個也好不到哪兒去。但只要是三人湊在一起的時候，我們都不哭不鬧，乖得跟什麼一樣。

喔對了，我知道我以上所講都是當下的外傷。我明白對伊博辛而言，這之後還有老長的復健之路，畢竟他會慢慢對發生在自己身上的事情產生實感。他固然很有智慧，但也非常敏感。也或許他的智慧就來自他的敏感？因為他對任何感受都來者不拒？這下子怎麼我用起了精神科醫師的口氣！我想我這麼愛碎念的人應該當不成精神科醫師。病人花錢找我的ＣＰ值會太低。

說起這一行，正確的頭銜究竟是精神科醫師還是心理治療師？我想不起伊博辛自介用的是哪一個。我今天會問問他。我等不及想見到他了。我知道，等他回家的時候，身邊有好朋友包圍著是很重要的，而這一點我可以打包票。

至於我可以打包票的另外一件事？那個動了歹念偷走我朋友手機，一腳踢在我朋友頭上，還一走了之不管我朋友死活的男生，他會希望他自己不曾生在這個世上。

我不覺得精神科醫師會真的鼓勵報仇。我不敢確定，但我想像中的他們會鼓吹寬恕，就像佛教徒那樣？臉書上有句名言就是在說這點。但無論如何，我必須說精神科醫師跟我在這點上只能存異求同，相互尊重了。

也許萊恩．貝爾德的童年過得很辛苦？也許他的父親或母親拋棄了他，或者父母兩個都跑了，又或許他染上了毒癮、遭到霸凌，或是被人排擠。也許以上皆是，也或許在某些地方，萊恩．貝爾德可以獲得同情與傾聽。但我不會體諒他，朗恩不會體諒他，伊莉莎白更不會體諒他。萊恩不論有過多少好運，在我們這裡都會通通歸零。

我沒辦法讓你理解我有多想來一口手中的吉百利。我知道伊博辛會一接過巧克力就分我一點，但你能想像那種巧克力一直瞪著你的感覺嗎？早知道我就該買葡萄給他，那樣我就不會忍得這麼辛苦了。

我要來吃一點巧克力了。你覺得我不應該嗎？頂多我趁計程車來之前再跑一趟商店，買一片新的給他。這樣就皆大歡喜了，不是嗎？

我發現@GreatJoy69已經在ＩＧ上收到一些私訊了。有沒有這麼快！我等去醫院回來再看。好興奮喔！

第十一章

《週日版電訊報》派來的女人非常友善，但馬丁．羅麥克斯心想那只是她工作的一環。兩人漫步走著，她驚聲燕語地讚賞著他的日本銀蓮花，還用手撫摸著他修剪得方方正正的籬笆。

「我是說，我倒也不是沒見過一些漂亮的私人庭園，羅麥克斯先生，但這裡真的讓我開了眼界。您把這裡藏得也太好了吧？」

馬丁．羅麥克斯點著頭，兩人繼續往前走。她似乎講得很開心。這是個美麗的花園，他心裡有數，畢竟他可是砸了大錢。但要說這裡是最好的？好到沒人比得過的？那怎麼好意思。但當然啦，拍馬屁是她的工作。

「對稱的使用太驚人了。它會像花一樣展開，對吧？它會自我顯露。您知道詩人威廉．布萊克[36]那首名作嗎，羅麥克斯先生？」

馬丁．羅麥克斯搖了搖頭。要說他跟詩這種玩意兒有過什麼交集，那就是他幹掉過一個詩人吧。

「老虎、老虎在夜裡，熊熊燃燒放光明。永垂不朽對稱性，是你[37]。」

馬丁．羅麥克斯再次點了頭，心忖他多半應該說聲「真美」什麼的，免得她開始覺得他

---

36 William Blake，1757-1832，英國浪漫主義詩人，中後期作品趨向玄妙深沉，充滿神祕色彩。

37 典出布萊克的詩作《老虎》（*Tyger*）。

有反社會人格。他讀《灰色人性》[38]書裡是這麼說的。

「真美。」

他想登上《週日版電訊報》副刊的「英國最美庭園」單元，已經很久了。遠遠地他可以看到攝影記者人在一道圍籬下，鏡頭對準了萬里無雲的天空。那會是一張美照。一個裝著五十萬鎊救命錢的箱子，就埋在那道樹籬笆底下，這道理就在於你永遠不該把錢放在同一個地方。

「而您這星期要破天荒第一次舉辦花園開放日活動？」記者小姐問道。

馬丁．羅麥克斯點了頭。他對此非常期待。他期待的是炫耀一下自己的作品。他可以從樓上的窗口欣賞流連忘返的賓客。誰敢動歪腦筋，他就把他們殺了。但此外的其他人他都非常歡迎。

「在這篇報導裡，我們會介紹您是在『經商』。您覺得恰當嗎？我做了一些功課，您從事的是——私人保險服務業，我有沒有說錯？我在想這麼寫會不會讓讀者看不懂，而萬用的『經商』通常可以混過去，或女性的話就說她是『身兼母職的企業家』。有時我們會介紹受訪者是『某種富二代』。但您可以接受我說您在『經商』，是嗎？」

馬丁．羅麥克斯點了頭。下午有一個烏克蘭客人要來。這名烏克蘭人剛同意了要以一千兩百萬美元買下一批退役的沙烏地防空導彈，並打算要綁架一匹賽馬來當作訂金。

「菊花很美，」女記者說。「非常典雅。」

對馬丁．羅麥克斯來講，一匹被綁架的賽馬不算理想的訂金，但只要買賣雙方開心這種安排，他在自家馬場邊上有寬敞的馬廄可用。根據他之前與烏克蘭人做生意的經驗，他們狠歸狠，但說話算話。選一天花園開放日，馬丁．羅麥克斯會找在地的童子軍來擺攤賣點心、礦泉水什麼的。是人都得喝水，他注意到這點。水能讓人為之瘋狂。

「唐恩，」女記者呼喚起攝影師搭檔，「你可以拍幾張這邊的木屑嗎？這是從克里特島進口的。」

但水不能用塑膠瓶裝就是；那會惹人議論，而他可不想讓任何一點細節影響了花園的體驗。仔細這麼一想，他意識到自己得讓馬廄一帶淨空，免得有人誤闖而節外生枝。他家也一樣不能讓閒雜人靠近，那是最基本的。化糞池裡的屍體也不能讓人瞧見，不過反正也不會有人想接近糞坑，是吧？地上不能讓人亂挖，因為手榴彈就在某個地方。他已經拚了老命，但還是想不起它們埋在哪裡，所幸至少他知道這些手榴彈放在一個安全的位置，他還曾拿筆把那個位置記在某個地方。在威尼斯風的涼亭下面嗎？再仔細想想，他根本不記得那些是誰的手榴彈，也忘了自己怎麼會答應買下它們，但人老了就是會健忘。

「我們不需要您的生平細節，羅麥克斯先生，但讀者有時還滿愛的。所以有我可以提一下的尊夫人？還是您的孩子嗎？」

馬丁．羅麥克斯搖了搖頭。「我是一人樂團。」

「也成，無妨。重點真的就是庭園而已。」

馬丁．羅麥克斯點了個頭。等應付完烏克蘭人後，他還有另外那件事得處理。他家被闖的事。目前為止他處理得非常有手腕。人沒事真的不要去惹軍情五處，這道理他懂，比起敵

---

38 *The Psychopath Test*，台灣譯本是《灰色人性：發現潛伏在日常生活中的瘋狂》。

人他也寧願當軍情五處的朋友。但歸根究柢兩千萬英鎊就是兩千萬英鎊，不能就這麼算了。他確定這件事一定會搞出人命，他要做的就是確保死的不是自己。

「您覺得，我在想，我可以借用一下您的廁所嗎？」女記者問。「來您這兒是趟路，回去又是趟路。」

「當然，」馬丁．羅麥克斯說。「放器材的棚子那兒有一間，妳看得到嗎？就在噴泉後面。不過那兒好像沒有衛生紙，所以妳就自個兒看著辦吧。」

「喔，是是是，沒問題，沒問題，」女記者說。「沒辦法讓我去屋裡上喔？雖然很不好意思。」

馬丁．羅麥克斯又搖了一次頭。「棚子比較近。」

除非是公事，否則沒人進得了屋裡。沒有人。一開始是借廁所，誰曉得再來會變成什麼。軍情五處以為他們可以說闖就闖嗎？大家走著瞧。馬丁．羅麥克斯交遊廣闊，認識沙烏地的工公貴族、認識一名獨眼的哈薩克人養著一頭獨眼的洛威拿犬。哈薩克人或洛威拿犬都可以把你五馬分屍但眼睛都不眨一下。不是他的座上賓，誰都別想進他的屋裡。

馬丁．羅麥克斯又一次環顧了自家庭園。他真的是天選之人才能活在這樣的美景之中。仔細想想這還真是個美好的世界。但感性到這裡也夠了，他午後還有防空導彈的生意要去做。他是不是該為了花園開放日烤一點餅乾？還是布朗尼更理想一點？

他先是聽到了老摳摳馬桶的沖水聲，然後是遠遠傳來直升機接近中，由小變大的螺旋槳震動聲。

白巧克力加上覆盆子如何？這組合肯定能幫他加分，他心中毫無疑問。

第十二章

「簡單講就是這樣，沒必要大驚小怪，也不用張口結舌看著我。」說完故事的伊莉莎白在低矮的椅子上往後一躺。

一瞬間現場只聽得到伊博辛的心率監測器聲。

「但鑽石呢？」伊博辛說著把自己從病床上撐起來。

「確實。」伊莉莎白說。

「價值兩千萬鎊的鑽石？」靜靜站著聽完故事，但如今踱起步來的朗恩說。喬伊絲幫他從家裡帶來了乾淨的內衣褲，而他也規規矩矩地去身障用廁所裡更換，雖然他身上現在這一套應該至少還可以再多穿一天。

「沒錯。」伊莉莎白說著翻起了白眼。「還有什麼不用講大家也知道的疑點嗎？」伊博辛、喬伊絲與朗恩面面相覷，你看我我看你。

「他是妳的前夫？」伊博辛說。

「是的，沒錯。」伊莉莎白說。「我對你們三個沒有不敬之意，但這樣真的讓人很無力。你們可以問些我剛剛沒講到的事情嗎？」

「我們可以見到他？」朗恩問，「面對面見到他？」

「很不幸的，是。」伊莉莎白說。

朗恩跟伊博辛驚奇地搖著頭。

伊莉莎白轉頭望向喬伊絲。

「喬伊絲，妳今天好安靜喔。妳都不好奇鑽石或前夫嗎？紐約黑幫？哥倫比亞毒販？」

喬伊絲在座位上往前移了一下。「這個嘛，我對這整件事有一堆感想啊，還有我也很期待能認識道格拉斯。我猜他很帥吧。他帥嗎？」

「帥到有點過分，」伊莉莎白說。「如果妳知道我在說什麼的話。」

「喔，我當然知道妳在說什麼，」喬伊絲說，「只是對我來說沒有帥到過分這種事。」

「當然比起史提芬還差一點啦。」伊莉莎白說。

「喔，沒有人可以跟史提芬比帥啦。」喬伊絲說。「但老實講，我一直真正在思考的是，帕琵的指甲原來是這麼一回事。」

「嗯嗯，我聽得見妳心裡恍然大悟的硬幣掉落聲。」

名護理師走進病房把伊博辛的水壺倒滿，眾人紛紛點頭致謝。她完事後離開。

「我是老派的帥哥。」伊博辛說。

「不，現在的你不是。」朗恩吐槽說。

「所以妳需要我們幫忙看著他？」喬伊絲問。「像是保鑣那樣？」

「沒那麼嚴重啦，喬伊絲，」伊莉莎白說。

「我們確實是要保護他的身體啊，那不就是保鑣的意思嗎？」朗恩說。

「好吧，保鑣就保鑣，朗恩，你開心就好。」

朗恩點了個頭，「嗯，我開心了。」

「嗯，反正話我是帶到了，」伊莉莎白說。「你們要是忙也不用勉強。」

「我可以擠得出時間，」朗恩說。「我們有好處嗎？」

「嗯，算是有啦，」伊莉莎白說。「道格拉斯跟帕琵已經答應為我們提供萊恩·貝爾德的情報。」

「萊恩·貝爾德？」朗恩表示不解。

「搶了伊博辛手機的年輕人就叫這個名字。」喬伊絲說。

「喔，」伊博辛說。

「萊恩·貝爾德，」朗恩說。「萊恩·貝爾德。」

「我本來不……我還是不太想知道他姓什麼，」伊博辛說。「他一旦在我心中有了姓氏，我就不方便假裝這件事沒發生過了。我不……對不起，我不太確定要不要追究。」

「我知道，」伊莉莎白說。「我懂，一切交給我們吧。」

「你現在需要的是報仇，」朗恩說。「看是要扁一頓、關幾天，還是看伊莉莎白有什麼好招。」

「報仇不太是我信奉的理念。」伊博辛說。

「我就知道，」喬伊絲默默說道。

「嗯，但是我的啊，」朗恩說。

「也是我的，」伊莉莎白說。「所以不管了，事情就這樣定了。是說，我們今後就再也不提那混蛋的名字了，好吧。」

房內陷入了靜默。伊博辛把頭往後一仰，微微做了個鬼臉。

「你覺得道格拉斯把鑽石怎麼了？」伊博辛問。

「我不知道，」伊莉莎白說。「但感覺把東西找出來會很有趣。」

「我們來把鑽石找出來賣了，」朗恩說。

「喔，好喔！」喬伊絲說。「兩千萬鎊我們四個人分。」

「我們對馬丁・羅麥克斯所知有多少？」伊博辛問。

「很少，」伊莉莎白說。「但如果我們要保護道格拉斯，那我想我們多少得去探一下他的底。」

「朗恩跟我今晚可以用 iPad 上網，」伊博辛說，「做一點點研究。」

「你又要在這裡過夜喔，朗恩？」喬伊絲問。

「嗯，就再一晚，妳知道的。這裡有護士小姐可以撩，而且她們泡茶很好喝。」

「那我再多給你帶些內褲來。」喬伊絲說。

「說真格的，不用了。」朗恩答道。

第十三章

唐娜．德．費雷塔茲警員正與克里斯．哈德森探長一同坐在B偵訊室裡。他們對面坐著的是裝酷裝得很爛的萊恩．貝爾德，還有身上的西裝應該先拿去乾洗一下再穿來費爾黑文警局的律師。他把西裝穿上時是怎麼想的？他竟然還戴著婚戒。那是怎麼辦到的？當個男人還真是輕鬆。唐娜下了多少工夫打扮自己，現在都還是小姑獨處，這傢伙何德何能。隨便啦。

「你星期五人在哪裡，萊恩？」克里斯問。「從五點到五點十五分之間。」

「我忘了。」萊恩說。

他的律師做了個筆記。或至少做出了做了個筆記的動作。天曉得這一問一答可以記些什麼。

「茶還可以嗎？」唐娜問。

「妳的茶又如何？」萊恩答道。

「其實還不錯。」唐娜說。

「那還真是麻煩妳了。」萊恩說。

看看他，長滿青春痘的臉跟逞凶鬥狠的嘴。其實就是個孩子，一個迷失了的少年。

「你是一輛自行車的車主，萊恩，」克里斯說，「一台諾客的風暴四？」

萊恩．貝爾德聳了聳肩。

「你聳肩是說我說得不對，還是說你不確定自己有沒有腳踏車？」

「我沒有腳踏車。無可奉告。」萊恩說。

「你只能選一樣，萊恩，」唐娜表示。「你不能又答了問題又說你無可奉告。」

「無可奉告。」萊恩．貝爾德說。

「這就對了，」唐娜說，「沒有想像中難，是吧？」

「有位先生被搶了，萊恩，在艾波比街上，」克里斯說。「手機被拿走，倒在地上還被踢了頭。」

「我沒問你問題。」克里斯說。

「無可奉告，」萊恩說。

「無可奉告。」

「又來了，我還沒問你問題。」

「那位先生已經八十歲了，」唐娜說。「他弄不好是會死的。但他現在已經脫離險境了，你有想知道嗎？」

萊恩．貝爾德隻字未發。

「剛剛那就是我的問題，」克里斯說。「你有想知道嗎？」

「不想。」萊恩說。

「嗯，總算有句實話了，終於。那麼，鏡頭拍到你跟兩個兄弟在希奧多街上，那裡距離搶案現場只有幾分鐘的移動距離，而且拍到的時間是五點十七，外加我們看到你騎著一台諾客風暴自行車，且不論車主是不是你。」

克里斯把一張照片推到萊恩面前。「我要展示給萊恩．貝爾德看編號P19照片。」

「那是你嗎？」唐娜問。

「無可奉告。」

「是也好，不是也罷，」萊恩的律師說，「剛好人在犯罪現場附近也不犯法吧。」

這話在空中懸了一會兒。克里斯把筆在他的寫字板上敲了幾下，腦中進行著思考。

「好，我們問夠了。」克里斯說著突然站了起來。唐娜瞥見了律師驚訝的眼神。「偵訊結束時間：下午四點五十七分。」

克里斯走到偵訊室門口開了門，並示意要萊恩與律師離開。萊恩二話不說走人，但律師則逗留了一下。

「在走廊等我一下，萊恩，」律師說道。「我一下子就好。」

萊恩拖著腳步走遠，而一等他應該聽不見偵訊室裡說話了，律師便壓低了聲音對克里斯開了口。

「你們手上的東西就這樣？你們肯定有監視器畫面以外的證據吧？」

「有是有。」克里斯說。

律師把頭偏向一邊。「所以今天這算什麼？給我們下套嗎？你知道要是你們之後還打算把他叫回來看影片，或是跟證人對質什麼，我有權現在先過目。」

「我知道，」克里斯說。「我沒有什麼畫面要再給他看了。」

「你們沒有要搜索他住處嗎？」

「並沒有，」克里斯說。

「你們沒有要去把另外兩個男生找出來嗎？」

此刻站到律師肩膀旁邊的唐娜注意到他襯衫領子內側有一圈像潮痕一樣的髒汙。相比之下，唐娜挺開心看到克里斯自從跟她老媽開始約會後，已經不再那麼不修邊幅了。有些男人你可以任由他們自己去搭配衣服，有些男人不可以。克里斯算是剛好來到這兩種男人的交界上。再過不久，他就可以在時尚世界自由奔馳了。

「何必做那種沒意義的事？」

「沒意義？」

「是啊，有什麼意義？我們不可能拿到足夠的罪證移送他，這點你知，我們知，我猜萊恩也知，不論天曉得他每天腦袋裡都想些什麼，那個小王八蛋。」

「妳說那個小什麼？我沒聽清楚。」律師說。

「反正我們不會再傳喚萊恩來局裡了，」唐娜說。「你知道這點就行了。」

「我們不會再像今天這樣排排坐偵訊他了，」克里斯說。「這回不會了，你可以去把這個好消息告訴他。」

「我是不是有什麼該聽到的沒聽到？」律師問道，眼神從克里斯移往唐娜，再從唐娜移回克里斯。「我真的覺得自己少聽到了什麼？你們要放他走？我可以洗耳恭聽一下理由嗎？」

唐娜直視著他的眼睛。「無可奉告。」

她從開著的門口走了出去。克里斯看著律師只是聳了聳肩。

唐娜在門外突然轉過頭說。「聽著，我這完全不是要批判你，但要穿西裝出門的話，你得大概一個月送乾洗一次。真心不騙，觀感會有天壤之別。」

第十四章

「那真的是意外一場，」帕琵邊說邊把椰子口味馬卡龍的屑屑從嘴角抹去。

「喔，那通常都是意外。」伊莉莎白說。

「當時我人在華威大學，念的是英文與媒體傳播。有一個任職外交部的女士有次來做了個演講，講完有免費的飲料可以喝，所以我們都去了。總之，她說外交部的起薪是兩萬四千鎊，所以我就提出了申請。」

「怎麼聽起來不是很神祕或精彩，」喬伊絲說著端來了更多茶。

「確實，」帕琵並未否認。「我去外交部面試了一次。地點在倫敦，所以我用學生的鐵路卡搭車南下，還事前做了各種功課，讀了一堆俄羅斯、中國的資料，還有我覺得可能會被問到的東西，但他們就只是跟我閒聊而已，說真的。」

「他們向來如此。」伊莉莎白說。

「他們問我最喜歡的作者是誰，我說鮑里斯・巴斯特納克[39]，但其實我真正喜歡的是瑪麗安・琪斯[40]。但他們似乎很喜歡這個答案，並當場邀請我再來參加第二次面試。我跟他們說我其實負擔不起下倫敦兩次，結果他們說：『放心，車錢他們會出，還會找地方讓妳住。』

---

39 Boris Pasternak，1890-1960，蘇聯時期作家，著有《齊瓦哥醫生》，一九五八年獲諾貝爾文學獎，但因政治壓力拒領。

40 Marian Keyes，1963~，愛爾蘭女性通俗小說作家。

我又說：『老實說當天來回我會比較開心，過夜就不必了。』結果他們說：『我們堅持。』然後二次面試的時候他們跟我說了他們真正的身分，還帶我出去喝了個爛醉，最後把我安置在梅菲爾一家俱樂部的房間裡，隔天事情就這樣定了。他們讓我帶著自己的筆電回家，跟我說等我畢業再見。」

喬伊絲倒著茶。「我記得喬安娜——喔，她是我女兒——大學畢業的時候。她念的是倫敦的倫敦政治經濟學院，不知道妳聽過沒有，而我在她要出社會時擔心得要死，因為我不知道她要做什麼。她說她要去當DJ，而我說是喔，那我認識我工作的醫院裡有個人就是負責院內廣播的，他叫德瑞克．懷丁，我可以幫她介紹，好讓她累積一點工作經驗，但她說她要當的不是那種DJ——顯然DJ不止一種——還說她的計畫是想要環遊世界。結果才過兩天，她就打電話給我說她要去高盛面試，可不可以跟我周轉一下好買些像樣的衣服？事情就這樣定了。」

「聽起來她是號人物，」帕琵說。

「她有她發光發熱的時候，」喬伊絲並未過於謙虛。「德瑞克．懷丁最終從郵輪上摔下死了。沒有人知道自己即將面對哪種命運，妳說是吧？」

「那妳做得還開心嗎？」伊莉莎白問。

帕琵喝了一小口茶，思考著該如何回答。「不算特別開心，我這麼說妳不介意吧？」

「一點也不。」伊莉莎白說。「那本來就不是每個人的菜。」

「我只是正好掉進了坑裡。我剛好需要一份工作，而這工作感覺還滿有趣的，再加上我從來沒有過什麼錢。但我其實真的不具備這工作需要的任何資賦。妳喜歡心裡藏著祕密嗎，伊莉莎白？」

「我很愛，」伊莉莎白說。

「嗯，我就不太喜歡，」帕琵說。「我不喜歡跟某甲說一套，跟某乙又說另外一套。」

「我也是，」喬伊絲。「就算某人只是剪了個不適合的髮型，我也忍不住要說。」

「但那就是工作，」伊莉莎白說。

「嗯，我知道，」帕琵說。「沒有人逼我簽下去。問題在我自己，只不過這對我來說真的不是一份對的工作。我討厭這份工作裡的緊張與風波。你應邀參加的會議一堆，你沒受邀參加的會議也一堆。」

「那不然妳想做什麼？」喬伊絲問。

「這個嘛，」帕琵出了點聲，然後又欲言又止地停了下來。

「說嘛，」喬伊絲說。「我們不會告訴任何人。」

「我有在寫詩。」

「我沒空寫詩，」伊莉莎白說。「以前沒有，將來也不會有。妳不介意我們把話題回到萊恩．貝爾德上吧？」

「喔，當然，」帕琵說著伸手去拿了椅子邊上的包包。她掏出的是一份檔案，並將之交給了伊莉莎白。「姓名、住址、電郵、手機門號，近期的通話紀錄，全國性保險個資、健保就診病歷、網路瀏覽歷程，還有來往人脈的手機。這麼短的時間內，我能查到的恐怕就這樣了。」

「一開始有這些就夠了，謝謝妳，帕琵，」伊莉莎白說。

「別謝我，」帕琵說，「該謝的是道格拉斯。要是讓我決定，妳們就拿不到這些資料了。我很抱歉這麼說，但這總感覺是走在法律灰色地帶的行為。」

「喔，這年頭合法的事情愈來愈少了，要計較合法，妳連街都快不能上了。面對規定有時就是要有點彈性。」伊莉莎白說。

「但問題就出在這裡，是不？」帕琵說。「我就是不想扭曲規則。我並不會因為走在灰色地帶上而感覺興奮。但妳會，是吧？」

「會，」伊莉莎白不諱言。

「嗯，我就不行。那只會讓我覺得焦慮。但我的工作內容全都落在灰色地帶上。」

「我這點又跟妳一樣。」喬伊絲說。

「喔，喬伊絲，得了吧。」伊莉莎白說。「妳當起間諜應該會如魚得水吧。」

「我還是覺得帕琵應該寫她的詩。」

「謝謝妳，」帕琵說，「我媽也是這麼說的，而她說的通常都是對的。」

「別誤會，我也覺得妳應該寫詩，」伊莉莎白說。「我沒興趣聽，但妳絕對應該寫。不過在那之前，我們得先把手上的任務完成，保護好道格拉斯。」

「我等不及要見他了，」喬伊絲說。「妳會擔心我愛上他嗎？」

「喬伊絲，妳會發現他非常英俊，但妳也會一眼就看破他的手腳。」

「這我們可以再看看，」喬伊絲說。「帕琵，我可以問妳手腕上為什麼有個雛菊的刺青嗎？因為我在想妳叫帕琵（Poppy），那不是應該刺朵罌粟花比較合理？」

帕琵笑著摸起了那處小小的刺青。「雛菊（Daisy），那是我黛西祖母的名字。我跟她提過我想要在身上刺點東西，結果她說她死也不准我這麼做，尤其是刺些船錨跟人魚啊有的沒的。所以我就索性跑去刺了這個，然後再見面的時候秀給她看。當時我說：『黛西，見過黛西』，然後她就啞口無言了，是不？」

「聰明的女孩，」喬伊絲說。

「隔兩個星期後我又去看她，結果她捲起了袖子說：『帕琵，見過帕琵』。有一朵大大的罌粟花一路延伸在她的前臂上。她說要耍白痴就一起，誰怕誰。」

伊莉莎白露出了笑臉，喬伊絲則拍手叫絕。

「嗯，她聽起來是我們這一掛的，」伊莉莎白說。「帕琵，如果這次任務是妳在軍情五處的告別作，那我們也沒什麼好說，但我保證我們會盡一切努力讓妳至少走之前可以樂在其中。」

「我們保證，」喬伊絲說。「要再來一塊馬卡龍嗎，帕琵？我看妳上一塊吃得很開心。」

帕琵舉起手婉拒了喬伊絲的好意。

「我們不會讓任何不該出現在這裡的人出現在這裡。道格拉斯不會有什麼危險，而那也代表妳不會有什麼危險，」伊莉莎白說。

「除非他們今天晚上趁我們在吃馬卡龍的時候跑來偷襲。」帕琵說。

「合著我們現在坐著沒事幹，我在想道格拉斯把鑽石怎麼了，應該可以由我們三個破案。」

「這個嘛，他否認偷了鑽石，這妳知道。再者，那不是我們的工作，」帕琵說。「我們的工作是保護他。」

「帕琵，我真心不介意妳覺得焦慮，也不在乎妳內心矛盾掙扎，我甚至無所謂妳像個文青，但我絕對不能坐視妳表現得如此無趣，因為我看得出妳不是個無趣的人。這點妳能答應我嗎？」

「妳是說不要無趣嗎？」

「如果這要求不算太過分的話？」

「妳們倆真的覺得我應該寫詩嗎？」

「喔，當然啦，」喬伊絲說。「我喜歡的那首詩叫什麼來著？」

帕琵跟伊莉莎白妳看我我看妳。她們怎麼會知道。

就在看著伊莉莎白的同時，帕琵說道：「為了響應妳說的不無趣，我能不能問妳一個問題？」

「不要太過分的話，可以。」伊莉莎白說。

「妳是怎麼進軍情五處的？那是妳追求的夢想嗎？我需要妳給我一個不無趣的回答，拜託，我不是觀光客。」

伊莉莎白點了頭。

「當時有一個教授，而我人在愛丁堡大學念法文與義大利文。總之那個教授有朋友的朋友一天到晚在挖掘新秀，所以他就丟出了這個建議，而我說我不適合。但他還是一直丟，一直丟。」

「所以妳最後為什麼簽下去了？」

「嗯，他瘋狂地想跟我上床，我說那個教授——那年頭很多人肖想我。所以我一方面知道他想睡我，一方面知道他想讓我去軍情五處面試，然後我就想說我兩件事情好歹得做一件——妳知道被拒絕的男人會多瘋。所以我琢磨著自己要嘛陪他睡，要嘛去軍情五處面試，然後我就兩害相權取其輕了。而妳一旦上了軍情五處的鉤，他們就不會放手了，這點妳慢慢就會知道。」

「所以妳的間諜生涯只是為了不跟某人上床？」帕琵問道。

伊莉莎白點頭。

「妳有想過自己原本會幹什麼嗎？」

「我知道妳不喜歡祕密，帕琵，但妳在萊恩・貝爾德的事上幫了大忙，所以我這裡有件我應該誰都沒有說過的事情。那是件我的家人不知道、我歷任丈夫都不知道、甚至連喬伊絲都不知道的事情：我一直夢想能當個海洋生物學家。」

帕琵點了頭。

「海洋生物學家？」喬伊絲說。「那是什麼？研究海豚什麼的嗎？」

伊莉莎白點頭。

喬伊絲伸手放到了朋友的手臂上。「我相信如果重來一遍，妳會是個絕佳的海洋生物學家。」

伊莉莎白再次點了個頭。「謝謝妳這麼說，喬伊絲。我可以的，是不？」

第十五章

道格拉斯．米德密斯躺在床上，讀著一本關於納粹（大體上持反對立場）的書，然後他聽到了聲響，那是公寓門被打開的聲音，只不過很慢很小聲就是了。那不是帕琵，她一個小時左右前就回來了。她去了哪裡？被伊莉莎白用話匣子困住了嗎？果真如此那倒是挺像伊莉莎白，溫溫柔柔地把新來的女孩生吞活宰。

說起活宰，公寓門如此輕手輕腳被打開於他沒有好只有壞，因為有公寓鑰匙的人只有他跟帕琵，而不用鑰匙開門還能這麼安靜，只可能是出自專家手筆。問題這是哪一種專家？慣竊還是殺手？

他很快就會得到答案。

道格拉斯希望自己能有把槍在手上。舊時的他就會有。有一次在雅加達，他不小心射穿了日本大使館文化專員的手臂，原因是他們滾床單滾得太過激烈。所幸她人非常好，加上英國國家美術館被說服了出借林布蘭給東京某博物館，所以事情就算擺平了。但從那之後他就改把槍用膠帶黏在床底，枕頭底下就不擺了。

他邊想著這一切，邊取下了看書用的老花眼鏡，扣起了睡衣下身用來取代拉鍊的釦子，溜下了床面。帕琵有配槍。她不像是那種這輩子開得了槍的人，但該受的訓練她應該都沒少，是吧？前門打開的聲音她聽到了嗎？興許沒有。道格拉斯經年累月已經對危險非常敏銳，但帕琵沒有這些經驗。帕琵這型的他見多了，沒多久她就會從軍情五處畢業去生小孩。

當然這年頭，你已經不能公開說這種話了。這世界是瘋了還是怎麼著。

就在道格拉斯開始把床單弄平的時候，他聽見了臥室門上的掛鎖發出搖晃的響聲。所以說是殺手而不是慣竊囉？道格拉斯這麼懷疑著。也許是馬丁・羅麥克斯派來的？還是美國人？哥倫比亞人？這實在太荒謬了，真的，但如果要被砰掉，道格拉斯會希望是英國人來開這一槍，尤其是英格蘭人更好。但我為魚肉豈能選擇刀俎。

鐵剪可以在一分鐘內搞定掛鎖，但不可能不發出聲音，更不可能不把帕琵吵醒。只要帕琵能在殺手來到他身邊之前趕到入侵者身邊，他就沒事了。

床鋪已經弄平，如今看上去就是完美無瑕，沒人睡過的樣子，又或者像是住這兒的人還在外頭享受夜涼的樣子。道格拉斯悄悄走到衣櫃旁，打開了櫃門往裡頭一藏。這大概只能替他爭取到頂多十到十五秒，但說不定那就夠了。他關上了身後的衣櫃門，佇立在黑暗之中。

人在這份工作中，總是會不自覺地納悶自己將落得哪種死法。道格拉斯曾經差一點死在挪威的冰川上、伊朗與伊拉克邊界上的汽車後車廂中，和金夏沙美軍基地所遭受的一次導彈攻擊中。但或許最終他將身上穿著睡衣，死在某養老院裡的一個破衣櫃裡？道格拉斯對這個問題的答案很好奇。害怕歸害怕，這點不在話下，但還是很好奇。畢竟在你生命中的所有遭遇裡，死亡絕對是數一數二的大事。道格拉斯聽到掛鎖斷開的聲音。帕琵不會沒有聽到吧？

透過衣櫃門的細縫，道格拉斯可以辨識出一個男人走進了房間，舉高的槍對準了床鋪。蒼白的街燈透過窗簾，照入了一道細瘦的光線。

他看到那個男人轉身，還看到他在發現床上空無一物後開始環顧四下。道格拉斯屏住了呼吸。而隨著陌生男人轉頭面對衣櫃，道格拉斯意識到自己或許此生將再也沒有呼吸的機會。除非房裡真的沒人，否則衣櫃是唯一可能躲藏的地方。一個有本事不用鑰匙把門悄悄打開，還能切斷軍情五處規格的掛鎖之人，不會連這一點都想不到。

那男人朝衣櫃跨了兩步，槍仍高舉在手裡。白人，道格拉斯心想，四十歲上下？這種光線下直的很難判斷。他叫什麼名字？道格拉斯心想。那感覺像是他有權知道的訊息。他們見過嗎？曾經如未來的戀人在街上擦身而過嗎？

帕琵沒有來。她怎麼能沒有聽到？除非？喔，是了。那就對了。也許帕琵今晚根本沒跟伊莉莎白在一起？也許她其實去聽取任務簡報？命令交代下來。我們要釜底抽薪解決這個問題。大家就睜隻眼閉隻眼，沒有人會知道。我們就派個自己人去。道格拉斯反正沒有親戚，沒有兒女，沒有人會問問題。帕琵這麼資淺自然不敢造次。她此刻會乖乖待在她的房間裡，龜縮著。等有人發現他的屍體，伊莉莎白有辦法抽絲剝繭出真相嗎？這是什麼白痴問題，他的屍體不會被人發現的。某個特別行動小組會出動把現場清理乾淨。軍中的驗屍官會在某處待命，所有的文書都已備齊。大概會以自殺結案吧。伊莉莎白根本不會有機會近距離發現事情的蹊蹺。伊莉莎白看起來真的狀態很好，道格拉斯不得不承認。他不排斥跟她舊情復燃。她能發現他的另外一封信嗎？肯定是能的。

那男人伸腳勾住了衣櫃其中一扇門的下面，將門拉了開來。他一看到道格拉斯站在裡邊，就露出了笑臉。

那男人看上去是英格蘭人，而槍並不是處裡發的制式裝備，但有時候他們確實會花錢找接案的槍手。「總是值得一試。」道格拉斯說著用手比了比衣櫃的內裡。

那男人點了個頭。道格拉斯等待起頓悟，等待起人生在一閃而過中變得清晰，好讓即將啟程的他不論面對前方什麼樣的旅途，都可以帶上些行李。但他什麼都沒有等到。他只能看到眼前有一把槍跟一個男人，只能感覺到後頸上刺癢的睡衣標籤。這種走法還真特別。

「鑽石在哪？」男人問。是英格蘭的口音。那給道格拉斯內心帶來了幾許平靜。

「恕難奉告，老兄，」道格拉斯說。「你橫豎要我的命，那我寧可鑽石最後落到其他人手裡。」

「說不定我不殺你，」男人說。

道格拉斯笑著對持槍的男人挑起了像在說「最好是」的眉毛。而男人也點頭坦承自己確實是在胡說八道。

「我有件事聽來可能有點荒謬，」道格拉斯說。「但最後可不可以替我解開個謎團，我挺想知道是誰派你來的？」男人搖了搖頭，道格拉斯眼睜睜看著他扣下了扳機。

第十六章

伊博辛睡不著。

他周遭是靜止的空氣。多少人曾經在這個病房裡死去？在這張床上死去？在這些被單下死去？

多少人的最後一口氣還懸在這片空氣裡？

眼睛一閉上，他就又回到了路上的水溝邊。他能感覺到那潮濕，他能聽到那腳步聲，他嘗得到血。

他後腦挨的那一腳，現在有了個名號。萊恩・貝爾德。萊恩・貝爾德現在人在何處？他在想。伊博辛的手機又在何處？失竊的手機都是誰在買？伊博辛的手機上裝了俄羅斯方塊，一共有兩百關，他費了好大功夫才拚到一百二十七關。現在都白玩了。

他看著手腕上的紅色塑膠標籤。那是死亡的管理方式，醫院裡的某個抽屜就擺滿了這種標籤。

他總算把朗恩勸回家了，但他並非有人陪卻不知好歹。這些日子以來的每個晚上，朗恩都陪著他一起不睡，一起聊英超足球的西漢姆聯隊，也一起聊工黨的問題點。然後夜更深了，朗恩又會跟他聊自己的前妻跟女兒、聊他的兒子傑森，還有聊他十四歲時如何輟學，又是如何從不知道自己的爸爸是誰。這不叫無所不聊，什麼才叫，但他就是隻字不提事件的經過。他們一起看了《終極警探》[41]，但只限第一集。很顯然看其他集沒什麼意義。伊博辛從來沒有過像朗恩這樣的朋友，而朗恩也從來沒有過像伊博辛這樣的朋友。朗恩會替他把空了的水壺裝滿，會替他去販賣機把 Frazzles[42] 買回來，但絕對不跟他有身體上的碰觸，即便只是把手搭在手臂上也不。對此伊博辛完全可以接受。這年頭要當個男子漢恐怕是更難了，伊博辛心想，因為擁抱好像變成了基本款。

伊博辛想要回家，他知道回家是好事一樁。有個他待起來覺得安全的家是好事一樁。他想在家裡，讓更能給他安全感的人們包圍他。

但他知道那樣他將永遠不想再離家半步。

生活終將回歸正常。大腦是種極其聰明的東西，而這也是伊博辛如此鍾愛大腦的其中一個原因。你的腳是你的腳，不論富貴貧賤都永遠是你的腳。但腦子會改變，型態與功能都會。伊博辛絕對對足科醫師懷著一份敬意，但是整天只看腳？開什麼玩笑？

大腦，這頭雄偉但不會說話的野獸。他知道各種奇特的化學物質正在他的腦中亂竄，為的是保護他在這個危機時刻不受傷害。假以時日這些化學物質會慢慢退去，除了黯淡的痕跡外什麼也不會留下。有人說時間會治癒一切，就是這個意思。一如大部分事情，你如果追根究柢，結果都只是神經科學而並非詩句。

沒錯，時間能療癒一切，時間是真的能治好一切。但萬一伊博辛什麼都有，就是沒有時

---

41 布魯斯．威利主演的一九八八年經典警匪動作片，系列作一共五部，最後一部是二〇一三年的《終極警探五：跨國救援》。

42 英國一種培根口味的玉米脆片，屬於太空包的零食。

間呢？

報仇不太是我信奉的理念。他之前跟大家夥討論到萊恩·貝爾德時是這麼說的。而理論上他也真的不認同冤冤相報。報仇不是一條直線，而是一個圓圈。報仇是一顆你人還在房裡就爆開的手榴彈，你不可能不被波及。

伊博辛曾經有過一個案主，叫艾瑞克·梅森，他在基林漢[43]跟一個當車商老同學買了一輛二手BMW。他買完不久就發現車子的離合器有問題，但在經銷商的朋友拒絕負責，於是可以說在情緒管控與憤怒管理上有問題的這位艾瑞克·梅森就自費更換了離合器，然後三更半夜把車子往經銷商的櫥窗一頭撞進去。

車子拋錨在原地——這很可以理解，畢竟它才剛被開著衝過一大片玻璃——所以艾瑞克·梅森只得撂下車子，在警鈴大作中逃亡。不幸的是他匆忙中摔了一跤，身體被一大塊窗戶碎片刺穿。還好警察及時趕到才沒讓他失血過多身亡。

在醫院裡養傷的期間，艾瑞克·梅森收到了來自車商的一大束花，但附上的卡片一打開，他發現裡頭夾的是法院傳票外加一張一萬四千英鎊的帳單。他的下場是做完一段時間的社區服務後破產。這下子他比之前更怒了。

原本艾瑞克的女兒跟車商的兒子是學校裡的朋友，但事發後艾瑞克不准他女兒再跟男孩講一句話，惟隨著春去冬來，這對小兒女在兩年後走在了一塊，但艾瑞克還是拒絕出席兩人的婚禮。又一年過去，艾瑞克的外孫也出世了。這時兩邊依舊都不肯讓步，於是艾瑞克連見長孫一面都做不到。全都只為了一副壞掉的離合器。

便是在這個時間點上，艾瑞克才感覺到或許他應該為自己的行為負起責任，並因此決定要看一下心理醫生。

十二個月後，在他最後一次來見伊博辛時，艾瑞克·梅森帶了他的女兒跟女婿來當面致謝。甚至他還把寶貝外孫都抱來了。最後他們一起大合照，每一張臉上都是止不住的笑意。

伊博辛覺得自己的精神愈來愈不濟，於是他決定不再壓抑睡意。不論在等著他的是什麼樣的夢境，他最好都能乾脆地拿出面對的勇氣。不要胡思亂想，就接受萊恩·貝爾德對他施加的傷害。重點不在肋骨、不在臉——這些很快都能復原——而在他只為一支手機就被奪走的自由與內心的平靜。

有句話說人若想報仇，就要先挖好兩塊墓地，此言誠然不虛。但話說回來，伊博辛感覺他自個兒的墳墓已經挖好了，所以幫萊恩·貝爾德也挖一個真的能有多大損失嗎？他在想他的好友們打算怎麼處置萊恩。不會傷他一根寒毛，這點伊博辛很確定。但自由跟內心的平靜呢？萊恩或許會稍稍吃上一驚。

伊博辛、艾瑞克·梅森與他孫子的合照被收在一個專門的檔案夾裡，珍藏在伊博辛家中。那個檔案夾裡放著一些紀念品，說多不多，但都能讓伊博辛不忘他熱愛這份工作的原因。伊博辛的架上也就這麼一個檔案沒有嚴格照字母排序。畢竟有時你必須記住不論你再如何一廂情願，生命都不會永遠依ABCD去排列。

艾瑞克·梅森在多年後發現當年的離合器根本一點問題都沒有。他只是沒搞懂新型的離合器是電子控制，其實他只要長按重設鍵五秒就可以排除障礙。所以關於尋仇我們真的要小

43 Gillingham，肯特郡的地名。

心再小心，只是說實在的，伊博辛已經小心了大半輩子，而有時候人就是需要換個做法才能有所成長。

伊博辛確信他可以長按自己的重設鍵五秒，可以繼續在內心懷著原諒，可以繼續做對的事情，正確的事情，乏味的事情。就像車上的定速巡航。

但他還記得艾瑞克・梅森後悔歸後悔，卻還是聊起過他把車撞進經銷商展示窗時那純然的爽快與刺激。

那幅畫面讓他忘卻了後腦杓挨的那一腳、忘卻了萊恩・貝爾德的步伐聲，也忘卻了鮮血的味道，更讓他自遇襲以來第一次沉入了安詳的夢鄉。

第十七章

喬伊絲

已經凌晨兩點了，但我還是想趁著記憶猶新把這一切都寫下來。

我的手機在午夜時響起，而想當然耳我的第一個念頭是伊博辛走了。你還能怎麼想？在那樣的狀況下，不然誰會三更半夜來電話。他在我們離開時還很正常，但意想不到的事我見多了。我應該是兩響內就來到了電話邊。

電話另一頭是伊莉莎白，而她開口的第一句話就是「伊博辛沒事」，讓我著實鬆了一口氣。她想的話，也是可以很貼心的。她說她知道現在是三更半夜，但她要我趕緊把衣服穿一穿，最短時間內跟她在魯斯金苑十四號會合。我考慮著該不該帶上熱水瓶，但伊莉莎白說那邊已經有壺子了，所以人來就好。我其實三兩下就可以把水瓶裝滿，但想在三更半夜跟伊莉莎白說這些五四三，你來試試看。

我步行到了魯斯金苑，那兒在黑夜裡著實賞心悅目，有幾盞燈照亮著一條條小路，樹叢裡還聽得到有小動物。我完全可以想像那些狐狸們在狐疑著，這個老太太想要幹麼？因為我也有一樣的想法。外頭有點冷，但我才剛在馬莎百貨買了一件羊毛衫，這下子正好能派上用場。他們昨天有幾樣貨到，但我沒說，因為我的風格就是什麼都不說。比方說昨天我解凍了一份千層麵，但忘得一乾二淨，而我到現在才跟你說。

來到門口，我按對講機上了樓，老實說我心臟在怦怦怦，不知道等下會看到什麼。我推開門，看到了楚楚可憐的帕琵坐在一張扶手椅上，渾身發著抖。她的對面是另一張扶手椅，上頭坐著伊莉莎白，但一點都不抖。此外整間房裡就沒有其他家具了。這公寓是道格拉斯的藏身地，這我還推敲得出來。「把水燒上，喬伊絲，」伊莉莎白說，「帕琵需要收收驚。」她口氣有點在發號施令，但我知道她並沒有不敬之意，她只是很專業在處理眼下的情形。

順道一提那裡的廚房有夠誇張。兩個馬克杯、兩個盤子、兩個玻璃杯、兩個碗、一些家樂氏的東尼玉米片、一些「母親的驕傲」牌白麵包，然後冰箱裡放了些豆腐、一些杏仁漿。一處碗櫥裡有茶跟咖啡，而我把頭往回一探，伊莉莎白跟帕琵就停止了對話，於是我問帕琵她要不要加牛奶跟糖，接著她問她可不可以來點小豆蔻跟荔枝的花果茶，對此我點了點頭，假裝這麼喝挺正常，但我也明白這年頭這麼喝還真的屬於正常，然後我便鑽回了廚房。我的天，這句話寫起來還真長。這要是寫在一本書裡，肯定會有人叫我找地方放個句點，也許在花果茶後面？

我動手把壺子裝滿並煮起水來，但心中迫不及待地想回到客廳去弄清這是怎麼回事情。如果這是道格拉斯的公寓，那他人呢？我把水澆到了灰布做成的茶包上，這我尊重，畢竟人各有志，我只是在想說泡這花草茶，茶包是該留著還是拿出來？要是可以在杯裡就這麼放著，那我就可以早一點回客廳，但要是那麼做不合規矩呢？喬安娜跟所有做女兒的人，都一定會知道。總之我就是在此時聽到了馬桶沖水的聲音，所以，哎呀管他什麼規矩，我把茶包留著就走進了客廳。

我一聽就知道那水是道格拉斯沖的，你就是能感覺出來。非常帥，不是我要說。我一眼就秒懂了伊莉莎白嫁他是在嫁什麼，也明白了她為什麼跟他離婚。但雖然沒有白頭偕老，但我相信他們在一起的時候是開心的。

他朝我劈頭就是一句：「喔，妳就是喬伊絲吧，久仰了。」結果不騙你，我差一點就要拉裙子彎腰回禮了，但此時我瞥見了在翻著白眼的伊莉莎白，所以我最後說出口的是：「沒錯，那你就是道格拉斯吧。」而他說：「我敢說妳已經聽說我很多事情了吧。」而我說：「那倒沒有，沒有。」我看得出伊莉莎白覺得我做得很對。

我說讓我去臥房裡再找一張椅子來，但伊莉莎白說去帕琵的房間找吧，因為道格拉斯房裡的地板上有一個死人。

嗯，這還比較差不多。

我從帕琵的房裡搬出了一張硬背的椅子，然後伊莉莎白讓道格拉斯跟我說起了故事。

他一直躲在衣櫃裡，但那並不是因為貪生怕死，而是基本的素養，然後有個傢伙把槍指在他頭上。他花了點篇幅詳述這一段情節，探討了死亡與格局，還有身而為人的道德責任與如何不虛度一生。我心想要是朗恩在多好，他要是在，就會叫他閉上鳥嘴別在那兒唧唧歪歪，但他是他，我是我，我只能溫文有禮地當個聽眾。基本上他想說的，就是他已經準備好要蒙主寵召，但就在那神祕男子伸指要去扣扳機的那瞬間，他的頭被轟了個開花，然後只見帕琵像個英勇的騎士，手握著槍，要多酷有多酷。

酷，是道格拉斯說的，但你看得出她一點也不酷，因為她仍抖個不停，仍不發一語，仍用雙手把茶捧在手裡。她對茶包泡在茶裡沒有任何評語，所以也許那麼做沒有關係？但我想她現在並沒有心情關心茶包怎麼樣，所以也許這也不能作準。

我去坐到了帕琵的椅子扶手上，把她抱進了懷裡，而她則把頭靠到了我的肩膀上，開始默默地啜泣起來。我判斷道格拉斯或伊莉莎白剛剛都沒有擁抱過她，於是我才恍然大悟，難怪，難怪伊莉莎白要找我過來。當然抱人的工作朗恩也能勝任，但我估計伊莉莎白還沒有準備好讓朗恩認識道格拉斯。道格拉斯就是個活靶，朗恩來了恐怕要把他千刀萬剮。

我跟帕琵說她很勇敢，伊莉莎白誇她槍法極佳，道格拉斯也在一旁連連幫腔。但帕琵什麼都聽不進去，只是一股腦默默地哭泣。

使勁想安慰她的伊莉莎白說殺人絕非易事，但有時候工作就是如此，惹得帕琵終於打破了沉默說：「這不是我想要的工作」，而這話我稍微可以同理。進行訓練什麼的肯定很有趣，我想，掩人耳目地來無影去無蹤也是，但從四英尺外轟掉人的腦袋，恐怕不會是所有人的菜。我肯定不適合，帕琵顯然也不適合。慢著，其實說不定我會很適合？沒試過誰也不好把話說死，是吧？像我本來也沒想到自己會喜歡黑巧克力，就是一例。

我問下一步該如何，還有報警了沒有，而伊莉莎白說：「嗯，也算報了啦。」我原本希望能看到克里斯與唐娜登場，但顯然在這類案子裡，一旦牽涉到國家安全什麼的，辦案走的是另外一條路徑。所以伊莉莎白、道格拉斯與帕琵如今在等的，是一些從倫敦南下的特務，這案子會由他們接手。這實在很可惜，因為要是親炙這一幕，唐娜應該會非常享受。

伊莉莎白問我想不想看一下屍體，而雖然我內心很想，但我總感覺自己的臂膀應該要繼續留在帕琵身上，所以我回了聲不用了。我還好，但謝謝妳的好意。

我們只花了二十分鐘，就等到了電鈴響起，來的是一女一男。他們分別是蘇與蘭斯，伊莉莎白介紹他們是軍情五處的人。發號施令的是蘇。

他們看上去都是公事公辦、沒有要開聊的人。蘇讓我忍不住對照起伊莉莎白，那種氣場。她應該有快六十了，別一臉像在生氣的話應該是個美人。我知道她美不美不是重點，我只是想讓你對她的模樣有個概念。她一頭栗子顏色的秀髮，是染的，但不減其娟秀。我再三想與她開啟話題，但卻不斷碰釘子。

我看得出連伊莉莎白都敬她三分，所以我也跟著不敢造次，但我說要給他們泡茶，他們卻婉拒了。他們過站不停地闖過了我所站立的廚房門口。不是粗魯，只是如我所說，他們的眼裡只有工作。蘇已經完全掌握了事情的前因後果，並叫道格拉斯跟帕琵去打包所需的一切行李。她對道格拉斯跟帕琵相當不客氣，尤其是道格拉斯，搞得我覺得他挺可憐的。

蘭斯在處理遺體，拍照什麼的。他看上去就是那種你會在電視上看到，出現在手作實境秀裡的人物。粗獷、手巧，但從來不是節目裡的大明星，只會默默在背景鋸木頭。我問我可不可以看一眼他的相機，主要是我想買一台給喬安娜當聖誕禮物。他說等工作告一段落他會讓我看個仔細外加詳細說明，但最後好像也只是說說而已。

蘇跟伊莉莎白說他們會需要找時間跟她談談，而她回說嗯，應該的，但然後就安靜得像隻老鼠，不是因為害怕，而是懂得不要惹禍上身。蘇在某個點上望向了我說：「這是喬伊絲嗎？」她要伊莉莎白保證我不會把槍擊跟屍體的事情告訴任何人，諸如此類的。我說：「蘇，我保密妳放心。」但她完全沒有正眼瞧我，此時她眼裡只有伊莉莎白。伊莉莎白向蘇保證了我誰也不會說，然後蘇點了點頭，但不似有照單全收。老實說，我覺得蘇沒那麼多閒功夫管我這條小魚。

但起碼軍情五處知道我是誰了，這下子我的聖誕節電子報有東西寫了。

就在此時樓下的門鈴再度響起，兩個身穿連身工作服的男人帶著擔架抵達。英國一般的救護人員都是一身綠衣，這是常識，但這兩個人卻用黑色從頭包到腳。他們進到道格拉斯的臥室，把屍體抬上了擔架。我很幸運地可以在他們拉上屍袋拉鍊前瞥見了一眼，而沒錯，帕琵真的把他的頭轟了個稀巴爛，或至少也是爛掉了大部分。一瞬間我彷彿回到了在急診室的歲月。

當伊莉莎白跟我在穿堂給擔架帶路的同時，兩扇門聞聲而開，住戶紛紛好奇起外頭在吵什麼，但伊莉莎白只簡單跟他們說沒事別擔心。要知道如果古柏切斯出現的每一具擔架你都要大驚小怪，那你自己很快就會因為過勞死被抬上擔架了。

出了公寓，來到開放的室外，你會看到周遭幾盞燈亮著，一些窗簾拉開著，但話說回來，他們對深夜的救護車早已見怪不怪。我對伊莉莎白說我有點驚訝他們派來的只是普通的救護車，而她說那不是普通的救護車，那只是看起來像一輛普通的救護車。

我們正要回到公寓內時，蘇跟蘭斯領著帕琵跟道格拉斯出來了。他們得接受問訊，伊莉莎白解釋說。就算是在軍情五處，你也不可能對人開了槍都不用回答幾個問題來交代一下。伊莉莎白擁抱了一下帕琵，感覺很溫馨，並要她無須擔心，她沒有做錯任何事情。接著我又抱了她一下，也跟她說了不用擔心。我在最後關頭忍住了沒問茶包的事情，但等下一次見到她我肯定不吐不快。

我各給了蘇跟蘭斯一圈友誼手環。蘇的表情像是從我手中接下了一張停車費帳單，但蘭斯則說了：「謝謝妳，我還真需要一點友誼的滋潤。」我沒跟他們收錢。

道格拉斯緊接著出來，手中帶著一本書叫《第三帝國的偉大建築》，還有就是一把牙刷。

蘇叫伊莉莎白把公寓鎖好，別再讓任何人擅闖。伊莉莎白向蘇簡單點了個頭，並叫她照顧好帕琵。

接下來伊莉莎白叫我回家睡覺，所以我就回了家，但沒有去睡覺。你聽我講。

家裡的門一關上，我就脫起了羊毛衫，好將之掛在椅背上。而脫到一半，我就感覺到口袋裡有東西。撈出來一看，那是張折好的紙條，一張我將衣服穿上時還沒有的紙條。

那張紙上有一則訊息，內容只寫著三個字，「打給我媽」，然後就是一支電話號碼。

帕琵一定是趁擁抱時將之塞進了我的口袋。

所以帕琵想找媽媽，可憐的孩子。我等天亮就打給她媽。

我開了電視。ＢＢＣ二台上在播的是前一天的正常節目，但多了一個人在角落比手語。這做法還真聰明，是不？我原本還在想說要聽障朋友熬夜很不公平，但接著我便意識到他們可以把節目錄起來。所以真是太好了。我在看的是一個介紹英國海岸線的節目，名字就叫《海岸》，裡頭有人在把海螺挖起來。謝謝，但我對海螺真的還好，老實說，不過那名在比手語的女士穿著一件很可愛的上衣。

我還沒有怎麼摸熟ＩＧ的使用方式，為此我覺得很挫敗，要知道@GreatJoy69累積的私信已經有兩百。

我在想現在還有沒有其他人醒著？

第十八章

萊恩，貝爾德還醒著。他正在網路上打著《決勝時刻》[44]。他正把音量開到最大並用機槍進行掃射，也不管鄰居砰砰砰地在捶著牆壁抗議。萊恩今天賺到了一百五十鎊，靠的是把兩台筆電、一張簽帳卡跟一支手錶賣給從海邊的出租車庫遙控整個費爾黑文的康妮．強森。她信得過他，信任到她會三不五時把包裹交給他送到某個住址。毒品？那才是有前途的行當。偷手機是小孩子的玩意兒。

萊恩被說笨說了一輩子。但現在笨的是誰啊？他口袋裡有現金可以花，康妮．強森很顯然喜歡他。十八歲的他賺得比所有他認識的同齡人都多，他賺得甚至比他的「老」師都多。警察昨天把他叫去問話，為的是他偷了支手機跟推了某人一把，但警察動不了他，因為萊恩有顆聰明的腦袋瓜。聰明到老師拿他沒辦法，條子拿他沒辦法，正猛按電鈴的隔壁鄰居也拿他沒辦法。所有的問題萊恩．貝爾德都知道如何應答。

萊恩在睡前點燃了最後一根大麻菸，然後咒罵了一聲，因為一恍神讓他看著自己在螢幕上被狙擊。好在電動不是現實人生。萊恩裝填了子彈，重新展開射擊。他，天下無敵。

＊

馬丁．羅麥克斯也還醒著。一名沙烏地律師被一艘快艇的事情搞得心亂如麻，馬丁．羅麥克斯正在電話上試圖安撫他。這件事的來龍去脈是他從迦太基娜[45]的販毒集團那兒收到這艘快艇作為說好的補償，主要是ＦＤＡ[46]突襲了他們一間設在玻利維亞的毒品實驗室，讓他們全體損失慘重。至於律師在糾結的，則是那艘快艇送來的時候滿布著彈孔，他認為這除了有礙觀瞻，也可能對船的適航性造成風險。

那頭馬丁·羅麥克斯的另外一線電話響起，這頭他答應律師會盡快跟迦太基娜的販毒集團反映。

另外一線電話上的是軍情五處。他認識安德魯·黑斯汀斯嗎？認識。安德魯·黑斯汀斯是他的手下嗎？是，因為說謊也沒用，對方可是軍情五處，他們早就調查清楚了。黑斯汀斯先生今晚有替他工作嗎？不，他沒有。我們必須很遺憾地通知您，黑斯汀斯先生已經在嘗試謀殺英國國家安全局的一名成員時遭到擊斃，請節哀，但我在想您對這消息有沒有什麼話想說。不，沒有，完全沒有。您會剛好知道黑斯汀斯先生的緊急聯絡人是誰嗎？不知。他有家室嗎？應該有。那他太太是？不清楚，沒問過。很抱歉這麼晚打擾您了。不會，不用客氣，你們只是盡忠職守。

馬丁·羅麥克斯掛上電話。所以黑斯汀斯死了。嗯，這有點棘手。但他還是會先處理快艇的事。另外他還是需要替花園開放日訂一些擱板桌。

*

44 Call of Duty，一款第一人稱視角的射擊遊戲。

45 Cartagena，哥倫比亞城市名。

46 美國食品藥物管理局。

帕琵與道格拉斯也還醒著。他們在戈達爾明附近一棟偌大的鄉村別墅裡分房接受問訊，但這純粹是為了把事實釐清。帕琵面前放著咖啡，還有工會代表陪在她身旁。蘭斯．詹姆斯請她講述一遍事情的始末。

道格拉斯面前沒有咖啡，工會代表也不在身邊。房間裡只有他跟蘇．里爾登。這才是事情該有的做法。他認得想殺他的人嗎？從來沒見過。槍手是馬丁．羅麥克斯的手下，他驚訝嗎？嗯，說驚訝也驚訝，說不驚訝也不驚訝。此話怎講？嗯，他肯定得替某人工作嘛，不是嗎？而馬丁．羅麥克斯也確實威脅過我，所以他買兇殺人並不是完全不可能。但如果道格拉斯你沒偷鑽石，那馬丁．羅麥克斯怎麼會要你死？回答我們。不清楚，馬丁．羅麥克斯在耍某種把戲，這是肯定的，而我剛好被捲入了其中，還差點被轟掉了腦袋。把你們當時潛入馬丁．羅麥克斯家的過程跟我們說一遍，一步一步來。

時間來到凌晨三點，帕琵的工會代表表示應該讓帕琵去補個眠了。走在長長的走廊上，她可以聽見蘇．里爾登還繼續在訊問道格拉斯．米德密斯。

第十九章

朗恩為此跳過了早餐，而且火氣還變得比平常更大。他花了點時間審視臥房地毯上的大片血跡，接著又察看起了臥房牆上的彈孔。

「背著我亂來的事我不是沒見過，」朗恩說。「天曉得為什麼，只是這些年來大家都很愛搞我，但這可是那個誰啊，名字一時想不起來，才幹得出的事情，妳是何時發現屍體的？十一點半？我應該還醒著啊。我可以套上鞋子殺過來。我發誓我很少說不出話來，但我現在真的無言以對，我真盼著能開得了口。我真盼能想到這時該說什麼。」

朗恩把彈孔盡情欣賞一遍，然後才心滿意足地開始來回踱步。

「朗恩，不要在血跡上走來走去，拜託，」伊莉莎白說。

「可是不，誰接到了電話？喬伊絲。又是喬伊絲。沒有人不喜歡喬伊絲。」

「有嗎？這我倒是不知道。」喬伊絲從客廳捎來了消息。

「你也喜歡喬伊絲啊，朗恩。」伊莉莎白說。

「我沒有打斷妳們倆，所以妳們也不要打斷我，」朗恩說。「屍體出現了。一個死人，有個傢伙腦袋上挨了一槍，結果妳怎麼著？妳打給了喬伊絲。妳竟然不打給朗恩，竟然，不。妳為什麼要打給朗恩？他又不想看到屍體，是吧？他最不想看到的就是屍體。用血跡跟一個彈孔打發朗恩就夠了。這下子我算是長了見識了。」

「你說完了沒？」伊莉莎白說著看進了她的袋子。

「猜猜看啊，伊莉莎白？猜猜看我說完了沒。把妳那些演繹推理的能力拿出來用啊。不，我還沒完。我原本可以說多開心，就有多開心。」

「跟我來，」伊莉莎白說。

伊莉莎白走進客廳，在喬伊絲對面的扶手椅坐定。朗恩也一路跟著她。

伊莉莎白從她的袋子裡取出一個檔案，放到了大腿上。朗恩有話不吐不快。

「我在這兒答應妳，」他脫口而出了，「有喬伊絲替我作證——雖然朋友之間不好答應這種事情——要是我有朝一日發現有人挨了子彈，我一定會打電話告訴妳。我會去電告訴妳，因為妳是我的麻吉，而麻吉就是要這麼辦。就算是凌晨兩點，我也不管。反正看到屍體我就把電話打起來。『伊莉莎白，樓梯平台上有屍體，滾球草坪上有屍體，不論任何地方有屍體，妳都給我套上鞋子，過來看一眼。』真是氣死我了。」

「你夠了沒，朗恩？」伊莉莎白問道。「我有正事要跟你講。」

「喔，是喔？那如果我也有事要跟妳講講呢？比方說朋友要怎麼當？」

「你想講就講啊，」伊莉莎白說。「但我們可沒有一整天，我們有正事要辦。」

「我給你們倆都泡了茶，」喬伊絲說。「不要生氣喔，但我泡了花草茶。」

但朗恩還沒完。「沒有一句道歉，沒有一句『對不起，朗恩，是我一時衝動而且慌了手腳』。妳是覺得我一週七天，每天都有屍體可以看嗎？是這樣嗎？我在醫院過了三夜，我回家，然後這就是我得到的獎賞。妳看到了屍體，喬伊絲看到了屍體，而我只能在家坐著，看著紀錄片上的波堤尤[47]在那邊搭火車。這叫不叫落井下石？我很抱歉但這就叫落井下石。虧我以為我們是朋友。」

伊莉莎白嘆了口氣。「朗恩，我喜歡你。對於這點我自己也嚇過一大跳，但我真的喜歡你，也很敬重你，在許多方面都是。但親愛的，請你聽我說，我當時人在任務模式中。我手邊有一個只差幾秒就要蒙主寵召的男人，外加一個對人開了人生第一槍的女生。我面前是一處犯罪現場，而軍情五處隨時都會找上門來。所以我覺得我需要個助手。我知道你們倆都想看屍體，這點我很清楚。所以我只能二選一，一邊是有著四十年護理經驗的女性，另一邊是穿著足球上衣，軍情五處一來就會滔滔不絕說起邁可．傅特[48]的男人。確實，如果是三十幾年前，這份工作還是會交給男人，但時代會變，所以我打給了喬伊絲。那麼，我們可以做點什麼來讓你冷靜下來嗎？」

「我已經很冷靜了，」朗恩厲聲說。

「那麼是我錯了。」伊莉莎白說。

「喝你的茶，」喬伊絲說。

此時朗恩楞了一下。「等等，妳說我們有正事要辦是什麼意思？」

「這還差不多，」伊莉莎白說。「朗恩，你沒看到我從包包裡掏出了一個檔案，就在你剛剛哭天搶地的時候。」

「我才沒有哭天搶地，不過還是讓我替妳打個電話給女王吧，請陛下因為妳從包包中拿

---

47 Michael Portillo，BBC二台《英倫鐵路遊》（Great British Railway Journeys）、《歐陸鐵路遊》（Great Continental Railway Journeys）的節目主持人。

48 Michael Foot，英國左翼政治家，一九八〇到一九八三年任英國工黨黨魁。

出檔案而給妳發面獎牌。」

「找把動作放得很慢，而且非常刻意。一個黃褐色的檔案夾，跟我平日會放在包包裡的東西很不一樣。我以為你會注意到。」

「喬伊絲注意到了，是嗎？」朗恩說。「冰雪聰明的老喬伊絲？」

「嗯，沒錯，她確實注意到了，但注意到也沒用。因為喬伊絲並沒有看過這份檔案。這份檔案是你跟我的專利。」

「喬伊絲還沒看嗎？」朗恩問。

「還沒，會有時間給她看，」伊莉莎白說。「但在那之前你跟我有事情要先辦。」

「欸，等等這有沒有問過我啊。」喬伊絲說。

「欸，妳別來亂，」伊莉莎白說。「我這邊在安撫朗恩。」

朗恩點了頭。「好吧。對不起我剛剛有點失控。」

「別這麼說，親愛的，你剛剛只是有些挫折感要抒發罷了，我完全可以理解。」

「所以妳說要完成的事情是什麼？檔案裡是什麼東西？」

「你在伊博辛最需要你的時候陪在他身邊，我都看在眼裡，」伊莉莎白說，「而我想這便是我能給你的最好回饋。」

伊莉莎白遞出了檔案，朗恩伸手接下了東西。

「這是萊恩·貝爾德的地址，手機號碼，還有你可能用得到的所有資料。」

朗恩翻起了資料，並頻頻點頭。「所以我們要對他動手了嗎？」他問。「說來就來？」

「你要對他動手了，沒錯。」

「我來對他動手？」

喬伊絲燦笑起來。「太好了。」

「是啊，我在想說你會很樂意？」伊莉莎白說。

「我是很樂意啊，沒錯。」朗恩說。「妳有方案了嗎？」

「方案有。但我需要先跟波格丹見一面，做些交代。然後我就會有指示給你。」

朗恩點了頭。他把檔案在他的一隻大手上點啊點。

「帕琵替妳找的資料，是嗎？」

伊莉莎白點了頭。

「她會怎麼樣嗎？把那傢伙的頭轟掉以後？」

「她不會有事的，」伊莉莎白說。「她做了對的事，方法也沒有錯。他們今天會問她些問題，把事情釐清，然後多半就可以回歸工作了。」

「他們會讓她見她母親嗎，妳覺得？」喬伊絲問。

「天哪，不會啊，」伊莉莎白說。「他們為什麼要讓她見她媽啊？」

「我是想說換我剛對人開了槍，我應該會想見媽媽，妳不會嗎？」

「這不是幼稚園，喬伊絲；妳別老是這麼多愁善感，」伊莉莎白說。

還在翻閱著檔案的朗恩抬起了頭來。「那妳的前夫呢？我是說小道？他會怎麼樣嗎？」

「大同小異吧。他們得把他從這裡遷出，這是當然的，因為這裡已經曝光了。」

「所以我們的任務也告一段落囉？」

「告一段落了。我們的保母生涯正式結束了。」

「但我們還是繼續追查鑽石的下落，吧？」

「當然。」

「那就好。對了，妳想知道我是怎麼想的嗎？」朗恩說。

「沒有特別想，朗恩。」伊莉莎白答道。

「我覺得妳昨晚明明可以一口氣打兩通電話，把我跟喬伊絲都叫來。但我覺得妳是不想讓我跟妳的前夫打上照面。」

喬伊絲點頭，伊莉莎白則解釋起來。

「嗯，我一直希望自己不曾認識他，所以我也想說對朋友也該推己及人一下。」

「頗帥？我聽喬伊絲說。」

「非常，」喬伊絲附議。

伊莉莎白聳了聳肩。「男人那麼在意自己帥不帥是怎樣？難道比起帥不帥，你們不寧可自己敦厚、聰明、風趣跟勇敢嗎？」

「嗯，不。」朗恩說。

「我可以問你們兩個一個問題嗎？」喬伊絲說。

她兩個朋友都點了頭。

「你們的茶，我一杯留了茶包在裡面，一杯把茶包放外面，你們可以兩杯都試試看，然後告訴我你們喜歡哪一杯嗎？」

第二十章

昨晚一定發生了什麼，波格丹・楊科夫斯基就是感覺得到。

他人在前往丘頂工地的路上，但順路進了古柏切斯的商家買了些零卡的Lilt汽水[49]跟二十支裝的樂富門香菸。

一個他不認識的男人剛從一輛他認不得的廂型車中走了出來，朝著魯斯金苑而去。

波格丹看著那男人自顧自進了魯斯金苑，用的是他不應該擁有的鑰匙。

這肯定有問題。波格丹走近廂型車。望進乘客一側的車窗，他看到一份報紙，這在廂型車裡不算不正常，但然後他注意到那是份《每日電訊報》[50]，而這可就不太正常了。他看了一眼車子的鈑金：「F・沃克屋頂工程——專修疑難雜症」。

靠著眼角的餘光，波格丹瞥見了伊莉莎白、朗恩與喬伊絲從魯斯金苑現身。他們湊在魯斯金苑做什麼？麻煩，肯定出了麻煩。而如果麻煩找上門來，那波格丹也不想置身事外。

伊莉莎白揮手跟朗恩與喬伊絲說掰掰，然後匆忙朝他移動過來，把手勾上他的手臂，領著他離開廂型車。

---

49 可口可樂公司生產，只在聯合王國、愛爾蘭、直布羅陀跟塞席爾群島販售的汽水。

50《每日電訊報》擁有許多中產以上並立場偏右的讀者，是英國主流報紙過往的大老。它曾被《紐約時報》社論評為讀者為「中高齡、並且仍懷念過往帝國的保守黨員」。

「那廂型車是幹嘛的？」波格丹問。

「我哪曉得？」以無所不知為己任的伊莉莎白說。「但，早啊。」

「妳也早。妳這麼早去魯斯金苑見誰啊？」

「我跟瑪潔麗．史柯斯借了本書，」伊莉莎白說。

「什麼書？」波格丹問。

「一本傑佛瑞．迪佛[51]，」伊莉莎白說。「好看極了。」

「他的哪一本書？」波格丹又問。兩人此時接近伊莉莎白在拉金苑的家。

「最新的一本。謝謝你送我回來。你等會兒會不會來看史提芬？」

波格丹點了頭。「我們今早有一輛大吊車要升起來，但午餐之後就沒什麼大事了，所以我會過來。」高高在他們頭頂上的「丘頂」開發案現正如火如荼地進行中，而掌管一切的正是波格丹。他因為最近的一些事件而一路升遷，但他看起來還是老神在在。波格丹永遠看起來都是那麼老神在在。

「進了魯斯金苑的男人是誰？戴著手套那個？」

「我不清楚，親愛的。水電行嗎？水電行的人都戴手套，是吧？」

「可是他在妳走出來的三十秒之前才走進去，而妳是在我開始看起廂型車的十秒後才走出來的耶？」

「是你太疑神疑鬼了吧，波格丹。你最近是不是沒有好好睡覺？」

「我每晚都睡足八小時又二十分鐘，」波格丹說。「但妳答應我一件事，可嗎？」

「做得到的我當然答應你，做不到的，那只能做不到。」

「妳有朝一日告訴我妳現在為什麼說謊好嗎？關於廂型車與那個男人？還有我才剛在商店裡看到瑪潔麗．史柯斯，所以魯斯金苑妳是怎麼進的？妳遲早告訴我好嗎？」

「喔，波格丹，我們誰沒有自己的祕密嘛。晚點見，一定？」

波格丹點了頭，伊莉莎白則進了家門。波格丹沿著原路回去，但廂型車已經不見了。

他走上山丘，心裡想著那些戴著手套的男人，還有他們不該擁有的鑰匙。

丘頂開發案正按計畫進行得很順利。怎麼可能不順利。他也撈了不少錢。一半進了建設合作社[52]，一半去買了比特幣。他沒有買房的衝動，因為買房代表要安定下來，但誰真的知道自己會不會定下來呢，是吧？波格丹早上做了三件事，檢查施工、監督吊車的安置，還有抽他的樂富門。他接著便下了山，要去跟伊莉莎白的丈夫史提芬下西洋棋。

他下山途中經過了修女們長眠的墓園。她們對營建公司在丘頂用蒸氣錘打基樁到地底的行為，會做何感想呢？這些噪音聽在波格丹耳裡，非常撫慰人心，他希望修女在天之靈也能有一樣的心境。沒有人喜歡永世的沉靜。

他經過了伯納的長椅。看不到他老人家在那兒坐著，守著，感覺就是不對勁。這裡的人來來去去，來來去去。知道來此是要度過餘生，讓每一天都顯得非同小可。他們動得慢，但時間跑得快。波格丹喜歡跟他們打成一片。他們會死，但誰不會呢。我們的生命都轉瞬即

---

51 Jeffery Deaver，1950~，美國犯罪推理小說家。

52 Building Society，英澳紐等國特有的一種互助式的金融機構，主要業務包括儲蓄、房貸等，有些也提供簽帳卡、信用卡和個人信貸服務。

過，能做的就是趁等死的時候活他一活，惹點麻煩、擺個棋盤，就看什麼東西討你喜歡。

他跟史提芬試著至少一星期對弈三回。這也是讓伊莉莎白有點時間去買買東西、找找朋友、破破兇殺案。史提芬已經記不起大部分人姓誰叫啥，但他永遠記得波格丹是波格丹。

＊

在伊莉莎白的公寓裡，這盤棋已經有十二步下完，而波格丹已經讓史提芬進退兩難。但當然波格丹並沒有放起一百二十個心——這在與史提芬對弈時是大忌——但他確實對自己目前的優勢很滿意。他左看右看，都看不出史提芬下一步能如何不按牌理出牌。

是說下一步可能不會那麼快，因為史提芬已經打起瞌睡來。這種狀況近來愈來愈頻繁，主要是他的大腦愈來愈明顯在關機。但只要史提芬人還在一天，波格丹就會來跟他下棋。

且不管任何時候，只要史提芬兩眼啪的一睜開，波格丹就知道自己仍可面對一場血戰。而他最愛的就是殺得你死我活的激戰。史提芬或許忘懷了很多事情，但他可沒有忘記如何在棋盤上攻城掠地。同時他也沒有忘記波格丹那天大的祕密，沒有忘記波格丹在不久前那些命案中的參與，事實上他最愛的就是在棋局格外膠著的時候撩起這個話題。

波格丹並不害怕就是了。他對史提芬有絕對的信任。何況史提芬能告訴誰呢？也只有伊莉莎白了吧，而波格丹對伊莉莎白也完全信任。

而說起伊莉莎白，波格丹就聽到了門鎖插進鑰匙的聲音，走進的正是伊莉莎白。她揹著一個運動大包包，看起來不太尋常。

「哈囉，親愛的，」伊莉莎白說。「他睡著了嗎？」

「可能吧，但我覺得他是在假裝。他知道我要把他打敗了。」

「我給你們倆泡杯茶吧。我可以請你幫個忙嗎，波格丹？」

「戴著手套的男人是誰？」波格丹問。

「那是軍情五處的一名風險評估統籌專員，」伊莉莎白說。「開心了嗎？」

「開心了，謝謝。」波格丹說。「妳要幫什麼忙？」

伊莉莎白把運動袋放到餐桌上，棋盤的一旁。她拉開拉鍊，裡面是一綑綑錢。

「錢，」波格丹說。

「果然什麼事都瞞不了你，是吧，親愛的？」伊莉莎白說。

「這是幹麼用的？」波格丹問。

伊莉莎白確認了史提芬還在睡夢中。「你可以去幫我買一萬鎊的古柯鹼嗎？」

波格丹看著錢點了頭。「沒問題。」

伊莉莎白露出微笑。「謝謝你，我就知道你可以讓我靠。但我要批發的，我不要路邊的零售價。」

「當然，」波格丹說。「這跟那個男人還有廂型車有關係嗎？」

「不，這是另外一碼事情。」

「妳何時要拿到東西？」

「明天午休。」

「沒問題。」波格丹說。

「太好了，你幫了大忙，真心話。我去把水燒上。」

波格丹又看了一眼大包包，伊莉莎白則消失在廚房裡。誰能在這麼短的時間內備好這麼一大批古柯鹼？聖倫納茲有個女人曾經在小學當教學助理，現在則在海邊的一排出租車庫中經營毒品生意。他會先試試看她。她曾約過他一回，但他表示自己對她沒興趣，還說他很擔心她的職涯選擇，因為男女交往就是要彼此坦誠。永遠不會有人感謝你的不誠實。她把品脫杯朝他扔了過來，但那已經是幾個月前的事情，而他確信她會幫他這個忙的。波格丹掏出手機，但還沒來得及打簡訊，史提芬就醒了，他看著棋盤，就像跟上一步完全沒有時差一樣，無縫銜接地移動了他的主教。波格丹擱下了電話，消化起史提芬的布局。他完全沒想到會有這一著棋。真是漂亮的一手。波格丹露出了笑意。

伊莉莎白的一萬鎊。史提芬的主教。難怪他們會結為連理，你不能不對這兩人懷著敬意。

波格丹有事情要辦，有東西可想。生活正是他想要的模樣。

第二十一章

道格拉斯．米德密斯如今眼前是一片海景，也算是一點起碼的安慰。

這房子在霍夫。理論上這裡是個提供給「行政租賃」[53]的地方，但實際上是軍情五處專屬。道格拉斯在屋中靠前方的一個偌大臥房內，斜對角可以望見海。他們叫他離窗邊遠點，但說真的，把人擺在海景前面，你覺得有人能忍住不看嗎？他此刻坐在一張扶手椅上，角度正好可以捕捉到太陽遠遠從布萊頓[54]西堤那細長彎曲的廢墟後升起。如果外頭有人隔著窗把他擊斃，那這也算不上是多麼糟糕的死法。

帕琵住在屋後面的臥室，那兒的風景是市議會的停車場跟一些垃圾桶。誰想來到他的房門前，就一定要先經過帕琵的房門前。而她上回的表現令人十分驚艷。她射殺了安德魯．黑斯汀斯，這名馬丁．羅麥克斯的貼身保鑣。黑斯汀斯奉命要來殺他，但自己卻反倒死在了一個穿著鼻環，還買了本奧托連基[55]食譜的嬌小女子手中。

---

53 Executive let，又稱 executive rental 或 corporate housing，即供企業或團體組織短租來進行運作的成屋，具有一切裝潢設備。

54 一九九七年四月，布萊頓和霍夫合併為單一行政區，稱為布萊頓—霍夫。

55 Yotam Assaf Ottolenghi，以色列出生的英國廚師，餐廳經營者和美食作家。他與人合夥持有倫敦的六家熟食店和餐廳，並出版有多本暢銷食譜書。

搬進古柏切斯原本感覺是個無懈可擊的決定，那兒當時感覺像是個天衣無縫的藏身之地，更別說還沒準可以跟伊莉莎白重逢，自己把自己跟她送作堆。但馬丁・羅麥克斯不知是怎麼找到了安全破口。

那代表有人把他的藏身處告訴了羅麥克斯。問題是誰說的？

道格拉斯有他懷疑的人。他搞砸了，這點是確定的，他不該在監視器鏡頭下露臉。他讓處裡處於一個非常不利的位置。也許處裡某人覺得欠債還命天經地義？他們當真會犧牲自己人來顧全大局？他不是沒見過。很少，但他見過。他能信得過蘇跟蘭斯嗎？蘇應該沒問題。但蘭斯呢？這個跟他一起闖進羅麥克斯家中的男人？他真正了解他的底細多少？

帕琵敲門問道格拉斯想不想來杯茶。他跟她說他很樂意，並且一會兒就下樓來。像帕琵這樣的女孩，到底會怎麼看待像他這樣的老頭呢？他很想知道。

道格拉斯已經不再是炙手可熱的帥哥了。他知道這一點，也明白為什麼。我的天啊，他曾經是多麼搶手。但如今呢？如今他是搶人東西時會脫掉面罩的那種人，是會在簡報時開同性戀同事玩笑的那種人。不論是搶鑽石時脫面罩或是簡報時開同志的玩笑，他都沒有要傷人的惡意，但他看得出自己跟旁人的看法脫了節，他也知道，深深地知道自己只要別那麼自我中心，就會有能力做得到更專業、更厚道。他原本希望自己可以就這樣完全不檢討自己，任性地做到退休。但恐怕那是做不到的，老兄。

鑽石是他的出路。是他時來運轉，那些鑽石就躺在羅麥克斯的餐廳桌上。但他的好運是不是用完了呢？他這次要如何全身而退呢？

到底是哪裡變了，他納悶著。二十年前他想跟誰開玩笑，就跟誰開玩笑，你說是不？從來不是要惡意傷人，笑話之所以是笑話，就只是因為它好笑。以前讀書的時候有個男生叫彼得什麼的，大家會去逗他只因為他有一頭紅色頭髮。沒有惡意，只是單純覺得好笑。他念了幾學期就走了，太敏感了，而現在也還有這種問題，不是嗎？要是誰因為這樣就生氣了，那他們就跟彼得沒兩樣，都只因為經不起一點玩笑就荒廢了大好的教育，不是嗎？

以上的想法，道格拉斯曾經在幾年前被送去上性別與性向意識課程時提出。結果課程把他踢了出來，而後他被送去上一對一的輔導。他在個別接受指導時拿到很漂亮的高分，但那是因為主持個別指導的是他的老朋友，而該怎麼說才能過關拿到修業證書，老朋友都一五一十告訴了他。

所以或許處裡頭終於受夠他了？或許蘇覺得我已經沒用了，覺得沒我礙事日子會更好過？或許她說服了大家用我當祭品去換得跟馬丁．羅麥克斯和平相處，值得。蘇該不會跟羅麥克斯做了交易，所以透露了我的位置吧？

還有多少人知道道格拉斯人在古柏切斯？五個還是六個？當然包括帕琵。她會不會在她聽的播客、她寫的詩，還有她的額我略聖歌[56]音樂以外，還有另外一面呢？那該不會樣樣都是她的演技吧？老實說他看多了，所以也許她真的不如表面上單純，也許她串通了其他人要對他不利？但就是果真如此，她射殺了闖入者是所為何來呢？

伊莉莎白？這問題就更大了。伊莉莎白會洩漏他的行蹤嗎？肯定不會。惟他已經跟她說

56　教宗額我略一世蒐集至西元六七世紀之交的教會與民間宗教歌曲，編纂成冊之後便以「額我略聖歌」之名傳播於歐陸的各教會，成為天主教音樂乃至於西方古典樂與當代流行音樂的基礎。

了馬丁・羅麥克斯的事情，是吧？她跟蹤了他嗎？伊莉莎白想跟蹤誰都不成問題。道格拉斯在跟她離婚前出軌了四遍，沒有一遍逃過了伊莉莎白的法眼。其中最後一遍的外遇對象，一名叫做莎莉・蒙塔格的年輕分析師，讓他們的婚姻永遠畫下了句點。他後來至少把莎莉・蒙塔格娶了回家。但就是莎莉比他小二十歲，而那段婚姻也只維繫到他的下一場外遇罷了。兩人離異之後他們開除了她，非常低調地開除了她。莎莉現在在哪兒？他知道他多半應該要關心一下，但有時候他真的顧不了這麼多。

天曉得伊莉莎白出軌了多少次。

就很多次。但道格拉斯一次都沒有抓到過她。

伊莉莎白是那種你一輩子只能娶到一個的女人。道格拉斯只要稍微像個男人，就可以保住她。但道格拉斯只是個大孩子，這他也心知肚明。他帥氣，風趣，過著一帆風順的人生。道格拉斯想要的東西，沒有得不到的；所有人都吃他那一套，所有人都被他的演技耍得團團轉。只不過他在想那些沒有被他演技騙到的人，這些年來恐怕都在對他敬而遠之。

他曾經問過伊莉莎白，他想知道她是何時看穿他的。結果她說她第一眼就知道了。當時她心想在這種蹩腳的演技背後，肯定躲藏著一個嚇壞了的小男孩。她愛上的是那個嚇壞了的男孩，但卻一直無緣與他見面。道格拉斯本可以把握這個瞬間扭轉他的人生，成為一個活得實實在在，坦坦蕩蕩的男人。但他沒有，他反而是把威士忌酒杯砸在了牆壁上，氣沖沖地跑了出去，在西肯辛頓跟莎莉・蒙塔格過了一夜。隔天回到家，伊莉莎白沒說什麼，但她想改變什麼的心在那一天就死了。

所以那之後他就靠著自己的魅力招搖撞騙。那樣的日子並不算太糟。但他已經搞不清楚魅力是什麼了。他看著新世代的男人輩出，而這些後輩張口就是對的話跟對的說法，而他只能繼續抱著有世代差的舊工具死撐。那些笑話他說不了，那些女人他也不懂得怎麼撩。而不好笑又不會撩的他，還剩下什麼？

鑽石。道格拉斯還剩下鑽石。他的驚天大逃脫。

道格拉斯從椅子上站起，用梳子順過了頭髮。仔細地稍微梳一下，就應該能經得起旁人不太仔細地看上兩眼。而大部分人也就只會看上兩眼。他能混過大半段生涯直到現在，靠的就是旁人沒仔細看。但新世代一眼就能看穿他，實在讓人很煩。

令人莞爾的是道格拉斯知道他們是對的。他知道自己只是被要求要放尊重一點，他知道別人只是想來上班、把工作做好，然後不要每五分鐘就被提醒自己的長相，或是跟誰上過床。道格拉斯知道他們是對的，而他是錯的。他並不懷念那美好的過往，他懷念的是自己的美好過往。他並不覺得大部分人會感覺那段時間有什麼美好。

但要真正對自己承認這一點，就等於要承認自己一輩子都戴著自欺欺人的舒服眼罩。就等於承認他依舊想知道彼得後來怎麼樣了，彼得．惠托克後來怎麼樣了。沒錯，彼得的全名道格拉斯當然還記得。那個被跟他一樣年輕且害怕的小孩霸凌到離開學校的彼得。

他一路上究竟留下了多少個彼得．惠托克？多少個伊莉莎白？又有多少個莎莉．蒙塔格？

二十年前你可以脫掉面罩，整件事大家也就是哄堂一笑，頂多被同事虧一下，然後一條訊息會被發給馬丁．羅麥克斯，要他死遠一點，最終道格拉斯要負責請晚上的飲料。但那樣錯得離譜。

不論你怎麼閃，往事都會追上來。但人沒有必要悶悶不樂——人生好壞都是自己種下的因果。道格拉斯決心要動動腦筋擺脫這次的困境。是時候他處理手上的問題了。是時候他處理來自馬丁・羅麥克斯的威脅，或許甚至是來自處裡的威脅了。然後等處理完，他就要帶著鑽石遠走高飛。新身分、或許成為新農場的主人，在紐西蘭，或者加拿大。某個說英文的地方。

他必須假設自己行跡已經暴露。他必須假設自己孤立無援。他誰也不能相信。他步出臥房到樓梯平台上，聽著燒開的水壺在廚房笛聲大響。

不對。他可以信任伊莉莎白。這一點他很確定。

這個念頭使他稍感雀躍。他又活過了一個日出，他邊走下樓梯，邊決定了要在烤土司上抹點柑橘果醬，免得以後沒有機會了。

第二十二章

喬伊絲

所以我打了電話給帕琵的媽媽，而她人真的是好到不能再好。她名叫席芳，同時沒有錯，我得去翻字典才知道席芳的拼法是Siobhan。她肯定有過一段當愛爾蘭人的歲月，但此刻她似乎已經卸下了那個身分。

我把發生的事情跟她說了一遍。我想那肯定是帕琵的意思，因為也許當你的職業是特務時，你不會什麼事都鉅細靡遺地跟媽媽講。又或許這跟職業別無關，天下的女兒都這樣？像我要是能發現喬安娜換了個新髮型，就算很幸運了。她有次跑到希臘的克里特島去一星期，而我是看臉書才知道。我提醒她說她小時候我們曾去克里特島待過一星期，但顯然她去的是克里特島上很不一樣的另外一部分，至少興高采烈的她是這麼告訴我的。所以某種程度上我與席芳是同病相憐。我們的對話大概就是這樣。我們有稍微寒暄，然後我告訴她帕琵託我打電話給她，還說帕琵沒事，但就是此前出了點小狀況。

我有句話的原句是：「別擔心，沒出人命，」但話說出口我才意識到，等等，當然有出人命。

事實證明，而我想我也不該感到訝異的是席芳並不完全清楚女兒是幹什麼吃的。她被告知的版本是帕琵服務於英國政府的護照署。他們在錄取帕琵的時候調查過席芳，當時席芳曾覺得有點不尋常，但也沒有真正深究。反正養孩子就是這麼回事，就是有家長要配合的事情，不是嗎？就像小時候你要幫他們打扮好去參加「世界圖書日」[57]，諸如此類的。

說實在，我應該要循序漸進把事情告訴她才對，但護理背景讓我學會了何時應該全盤托出。於是我所說的大意是妳女兒在軍情五處或六處服務，而她目前在照顧我朋友伊莉莎白的前夫，主要是這名前夫被控偷了一些鑽石（同時間的席芳：「軍情五處？」「伊莉莎白？」「鑽石？」）。然後我說有個人昨晚闖入屋子裡要刺殺那個男人，結果被帕琵開槍打死。我精簡再精簡的版本就是這樣。

席芳被嚇了一跳，而我因為怕她覺得我是在惡作劇，所以就加了一句：「這不是惡作劇，這些都是真實發生的事情，她真的開槍打死了那個人，我連屍體都看到了。」

我告訴她說是帕琵給了我她的電話號碼，她則問起帕琵現在在哪兒，對此我說我不清楚，軍情五處帶走了她，但伊莉莎白說沒什麼好擔心的，因為帕琵沒有做錯事情，她做了正確的決定，而且還救了某人的一條命。

席芳問起事情發生在哪裡，於是我把古柏切斯介紹了一番。她說那聽起來像是個好地方，而我說：「那，妳何不自己來一趟，親自看看呢？還可以見見我跟伊莉莎白？」席芳說她很樂意，然後就哭了起來，對此我覺得也算是好事一樁。就讓情緒宣洩一下吧。你就想換成你女兒剛開槍打死了個人，還被軍情五處帶走，你會不會想哭？你肯定會不由自主地情緒激動起來。我跟她要了住址，好方便把友誼手環給她直接寄過去。錢等我見到她再收。

那之後我們熱絡地聊了一下。她為了掉淚之事向我賠不是，我要她別放心上。然後我問起她喜不喜歡帕琵的鼻環，她想了一下說她不是很喜歡，她覺得帕琵不戴鼻環比較標緻。我說帕琵戴了鼻環還是一樣非常標緻，但席芳這話我感同身受，因為喬安娜有次在同一耳上穿了三個洞，一個在最頂端，一整個超難看。你現在還能在上頭看到一個癒合不完全的小疤。你可能不會注意到，但我每次都會往那裡看。我覺得席芳跟我應該會滿談得來。

所以席芳要來看我們，這是這次的大新聞。我希望伊莉莎白不會介意。帕琵把電話號碼塞到了我的羊毛衫口袋中，而沒有塞到伊莉莎白的口袋中，所以也許她知道在那樣的狀況下這麼做並不妥當。伊莉莎白會反對嗎？這個嘛，她要是真反對，那也是她的問題，與我無關。

話說她住在沃德赫斯特。我是說席芳。我曾經坐火車經過，但也就僅此而已了。聽帕琵跟她媽媽在講，我確信那兒是個很好的地方。

就在我掛上電話之際，門鈴響起，上門的是伊芳，我的老街坊，她是來討杯茶，也想來講講話。我永遠忘不了她是我第一個購入錄影機的熟人，我還記得他們家曾邀請喬安娜過去看《外星人》[58]。喬安娜當時的表情，無價。總之，她如今住在了坦布里奇韋爾斯[59]，這我只能說：不意外。於是我便託她在歸途中把手環順道投入信箱給席芳。省幾張郵票錢也好，是吧？

57 World Book Day，聯合國教科文組織在一九五五年將四月二十三日，也就是西班牙文學家塞萬提斯（Miguel de Cervantes）逝世與莎士比亞逝世的日子。定為世界圖書日，以號召和鼓勵年輕人多讀書。

58 一九八二年由史蒂芬・史匹柏執導的電影。

59 Tunbridge Wells，肯特郡的一個溫泉小鎮。

還有啥？萊恩・貝爾德，怎麼能忘了他。朗恩真的是腳上踩著風火輪在辦這件事。我很期待從他那兒聽到具體的計畫。而伊博辛應該明天就能出院回家了。他叫我們別再去探病了，而這也挺剛好，因為伊莉莎白約我明天要去霍夫一趟，去幹麼她沒講。

我正在烤要招待席芳的蛋糕。我不知道她的喜好，也找不到聊天的空檔問她。所以我打算打出安全牌中的安全牌，用維多利亞海綿蛋糕開場，再來個不加堅果的布朗尼，最後是椰子加覆盆子的綜合切片壓軸，其中最後一樣是替萬一想嘗鮮的她所準備的。

我確實一直想著鑽石的事情。誰聽說兩千萬鎊都會回頭看一眼，你說是吧？至少我會。在《平民大富翁》[60]的節目上，他們會說兩萬五千鎊是個能改變你一生的數目，但我對此持保留態度，因為等你還完卡債再去葡萄牙玩回來之後，就頂多只能再換兩片新窗戶了吧。但要是兩千萬鎊呢？兩千萬鎊我想就能讓人不擇手段去搶，就算一路上得殺掉幾個人也無妨了吧。

我意識到我說朗恩「腳踩風火輪」，好像跟我真正想表達的意思不太一樣。正確的說法是什麼啊？跟腳踩什麼有點關係，對吧？不過風火輪就風火輪吧，無妨，反正這東西用來形容朗恩，好像也還滿恰當。

所以，明天要跟伊莉莎白來趟霍夫行，應該會很好玩。我們會搭兩點半的巴士進布萊頓，然後我們會在那家大馬莎百貨旁下車，用走的進入霍夫。伊莉莎白撂了話說「此行嚴禁血拚，喬伊絲」，所以我們肯定是要去辦某種正事來著。

至於是什麼樣的正事呢？鑽石？命案？也許是跟鑽石有關的命案？感覺非常期待。

第二十三章

伊莉莎白看著她的手錶，嘆了口氣。她稍微加快了速度。

他們大概遲了二十分鐘，原因是喬伊絲堅持要停下來喝杯咖啡。喬伊絲很喜歡坐在咖啡店裡看著窗外行人。沒人攔著的話，她可以在那裡坐一整天，並時不時來上一句「喔，大家開傘了」，或是「妳覺得我撐得起那件大衣嗎，伊莉莎白？」。她其實根本沒那麼愛喝咖啡，她只是不好意思在咖啡店裡開口要喝茶。

是道格拉斯要求要見她，而這點要求在目前的狀況下，算是她能盡的微薄之力了。他差一點就要在她「值班」的時候嗚呼哀哉。雖然嚴格講她還沒有正式開始「罩他」，但道義上的責任總免不了。

他們的目的地是位在霍夫的新避難屋。地址是聖阿爾班斯大道三十八號。在從教堂路的咖啡店通往海邊冰淇淋店的眾多街道中，聖阿爾班斯大道是其中的一條。

60 原產於荷蘭的益智類獎金節目，後輸出到世界各國，台灣在二〇〇九年短暫引進時叫《平民大富翁》，製作人是沈玉琳，兩任主持人分別是聶雲與吳宗憲，玩法是由參賽者先從若干個內含從一塊錢到最大獎不等金額的箱子中（一般是二十六個）中選出一個，接下來一一打開剩下的箱子讓觀眾看到內含金額，並由主持人出價問參賽者要不要接受，也就是節目名稱 deal or no deal 的意思，如果參賽者接受出價就拿錢離開，如果不接受就可保留一開始選擇的箱子，如此反覆若到最後一個箱子之前參賽者都不接受出價，那他就可以從最後兩個箱子中選一個。

「這海風是不是很舒服？」喬伊絲說。

「神清氣爽，」伊莉莎白附和了一句，同時有輛大卡車從她們身邊駛過。

喬伊絲感覺不太對勁。伊莉莎白已經慢慢可以看懂她了，而她這會兒肯定是在「發功」。故作開朗是喬伊絲的超能力。這是個沒有誰能招架的絕招，但就是對伊莉莎白無效。

伊莉莎白停在教堂路上的南多士烤雞[61]店外，把手擱在了喬伊絲的手臂上。

「在去見道格拉斯跟帕琵之前，要不要先跟我說說妳在隱瞞什麼？」

喬伊絲抬頭望著她，只見那雙無辜的眸子是如何閃閃發亮，外加那一頭雪白頭髮散發的光芒。

「妳在說啥？我確信我聽不懂。」

「喬伊絲，妳已經耽誤我們有二十分鐘了。我真的很不想在這裡再站上二十分鐘來把話問清楚。」

「有時候，伊莉莎白，妳好像把自己當成我的老闆了。妳才不是好嗎。」

伊莉莎白嘆了口氣，「拜託，算我求妳了，別賣關子好嗎。告訴我就是了。」

喬伊絲望向南多士。「妳知道，我從來沒去過南多士嗎？」

「妳很顯然有事瞞著我。跟道格拉斯有關係嗎，也許？」

「我可能會帶伊博辛來。他會喜歡南多士的，妳不覺得嗎？而且我們得設法讓他出門。」

「不然，跟帕琵有關係嗎？」

「有時候，伊莉莎白，妳只需要接受自己不是無所不知。像這就是一例，我必須這麼說。」

伊莉莎白瞪進喬伊絲的眼睛，點起頭來。「所以，是跟帕琵有關囉？妳厲害，喬伊絲，但還不夠厲害。」

喬伊絲笑了。「妳繼續這樣，只是讓我們遲到更久而已，親愛的。我們會感覺很失禮。我連伴手禮都沒準備。我們有時間去買點牛奶糖[62]嗎？」

伊莉莎白展開了思考。「這個嘛，主人翁已經可以確定是帕琵了，妳全寫在臉上了。也許帕琵請妳幫了個什麼忙？但妳並沒有跟她獨處過吧，不是嗎？」

「我怕妳是搞錯方向了。往前走有一間可愛的書店，是叫城市圖書嗎？說不定我可以替道格拉斯帶本約翰・葛里遜過去[63]？」

「所以帕琵給了妳某樣東西？我猜對了嗎？在離開公寓的時候，她塞了樣東西給妳？」

「我看是誰給妳塞了什麼東西還差不多吧，伊莉莎白。關於伊博辛我說的沒錯，是不是？我們得想辦法把他拉出門。他肯定不想出門。我在想南多士主要是賣雞肉，但他們一定也有布丁跟一些有的沒有的吧。」

「她能給妳什麼東西呢？又為什麼給妳不給我呢？」

「我在想要不要去狗狗救援中心。我可能會等伊博辛一出院回來就請他開車載我過去。」

「一則訊息，也許？帕琵是不是給了妳一則訊息？是不是趁離去時塞進了妳手裡？」伊

---

61 Nando's，發跡於南非的葡式烤雞連鎖店。
62 Fudge，英式牛奶糖跟森永牛奶糖很像，但更油一些。
63 John Grisham，美國暢銷小說家，以律師跟刑偵題材著稱。

莉莎白用既長且烈的視線射向喬伊絲。

「他一定會抗拒，伊博辛妳是知道的。但我們會說服他改變心意的。而且狗狗超療癒的。我說的這些妳自然早就知道，但他的心傷絕不會好得像身體那麼快。」

「可能是私事。」伊莉莎白往旁邊移了一步，好讓一群想進南多士的年輕人得以魚貫而入。「所以她才選了妳。可能是要妳辦點事。一件她知道她可以託付給妳的事情。」

「我上網確認過了。艾倫還沒被認領走。艾倫就是那隻狗狗。不過我日後打算叫牠羅斯提[64]。妳是第一個知道這名字的人。我有寫在日記裡，但說出口還是頭一遭。」

「妳那天穿來了新的羊毛衫，這就對了。順便說一下那衣服很適合妳。所以也許她是將紙條塞進了羊毛衫的口袋裡？」

「謝謝妳喜歡那件羊毛衫。我還是個孩子的時候，鄰居就養了條狗狗叫羅斯提，所以妳知道。」

「我在想，喬伊絲，她是不是想讓妳替她聯絡某個人？像是報個平安什麼的？換作是我，絕對會把這種事情託付給妳。」

「牠是隻獵犬，我想，不過我會把牠們跟拉布拉多搞混。但其實我們每個人都是每樣東西都有一點，妳說是不？認真去研究的話？」

「有誰可以讓帕琵相信到要冒險去聯絡呢？」伊莉莎白問。「這才是問題所在。」

「沒有人不愛約翰．葛里遜，是不？賭他應該勝算很大。」

伊莉莎白把兩手放到喬伊絲的肩膀上，點了點頭，然後直視起她的眼睛。

「我在想，喬伊絲，帕琵是不是給了她母親的電話？」

喬伊絲兩手往空中一拋。「喔，妳也差不多一點好嗎，伊莉莎白，我就不能擁有一點我私房的東西嗎，妳說啊？」

「妳已經撐得比大部分人久了。所以妳有打給她媽嗎？」

喬伊絲點了點頭。「沒關係吧？」

「無妨。有人第一次殺完人會想跟他們的媽媽聊聊天，我一點都不驚訝。我是說我沒有過這種想法，但我是伊莉莎白。」

「她感覺很親切。我邀請了她南下來作客，跟妳說一聲。」

「這點子不錯。那現在，我們可以繼續行程了嗎？」

喬伊絲笑了出來，然後這對朋友開始朝著聖阿爾班斯大道走去。

「妳不生氣嗎？」喬伊絲說。

「一點也不，」伊莉莎白說。「不過有句話我非說不可：他們不會喜歡妳亂改狗狗的名字。」

「我知道，可是艾倫這名字實在是。」喬伊絲說。

「依我看，妳何不讓伊博辛決定呢？這種事他是一把好手。」

「我等不及迎接他回來了，妳呢？」

伊莉莎白把手臂勾上了喬伊絲的，然後兩人重新跨出了步伐。

「話說，朗恩跑哪兒去了？」喬伊絲問起。「我們出發前我看到他開著車出去。他好久

---

64 Rusty，原本是生鏽的意思，紅色毛髮的狗狗常用這名字。

都沒開車了。」

伊莉莎白看了眼手錶。「朗恩接到修水管的工作，他很急著趕去。」

「修水管的工作？」

「朗恩妳是知道的，任何事他做起來都能很快上手。」

第二十四章

賣古柯鹼的工作並不如外界想像的那麼光鮮亮麗，康妮．強森心想偶爾有機會打扮一下也是不壞的事情。

畢竟不是每天都能遇到波格丹．楊科夫斯基想要買一萬鎊的頂級哥倫比亞白粉，為此康妮興奮了一整天。隔壁的車庫賣的是山寨版的香水，而她稍早已經略施了一點在身上，只是沒想到她當場就得把那些香水洗掉，原因是那氣味強到讓她受不了。她甚至得重新塗上睫毛膏，只因為香水薰得她淚如雨下。她想她應該已經把最嗆的部分從身上除去了大半。

波格丹怎麼會突然沒事想買古柯鹼呢？他完全不是那種類型的人啊。或許他染上了毒癮，所以需要販毒來賺錢？康妮希望自己猜得沒錯，因為那就代表她日後能更常見到他。

他這人究竟有什麼魅力？集極度危險跟絕對安全於一體？或者只是單純夠帥罷了？

車庫的鐵門被嘎嘎嘎地敲響了起來。康妮整理了一下她的頭髮，把口香糖吐進了一個舊的檔案櫃，然後點燃了一支薄荷菸。來吧。

她開了門，陽光灑進了她黑暗的世界，他赫然出現在面前。波格丹。他剃了個光頭，兩臂上有刺青蛇行而上，深藍色的眼睛，外加一副厭世至極的表情。這男人就是個大全配。他讓門在身後關上，然後車庫內就只剩下孤男寡女的他們倆。她該怎麼出招呢？客氣但高冷嗎？她不是沒有試著跟波格丹調情過，但一無所獲。但她在想他只是在那裡「欲擒故縱」。他是不是用眼睛在把她脫個精光呢？康妮覺得是的。他肯定在用眼睛做著一些色色的事情。

她朝他的運動袋點了點頭。

「那裝的是錢嗎？」

波格丹點點頭。「是。」

康妮深深地吸了一口她的薄荷菸，品味著那新鮮的薄荷味。

「一萬鎊？」

「是，」波格丹說。

「我需要數一數嗎？」

「不用，」波格丹說著把袋子放到了康妮那張大木桌上。

康妮念的中學母校廢校時，校方拍賣了所有的校產，而康妮則出價買下了她老校長女士的辦公桌。她曾經不知道多少次站在了這張桌子的對面，為了東一件、西一件、大大小小的事情被訓誡。有段時間她會用這張桌子給毒品秤重分裝，或是在上頭跟人打砲，用得相當爽。古爾伯特校長知道了不知會做何感想？但如今生意愈做愈大，她主要是將之拿來辦公。而她不得不承認這是張很稱手的辦公桌。

「所以該我把古柯鹼交給你了，是吧？」康妮問道。

「是，」波格丹說，然後又補了句：「麻煩妳了。」

康妮覺得事情很順利。他們之間是不是有著某種連繫？還是電力？我的天啊，妳看他帥的。

「東西在後頭，波格丹。我去拿一下，你怎麼輕鬆怎麼來，就當自己家，那裡有雜誌可看。主要是終極格鬥[65]。」

康妮打開了一個吊著掛鎖的門，走進了一間小儲藏室。那裡沒有鏡子可照，所以她靠老光碟片的反射檢查了一下自己的儀容。還好她這這麼做了，因為她發現自己有一點口紅沾到了牙齒上。波格丹注意到了嗎？她跪在保險箱前，一隻手輸入了密碼，然後用另一手抹過了門牙。萬一他剛才已經看到了口紅，等會兒又注意到她把口紅抹掉了，那該如何是好？她從保險箱中取出了一公斤古柯鹼的牛皮紙包裝，上頭印著「易碎——此面朝上」的字樣。萬一他注意到了口紅的消失，他就會知道她照過了鏡子。那會顯得她很飢渴嗎？她重新鎖上了保險箱，出了儲藏室。想這些都遲了，他注意到，就是注意到了。拿出自己最好的一面就是。

康妮重新鎖上儲藏室的掛鎖，把貨放到了校長女士的桌上，一旁就是那一萬英鎊。波格丹直視著她。是在看她的牙齒嗎？

「你要驗一下貨嗎？」康妮問道。

「不了，」波格丹說。他從運動袋中取出了現金，以之跟古柯鹼調換了一下。

「以後會常態購買，是吧？」康妮問道。「常客有特別優惠。」

「不，只此一回，」波格丹說。

「特別優惠」說得太過了，康妮心想。太騷了。白痴。她決定以聳肩結束這回合。

「嗯，你的生意你清楚。」

波格丹點點頭。「是。」

---

65 Ultimate Fighting，指的是終極格鬥冠軍賽，一九九三年創立於美國的一項混合武術格鬥賽事，以一種無差別對戰為賣點，比賽的規則很少，場地為八角鐵籠。

「讓我幫你開門。」康妮走過去開了門。陽光再次灑入。波格丹走了出去，在過門時稍微低了一下頭。

「謝謝妳，康妮。」

康妮又聳了聳肩——完美——然後在他身後關上了門。接著她用後背往關上的門板上一靠，吐了口大氣。

我的天啊，累死人了。她今天要提早收工休息了。

*

波格丹沒有走很遠。他跟朗恩約了在碼頭邊見面。跟康妮的交易算是順利，雙方應該沒傷什麼和氣。他有點同情她是因為她把口紅沾到牙齒上了。他原本想提的，因為她好像等會兒要去約會的樣子。但顯然她自己也注意到了，因為她拿著古柯鹼回來時已經看不見了。不用哪壺不開提哪壺，讓他鬆了口氣，因為她在他面前似乎有點悶悶不樂。

他很高興可以來到外頭，其中一大原因是車庫裡的味道很難聞。

波格丹看到了朗恩，便朝他走上前來。朗恩一身水管師傅的打扮。

「還好嗎，波格丹，」朗恩說。

「哈囉，朗恩，」波格丹答道。

「那就是了，對嗎？」朗恩說，意有所指地問起袋子。

「嗯，那就是了。」波格丹說。

「好傢伙。我猜你一定在納悶我幹嘛穿得像個通水管的吧？」

波格丹搖了搖頭。「還好耶，你們這幫人做什麼都嚇不倒我了。你要是不穿得像個水管工，我還會比較驚訝咧。」

朗恩點著頭，同意他說得有理。

「伊博辛怎麼樣？」波格丹問。「他什麼時候回來？」

「他沒事了，老兄。挨了頓揍，你懂嗎？滿慘的。」

波格丹點頭。「你需要我去教訓一下幹出這事的傢伙嗎？」

朗恩拿起袋子。「你已經在幫忙了。」

「我想也是，」波格丹說。「好，我滿意了。反正你知道有事就開個口，我赴湯蹈火。」

「你是個好孩子，」朗恩聞了聞前方。「天啊，波格丹，那是什麼味道？」

第二十五章

伊莉莎白跟喬伊絲人來到聖阿爾班斯大道上。聖阿爾班斯是小旅館與老人院一條街。你可以走完整段街，都不會覺得有必要抬起在看手機的頭，而那真是太完美了。她們來到了三十八號，面街的房間全都拉上了百葉窗，一張四年前的「請投自民黨[66]」海報貼在前窗。完全是教科書等級的配置。

對街停著一輛維珍傳媒[67]的廂型車，伊莉莎白敲上了車窗。裡面已經有人在等著。

駕駛疊起了報紙，按下了窗戶，揚起了眉毛。

伊莉莎白完美重複了她被告知要說出的口令。「我的電視收訊不太靈光，而我不想錯過《愛之島》[68]。」軍情五處一定有人想這暗語想得很開心。

駕駛一如預期地答道。「妳是四十二號的住戶？」

伊莉莎白點頭。

「四十二號是天空[69]的，不是維珍的。」

「麻煩妳了，」伊莉莎白道了謝，然後伸手進車內握了駕駛的手。握著握著她感覺到鑰匙按進了她的手心。駕駛重新把車窗升起，回到了報紙的懷抱中。非常枯燥的工作。伊莉莎白感同身受。不過最起碼，廂型車駕駛還有報紙可看。以前偶爾在東歐值二十四小時的班，伊莉莎白會拚死想得到一份《每日電訊報》，甚或是《每日鏡報》也好。

她們過了馬路朝三十八號前進。

「剛剛那是特務的對話嗎？」喬伊絲問。「通關密語？」

「非常基本的密語，沒錯，只是核對身分而已。」

「喬安娜有在追《愛之島》。她說我會喜歡。因為帥哥，還有一些有的沒的。」

前門上的貼紙寫著「垃圾郵件勿投」。門本身從外頭看起來很正常，但伊莉莎白知道門後會有鋼板的補強，以防有人動起歪腦筋。鑰匙看起來毫無異狀，但它其實是電子鎖鑰，而且它一滑進鎖孔就有一連串噪音從屋子裡發出，只不過那聲音微弱到街上的人聽不出來。門一打開，伊莉莎白也順勢看了下手錶：五點二十五分。朗恩應該已經拿到貨了。

道格拉斯跟她們說了五點見，但偶爾讓道格拉斯等一下倒也無傷大雅。比較讓人想不透的是他要她來這裡做什麼。道格拉斯選了古柏切斯當作藏身處，就已經很妙了。更妙的是如今古柏切斯已經沒法兒待了，他竟然還想再見伊莉莎白一面。

伊莉莎白自然可以選擇不見他，但這當中顯然有什麼蹊蹺，而她完全不介意這個蹊蹺能夠得見分曉。這是道格拉斯的一場遊戲，毫無疑問，但有時候道格拉斯的遊戲也挺好玩的。至少來看看他老狗還變不變得出新把戲，肯定是值得的。

---

66 Liberal Democrats，自由民主黨，簡稱自民黨，是中間偏左的英國政黨，成立時為英國國會中第三大黨，僅次於工黨和保守黨，後逐漸萎縮。

67 Virgin Media，英國一家電信業者，提供電話、有線電視、網路等服務。

68 Love Island，戀愛實境秀。

69 Sky Broadcasting，英國最大的數位電視服務業者。

尤其是這次還有兩千萬鎊在彩虹的另一端等著。想想你拿兩千萬鎊可以做多少事情？但伊莉莎白根本不用想。她完全知道自己要拿兩千萬鎊幹麼。

她們跨過了門檻。

「我喜歡他們的穿堂地毯，」喬伊絲說。她的聲音迴盪在靜謐的屋內。「跟我們的很像。」當然，這屋子不應該這麼悄然無聲，畢竟這裡住著兩個人。他們都在睡嗎？五點二十五分？不太可能吧。

伊莉莎白感覺到一陣微風吹過。一陣微風出現在所有門窗緊閉的房子裡。一棟該門都門上了，該封的都封住了的房子裡。

「道格拉斯？」伊莉莎白喚了聲。「帕琵？」

伊莉莎白踏進了廚房。廚房非常整齊，看得到一張小桌跟兩張木椅。碗槽邊有兩個碗跟兩個馬克杯。牆上掛著的老月曆，是英國城堡專輯。

那裡有個後門，通往的是一處庭院中的花園。磚砌的後牆上架著鐵絲網。

後門大大地開著。

第二十六章

「而他踢了你的後腦杓？」

「他恐怕是踢了，安東尼，嗯。」

伊博辛沒有跟其他人說他今天幾點會回來。他知道他們要是知道了，會小題大作地搞得天下大亂，而他可不想在蓬頭垢面鬍子沒刮的狀態下面對接風委員會。相對於此他設法約到了安東尼這天的最後一個時段，話說安東尼作為髮型師在古柏切斯非常熱門，以至於他現在一星期會過來三次。伊博辛一點也不滿意他在醫院的髮型。

「你根本看不出來，老實說，」安東尼說著把梳子順過伊博辛的頭髮。「沒有腳印，什麼都沒有。」

「嗯，這是我的項上人頭耶，」伊博辛說。

「說得好，」安東尼說。「力道太大跟我說，我們會三兩下就讓你舒舒服服。那是我的工作。」

「謝謝你，安東尼。」

「你會觸底反彈的，我知道你會。」

「反彈是你們年輕人的專利。」

「沒這回事，一樣東西只要殺不死你，就會讓你更強大。」

「這個嘛，恕我這個歲數無法苟同。」

「那我舉個例子給你聽。我有一次嗨了足足兩天，在卡沃斯，你知道卡沃斯嗎？」

「那是在希臘嗎？」

「嗯，那我倒是不清楚，反正就是個很熱的地方。總之在當時那感覺很嚇人，你懂嗎？我感覺別墅的牆壁在流血。我站在屋頂上想抓住飛過的飛機。我的伴侶加夫把照片發到了ＩＧ上，三萬個讚，而我現在也看得出哪裡好笑了。但當時我以為我要死了，結果我沒死，而那次經驗讓我變強了。」

「強在哪裡？」

「嗯，我也不曉得。我是說，我現在比以前少用迷幻藥了？這也挺了不起的，是吧？而且我在ＩＧ上多了四百個人追蹤。那才是我想說的重點，老實說。真想知道他們在醫院是把你的頭髮怎麼了。我猜是他們沒幫你用潤髮乳？」

「我有請朗恩去幫我拿一些，但他說他不確定我在說什麼。」

「嗯，我這不就來了嗎。」

「總之，我不覺得這次的經歷讓我變強了什麼。我只覺得餘悸猶存，安東尼。」

「當然，」安東尼說。「創傷後那個什麼碗糕嘛。」

「但我終歸會好起來的。」

「那還用說。看看歐普拉這些年都經歷了什麼。」

「除非我還沒好起來人就掛了。那我可就永遠都好不起來了。我現在就有這種感覺，也許我等不到好起來的那一天了。」

「你再繼續這樣耍憂鬱，我就要去跟喬伊絲告狀了。」

「要說『殺不死你的東西能讓你變強』，無妨。這句話確實豪氣干雲。但過了八十這句話就不適用在你身上了。八十歲以後沒殺死你的東西，只會把你牽過另一扇門，然後是第二道門，第三道門，一道接著一道，而這些門通通都會在你跨過門檻之後鎖上。沒有反彈這回事情。名為青春的重力會逐漸消散，你只會愈飄愈高，愈飄愈高。」

「這個嘛，」安東尼說著把掌心放到了伊博辛的兩個太陽穴上，扶起他的頭去看鏡子，「我剛剛讓你年輕了十歲，不准說我沒盡力喔。你知道是誰搶了你嗎？」

伊博辛點了點頭。「他們掌握了一個姓名，嗯，但就是沒有證據。」

「那再來會發生什麼事呢？」

「我想再來就是看伊莉莎白的了吧。」

「嗯，希望如此吧，」安東尼說著舉起了鏡子到伊博辛的頭後面，伊博辛又點了一次頭。「沒有人可以傷了我朋友一根寒毛然後拍拍屁股走人。你跟伊莉莎白說要是有用得上我的地方，請她儘管吩咐。」

「我會把話帶到。」

「不知道能安慰到你多少，但我偶爾也是有在聽人說話的，而我會說你在好起來之前絕對不會死的，我跟你保證。」

「這很難說喔。」

「伊博辛，別忘了現在跟你說話的，可是個夢到過樂透中獎號碼的男人喔。整整四個號碼，中了三百六十鎊呢。所以我說你還不會死，你就是還不會死。」

「我被安慰到了，謝謝你。」

安東尼收拾起工具。「我們都知道你們誰會先死。首先是朗恩……」

伊博辛點起頭來。

「然後是伊莉莎白，而且多半會是因為中槍。然後你跟喬伊絲就比較難說了。」

「我可不想最後一個被留下來，」伊博辛說。「我向來避免跟人動真格的，但我這次真的對他們三個動了真格。」

「嗯，那就姑且把你排在第三個死，喬伊絲最後好了。」

「我也不希望喬伊絲最後孤家寡人。」伊博辛說。

「喔，我不覺得喬伊絲會孤家寡人太久，你覺得呢？」

「嗯，我想也不會。」伊博辛笑說。

「真是個頑皮女孩，那傢伙。」

伊博辛伸手到掛在門後的外套口袋裡，掏出了他的皮夾。「恐怕得刷卡了，抱歉，安東尼——現金剛剛都拿去搭計程車了。」伊博辛皺著眉頭打開了皮夾。「等等，怪了，我的信用卡也不見了。」

「這下子全世界不付錢的理由，我都聽過了。」安東尼呵呵笑了起來。

「我一定是把卡片丟在哪裡忘了。我真的超抱歉的。我可以先欠著嗎？」

安東尼走向伊博辛，給了他一個擁抱。「這次算我的。現在，你快去吧，帥哥，他們看到你都會被你迷死，倒成一片的。」

伊博辛看著鏡子裡的自己，轉著頭確認左右的側影。他點了點頭。「謝謝你，安東尼，我想他們真的會。」

第二十七章

伊莉莎白走出了廚房。之前若是有人闖進過這屋子，伊莉莎白也確信他們已經走了。那是她的直覺，但她還是把手放在了嘴唇上，示意要喬伊絲留在原地不要亂跑。她用腳蹭開了客廳門。沒發現什麼動靜。兩張扶手椅，兩張邊桌，一只邊櫃上放著一台收音機跟一瓶花。沒有屍體，沒有血跡——真令人想不到。但那也給了伊莉莎白一絲希望。她知道她得上樓去。當然萬一樓上真的有人，她不會不知道自己有多不設防。畢竟她手無寸鐵。她轉頭看了穿堂一眼，喬伊絲已經不在那邊。她驚慌了一下，才發現喬伊絲悄悄從廚房出現，一手一把刀。伊莉莎白朝她點了點頭。

喬伊絲把比較大的那把刀遞給了伊莉莎白，一邊遞還一邊用氣音說道：「小心拿，刀把在前。」

伊莉莎白感覺到自己一顆心在胸腔怦怦跳著。跳得快，但很強。她真是受老天眷顧之人。

房裡有其他人嗎？她在一步步走進陷阱裡嗎？更糟糕的是，她該不會也把喬伊絲給拖下水了吧？

她示意要喬伊絲留在樓下，然後她自己開始爬起了樓梯。

第二十八章

你想怎麼說朗恩都行，但你就是不能說他看起來不像水管師傅。萊恩・貝爾德沒多看兩眼就讓他進了屋內。住房協會[70]派我來的，水壓的問題。袋子幫我拿著，這是我的工具。服務全部免費，別擔心。

所以這就是萊恩・貝爾德？

就是這孩子踢了朗恩麻吉的後腦，丟他在路邊自生自滅？

他是何方神聖？今年十七？十八？瘦巴巴，染著金髮、電藍色的運動服褲子，上身打著赤膊。他手握著電玩手把，被朗恩問完洗手間在哪兒後就直接回到了遊戲前面。早個幾年，朗恩已經一拳過去把他摺倒了。但有時候伊莉莎白的做法才是最好的，所以他會乖乖聽話。搞不好在這一切通通告一段落前，他還是會有機會朝萊恩・貝爾德那開開的嘴巴中間狠狠捶下去。朗恩衷心這麼盼望。他對聖雄甘地跟他的同道中人都滿懷著敬意，但有時候你就是得跨過那條界線。

朗恩把馬桶水箱的蓋子打開，把牛皮紙包裹從大運動袋中取出。他把包裹盡可能插到最深處。砸一萬英鎊買的古柯鹼原來也沒有多大包，他心想。他下次見到傑森，就他兒子，得拿這事跟他聊聊。

朗恩確認了水槽蓋子可以順利蓋回去，然後又將之再度打開。他把一隻手伸進連身工作服的口袋裡。他不曉得伊莉莎白是去哪弄來的這件連身工作服，但說實在的還真舒服。他在想完事之後這衣服能不能讓他留著。但天天穿連身服會是一條滑坡就是了。穿上連身服，你跟穿著睡衣去店裡買東西也就只有一線之隔了。

他從口袋裡掏出伊博辛的簽帳卡，將之小心翼翼放進了水槽中。

蓋子重新蓋上後，朗恩把運動包拉鍊拉好。他意識到自己正好真的需要上個廁所，但還是決定忍一下好了。誰知道你在馬桶水箱裡有一公斤古柯鹼的狀況下沖水，會發生什麼事情？

朗恩回到了走廊並喊了一聲「都好了，兄弟！」，但萊恩．貝爾德毫無回應，於是他便離開了公寓。

畢竟你永遠不會知道有誰在偷聽，所以他小心為上地先等了一分鐘左右，才掏出了他的手機。那是支拋棄式手機。話說這種無法追蹤的手機傑森有一堆，所以老爸跟他要一支他眼皮都沒有眨一下。朗恩撥出的是唐娜．德．費雷塔斯警員的號碼。她在第三聲響起時接通了電話。

「喂。」

「喂，請問是唐娜．德．費雷塔斯嗎？」

「嗨，朗恩，是你嗎？」

「不，不，我不認識什麼朗恩，我只是有情報要分享。」

「是喔，好吧，你要演我陪你演。但動作快一點，我在看有人開著一台雷諾闖進葛雷格

---

70 Housing Association，協助英國政府出租並管理社會住宅的民間機構，算是一種社會福利設計。

斯[71]的監視器畫面。」

「是說我是個水管工……」

「好喔。」

「然後我剛去處理了一個案子，海柔丁花園公寓十八號。」

「海柔丁花園十八號？」

「是的，只不過我在那裡發現了一點東西。在馬桶水箱裡。你們破門而入後，走廊邊上第一個門就是了。」

「原來如此……先生。那公寓住戶現在在家嗎？」

「他在。他連上衣都沒穿，唐娜。天啊，我要去扁他。」

「這個嘛，費爾黑文警方想向您致上謝忱，感謝您如此急公好義，先生。但我們不能沒有正當理由就私闖民宅。」

「怎樣叫正當理由？」

「比方說，有人被襲擊。」

「喔，對啊，有人正在被襲擊。叫得可慘了，現場。」

「好的，那我們馬上派人過去。」

「很好，把克里斯也帶過去。」

「那我可以順便請教一下您貴姓大名嗎？」

「我還是匿名比較好。」

「編一個啦，看在我的面子上。」

朗恩想了一下。「強納生．阿華田。」

「謝謝你，阿華田先生。」

「謝謝妳，親愛的，那妳去叫他。改天見。」

朗恩切斷通話並走出了公寓的範圍，伴著腳步吹起了口哨。大功告成。伊莉莎白應該會很滿意。說不定等等他也會打通電話給她。但事有緩急輕重，他得先來杯啤酒。

71 Greggs，英國最大的連鎖麵包店。

第二十九章

伊莉莎白用正手緊握住刀柄，那是她五十多年前受過的訓練。蘇聯青睞的反手握刀法在七零年代流行過一陣，但正手如今又回復成主流。正手可以提供大上很多的力量，這點在對手比你個頭大很多時非常重要。

伊莉莎白還是聽不見任何一點聲響。這是壞消息中的壞消息。她是不是應該通知一下在外頭盯梢的廂型車駕駛？她那兒會不會有槍？伊莉莎白繼續爬著樓梯。到處都看不到打鬥的痕跡。一切看起來都布置得如此精心，那徹底的寂靜，那敞開的後門。道格拉斯是在耍什麼把戲嗎？把伊莉莎白叫來然後把她嚇得渾身冷汗？

伊莉莎白上到了二樓平台。她往下一看，喬伊絲還在樓梯的底部待著。她也用正手握刀，這女人真是個天生好手。

以二樓平台為中心可以通往三道門。其中浴廁的門半掩著，被伊莉莎白輕推了一下後又更開了一點。但裡頭並無異狀。吊著內衣褲的晾衣架。掀起的馬桶蓋，所以最後一個用的是誰就很呼之欲出了。

另外兩扇是臥房的門，且都關著。伊莉莎白緩緩扭開第一間房的門把，刀在手裡蓄勢待發。要是道格拉斯與帕琵就躲在門後面呵呵竊笑著，那她看起來豈不就像個白痴？為什麼她總覺得這全都是有人在耍某種把戲？為什麼一切看來都如此整齊？這怎麼看都不像個犯罪現場，倒更像是演習。是嗎？這是在測試她嗎？是想看看上了年紀的「女孩兒」是不是還寶刀未老嗎？

她甩開了門，朝房內一躍，再用背部往最近的牆壁上一貼。眼前只有一張鋪得完美無瑕的床，一本菲利浦．拉金[72]的詩集，外加一根祖馬龍[73]的蠟燭。這是帕琵的房間，但不見帕琵。菲利浦．拉金詩集的中間夾著一張書籤，等著帕琵回歸。

伊莉莎白轉身回到樓梯平台上，這下子只剩一個房間還沒查看了。房子靠前面的房間。道格拉斯的房間。僅存最後的選項。

她用力握緊了刀，心生一個想法。帕琵因為自己槍殺了安德魯．黑斯汀斯而耿耿於懷；那對她內心是很大的衝擊，她甚至請了喬伊絲替她聯絡母親。會不會帕琵突然覺得自己受夠了這工作呢？於是她等道格拉斯睡著。要判斷道格拉斯睡著了並不難。天啊，那個鼾聲之大。或許她決定一走了之，並在離開時任由門開著？她是不是承擔不下去了呢？反正她一定知道外面還有駐點的人員會確保道格拉斯安全。

她把手握在門把上，開始轉動起來。伊莉莎白開了門。一瞬間她僵住了。但她也只僵了一瞬間。這不是演習，也不是什麼把戲。就是嘛，帕琵怎麼可能丟著後門開著就走了。也的確，道格拉斯怎麼可能一點聲音都沒有地睡著。

帕琵的癱軟遺體陷在扶手椅上，一顆子彈把她的臉蛋攪得一塌糊塗，金色的秀髮也成了一片血紅。她的一隻手橫過身體，無疑是想以手為盾擋住子彈。另一隻手則毫無生息地垂在

72 Philip Larkin，1922-1985，英國詩人、小說家、爵士樂評。

73 知名英國香水品牌。

身側。沿著手臂流下的血液已乾。曾猝不及防驚艷過她祖母的白色雛菊，如今已變得緋紅。道格拉斯被架起坐在床上。比起帕琵，他挨的那一槍造成了更大的傷害。若不是跟他有過一段婚姻的人，根本認不出他來。他腦子後方的牆上是一片黑色的血漬。

不知道道格拉斯原本想給她看什麼，但無論如何也不會是這個吧？

伊莉莎白深呼吸。她必須冷靜。這裡很快就不會是屬於她的案發現場了，所以她趕緊掏出手機，從各個可能的角度拍下了照片。

伊莉莎白聽見身後傳來聲響。她一轉身，舉起刀子，才發現是喬伊絲站在門口。喬伊絲望向帕琵的屍體，又看向道格拉斯的屍體，然後又看回帕琵。

「喔，帕琵，」喬伊絲說，「喔，伊莉莎白。」

伊莉莎白點起頭來。「什麼都別碰。下樓，我們走。」

伊莉莎白在前面領著喬伊絲。她很慶幸喬伊絲並不軟弱；她們現在最不需要的就是眼淚。伊莉莎白打開前門，並叫喬伊絲待在原地。她往前快跑了一段，然後過了馬路到維珍傳媒的廂型車旁。赫然意識到自己手上還握著刀，伊莉莎白趕緊將之塞進手提包中，然後敲起了車窗。百無聊賴的駕駛再次把車窗放下。

「妳事情辦完了，是嗎？動作挺快的嘛。」

伊莉莎白拿出手機，把照片秀給了駕駛看。「兩個都死了。就在妳坐在車裡看報的同時。」

駕駛飛也似地下了車，往房子衝過去。無疑她每一步都在想著自己曾經是如何地前途似錦。

握著手機的伊莉莎白意識到軍情五處的大部隊一旦抵達，自己就得馬上面臨偵訊，她已經沒有多少時間了。屆時她的手機會被收走，照片會被刪除。她掃視了聖阿爾班斯大道上家家戶戶前院的牆壁，然後就在隔著兩棟房子的地方，她看到了她需要的東西。盯梢的駕駛已經跑進了屋裡，所以伊莉莎白快步飄到了她選定的矮牆前，挪開了鬆脫的磚頭，朝縫隙塞進了她的手機，然後放回了磚頭。完美的無人郵筒。

所以現在要找的東西變成了兩種，鑽石跟凶手。

第二部

偶爾，你會不相信自己的眼睛

第二十二章

在休期中假[74]的派翠絲，與克里斯展開了同居生活。克里斯還不是很習慣。他假裝自己吃得很健康，然後裝了幾天之後，他才發現這跟真的吃得健康沒有兩樣。蘋果就是蘋果，跟你是為了養生吃它還是為了討好新女友而吃它無關。營養成分都是一樣的。克里斯上一條士力架已經是禮拜一的事了。

今晚他們說好要去黑橋酒館吃飯。這裡原本是間不太入流的酒吧，但在黑橋二字從英文的Black Bridge改成法文的Le Pont Noir後，此處現已是費爾黑文掛頭牌的餐酒館，且恐怕也是絕無僅有的一間。每逢星期二，他們會有爵士三重奏在餐室裡演出。克里斯從來不是爵士迷，他甚至連爵士到底好聽在哪都一頭霧水，但他知道的是喜歡爵士的人似乎都很享受生活，而他此刻需要假裝比真實的自己更享受生活一點。而且說不準蘋果的道理也適用在這裡？說不定享受生活這種事情也可以假戲真作、進而弄假成真？派翠絲人一到，他就一直微笑個沒完，所以或許這種想法還真有幾分說得通。

派翠絲也圖他身上的某些東西，這點他清楚。他可以很客觀地看到自己溫暖跟風趣的一面。他有份正當工作，負責抓壞人。還有嗎？他被說過眼睛很美。他還很會接吻。

其他的所有問題都可以先不掀底牌。別還不會走路就想要跑步，克里斯。此外，是否所有的女人都會說自己的男伴很會接吻呢？克里斯覺得應該是。反正那又不花她們一毛錢，是吧？

唐娜是在六點半左右來電。萊恩・貝爾德被捕，已經在送往費爾黑文警局的路上。所以今晚不聽爵士樂了，克里斯鬆了口氣；人生的這張新頁可以不用急著翻過去。

派翠絲對此非常能理解。理解到讓人起疑，說實在。該不會派翠絲其實也沒那麼喜歡爵士樂吧？該不會他們兩人都在假裝吧？這點值得深究。果真如此，他將能大大鬆一口氣。

克里斯開車到了局裡，偵訊了萊恩・貝爾德，期間他聲嘶力竭地喊冤，說自己是被一個水管師傅陷害，但最終他還是以持有並意圖販售毒品外加搶劫的罪名遭到移送，並當場羈押在局裡。他的律師感覺比上回更拿翹，要嘛是萊恩被關也讓他十分樂見，要嘛是他也逃過了一整晚的爵士樂。

處理完事情，克里斯傳了簡訊給派翠絲，現如今兩人已經坐在黑橋酒館的雅室裡，核桃木凳上一支孤獨的鼓棒是今晚有過爵士樂唯一的證據。

克里斯與派翠絲把一張皮沙發當成了情人座，而在他們對面，盤腿深陷在一張扶手椅裡的是唐娜，克里斯的搭檔，派翠絲的女兒。

「週四謀殺俱樂部？」派翠絲問。

「他們有四個人，」唐娜說。「伊博辛是手機被偷走的那個。朗恩是那個水管工人。」

「那一萬鎊的古柯鹼是誰弄來的？」

唐娜望向克里斯。「我猜是伊莉莎白？」

克里斯點頭。「我原本也是這麼想。但我是說，永遠別小看了喬伊絲。」

---

74 Half term，英國學制分三學期，每個學期中段都有較長的假期，從九天到十多天不等。

「但這不都是些犯法的事情嗎？」

「犯得很徹底。」

「萬一東窗事發你們不會惹禍上身嗎？」

「媽，」唐娜說，「我接到一通水管師傅的電話說他在某公寓中發現古柯鹼和偷來的金融卡。也就是說有人密報，然後我去公寓現場果然發現毒品跟卡片。我當場逮捕了少年，克里斯跟我偵訊了他，他否認一切犯行……」

「他們經常這樣，」克里斯說。

「他們經常這樣。我們覺得證據足夠起訴他，所以我們就起訴了他。」

「那等上了法庭呢？法院要是傳喚了這名水管師傅作證，結果發現他不是水管師傅怎麼辦？」

唐娜聳了聳肩說。「我猜伊莉莎白一定已經考慮到這一點了吧。」

派翠絲舉起了她的威士忌酒杯，冰塊發出了致敬的鏗鏘聲。「他們聽起來是很了不得的一群。我想跟他們認識認識。」

「我們暫時是把妳當成機密，不想洩漏出去。」克里斯說。

「是喔？」派翠絲說著把一條腿伸出去，橫在了克里斯的大腿上。

「我跟週四謀殺俱樂部的瓜葛也差不多到了極限。要知道如果他們能栽贓古柯鹼到某人的馬桶水箱裡，我不敢想他們會拿我的感情生活怎樣。」

「你怎麼這麼可愛，說『感情生活』而不說『性生活』，」派翠絲說。

「不要提『性』不『性』的啦，媽，」唐娜說，「放什麼閃啊。」

「我想表達的是我的『私生活』，」克里斯說。

「來不及了，你話已經說出口了。」派翠絲說。

「那幫人會讓我們在幾週內完婚，」克里斯說。

「怎麼那麼過分，」派翠絲說著揚起了眉頭。

「媽，別仗著喝了兩杯威士忌就一直假裝妳想要嫁給克里斯。不要讓我後悔介紹你們認識。」

「是說，妳有伊莉莎白的消息嗎？」克里斯問起唐娜。

「完全沒有，」唐娜說著檢查了一下手機。「她應該會很想聽到這個消息。萊恩・貝爾德被押了起來。」

克里斯看著他的手錶。「這個嘛，都十點半了，妳知道那群老人家。她這時間應該早就上床躺好了。」

「說到上床躺好，」派翠絲說著朝克里斯瞪直了雙眼，撥弄起了脖子上的項鍊。

「天啊，媽，我要吐了，」唐娜語畢，便把手中的威士忌一仰而盡。

第三十一章

所以，我們就來看看伊莉莎白·貝斯特有什麼通天的本事，好嗎？軍情五處的大英雄。被說得那麼神的她究竟有沒有料呢？

蘇·里爾登不由得想要拿自己跟坐在她正對面的女人比一比。伊莉莎白·貝斯特。一頭銀髮加上花呢外套。一臉處變不驚，毫無懼色。她知道些什麼呢？又或者她願意吐露什麼呢？

她們都曾在出生入死的歲月裡殺死過人。當然她們都是有理由才殺人，但殺了就是殺了。而這一點讓她們之間油然而生一種惺惺相惜的連結，一種敬意。但也創造出一股猜忌。伊莉莎白是一部間諜招式的活字典，所以蘇·里爾登也得有兩把刷子才能問出她想知道的東西。那就來吧。

這個房間不大，這類房間通常都不大。幽閉恐懼症，是這種房間的設計理念。四周的牆壁上覆蓋著及腰的金屬板，再往上則是水泥。窗戶一個都沒有，取而代之的是每個角落都有的監視器。牆的厚度讓對話變得悶悶的，看上去有種這裡可以撐得過核彈攻擊的感覺，而事實上那也確實是這裡的設計標準。蘭斯·詹姆斯在遠端的牆邊踱步。

「你靜一靜好嗎，我的天啊，你走來走去對誰都沒幫助。」伊莉莎白說。

「抱歉，」蘭斯說。

蘭斯·詹姆斯是那種能走絕對不站、能站絕對不坐的傢伙。他是從舟艇特勤隊被借調給蘇，但此外她對他所知甚少。他沉默寡言，幹活勤奮，而蘇對這樣的組合完全可以接受。他四十出頭，不屈不撓地堅守著他那中間偏上的帥臉，只是持續在稀疏的金髮眼看就要退無可退且慢慢變灰，終至團滅。小房間、盯梢、熬夜與壓力，組成了他的人生；蘇看過太多英俊的男人告別盛世美顏，經驗告訴她蘭斯至多還有五年。

在來這兒的路上，她從頭到尾都跟伊莉莎白還有伊莉莎白的朋友喬伊絲坐在沒有對外窗的廂型車後面。接著她們先被蒙上了雙眼，然後才步行到這個房間。這一切都是為了掩藏她們的目的地，但伊莉莎白肯定完全知道她們在哪。在戈達爾明。在他們口中的「那房子」，乃至於在那房子地下三樓的隔離囚室。她知道軍情五處時代的伊莉莎白肯定在此審訊過人。她恐怕就坐在蘇現在的位子上。從伊莉莎白跨到蘇的年代，這裡歷經過一些整理，天花板上有一些新的灰色油漆，同時當年的角落也沒有監視器，恐怕是因為有的話才麻煩吧。

「這年頭比較少聽說有人叫蘭斯，」喬伊絲說，「是家族傳下來的名字嗎？」

「恐怕是，」蘭斯說。

蘇看得出喬伊絲像是劉姥姥逛大觀園，對這一切都感到十分新鮮。在車上，伊莉莎白無疑在默默記下時間與方向的同時，喬伊絲頻頻點頭打起了瞌睡，但蒙眼這事很對她的味。

「嗯，我感覺得出我們是在電梯裡往上，」她在下到地下三樓的過程中這麼說。

蘭斯往身後的牆上一靠，雙臂在他厚實的胸肌上交叉。

「所以妳收到道格拉斯．米德密斯傳訊息給妳？」蘇說。「就從這說起吧，好嗎？訊息確切是何時傳來的？」

「我不知道，」伊莉莎白說。她不想把知道的事情全盤托出，甚至可以的話最好什麼也不要托出。這步調可以。慢慢來，慢慢來就好。

「那妳可以讓我們看看訊息的內容嗎？」蘇問道，口氣禮貌到不能再禮貌。禮貌是蘇在偵訊時向來的風格。脾氣差一點的，耐性很快就會比妳先耗完。

「恐怕辦不到，訊息在我手機裡。」

「那妳的手機呢？」蘇問。「手機不在妳的包包裡，我們覺得很詭異。」

「喔，我們不會去哪兒都把手機帶在身上，蘇，」喬伊絲說。「錢包、鑰匙、一些備用的化妝品，一個環保購物袋，其他東西其實沒有也還好。」

蘇對喬伊絲點了點頭。這是在唱雙簧嗎？我也得防著這個喬伊絲嗎？真是個短小精幹的女人。完全就是那種你會想給她一把槍跟一台解碼機，然後把她空投到敵後的女性。她轉頭看向伊莉莎白。「我在想妳的手機去哪裡了呢，伊莉莎白？」

「這個嘛，要是我能想起來就好了，」伊莉莎白說。

「妳不記得自己的手機放哪兒了嗎？」蘭斯從她身後說道。確實他也該吭個聲了。

「我怕是想不起來了。我們遲早都有這一天，親愛的。」伊莉莎白說。

「我有回把公寓翻遍了，就是為了找手機，」喬伊絲說。「老實說，肯定花了有二十分鐘。結果我拿著手機在找手機。」

「我可捨不得看到你落到那步田地，」伊莉莎白說，「你的青春請好好珍惜。」

蘭斯終於離開了牆壁。他幾步路換到另外一邊，在蘇．里爾登的身邊坐定。蘇把身體往前一傾，直接把矛頭對準了伊莉莎白。「我猜手機就在妳家吧。」

「妳這麼想很正常。」伊莉莎白並沒有反駁她。

蘇心滿意足地點了個頭。「那聽起來確實是最有可能的狀況，妳說是吧？那麼我派一組人去搜索一下，妳應該不介意吧？」

「這年頭的規定是搜索完一切都要完美地恢復原狀是嗎？」伊莉莎白問道。

「規定一直都是這樣啊，從來沒變過。」蘭斯說。

「是，但現在你們是真的要遵守規定了嗎？歐洲法院[75]管起閒事了是吧？」

「一切都會完美恢復原狀，」蘇說。手機上會有什麼呢？訊息？還是照片？

「嗯，既然妳都這麼說了，那就請便吧。反正我家也需要整理整理了，」伊莉莎白說。

「史提芬會挺樂的吧，三更半夜跑來一群傻子要搜房子。他會好好招待他們的。」

「她也有可能把手機託給我啊，」喬伊絲說。「你們會不會也想來我的公寓掃一眼啊？尤其是浴室。」

「在暫時找不到手機的現在，妳記不記得那則訊息是怎麼說的？」蘇問。「確切的遣詞用字？」

伊莉莎白點了頭，靠著記憶複述了起來。「帕琵跟我已經搬到霍夫的聖阿爾班斯大道三十八號。我會萬分感激妳能移駕到這裡一見。我有東西想讓妳看看。」

「所以妳記得住簡訊的確切字句，」蘭斯說，「但記不得妳手機在哪裡？」

伊莉莎白拍了拍自己的頭。「我腦裡的宮殿房間太多了。有些房間積的灰塵就是比其他房間多。」

---

75 European Court of Justice，歐盟的最高司法機構。

蘇注意到蘭斯微微露出了藏不住的笑意。這兩個女人果然不容小覷，這點可以確定。

蘇再次點了個頭。「那真是辛苦妳了，女士，腦子如此肯定讓妳很煎熬。是說訊息內容全部就只有這樣？沒提到別的了嗎？」

「嗯，簡訊還叫我不要帶人去，但我是想說喬伊絲不會想錯過這種東西。」

「謝謝妳，」喬伊絲說。「我確實不想，至少在某個程度以內。」

「那妳對他想讓妳看什麼東西有任何想法嗎？」

伊莉莎白頓了一拍。她抬頭看向監視鏡頭。然後眼神在轉回到蘇・里爾登身上時，她下定了決心。

「老實說，我想他應該是要給我看那些鑽石。」

「妳覺得他把鑽石帶在身上嗎？」

「不然他還能給我看什麼東西？」伊莉莎白反問。

「妳這麼說，前提是他一開始確實偷了鑽石，」蘭斯說。「而我們並沒有證據能證明這一點。」

「這個嘛，」伊莉莎白說。「我發現自己好像應該早點跟你們交代這一點，但我知道是他偷了鑽石。他親口跟我說的。」

「他是何時告訴妳的，伊莉莎白？」蘇追問，但冷靜如常。

「喔，幾天前吧，應該是，」伊莉莎白說。

蘇並不驚訝。道格拉斯當然會告訴她。他信任她。他愛她。「但他並沒有把鑽石帶到避難所，伊莉莎白。他被我們搜過了。去那裡之前搜過，在那裡的時候搜過，頭被某人轟掉過後也搜過。所以除了鑽石，他還有沒有別的東西會想給妳看？」

「也許他想讓伊莉莎白看的是一把鑰匙、一個代碼、或是一個謎題，」喬伊絲說，「好讓她思考出鑽石的位置。我拿謎題是一點辦法都沒有。像有個謎題說的就是有個人只能說謊，又有個人只能說實話？」

蘇意識到喬伊絲是真的在等自己告訴她這個謎題的答案，便對她聳了個肩，意思是「妳問我我問誰」。

「說得好，喬伊絲，」伊莉莎白說。「而如今，當然，不論是誰殺了道格拉斯跟帕琵，就先假定是馬丁．羅麥克斯好了，那人都會取代我獲得那項資訊。不論那資訊是不是個謎題。這樣馬丁．羅麥克斯就可以取回他的鑽石了。」

「問題是，有動機對道格拉斯與帕琵開槍的或許並不止馬丁．羅麥克斯一人？」

「那當然，」蘇說。

「那麼些錢，兩千萬鎊。我們誰不想要，是吧？」喬伊絲補充說。

現場一片默認的氣氛。鑽石一定在，問題是在哪裡？

「而且，我想伊莉莎白也會告訴妳的是，鑽石被偷的那一夜有兩個人在羅麥克斯家裡，」喬伊絲還沒說完，「道格拉斯跟蘭斯。而我想我們都太輕信蘭斯的說詞了。我這麼說沒有不敬之意，蘭斯，但我們對你一無所知，不是嗎？誰敢說你沒有看到道格拉斯偷了那些鑽石呢？誰敢說你沒有一直在找機會將之占為己有呢？」

「嗯，我是沒打算這麼哪壺不開提哪壺啦，」伊莉莎白表示。「但既然如今壺都提了，我們就打開天窗說亮話。再加上現場有錄影，我們的討論不會沒有意義。」

「有話就攤開講啊，」蘭斯說，「我坦蕩蕩。」

「我百分之九十九相信你，」伊莉莎白沒有直接否定蘭斯，「但你在鑽石竊案當晚的現場，你知道道格拉斯與帕琵的藏身處，你甚至就是一開始把這案子指派給帕琵的人，但帕琵明明就是個很不尋常的人選。」

「所以搞不好你跟帕琵根本是同夥？」喬伊絲說。

「當然，這完全是憑空臆測，」伊莉莎白說。「但我相信所有的可能性，你們都會調查看看吧？」

「當然，我們全部都會調查看看，」蘇說。這還差不多，伊莉莎白。「蘭斯絕對夠格列為嫌犯，同時我還要一不做二不休，在嫌犯名單上再多加一個人。或許只有這個人也知道道格拉斯人在古柏切斯跟聖阿爾班斯大道。這人是死者的老相好兼前妻，受過訓練有本事私闖民宅、也能取人性命，是個就那麼剛好手機不見了的女人。這樣的她，也可以是個嫌犯，妳不覺得嗎？」

「她當然可以，」伊莉莎白表示同意。「當然就像妳也可以，蘇。我想我會的東西，妳肯定也都會吧，更別說這些年他們又多發想了一些新技術。就姑且假設妳判定是道格拉斯偷了那些鑽石，可以嗎？」

「可以，當然可以，」蘇正面回應了伊莉莎白。她樂見兩人的對話終於打開了一點。這是她能湊近觀察伊莉莎白的機會，能開始讀取她內心的機會。

「或假設妳早就知道內情？假設妳跟道格拉斯根本不只是同事關係？道格拉斯撩過的女人何其多，妳不是第一個。」

「且讓我們假設不是每個人都會上跟妳一樣的當？」蘇說。沒想到伊莉莎白竟會選擇打她這一點。

「說得好，」伊莉莎白說，「但兩千萬鎊突然遠在天邊又近在眼前，而且只有一個人知道東西在哪兒？那不會讓人心癢癢的嗎？」

「我想會吧，」蘇說，「非常癢。」

「而妳，不用多說，會有大把大把的機會可以殺了道格拉斯跟帕琵。妳知道他們的行蹤，妳具備進出的權限，妳擁有他們的信任。妳既然可以一手把他們安置在那裡，也無疑可以一手把現場清理乾淨。」

蘇點了頭。「我開始有點後悔沒想到這些了。妳不會嗎？」

「我想我應該能想到個不用殺人的辦法吧，」伊莉莎白說。

「我希望妳出於對同行的尊重，應該要認為我也能想到中飽私囊但不要人命的手法吧。」蘇說。「我跟道格拉斯可是快二十年的老同事了。」

「請節哀，」伊莉莎白說。「是說，既然我們的共識已經是在這個房間裡除了喬伊絲以外，每個人都有殺死道格拉斯的可能，那感覺去羅麥克斯先生那走一趟就勢在必行了。」

「妳無論如何都不准跟馬丁．羅麥克斯接觸，」蘇說，「我們會對付他。」

「當然，」伊莉莎白說。「不要去找馬丁．羅麥克斯。這點我們可得記好了，喬伊絲。」

喬伊絲點起頭，「明白了。」

「言歸正傳，伊莉莎白，」蘇說，「妳說道格拉斯說有東西要給妳看？」

「我是這麼說過。」

「那麼，我們在他的外套口袋裡找到這個。」蘇把手伸進證物袋，抽出了一枚銀質的相片盒墜，盒子打開後是一面鏡子，此外就什麼都沒有了。這對伊莉莎白有什麼意義嗎？「我在想這該不會就是他要給妳看的東西吧？」

她看得出伊莉莎白一眼就認出了這東西。該說，不意外嗎。

「上面刻著妳的名字。」

伊莉莎白拾起了相片盒墜，將之放在手中掂了掂重量，然後扳開了盒子，見著了裡頭的鏡子。蘇看得出伊莉莎白的腦筋在轉，也知道伊莉莎白在做什麼盤算。

蘇對著她笑了。「真是感人，伊莉莎白。他一定深愛過妳吧？」

「以他的方式，」伊莉莎白認可了這點。

「妳還真幸運，」蘇說。「能得到一個好男人的珍愛。或最最起碼是個男人的愛。」

伊莉莎白自嘲地笑了笑。

「好吧，都過十二點了，」蘇說，「妳們有就寢時間吧。」

但蘇這晚還有一項工作要做。不是個很讓人期待，卻又很重要的工作。蘭斯領著喬伊絲跟伊莉莎白出了偵訊室。蘇從此刻起就要緊盯住她們了。

第三十二章

喬伊絲

我有跟你提過莫琳．吉爾克斯嗎？我想應該沒有，但我並不是要針對她。她是魯斯金苑的住戶，先生以前是做摩托車生意的，而她則時不時會來替英國心臟基金會[76]的店面收集義賣品。

我給過她一件女用襯衫，而這之後我去了一趟費爾黑文，真的看到衣服陳列在店裡，我整個興奮到不行。我拍了張照片傳給喬安娜，結果她只回我：「不然呢？媽，他們收妳的衣服不賣還能幹麼？」總之我再下一次去看的時候，衣服已經不見了，這一點也很令人欣慰，只是這次我就沒有目標可以拍起來了。

我想說的是，莫琳．吉爾克斯有個叫丹尼爾還是大衛的姪子，而她這個姪子是一名演員。按照莫琳的說法，這姪子混得非常好，但我還沒有在任何地方看到過他。就連《摩爾斯探長》[77]裡都沒有。

現在說話是兩年前的事了，這名姪子去植了髮。你有聽說過植髮的過程嗎？我在《今晨

---

76 British Heart Foundation。成立於一九六一年，頗負盛名的心血管疾病研究與防治機構。

77 Inspector Morse，1987-2000年播出的英國警探電視劇。

秀》[78]上看到過蘭吉醫師[79]聊過一次。他們會取下你後腦杓的頭髮，種在你的頭頂，然後登愣，你就不禿了。

很顯然這麼做的效果非同凡響，丹尼爾一下子感覺年輕了十歲，而且你根本看不出破綻。喔對了，這些話都是我聽莫琳說的，所以不要光聽我一面之詞就全部相信。

其實我這篇日記這樣開頭，好像有點歪掉，所以請容我倒個帶。我已經滿累了。

道格拉斯跟帕琵死了。

伊莉莎白跟我走了趟霍夫，而我必須說比起我的預期，星期二的霍夫還挺熱鬧的。這年頭大家都不用上班了嗎？道格拉斯說有東西要給伊莉莎白看。我們進了一間房子位在聖阿爾班斯大道上（阿弗列國王[80]游泳池附近？），他們倆就在屋裡，都死於槍傷。

道格拉斯算是自作孽，我覺得啦，但帕琵也太可憐了吧？我必須說這讓我傷心欲絕，雖然現在的我已盡量試著不要太放縱悲傷。

三天前的她人還在我的客廳。二字頭的人生還有那麼多樂子在前面等著，就這麼死了實在太沒天理。那些等著她去親吻的嘴唇、等著她去搭乘的遊船、等著她接下的花束，等著她穿上的新大衣。還有那些她再也沒機會念給新戀人聽的詩句？想等到人生有公平的那一天，我們可能會先等到人徹底發瘋，但殺死帕琵的兇手，確實已將某種美好從這世上奪走。

帕琵的母親席芳原本預定今天來訪，而我非常擔心自己會得負責把這噩耗告訴她。但還好因為她是帕琵的緊急聯絡人，所以她立刻就收到了通知，並將南下來指認女兒的遺體，可憐的女人。

她發給我的訊息，最後加上了罌粟花與雛菊的表情符號，讓人莫名感動。我回了一則訊息，告訴她我們想要見見她，並試著在訊息末也加上罌粟花跟雛菊的圖案，只是我一個不留神沒按準，傳出的變成罌粟花跟聖誕樹。希望她還是能看懂。

這麼一來我們手上就有了兩宗凶殺案。要是把安德魯．黑斯汀斯也算進去就是三宗，只不過安德魯我們已經知道是誰殺的了。

這些日子我一走進臥室，事後就會聽說誰又中槍了。所以我稍早本來要去備用的客房把枕頭拍蓬一點的，也腳軟不去了。

我不覺得我們可以像跟克里斯、唐娜還有費爾黑文警局一樣，跟蘇與蘭斯玩得那麼開心。這真的很可惜。但我想我們還是會死馬當活馬醫。我們有用磨功把鐵杵磨成繡花針的本領。

說起蘭斯，我就是因為蘭斯才會講到莫琳．吉爾克斯跟她的姪子！你看得出蘭斯的頭髮正愈來愈稀疏，而我一直在想我應該跟他提一下植髮的事情。你看得出他是那種把頭髮看得很重的男人。我一直在等偵訊的對話中能出現冷場，或是有可以閒聊的空檔，但恰當的時機一直沒能出現。每回交談有一個頓點，我就會想說，好，來吧，但這時蘇就會插一句帕琵的槍傷如何如何，濺開在道格拉斯頭後面的血跡又如何如何，搞得我始終不得其門而入。

所以我真的很希望能跟蘭斯再有一面之緣，因為處理這種事情就是要搶時間。至少莫琳是這麼說的。讓我很快估狗一下她的姪子。OK，我回來了。什麼都沒查到。我試了「丹尼

---

78 This Morning，英國獨立電視台（ITV）上的晨間節目。

79 Ranj Singh，英國醫生兼電視節目主持人。

80 即阿弗烈大帝（Alfred the Great），西元九世紀的傳奇王者。

爾・吉爾克斯　演員」跟「大衛・吉爾克斯　演員」，但他就像個隱形人一樣。所以也許他既不叫丹尼爾，也不叫大衛。甚至他說不定根本不姓吉爾克斯？所以我既不知他名誰，也不知道他姓啥，也沒有足夠的本事用估狗查。

對了，我用ＩＧ私訊了奈潔拉[81]，談到了她的黑糖蜜肉腸。她還沒有回我，但我知道她東一個約、西一個約，肯定分身乏術，所以我原諒她。我另外還po出了我的第一張照片，拍的只是郵筒而已，結果有個叫做@sparklyrockgirl的網友留言說「美照」，還追蹤起我。所以我開始有人追蹤了。凡事總要有個起頭。

我在想關於道格拉斯的事情，伊莉莎白不曉得難不難過？我一個前夫都沒有過，所以我很難想像。我看得出她並沒有特別喜歡他，不過伊莉莎白本來就沒有特別喜歡太多人，可是話又說回來，在這麼多她並沒有特別喜歡的人當中，伊莉莎白也不是每一個都願意嫁。道格拉斯還愛著她，這看得出來。而且他還在外套口袋裡帶著她的相片盒墜，這點實在讓人很感動。

所以她肯定難過。而且她已經沒辦法跟史提芬聊心事了，尤其是這種心事。我起碼還有喬安娜可以找。事實上我明早會傳訊息給她，讓她知道我看到了三具屍體，還蒙著眼睛被軍情五處帶去偵訊。不然最近我跟她分享的八卦都是如「誰誰誰得了白內障」或「雞舍闖進了一隻狐狸」之流。我聽得出她人在飄走，而我也不太怪她。

但，我不會把兩千萬鎊的事情告訴她。我也不知道為什麼。好吧，我知道為什麼——她到時候又會有意見，而我現在真的沒心情聽喬安娜的一堆意見。

想想要是我們能找到那些鑽石的話？我不是說我們一定能找得到，我只是說想想看。馬丁・羅麥克斯大抵找得到，說不定他已經找到了。又或者鑽石會被軍情五處找到。還是被美國黑幫找到。

但假設，單純假設一下，最後鑽石落到了伊莉莎白、朗恩、伊博辛跟我的手上。畢竟凡事在我們幾個身上都有可能。

那就是一人五百萬。

有五百萬英鎊我要怎麼花，我不禁想？露台的門該換新了，一組大概一萬五吧，不過朗恩認識八千就願意做的師傅就是了。

我買葡萄酒的預算可以從每瓶八點九九鎊拉高到十四點九九鎊，問題是我喝不喝得出差別？

給喬安娜一點零用錢？她已經很有錢了。以前我會給她二十鎊，讓她跟朋友出去有錢可以花，然後她的兩隻眼睛就會瞬間發亮。我超愛那樣的。如果我現在給一百萬鎊，她的眼睛還會再亮一次，就像小時候那樣嗎？大概不會了。她大概只會把錢存進個人儲蓄帳戶[82]之類的地方吧。

所以五百萬鎊於我可能也不是真的需要吧，但無論如何，我確定我今晚還是會做個五百萬的發財夢。你應該也是吧，對嗎？

---

81 Nigella Lawson。奈潔拉．勞森是英國的美食作家、記者，兼電視節目主持人。

82 Individual Savings Account，簡稱ISA，是由英國首創於一九九九年四月的一種制度，其精神在於民眾透過此帳戶投資特定金融商品，帳戶內當年度投資所得可享一定額度的免稅優惠，藉此鼓勵英國民眾儲蓄以累積長期財富。後來加拿大、泰國、日本及韓國等國皆跟進實施此制。

第二十三章

他們跟她說只要打包個登機箱就好，叫她跟他們走。但她早就準備好行李了。

幹員們可能在等著她泣不成聲，但她擠不出眼淚。他們會在內心覺得她很冷血嗎？他們會覺得她不愛帕琵嗎？覺得她是個失格的母親嗎？席芳心想他們幹這一行，應該什麼想像得到或想像不到的反應都見多了吧。她做自己就好。且不論現如今那是個怎樣的自己。

這趟路感覺有點長，但席芳睡不著。兩名幹員在車裡小聊了一會兒。她還好吧？不，不好。要不要拿點什麼給她？如果他們指的是飲料或點心的話，那不用，她不需要。她今晚有辦法去認屍嗎？嗯，她真心不知道。探員幾次表達了慰問之意，而她也聽一次道謝一次。

他們在剛過午夜時來到了戈爾達明。雖然已是三更半夜，但他們還是在長長的車道上經過一輛廂型車以相反的方向行駛，正要從房子離開。

蘇．里爾登與蘭斯．詹姆斯自我介紹了一下。他們都很客氣，但他們除了客氣還能怎麼做呢？蘇不出她意料，完全就是她想像中的類型。

而如今他們走在一條長長的走廊上，這棟建築肯定是馬廄改建而成。蘭斯在前面帶路，你看得出他不知道該說什麼。就像她也腦子裡一片空白。

蘇．里爾登勾上了席芳的手臂，這顯然不會是標準作業程序，問題是標準作業程序也是要看時間、看場合的，而當下顯然就並非適合公事公辦的時候。這樣的小動作讓席芳很受用。她知道前面在等著她的是什麼，不想完成卻又不得不完成的是什麼。

蘭斯掏出了張門禁卡，打開了一面金屬大門，並趁門在開的時候敲了上去。一陣冷氣從門後竄了出來，湧到了走廊上。蘇・里爾登停下了腳步，凝視起席芳的眼睛。

「妳準備好了嗎？」

席芳點了點頭。

「需要什麼就叫我一聲。」

蘇讓席芳率先走進了房間，而她在冷風的包裹下打起了顫來。

那是個有著特定功能的小房間。裡面有兩張長桌，上頭各躺著一副布包著的人形。其中左邊的顯然是帕琵，主要是桌子旁邊站了一名醫師，至少在席芳的想像中那女人是一名醫師。她身上除了一件白袍，還有外科手套跟一副口罩。她生得一雙溫暖的雙眼，幾乎逼得席芳第一次要掉下眼淚。但她此刻需要的不是溫暖。

蘭斯靠在遠邊的牆邊，活脫脫就是這房間裡一個想走但走不了的男人。席芳看見他反射性地想要用兩手互搓來取暖，但想了想又覺得這樣不妥，便改把手插到了背後。蘇用手抱住了自己的手肘。

「這是卡特醫師，席芳。」

卡特醫師向席芳點了個頭，席芳不得不避開那雙暖呼呼的雙眸。

「很遺憾，您的女兒受到了重創。請您要有心理準備。」

席芳點頭，就來吧。

卡特醫師掀開了蓋住大體的淡綠色布幔，然後隨著亂無章法的金髮開始流瀉而出，席芳知道她得將一部分的自己關機，那部分或許永遠不會再回來了的自己。

臉部所剩無多，但夠了。足夠讓為人母的認得那是自己的骨肉。席芳轉身對蘇點了點頭。

「是帕琵。」

席芳哭了起來。她知道眼淚遲早會來。沒有人應該承受白髮人送黑髮人之痛。蘇把手放上了她的肩膀。

「席芳，我只有一兩個問題不能不問問妳。因為帕琵受傷過重，所以妳能提供其他可供辨識的特徵嗎？」

席芳嗚咽著猛吞了一大口氣。「她在左小腿背面有一道長疤，在懷特島被鐵絲網劃出來的。還有她的左手腕有個硬塊，那是她打曲棍球弄斷手腕留下的。再來就是那蠢斃了的刺青。」

蘇看向了卡特醫師，得到了她的點頭確認。

「謝謝妳，席芳，」蘇說。「妳想在這兒多陪帕琵一下嗎？我們不趕時間。」

席芳並不想轉頭再去面對躺在那裡的遺體。她已經看夠了。那一幕已經夠她到死都忘不掉了。

「不然我們也可以去個溫暖一點的地方？一起喝杯茶？」

席芳在淚眼婆娑中點了頭。她轉頭望向遺體。卡特醫師已經把布幔重新蓋上帕琵的臉龐。她的金髮仍舊突了出來。席芳輕輕伸出手來，順過了一撮散落的頭髮。

蘭斯、蘇與卡特醫師全都在靜默中看著席芳撫摸著女兒的金髮垂淚。

受到重創，席芳心想。沒錯，還真是重創。席芳挪開了手，蘇一隻手將她擁入懷中。

「我帶妳離開這個傷心地吧。」蘇說。

席芳望向另外一張長桌上的身形。

「那是另外一名死者？那是道格拉斯？」

「是，」蘇說，「那是道格拉斯。」

「那也會有個可憐的傢伙得來認屍嗎？」

蘇搖了搖頭。「所幸不會。他無親無故。所以我們看的是指紋、齒模，還有我們在檔案上看得到的各種資料。」

「是喔，那我想我只能說，上帝保佑他了吧。」席芳語畢，蘇領著他從停屍間離去。

第三十四章

伊莉莎白在把一些被弄亂的飾品擺回原處，那是軍情五處來搜索時留下的傑作。她喜歡大小事物能各安其位。史提芬去了趟布魯日，從跳蚤市場帶回來的台夫特漁夫藍瓷，安坐在潘妮的警徽旁，而警徽旁又是一枚蘇聯彈殼的碎片，那是一九七三年在布拉格的一場誤會後，她從她那輛特朗夫—海洛德[83]的水箱護罩上挖下來的。想起來真是回憶滿滿啊。

她最新的珍藏紀念品，包包裡那個道格拉斯的相片盒墜項鍊，則會繼續待在包包裡。

伊莉莎白有點沒想到蘇會讓她把東西帶走。這代表這不是證物來著？

他們必定檢查過裡頭有沒有隱藏的訊息，但她想蘇應該是判定這東西嚴重不到哪兒去。蘇願意讓伊莉莎白保留這東西，算是挺好心。

她已經三十多年沒見到這條項鍊了。老實說她幾乎都快忘記有這玩意了。看到蘇把項鍊拿出來，她曾經努力回想盒子裡是什麼。一撮頭髮？一張道格拉斯的照片，照片裡的他玩世不恭地在抽著菸？但答案是兩者皆非，盒子裡一如她所打開後看到的，是面鏡子。

他是何時送給她這條項鍊的？還在倫敦的時候吧，她想。某年的結婚紀念日嗎？或者這是道格拉斯被她逮到偷腥的賠禮？無論如何，這盒子項鍊是他買給她的。「不便宜，」他曾這麼透露。而那面鏡子代表的更是一大碗迷湯。「我覺得很沒天理，憑什麼我就可以對著妳美麗的臉龐想看就看，妳就沒辦法好命。所以我希望妳也能看見我眼裡看見的東西。」伊莉莎白聽完肯定罵過他貧嘴，她很確定，但罵跟感動並不衝突。

她在離開道格拉斯的時候也一併留下了項鍊，且那之後她就再沒有想起過這項鍊了。他究竟是為了什麼一直留著這條項鍊？為什麼他死時的外套口袋裡會有這條項鍊？這真的就是他要給她看的東西嗎？他一向是個無可救藥的浪漫主義者，所以這會是他走到人生盡頭，最後的示愛之舉嗎？

她回到家中後的第一件事，不用多說，就是拿螺絲起子把盒中的鏡子撬開。那後面應該會有祕信才對，她一心這麼相信。裡面會提到鑽石藏在哪裡嗎？果真如此那就是真愛了，謝謝你，道格拉斯。

但鏡子後面什麼都沒有。沒有藏寶圖，沒有隱碼。所以這盒子項鍊就真的只是個盒子項鍊，而所謂的示愛之舉就真的只是在示愛，一點銅臭都沒有。這個道格拉斯真是讓她摸不透啊。

在她在霍夫被送上廂型車的後座之前，伊莉莎白拿喬伊絲的手機傳了簡訊給波格丹。二話不說，波格丹就過來顧了史提芬一夜。這會不會害他取消了什麼重要的約定呢？伊莉莎白對波格丹業餘都在忙些什麼一無所悉。很顯然他有些時間會泡在健身房跟刺青店，但除此之外他就像個謎團。

伊莉莎白想起了馬丁．羅麥克斯。很顯然他殺了道格拉斯與帕琵，是不？但會不會太顯然了呢？也許他們應該殺他個措手不及去拜訪他？畢竟如果祕密不藏在相片盒墜裡，那他們總是得選個地方重新找起。

---

83 Triumph Herald，英國生產於上世紀六零年代的雙門小跑車，排氣量不到一升。

史提芬打著盹，波格丹則耐心十足地在棋盤邊候著。

「一開始他在睡覺，妳知道史提芬，」波格丹說。「但後來他們說要搜索妳的房間，所以我就叫醒了他。」

「他沒有抗議嗎？」伊莉莎白說。她用手掂量起潘妮的警徽，那是她資歷最淺的陳列品。

「喔他簡直樂不思蜀，」波格丹說。「一直問他們要找什麼，又是幫忙找，又是說故事的。」

「他們收拾得倒是挺不錯，」伊莉莎白說。

「嗯，我有稍微幫忙啦。」波格丹說。「所以，他們到底來找什麼？可以告訴我嗎？」

「他們在找我的手機。他們想看道格拉斯傳了什麼簡訊給我。但我拍了屍體的照片，不想被他們看到。」伊莉莎白向波格丹補充了道格拉斯與帕琵的死訊，波格丹才終於點頭說了句「原來如此」。

「確實，書到用時方恨少，屍體的照片也是一樣。」波格丹表達了認同。「但妳的手機不在這裡嗎？他們可是到處都找遍了。」

「不，我的手機在霍夫聖阿爾班斯大道四十一號外面，一處矮牆的鬆動磚塊後面。」伊莉莎白說。「你不會介意當個好孩子，晚點幫我去拿回來，是吧？」

「當然不會，」波格丹說。

「我剛說的地址你記得吧？」

「當然，」波格丹說。「我什麼東西都記得。」

「多謝了，」伊莉莎白說。

「對了，我照妳的吩咐，在碼頭把古柯鹼交給了朗恩。」

「你真是好樣的，波格丹。」伊莉莎白說。

「他是超好樣的，」史提芬說。突然醒來的他看著棋盤，移動起了他的主教。「在碼頭把古柯鹼交給朗恩。對，沒錯。」

波格丹低頭望向棋局。

「不好意思了，兩位帥哥，」伊莉莎白說。「我得去打個電話。波格丹，我今天還會需要你開車載我去見一個跨國洗錢專業戶，不知道你有沒有空？」

「這種事我會騰出空來，」波格丹說。

她走進臥室裡。床單鋪得無懈可擊。如果說史提芬在軍情五處來過後又去睡了回籠覺，那鋪這床的就只有可能是波格丹了。她拿起了家中的電話，撥出了克里斯．哈德森的號碼，他在第五響時接起了電話。這對他來講算慢的了。

「克里斯．哈德森探長。」

「克里斯，我是伊莉莎白。只是想更新一下萊恩．貝爾德的狀況？不知道他的案子有沒有什麼進展？」

「妳是想知道我們有沒有在他家的馬桶水箱裡發現古柯鹼跟金融卡嗎？」

「嗯，差不多是這種感覺。」

「他已經被控持有毒品並企圖販毒，還有搶奪財物。」

「是喔，那你說巧不巧？你跟唐娜可以明天來跟我們好好說說。喬伊絲家有酒。」

「啊，明天我不行，我有班。」

「不，你沒有，克里斯，我查過了。」

「妳怎麼查得——等等，當我沒問。好，對不起，我明天有點私事。」

伊莉莎白聽到背景有女人的聲音說：「是伊莉莎白打來嗎？」喲，喲，喲，這一定就是他那個神祕女友了吧。當然他們沒人喜歡窺探人的隱私，但事情都已經傳了個把月了，他們都還沒機會一識廬山真面目。伊莉莎白腦筋快速運轉起來。這會兒怎麼出招？喬伊絲要是沒被餵飽八卦，可是會發飆的。

「是喔，那就算了。你排了什麼節目，有什麼精彩的嗎？要跟朋友去喝兩杯？」

「只是想安安靜靜過一晚……等等。」克里斯用手蓋住了話筒，而她聽見他悶聲問了一個問題，聽起來像是在說：「妳確定嗎？」

「哈囉，」電話對面換成了一個女聲。「是伊莉莎白嗎？」

「是我，伊莉莎白，」伊莉莎白說，「請問您是？」

「我是派翠絲，克里斯的女友，但已經不是小女友了，我必須老實說。到底幾歲的女友就不再算是小女友了呢？恐怕克里斯跟我明天已經有計畫了。我們改天再約，成嗎？如果妳願意的話？」

「成，改日再約甚合我意。派翠絲，很榮幸終於跟妳說上話了。」

「彼此彼此，伊莉莎白，我可是聽說了妳的好多事情。」

「是喔，真可惜這句話我沒辦法說彼此彼此。但神祕感是重中之重，是吧？」伊莉莎白邊說邊嘗試要辨識對方的口音。南倫敦嗎？聽著跟唐娜有點像。

「可不是嗎？」派翠絲說。「我們可能會再保持神祕一段時間，如果妳不介意的話。但今天能跟妳聊到天真的開心。」

「我也是，親愛的。替我跟克里斯說聲晚安。」

「嗯，我會的。後會有期，我很確定。」

派翠絲放下了電話，伊莉莎白則凝望了一會兒手機。她被擠到克里斯的第二名去了，但她可以接受這個第一名。派翠絲就是克里斯的天命真女無誤。而如果她真的看上了克里斯，而克里斯也中意她，那伊莉莎白還真想見她一面。或許唐娜可以幫點忙？或許說服他倆過來喬伊絲家？給派翠絲灌兩杯葡萄酒，好真正深入點認識她？

按照以前在處裡的說法，這就叫「身家調查」。

史提芬從門後探出頭來。「我想跟妳說，一群跟妳同一掛的傢伙昨夜跑了來。家裡一堆特務，找這找那也不知道在找什麼。」

「我知道，對不起吵到你了，親愛的。」

「喔，一點也不會。我覺得太棒了。我不知道他們在找什麼，但反正沒有找到就是了。我跟他們說：『一樣東西要是伊莉莎白不讓你找到，你們就別妄想找到了。就這麼簡單，別浪費時間了，今天就是你們都只在一條划槳的小船上，她也能把聖誕禮物藏得讓你們找不到。』我不知道妳去哪兒了。要不是當時已經很晚，不然我還以為妳去店裡買東西了。」

「喬伊絲跟我在熬夜聊天。」

「我跟他們說想來就來，說這裡隨時歡迎間諜來參觀。是發生什麼了嗎？有人被殺了嗎？」

「兩個人。」

「特務嗎？」

「嗯。」

「太好了，對了，親愛的，我原本在幹什麼來著？」

「在跟波格丹下棋。」

「喔，好。他做了炒蛋給我吃，還給了朗恩古柯鹼，真是有一套。我回他那兒去了。妳忙妳的特務命案。」

死了兩個特務。死了兩個特務。伊莉莎白拿起電話，再次撥起了克里斯・哈德森的號碼。這一次他更久才接起電話。一共七響。正好夠用枕邊細語爭執完該不該接。他很顯然認出了這是她的家用電話號碼。

「喂，伊莉莎白。」克里斯說。

「喔，喂，克里斯，」伊莉莎白說。「很抱歉，你可以讓派翠絲聽一下嗎？」

「派翠絲？」

「是，麻煩你，親愛的，別介意喔。」

電話另一頭頓了一拍，一隻手再次掩上了話筒，然後又是一陣悶聲的交談。

「哈囉，伊莉莎白，」派翠絲說。

「哈囉，親愛的，不好意思又一次打擾妳。我不知道妳明天要幹麼？」

「我想妳也不知道。」

「我也不想知道，畢竟那是妳的隱私。但接下來我要跟妳說一件我還沒跟克里斯說過的事情。」

「妳有三十秒，伊莉莎白，我正在享受按摩。」

「喔，我真替克里斯感到開心。」伊莉莎白說。「我的提案是，親愛的。昨天下午有兩名特務被人用槍打死在霍夫的一間房子裡。現場我去了。這件案子不會歸警察管，軍情五處已經直接介入，但我會想跟克里斯聊聊這個案子，了解一下他怎麼看。然後我就想，如果妳願意的話，可以跟他一起過來——也許明天晚上？——妳聽起來就是那種會想多了解一下兩名特務是怎麼被殺的人。我這邊不管是照片還是什麼都一應俱全，葡萄酒也不缺，而且我知道大家都會非常期待認識妳。但就像我說，我不知道你們會不會已經有了什麼計畫。」

「這個嘛，我們是打算要去齊齊[84]。」

就快要拿下她了，伊莉莎白心想。但要如何才能給她最後一擊呢？

「是說，被殺的其中一名特務好死不死，正是我的前夫。」

「ＯＫ，」派翠絲說，「我們會帶瓶酒去。」

伊莉莎白聽見派翠絲在電話另一頭喊著「我們明天去找伊莉莎白，寶貝」，也聽到了克里斯回答說：「嗯，不然呢。」

「那我們就約六點半？」伊莉莎白說。「還有妳可以順便叫克里斯去揪唐娜一起來嗎？」

「唐娜？」派翠絲語露困惑。

「是，少了她怎麼成。我想妳應該見過唐娜了吧？」

「喔，當然。我見過唐娜。」派翠絲說。「一兩面吧。」

---

84 Zizzi's。義大利風的連鎖餐館，遍布英國和愛爾蘭。

「那明天見了，親愛的。」伊莉莎白語畢放下了話筒。所以派翠絲見過唐娜了？

那他們肯定是玩真的了。

嗯，再來就要處理馬丁・羅麥克斯了。

第三十五章

馬丁．羅麥克斯端著托盤上的咖啡與餅乾，下到了他的家庭劇院。二十張皮椅的角度全都對準了占據一整面牆的銀幕。這裡招待過最高的觀眾人數紀錄，是四個人，那次是因為亞塞拜然盃足球賽決賽正好與一場利潤驚人的海洛因交易撞期。馬丁．羅麥克斯帶了零嘴下來給他們解饞，結果所有人都感覺很盡興。羅麥克斯並不太懂什麼叫做盡興，但他很會的是融入現場的氣氛，不要煞其他人的風景。他不會跟錢過不去，至少。

他用遙控器對準了銀幕，叫出了他的電影資料庫。馬丁．羅麥克斯一點也不明白電影這種東西存在的意義。電影在他眼裡只是一些人湊在一起作戲，為什麼其他人都不明白這一點？有人寫了一些台詞，一些來自美國的白痴把這些台詞拿來念一遍，然後一堆人就在那邊欲罷不能。羅麥克斯去過劇場一次，而那次體驗固然好一點，但也就只好一點而已。至少演員都在現場，至少你看不慣的時候可以開口讓他們聽到。他被人請了出去，但他完全不排除改天要再去一遍。

他滑過了無數部自己這輩子一次都不會看的電影，只不過很多片名他如今都已經瞭若指掌。最後他滑到了又一部他死都不會看的電影。那部片叫做《碧血金沙》[85]，而你可以從照片上看出那是一部黑白電影。黑白電影？看的人還真傻。他選擇了這部電影，然後一路在選

85 *The Treasure of the Sierra Madre*，一九四八年的西部片。

單中前進，直到他找到了「字幕」。一長串的語言出現，而羅麥克斯讓捲軸往下，找著了「粵語」的選項。他選定了粵語，然後立刻聽到三響熟悉的電子嗶嗶聲，銀幕就升起並消失在天花板裡了。銀幕後方的牆上畫著一道彩虹。馬丁・羅麥克斯把指尖置於彩虹的兩端，又是三聲嗶嗶，然後一扇門滑了開來。馬丁・羅麥克斯端起他的托盤，走進了金庫。

馬丁．羅麥克斯挺愛在金庫裡享用咖啡跟餅乾。這裡清涼舒爽，為的是不要傷了這裡每張鈔票的一根寒毛，還有就是考慮到遠遠靠在牆邊那一張張捲起來的無價畫作。他剛收到自己的第一幅班克西[86]，而他完全不知道那貴在哪裡。那畫的是一隻老鼠在看著一支手機。為什麼　隻老鼠會想要看手機？現代藝術真的讓羅麥克斯丈二金剛完全摸不著頭腦，但他想班克西應該會很高興知道他的作品如今已然值錢到可以拿去給跨國軍火交易當訂金。把畫送來的那個車臣人說班克西的真名是個祕密，但他還是跟羅麥克斯說了。羅麥克斯已經忘了自己聽到什麼。他的腦子遇上藝術就成了一團糨糊；他一週七天都收黃金，因為黃金不需要懂。

金庫除了涼爽也非常安靜，而這一點要感謝的是周圍那六英尺厚的牆壁。你可以放心在這裡面殺人，事實上這事兒也確實發生過一回。當時現場就吵得不可開交。

羅麥克斯把巧克力顆粒餅乾泡進了他的咖啡。花園開放週將在今天展開。大家對場地會有什麼評價呢？太花俏？太人工？還是不夠人工？老天會下雨嗎？谷歌說降雨機率是零，但他們怎麼會知道呢？真的會有人來嗎？他們來了會跟他買布朗尼嗎？會有誰想潛入房子裡嗎？他們很快就發現那是做不到的，但萬一靠得夠近，吊籃花朵裡的那些雷射光跟迷你監視器會不會被他們發現呢？他會在涼亭外放一本意見簿，然後他可以利用星期一瀏覽一遍。留言者會寫下姓名嗎？也許他應該也設計一個地址欄給他們填。這樣要是有人的評論讓他不開心，他就可以派人過去致個意。

羅麥克斯啜飲了一口咖啡，並注意到咖啡表面浮著兩粒餅乾屑。咖啡用的是哥倫比亞豆，跟那個在金庫裡被螺栓槍[87]打死的傢伙是同鄉。那個人的老闆——也就是出於某種苦衷開了那一槍的人——問羅麥克斯可否把屍體埋在庭院中，但羅麥克斯的庭院已經埋到要滿出來了，所他只好禮貌地拒絕了對方。那名老闆也算明理，而羅麥克斯則替他把屍體拖到外頭他的直升機處，算是給他賠禮。

如果布朗尼可以賣光，羅麥克斯估計他應該可以募到七十鎊，他在想這七十鎊該怎麼花。

整體而言，馬丁．羅麥克斯算是喜歡他的工作，而雖然錢不是一切——差遠了——但馬丁．羅麥克斯是窮過來的，所以比較過現在的富裕生活後，他還是比較喜歡有錢。有錢生活就有變化，沒有哪兩天是完全一樣的，而光這一點就有助於他心理健康。他會在一切都很順利的某一天把一些金條還到某個保加利亞人手裡，所有人都笑容可掬加上握手握個不停。然後隔天就會變成喀布爾發生汽車炸彈爆炸，某Y砍掉了某X的手指，然後所有人就會有的要討錢，有的要討名畫，有的要討賽馬，搞得馬丁．羅麥克斯疲於奔命。這絕對能讓他閒不下來，隨時都要動腦。但幹這一行最棒的一點還是他可以居家工作。這一點眾所周知。馬丁．羅麥克斯不會去蒙地卡羅，或貝魯特，或卡達，或布宜諾斯艾利斯。馬丁．羅麥克斯甚至連

86 Banksy，出生於一九七〇年代的英國匿名塗鴉畫家，背景極為神祕。

87 Bolt gun，屠宰場宰殺牲畜前用來擊暈牠們的一種槍枝，但依照不同的使用法亦可致命。

溫徹斯特的馬莎百貨都能不去就不去。不，這世上只有你來找馬丁．羅麥克斯，沒有馬丁．羅麥克斯去找你，這一點不論你是哪裡的土霸王，還是走私客，還是歐卡多[88]，都通通一樣。

只不過偶爾——還好次數不多，碰碰木頭[89]——這份工作也會有壓力山大的時候，就像現在一樣。他掀開筆電，撥出了有人傳到他加密手機上的電話號碼，他要聯絡的是小法蘭克．安德雷德，紐約某黑幫世家的二當家。羅麥克斯知道萬一等會兒話不投機，他就得去跟法蘭克的父親交代了。話說他記得沒錯的話，小法蘭克的父親就是老法蘭克。而萬一事情走到那一步，馬丁．羅麥克斯就非出差不可了。屆時他多半會不情不願地，搭私人噴射機跑這一趟。

美國人想知道他們價值兩千萬鎊的鑽石怎麼了。當然他們會著急，這也是人之常情。馬丁．羅麥克斯不覺得兩千萬鎊於他們是什麼了不得的數字——三不五時有一筆兩千萬鎊的零錢不知擺到哪裡去，他們還是賠得起的——但這是信任的問題。馬丁．羅麥克斯長年提供了一項不可或缺的服務，而且向來表現得技術嫻熟且守口如瓶。他在這些巨大組織的運轉中，一直就像是諸多齒輪中一顆潤滑良好的輪齒，無懈可擊也不容質疑。但現在呢？

突然間，筆電螢幕上塞滿了安德雷德的臉，而他也立刻就對羅麥克斯展開了客訴，同時間手臂就像大風車一樣在那裡畫圈圈。最後他一拳砸在了遠在紐約的辦公桌上。

「法蘭克你那邊是靜音喔，我覺得啦，」馬丁．羅麥克斯說。「你得點一下那個小麥克風，綠色的按鈕。」

法蘭克．安德雷德靠向螢幕，張著嘴在用眼睛搜索綠色按鈕。終於他按了下去。

「你聽得見我嗎？」

「非常清楚，法蘭克，」馬丁．羅麥克斯說。「你剛剛說了什麼？我是說你捶桌子的時候？」

「啊，沒什麼，」法蘭克說。馬丁．羅麥克斯向來很失望法蘭克沒有電影裡那種濃重的紐約口音。他聽起來只是個正常的美國人。「我剛剛是在營造氣氛。」

「跟我不用來這套，法蘭克，」馬丁．羅麥克斯說。

「聽著，羅麥克斯，」法蘭克說。「我喜歡你，這你知道。我爸也喜歡你。你是英國人，為此我們敬你三分。」

「我感覺你的『可是呢』要來了，法蘭克，」馬丁．羅麥克斯說。

「嗯，那還用說，」法蘭克說。「可是要是下週末前拿不回鑽石，我們就會宰了你。」

「ＯＫ，」馬丁．羅麥克斯說。

「鑽石也許是你偷的，也許不是，這事我們改日再議。但我會飛過去找你，到時候你如果拿不出鑽石，那我們的合作就到此為止。」

馬丁．羅麥克斯點了個頭。一下要擔心來花園開放日的大家會沒有地方停車，一下又是這個。今天可真是夠忙的了！

「我會親自動手，」法蘭克說，「我會給你個痛快，我保證。那是我起碼能做的。」

88 Ocado，英國的食品雜貨網購業者，擁有全球最大的物流配送中心。

89 英國人會用碰碰木頭（touch wood）來避免自己觸霉頭，跟美國人說 knock on wood（敲敲木頭）是一樣的道理。

「你這套真的玩不膩喔？」馬丁．羅麥克斯說。「你知道鑽石不是我偷的，但你就是一定要把事情搞得這麼戲劇化。我知道你有老闆要交代，但說真格的，你有空真的應該聽聽自己都說了些什麼。你不用動不動就喊打喊殺的好嗎，法蘭克。鑽石是道格拉斯．米德密斯從我這兒偷走的……」

「那是你這麼說，」法蘭克說。

「沒錯，是我這麼說，」馬丁．羅麥克斯說。「但你跟我合作也不是一天兩天，我開口你應該要能信得過。我此刻正在追蹤他的下落，一有消息我會馬上跟你聯絡。」

「我要的不是消息，馬丁，我需要的是鑽石，而且是一見到你的面就要，不然……」

「不然你就要殺了我，知道了，」馬丁．羅麥克斯說。「我沒聾。而且出於對我的尊重還會下手很俐落。」

「拿回我的鑽石就是了，」法蘭克說。

「都聽你的，」馬丁．羅麥克斯說。「替我問候克勞蒂亞跟孩子們。」

法蘭克朝鏡頭外吼了一聲，然後又回到了麥克風前。「克勞蒂亞說也跟你問好，那先這樣了，馬丁。」

第三十六章

波格丹十歲時，他的朋友曾起鬨要他去跳橋。那一跳的高度，應該有個四十英尺，直直下去就是滿布岩石的湍急河流。幾年前就有一個男生跳下去死了。有段時間，當地政府沿矮牆架設了鐵絲網，免得再有人犯蠢。但他十歲時鐵絲網已經鏽蝕彎折而自己先墜入河裡了，之後也沒有人想到要換新，主要是地方上經費拮据，且人都甚具忘性。再者，多年前墜河少年的母親在事發不久後就想不開尋短了，所以沒過多久，整件事也就船過水無痕。

波格丹還記得從橋邊看下去，映入眼簾的是怒氣沖沖的白色水花跟崎嶇嶙峋的灰色岩石。果真往下跳，他會有三種最可能的死法。從這種高度下墜，人體撞擊水面的單純衝力就可以一瞬間要了他的命。再者他或許可以避開肉眼可見的岩塊，但水面下隨便都有一堆石頭是他看不見的，他哪怕撞上任何一塊都能死到有剩。而萬一他能從這兩種死法中活下來？嗯，那殺無赦的強勁水流，他得同時是練家子跟天選之人才能游到左右任何一處岸邊。

他的同學在慫恿他，管他叫 tchórz，也就是雪貂，那在波蘭語中有膽小鬼的含意。但波格丹沒有在聽，他只是盯著橋下。那會是什麼感覺？在空氣中飛過？他覺得那感覺應該會很不錯。

即便在當時，小波格丹也知道他不是個特別勇敢的人，但他也絕對不傻。絕沒有人可以把這個罪名安在他身上。波格丹不是個喜歡冒險的人；他從來不會被罣固酮或不安全感推著走。但話說回來，他仍記得自己是如何褪去他媽媽織給他的毛衣，爬上矮牆，讓他突然害怕起的朋友們都嚇傻了。

那段墜落相當漫長。

「我看起來像足球主播嗎？」在後座的朗恩有此一問。波格丹突然從十歲的記憶裡回到了此時此刻。此時此刻他正在開車，載著伊莉莎白、喬伊絲跟朗恩要去拜訪一名國際罪犯。

「不像，」伊莉莎白說。

他們決定不了要一起聽的廣播電台，索性玩起了「二十個問題」[90]，他們這天要猜的是名人。朗恩猜到了喬伊絲的謎底，諾艾爾·艾德蒙茲[91]，是因為他問了「我在電視上看到他出現，會大吼起來嗎？」，結果喬伊絲說了聲「會」。他們現在卡關的是伊莉莎白出的題。

「我是不是……那個男人叫什麼來著，一個演員？」喬伊絲說。

「不是。」伊莉莎白說。

「我們可以投降不玩了嗎？」朗恩說。

「你等下會很不甘願喔。」伊莉莎白說。

「妳說吧。」朗恩說。

「我是被謀害的俄羅斯大亨波里斯·貝里佐夫斯基[92]，」伊莉莎白說。

「喔，」朗恩說。

「丹佐·華盛頓！」喬伊絲喊了一聲。「我剛剛想說的是丹佐·華盛頓。」

波格丹準備了一袋糖果，每十二分鐘發一遍，因為他知道這麼做可以讓大家閉嘴。他還知道回程的糖果可以省下來，因為這三個傢伙到時說睡著就能睡著。

他們小聊了一下命案。朗恩覺得道格拉斯跟帕琵是紐約黑幫殺的。他問波格丹有沒有看過《四海好傢伙》[93]，波格丹說有，於是朗恩說「所以說囉」。喬伊絲覺得應該有某個醫生涉入其中，而喬伊絲常常是對的。只不過，波格丹低頭看了一眼手腕上的友誼手環，心想她織東西真的不厲害。

伊莉莎白怎麼看呢？天曉得？她會等到她跟這個馬丁・羅麥克斯談過再說。

波格丹如果不載人，開車會快得多。但朗恩這輛大發的性能加上波格丹對這一車長者的尊敬，逼得他只能全程穩穩地保持八十英里的時速。伊莉莎白會偶爾叫他油門踩深點，但那時朗恩就會說：「開慢一點，波格丹，這裡可不是波蘭。」而這就代表波格丹找著了車速的平衡點。

他在大概下午一點三十分時看到了漢伯頓的路標，一如他所預期。他也不靠衛星導航，他排斥用那玩意兒。波格丹想右轉就右轉，想左轉就左傳，他不需要誰告訴自己前面有個圓環。

漢伯頓是個標緻的英格蘭小村，真要挑就是在開車經過的時候，波格丹注意到有幾戶人家的屋頂需要補補。

---

90 用二十個是非題猜中出題者選定之答案的遊戲，可以有不同的主題。

91 Noel Edmonds，1948~，英國的廣播電視主持人。

92 Boris Berezovsky，1946-2013，曾為俄羅斯的金融寡頭、政府官員、工程師和數學家。貝里佐夫斯基在葉爾欽時代的國有資產民營化時期累積了巨大財富，後扶植普丁上台，但普丁沒有像葉爾欽一樣知恩圖報，導致他轉而反對普丁，最終被迫流亡英國，並於二〇一三年離奇遇害。

93 *Goodfellas*，一九九〇年的美國黑幫犯罪電影，導演是馬丁・史柯西斯。

「世界上第一場板球比賽就是在這裡比的，」伊莉莎白說。

「那場比賽多半現在都還沒打完吧，板球我懂，」朗恩說。他們途經一所小學、一間叫做「棒與球」的酒店，甚至還有一面指引人前往葡萄園的路標，才出現了第一批替馬丁・羅麥克斯宣傳著「花園開放日」的招牌。不一會兒他們就來到一條鄉間小道旁一處寬敞的入口，那兒的鐵門大開著，一棵棵樹上釘著歡迎的告示。波格丹逕直開了進去，並把車停在大得跟房子一樣的籬笆旁邊。

按照慣例，他的三名乘客要花點時間才能「把東西拿齊」。

「我在這等你們，OK？」波格丹說。「你們儘管慢慢來。」

「謝了，親愛的，」伊莉莎白說。「我們在裡面被殺的可能性應該是非常非常低，但萬一我們兩小時後還沒回來，那就麻煩你來找我們，順便鬧他個天翻地覆。」

「收到，」波格丹說著確認了一下自己的手錶。說出「收到」二字總是會讓他感覺自己特別「英國」。

「還有傳單上說這裡有洗手間，如果你需要的話，」喬伊絲說著拉上了她連帽登山外套的拉鍊，挪動身體出了車門。

「我不用上廁所，」波格丹說。

「你這兔崽子真好命。」朗恩表示。

就這樣，他們出發了，車裡終於落了個安寧。波格丹腦中又接回了矮牆與激流的回憶。他的朋友開始求他別跳。他媽媽給他織的毛衣是黃色的，他這會兒看到了，整整齊齊地疊好在他身旁。他向來很擅長處理好衣服的褶縫處。

他往下望了最後一眼。三種死法，確實，但人總有一死。然後就在同齡朋友的驚呼聲中，波格丹跳了。

那感覺好特別，簡直神奇。

他摔斷了三根肋骨，但很快就復原了。他跳是對的，一如他所想。

人明明喜歡睡覺，但又怕死怕成那樣。波格丹一直想不透。

第三十七章

喬伊絲

真是漫長的一天。我們剛去見了馬丁．羅麥克斯回來，現在要去伊博辛家開檢討會。幸運的是我一路睡了回來。醒來的時候我頭靠在朗恩的肩膀上。他的肩膀很可靠，但當然這個祕密我永遠不會讓人知道。

羅麥克斯跟一般人的想像完全不一樣。或至少跟我的想像完全不一樣。要是在街上遇到他，你會以為他是個諮詢律師，又或者是家乾洗店的老闆，而且是只出資而不親力親為的那種。我會說我覺得他還算帥，只可惜他這人有點無聊，而光帥而無聊的人我不行。相信我，我試過。這樣人生是不是簡單些？

只不過也許說他無聊是錯怪他了，因為說不定外界關於他的傳聞都是真的？殺人不眨眼跟黃金，直升機跟一些有的沒的？當然如果你需要殺戮、黃金跟直升機才能有趣，那恐怕你內在依舊是無聊的。傑瑞就從來不需要直升機的加分。

反正也沒差啦，我是不會跟會殺人的人約會的。

總之我想說的是他跟布雷克．卡林頓[94]有點明星臉，所以我內心的小女孩想多看他兩眼就請多包涵了。

伊莉莎白瞬間就看出他有問題了，她可不是浪得虛名。喔，你一定是羅麥克斯先生了吧，花園太美了，房子也好漂亮，還有那座涼亭，你去過日本嗎？羅麥克斯先生，你一定要去看看，相信我就對了。她調起情來真的是慘不忍睹。

可憐的馬丁・羅麥克斯被嚇得半死，不過也許那就是伊莉莎白要的效果。

朗恩是第二棒。他朝房子點了點頭，然後說了：「這花了你多少錢？」羅麥克斯沒有回答，而當朗恩又補了一句說：「幹，你還蓋了塔樓喔，兄弟，你家有塔樓耶，」羅麥克斯便假裝在群眾中看到了某人，說他得去招呼客人了。

伊莉莎白見狀便把手臂勾了上去，「那我們一起走吧，今天天氣這麼好，晴空萬里呢，」對此羅麥克斯非常禮貌地想要掙脫，但他想得美。

伊莉莎白說她有幾個問題不知道能否請教一下，而羅麥克斯說她對花園有任何問題都可以去參閱我們在入口處拿到的傳單，資訊裡面都有。對此伊莉莎白回說：「這個嘛，我實在不太相信我們想知道的事情會寫在傳單裡。事實上我對這一點非常懷疑。羅麥克斯先生。」

話說到這份上，一抹憂慮劃過了羅麥克斯的臉龐。要讓人長久相信伊莉莎白只是個人畜無害的老婦，難度真的很高。換成是我就可以騙很大、騙很久，但伊莉莎白沒有這種天分。所以羅麥克斯硬是推開了伊莉莎白，祝她一整天愉快，然後說有植物等著他去栽。

伊莉莎白由著他退開了幾公尺，然後才相當低調地說了：「我只想在你遠到我必須大聲嚷嚷之前，知道一下道格拉斯跟帕琵是不是你殺的，或者是不是你派去的第二個殺手殺的？」

---

94 Blake Carrington，影集《朝代》（*Dynasty*）中的虛構角色，從一九八一到一九八九年的原版影集中是由型男演員約翰・福賽斯（John Forsthe）飾演。

嗯，這話成功吸引到了他的注意力。他轉過身——說實話他真的有幾分神似布雷克・卡林頓——開口說了一句：「妳是何方神聖？」伊莉莎白回他：「你真的想知道嗎？」然後表示他們真的應該好好聊聊，因為話說到底，他們在找的是同一樣東西。

「那妳又在找什麼東西？」他問，而伊莉莎白說：「我們聊聊再說，好嗎？」

就這樣手勾著手，她領著馬丁・羅麥克斯脫離了人潮，繞過了轉角來到房屋的一側，介紹起了自己、我跟朗恩。波格丹開車帶了我們過來，但他留守在車子裡聽阿拉伯文的教學錄音帶。

伊莉莎白問起羅麥克斯他有沒有在擊斃道格拉斯前問到鑽石的下落，而羅麥克斯說他不知道她在胡說八道什麼，對此伊莉莎白翻了個白眼說：「是說，我們就打開天窗說亮話吧，你跟我都不是第一天出來混了。」

此時我感覺自己好像該插句話。也不知道為什麼，我就是覺得時機到了，於是我就這麼開了口：「我們很中意帕琵，」而他說：「誰是帕琵？」然後我說：「她射殺了你的朋友安德魯，記得嗎？然後你又射殺了她，就在昨天。」

至此你可以看到他有點放棄了。也許我已不如自己想像中的無害了？果真如此那還真是讓人有點不爽。

他嗆伊莉莎白說我不知道妳是誰派來的，而她則說我們是自己要來的，然後他打量了我們一下，說這他倒是願意相信。然後他說：「明人不說暗話，我能信得過妳嗎？」而伊莉莎白說：「恐怕不能，但如果道格拉斯不是你殺的，而你又想把鑽石拿回來的話，那我們多半就會是你最好的賭注。」接著羅麥克斯就說起了自己的故事。

沒錯，鑽石是真的，也沒錯，它們被偷了。我想這一點我們都已經知道屬實。此外沒錯，他已經查出手腳不乾淨的是道格拉斯，也沒錯，他威脅過道格拉斯。朗恩說：「是我也會做一樣的事情，老實說。」羅麥克斯謝過了朗恩的發言。

你還能聞到空氣中最後的忍冬[95]氣味。它們爬上了屋子的一側。一堵面西的牆壁對其是絕佳的生長地點，這我是在《園藝師的提問時間》[96]上學到的。我們家的園藝師是傑瑞，不是我，但我還是會聽，因為這節目能讓我想起他。

羅麥克斯接著承認他派了安德魯．黑斯汀斯去古柏切斯。按照他的說法，他只是想要嚇唬嚇唬道格拉斯，迫使道格拉斯說出他把鑽石藏在哪裡。沒想到半路殺出個帕琵，打死了安德魯．黑斯汀斯，結果是羅麥克斯損失了一員大將，卻什麼消息也沒問到。

伊莉莎白問起他是怎麼鎖定古柏切斯的，而羅麥克斯說有很多消息都是從軍情五處洩漏出來的。我問伊莉莎白此話當真，而她說曾經確實是如此沒錯。

這之後帕琵與道格拉斯接著就人間蒸發，蒸發去哪兒了，馬丁．羅麥克斯一無所知，所以他便放棄了追查。伊莉莎白問他是否曾再一次去敲軍情五處的門，他說當然有，但這次他就沒問出什麼名堂。多半是因為知道新避難處地點的人又更少了。

羅麥克斯接著問起我們知不知道鑽石的下落，而我們也向他確認了我們對此並無所悉。

---

95 Honeysuckle，一種爬藤植物，花稱為金銀花。忍冬的藤蔓攀緣性佳，生長迅速，適合花架、花廊、欄杆、鐵窗等位置種植，具園藝觀賞用。盛花期花香甜美，是重要的蔓藤香花植物。

96 Gardeners' Question Time，ＢＢＣ廣播四台上由座談專家回答觀眾現場提問的節目。

然後他說他恐怕會被載出海槍斃，除非鑽石可以趕緊現身。你看得出他這話是肺腑之言。

關於無聊的男人跟有趣的男人，我是這麼看的。傑瑞永遠不會被載出海槍斃，但他比這個羅麥克斯有趣一百倍。傑瑞長得也不像布雷克・卡林頓，但如果長得像帥哥演員，那他多半就不會跟我在一起了吧？這想法我不是很樂於一直放在心裡。在特定的角度下他看起來有點像李察・布萊爾斯[97]就是了。

朗恩問他可不可以借一下洗手間，對此羅麥克斯說馬廄那兒有一間，而朗恩說屋裡的難道不能讓他用一下嗎，羅麥克斯說門都沒有。想法不錯，你個朗恩。但我是覺得朗恩並沒有要去窺探什麼，我覺得他只是單純內急而已。

伊莉莎白給了馬丁・羅麥克斯她的名片（話說伊莉莎白是何時去印了名片？她怎麼都沒說），並跟他說如果他所言非虛，那找出兇手就符合我們共同的利益。羅麥克斯對此表示同意，於是伊莉莎白說如果發生了什麼事就打電話給她，反之她也會這麼做。

我鼓起勇氣伸手到我的包包裡，拿出了一條友誼手環。羅麥克斯看起來驚恐莫名，對此我已經見怪不怪了，但我還是跟他解釋說這是為了慈善義賣，同時伊莉莎白也向他保證說他不買我會在這裡安營紮寨。我有一條是金色跟綠色的，而我腦筋也動得很快，馬上跟他說綠色代表花園而金色代表陽光。我差點也說出口的是亮片代表鑽石，但最後想說還是不要得寸進尺。

我問他想把手環的善款捐給哪一個慈善機關，他聳了聳肩不置可否，而我說你就挑個自己喜歡的就是了。他說他沒有特別喜歡哪個，還反問別人一般都把錢捐給誰，此時由於我身邊站著伊莉莎白，所以我就推薦了「與失智症共存」基金會。然後他又問我一條多少錢，我說這看個人心意。但他好像不太懂心意的意思，所以我又說你就看自身能力給得了，一邊說還一邊瞅著他的豪宅。

他點了點頭，手伸進外套口袋，掏出了支票本！支票這東西連我都沒在用了，而我今年已經七十有七。他在支票上寫下了金額，然後將之對摺。接下來就是我跟他一手交錢，一手交貨。

至此他看起來和順得像頭綿羊。但接著他便說道：「你們都說完了嗎？」而等我們一表示要說的就這麼多之後，他便開始一一打量我們，就像他是屠夫，而我們是待宰的牛。那感覺讓人相當不舒服。

「我猜別人都會舔得一乾二淨是吧？」他說。「你們三位，一群看似手無縛雞之力的老人家啊。警察、軍情五處、他們都買你們的帳？」伊莉莎白同意其他人似乎都很吃我們這一套，而馬丁・羅麥克斯點頭後繼續說：「但我恐怕對你們免疫。你們是十八歲還是八十歲，對我都沒差。我該殺的就會殺。你們聽懂了吧，蛤？」

這話說得挺嚇人的，我老實講。我有時真得提醒自己一下這不是鬧著玩的。

伊莉莎白說我們當然懂，還誇他「如此不打模糊仗，著實令人感佩」。

然後羅麥克斯說：「魅力什麼的對我無效，」為此朗恩說：「是喔，那很棒，加油，」然後羅麥克斯又說：「你們要是敢找到了我的鑽石不馬上拿來給我，我就殺了你們。你們要是懷疑鑽石可能在哪裡不跟我說，我也會殺了你們。」

97 Richard Briers，1934-2013，橫跨大小螢幕長達半世紀的英國男演員。

他要起狠來真是毫無保留，我可以替他這麼說。而就某個角度來說，這還滿令人耳目一新的，因為起碼我們不會對自己的處境有任何誤判。

接下來他說他會一個一個殺死我們。他指著朗恩說自己會從朗恩殺起。朗恩的肢體語言說著「怎麼老是我」，而他也沒有誇張，真的每次都是他。

「那我們一定會讓你知道，」伊莉莎白說，「如果我們找到了鑽石的話。」

這次會面就此畫下句點。羅麥克斯說：「我不想殺你們。」朗恩說：「那是自然的。」羅麥克斯說：「但那不代表我不會，必要的時候我眼皮都不會眨一下，」而伊莉莎白說：「收到了，也明白了。」

至此朗恩真的真的已經不能再不去上廁所了，所以我們就說了再見。

我們這之後還真的去走馬看花了一下，畢竟羅麥克斯的花園認真說，還真的是挺美的。看完之後波格丹就開車送我們回家。我叫他秀幾句阿拉伯文給我們聽，而他也照辦了，就一到十怎麼說而已。

伊莉莎白相信羅麥克斯說他沒有殺死道格拉斯跟帕琵。我告訴她我覺得他感覺不太可信，而她說關於這點嘛，問題就出在這裡，羅麥克斯這種騙子最像騙子的時候，就是他們說實話的時候。不習慣說實話的他們一旦說起實話，感覺就是彆扭。

所以是誰殺害了他們？伊莉莎白有一個理論，而她也已經邀請了蘇．里爾登南下來古柏切斯加以測試。現在的我早已學會不要多問。

對了，早先我說伊莉莎白調起情來慘不忍睹，我的意思不是我那種調起情來慘不忍睹，我說的是她調起情來真的慘不忍睹，血肉模糊的那種。笨手笨腳的伊莉莎白看起來就是爽。

能讓伊莉莎白笨手笨腳的事情就那幾件，但多少能讓我們其他人不要被甩得太遠。

如我所說，我們一路在車上爆睡，所以我是進了家門才想起那張支票，並不禁在期待中感覺有點飄。

我打開了摺起的支票，上頭寫著「五英鎊整」。唉，真是多謝了，馬丁．羅麥克斯，與失智症共存協會怎麼會這麼好運遇到您。

第三十八章

伊博辛提議今晚的聚會在他家進行。他暫時還覺得要離開公寓很有壓力。有事情要辦也是。朗恩曾建議他們一起偶爾去「散個步」。朗恩耶！他們都很擔心他，而伊博辛並不開心成為被擔心的對象。伊博辛喜歡無憂無慮，不喜歡麻煩別人。伊博辛感覺自己就像是要融化了一樣，而此刻他並不介意那樣。

「妳知道我有一個理論嗎？」伊莉莎白在三杯葡萄酒下肚後這麼說。

「沒想到妳會找我，伊莉莎白。」蘇．里爾登說。蘇也來了杯酒，雖然嚴格說起來她是來洽公的。也許她是用酒在給自己的齒輪上油？但無論如何她都不會是伊莉莎白的對手。

「人生中的某些人，蘇，是天氣預報員，相對於此，其他人則是天氣本身。」

伊莉莎白在從漢伯頓返回的途中打了電話給蘇，問她有沒有空過來聊聊？蘇很樂意，並直接就開車殺了下來。伊博辛為此訂了達美樂的比薩。

「我心目中第一名的天氣預報員是英國廣播公司ＢＢＣ的卡蘿．柯克伍德[98]，」喬伊絲說。「我一直覺得我跟她會很聊得來。」

喬伊絲比其他人早來了大概半小時，跟伊博辛一起上網賞狗。喬伊絲已經加入ＩＧ，而且還開始慫恿伊博辛加入。伊博辛原本只有三分鐘熱度，但最終他實在難敵喬伊絲給他看的一些ＩＧ影片，裡面有個女性在玩字謎填字遊戲[99]。

「天氣預報員，」伊莉莎白接著說，「在這裡就是我跟伊博辛，我們總是在用手指測風向，因為我們無論如何也不想被殺個措手不及，更不想因為招數被拆穿而陷入困境。」

確實，伊博辛心想。

「我們風向隨便測隨便有，」朗恩說著往伊博辛的其中一張扶手椅上一躺，同時還沒忘了解決掉一片披薩，然後再把巧克力口味的消化餅拿去浸他的紅酒。

「喬伊絲與朗恩相對之下，就是我所謂的天氣，」伊莉莎白說。「你們選擇好了就行動，感覺到哪裡就做到哪裡。你們不會摸來摸去，擔心東擔心西，你們只會劍及履及。」

「世事難料，」朗恩發話了，「又何必庸人自擾？」

「誰說世事難料了，」伊博辛說，「潮汐、四季、入夜、破曉，哪一樣不能預料。還有地震。」

「但你說的這些，都沒有人性，兄弟，」朗恩說。「你預測不了人。你頂多能猜中他們接下來會說什麼，但那差不多就是極限了。」

伊博辛一時間陷回了遇襲的水溝旁，嘗到了血的滋味。他試著甩掉那種感覺。

「想太多於事無補，」喬伊絲說，「我投朗恩一票。」

「拜託，妳當然站在朗恩那一邊，」伊莉莎白說著乾掉了酒杯。「你們倆根本是一丘之貉。」

「伊莉莎白，妳有多少次一早電話一來就說『喬伊絲，我們要去福克斯通[100]』，或是『喬

---

98 Carol Kirkwood，1962~，出身蘇格蘭的BBC女性氣象預報員兼節目主持人。

99 Cryptic crossword，基本上無異於一般的填字遊戲，但每條橫豎的線索都是字謎而非一般的提示。

100 Folkestone，英國肯特郡的鎮名。

伊絲，我們要去軍情五處的一處避難所』、『喬伊絲，裝好保溫瓶，我們要去倫敦』？」

「很多次，」伊莉莎白無從反駁。

「我有哪一次問妳去幹嘛嗎？」

「嗯，妳問了也是白問，親愛的，我橫豎不會告訴妳。」

「所以我才把哩哩叩叩的東西收一收，查好火車時刻表，跟妳一起說走就走啊。我反正知道去一定會好玩就是了。不用鑽牛角尖。」

「妳要說保證好玩沒錯，但那之所以好玩是因為有我在運籌帷幄，」伊莉莎白說。「因為有我的計畫，妳才能只需要擔心大衣是穿好還是不穿好。」

伊博辛看到蘇偷瞄了一眼手錶。這些傢伙究竟要閒聊多久才能端出好料？那是她內心的低語。伊莉莎白到底知道多少？她知道鑽石的下落嗎？她天都快黑了還飛車趕來，就是為了這一點。祝妳好運了，蘇。

「我跟你們說，」伊莉莎白對整室的人說，口氣很顯然不急著把話題扯到鑽石上。「我第一次跟史提芬去玩，就是去威尼斯。他想花一整個週末的時間欣賞藝術品跟教堂，而我則想花一整個禮拜的時間欣賞他。」

「好羅曼蒂克喔，」喬伊絲說。

「看著妳愛的男人不叫羅曼蒂克，喬伊絲，」伊莉莎白說。「那只是妳理性會去做的事情。就像妳看電視也會選自己喜歡的一樣。」

伊博辛點頭同意。

「總之在前往威尼斯的途中，史提芬說：『我們這個週末就把旅遊書徹底拋開吧，我們就到處亂逛，就讓自己迷路，就去看看轉角會不會遇到我們沒有想到的魔法吧。』」

「好吧，這才叫羅曼蒂克，」喬伊絲說。

「不，那也不是羅曼蒂克，那叫深深地沒有效率，」伊莉莎白說。

「同意，」伊博辛說。看看隨心所欲把他搞到何種田地。

「我認識史提芬，我知道史提芬不會心滿意足，除非他看到了丁托列托的金牛犢[101]，還有貝里尼在聖扎卡里亞教堂的祭壇[102]，然後又巧遇了一間美輪美奐且專做在地人生意的祕境酒吧裡有賣義式小點[103]跟義式開胃調酒[104]。他一點也不會想要左轉發現的是政府機關，還是右轉看到巷弄裡一群海洛因毒蟲要搶劫他的手錶。」

「我確信你們不會遇到那種事情。」喬伊絲說。

「是啊，當然不會，」伊莉莎白說。「但那是因為我預先花了兩星期的時間研讀每一本太陽下找得到的旅遊書。於是乎我們手勾著手，漫無目的地散著步，但同時間我腦海中有著一張完美的地圖，然後我們就有如神助地撞見了著名的聖方濟各堂[105]，真是讓人驚喜！再來則

---

101 丁托列托（Tintoretto）是十六世紀文藝復興晚期的繪畫巨擘，與提香跟委羅內賽並稱威尼斯三傑。金牛犢指的是丁托列托的作品《金牛犢的鑄造》（The Making of the Golden Calf）。

102 喬瓦尼·貝里尼（Giovanni Bellini）也是文藝復興時期的畫家，這裡指的是他存放於聖扎卡里亞教堂中的畫作《聖扎卡里亞祭壇》（San Zaccaria Altarpiece）。

103 Cicchetti，直譯就是小盤菜，相當於義式版本的西班牙小點（tapas）。

104 Spritzer，用白酒加蘇打水調製而成的義式國民酒精飲料。

105 San Francesco della Vigna，威尼斯兩座聖方濟會的天主教堂之一，竣工於十六世紀，內部亦甚有可觀。

是很幸運地經過了一間美麗的小酒吧，而且還跟我在ＢＢＣ二台上看到瑞克・史坦[106]去過的是同一間……」

「喔，瑞克・史坦我愛，」喬伊絲說。「我不喜歡海鮮，但我喜歡他。」

「接下來，你看看你看看，我們在路口轉了一個彎，沒想到眼前赫然就是果園聖母堂[107]，在那裡把丁托列托與貝里尼看到飽得想吐。這是一趟滿分的旅行，而且至少對史提芬而言，這整個週末都是一場神奇的大冒險。但那是因為他是天氣，而我是天氣預報員。他相信命運，而我就是他的命運。」

「傑瑞跟我就從來沒有為了週末出遊在計畫什麼啊，」喬伊絲說。「我們還不是都玩得很開心。」

「那是因為傑瑞都計畫好了，但沒有告訴妳，」伊莉莎白說。「而他沒有告訴妳，是因為妳更享受即興，而他則更喜歡計畫帶來的井然有序。能這樣互補才是最好的關係。」

「才不是這樣咧，」朗恩說。「瑪莉跟我就都是天氣型的人。」

「你離婚都二十年了，朗恩，」伊博辛說。

「也是，」朗恩說著微微舉起了酒杯。

「我無意打斷你們的聊興，」蘇・里爾登說。「但你們聊這些是在鋪陳什麼嗎，伊莉莎白？」

她這麼說是想讓討論有所進展，伊博辛心想。但伊莉莎白會保持她自身的節奏。

「我聊天為什麼一定要是在替什麼鋪陳呢？」伊莉莎白反問。

「因為天都要黑了還叫我從倫敦下來的是妳啊。還有手把手把我帶到這裡，一會兒左，一會兒右的也是妳。所以我當然會想我們要去哪裡？下個轉角會是什麼東西？為什麼我感覺自己被帶進了滿滿是海洛因毒蟲的巷弄裡？」

「這個嘛，妳哪有，」伊莉莎白說。「這裡一屋子都是路都走不穩的退休人士，妳在他們中間吃著披薩，能少妳一根寒毛？我只不過是在找話聊而已。」

喬伊絲嗤之以鼻了一下，然後跟朗恩交換了個白眼。

「別賣關子了，快說吧，」蘇說。

「嗯，其實也沒什麼，只不過是，嗯，我們今天去見了馬丁・羅麥克斯。」

「真的假的？」

「我不得不說，是真的，」伊莉莎白說。「而去了之後，我們的想法是他應該沒有殺死道格拉斯與帕琵。」

「原來如此，」蘇說。

「不過我沒去就是了，」伊博辛說。「因為我瘀青還沒好，不然我很樂意去。」你這個騙子。他根本不想出門。但也不想悶在家裡。這樣他還剩下什麼選擇？至少今晚目前他還滿愉快的。

「而這也讓我開始更仔細去思考起了道格拉斯。我不知道妳跟他稱不稱得上熟？」

「夠熟了。」蘇說。

伊莉莎白點了點頭。「嗯，妳會以為他是天氣，是不？就看他那副在別人生命中橫衝直

106 Rick Stein，英國電視名廚兼美食作家與餐廳經營者。

107 Madonna dell'Orto，始建於十四世紀中葉，內藏有丁托列托與貝里尼的畫作。

撞的樣子。一會兒跟人偷情，一會兒又跟人離異，到處跑來跑去。但其實他不是天氣。道格拉斯是天氣預報員，他策畫了一切。道格拉斯既然傳了訊給我，說有東西要給我看看，那他就是有東西要給我看看。再者他既然說了要在五點的時候給我看那樣東西，那他就一定會該死地確定自己能活到五點。要知道道格拉斯說起話來一點、一點也不隨便。」

「妳在說什麼？」蘇說。

「我在說的是，會不會我已經看到了道格拉斯想讓我看到的東西呢？會不會他想讓我看到的，就是他的屍體呢？」

「就像馬可斯・卡邁克，」喬伊絲說。

「馬可斯・卡邁克是什麼人？」伊博辛問道。

「嗯，可以這麼說，」伊莉莎白說著用白紙巾抹去了橘手指[108]。「蘇，我有一事要請教於妳，可以嗎？我在想妳應該已經想到了，但就容我姑且一問？」

「妳儘管問，」蘇說。「誰是馬可斯・卡邁克，倒是？」

「想知道去查查，處裡會有他的檔案，」伊莉莎白說。「道格拉斯的屍體是怎麼確認的身分？」

「喔喔，好戲開始了，」朗恩說著吞了一大口紅酒。「我就知道妳有還沒出的招。」

「妳的意思是，那屍體真是道格拉斯嗎？」蘇問。

「我就是這個意思。」伊莉莎白說。

「妳是覺得這整件事都是他自導自演，都只是讓他可以帶著鑽石遠走高飛的障眼法嗎？」朗恩問道。

「我覺得至少有這種可能，」伊莉莎白說。

「妳這些年來肯定也裝死過幾次吧，蘇？」喬伊絲說。

「一兩回吧，」蘇沒否認。「道格拉斯穿著他最後一次被看到時所穿的衣服，他身上帶著他的皮夾，卡片什麼的一應俱全，但當然他帶著這些東西是理所當然。」

「當然，」伊莉莎白說。

「但這年頭遇到沒有緊急聯絡人的狀況，屍體都會進行DNA的比對。法醫採取了檢體，檢驗室那邊也根據檔案比對過了，是道格拉斯沒錯。」

伊莉莎白配著酒稍加思索，終於她點了頭。「妳上面兩個結論都不見得成立。蘇，妳應該很清楚。道格拉斯如果計畫好了，他就是計畫好了。他要是需要DNA吻合，DNA就會吻合。」

「那倒也是，」蘇表示了認同。

「所以處裡有誰可以給DNA動手腳？有值得懷疑的人選嗎？」

蘇琢磨了一下。「我可以，蘭斯可以，有人推他一把的話，法醫也可以——她不是我們平常合作的人，但她經驗很豐富。我想應該是檢驗室有內鬼？我們的部分現在都是在現場完成。」

「四十年的護理師生涯教了我一件事情，有問題的永遠是醫生，」喬伊絲說著伸手去拿白酒要把杯子斟滿。

108　Orange Fingers，英國吉百利（Cadbury）公司出品的一種點心，香橙口味的長條餅乾裹著自家最著名的牛奶巧克力。

「所以那有可能不是道格拉斯？」伊莉莎白問道。

「有可能，沒錯。一連串很離譜的事情要接連發生，但確實有可能。」蘇說。

「但好的計畫就是那樣，不是嗎？」伊莉莎白說。「一連串很離譜的事情，離譜到讓人察覺不到有異。誰會如此大費周章？是我，就會這樣子去脫身；是妳，也會這樣子去脫身；換成道格拉斯，還是會這樣子去脫身。把事情……盡量搞複雜。」

「他多半跟那個女醫生有一腿，」喬伊絲說。「他跟誰都有一腿，蘇。不好意思喔，伊莉莎白。」

蘇像鼓棒一樣敲起了手指。「好吧，就先假設妳是對的好了，伊莉莎白。」

「聰明，那通常可以省下很多冤枉路。」朗恩說。

「為什麼道格拉斯會想讓妳目擊這一切？包括看見他的屍體？要是換成我在裝死，我會巴不得跟妳離得愈遠愈好。」

「蘇說得沒錯，」伊博辛說。「妳肯定會是第一個想通的人。」

「也許是跟鑽石有關？」蘇問。「也許他因為鑽石之故而需要妳的幫忙？」

「誰知道呢？」伊莉莎白聳了聳肩膀。「不過如果如我所猜他還健在，那他需要我的幫助就不是過去式，而是現在式。」

蘇點了點頭。

「喬安娜幫我訂了Netflix，」喬伊絲說著完食了她的最後一片披薩。「那麼些披薩都被她放到哪兒去了，伊博辛有點想不通。「上面什麼節目都有，但我研究不出來的是什麼節目幾點播。時刻表我到處都找不著。」

「那妳會幫他嗎？」蘇問起伊莉莎白。

「不會，」伊莉莎白說。「我會想辦法找到鑽石，這一點我當仁不讓，但道格拉斯恐怕只能自立自強。妳不覺得他這人不值得幫嗎？我是說如果他真的做了我認為他做了的事情？為了裝死而殺了無辜的帕琵？」

「妳這可是一個很大的『如果』，」朗恩說了。

「我確實同意妳說的，」蘇說。「所以，如果妳是對的呢？他特意給妳留下了線索？我知道妳第一時間想要看的是我們給妳的相片盒墜裡有什麼東西。但也許他給妳的線索不在墜子這麼明顯的東西裡？或許那線索根本不在那麼明顯的案發現場？」

「或許，誰知道呢？」伊莉莎白說。「但，的確，我一直推敲這個如果。我首先得確定妳不會覺得我的理論太天馬行空。」

「這很天馬行空啊，」蘇說。「但幹我們這一行的，不存在所謂的太過天馬行空。我回去之後會立刻著手調查身分查驗的過程，但也會避免打草驚蛇。我可以讓調查工作如常運轉個幾天，如此我們就能多幾天全盤思考的時間。」

「我認為道格拉斯是找地方把鑽石藏了起來，」伊莉莎白說。「而我知道他已經在某個點上告訴了我確切的地點，我要做的就是想起來他是在什麼時候用什麼方法告訴了我。」

「那我們就都有得忙了，」蘇說。「我大概可以為妳爭取到三天。」

「我還是覺得是紐約黑幫跟羅麥克斯幹的，」朗恩說。「那傢伙的房子之大。」

「我還是猜醫生。」喬伊絲說。

「妳知道嗎，」蘇說，「如果妳三個月前跟我說我會跟伊莉莎白·貝斯特合作，我絕對會覺得妳在胡說些什麼。而看看我們現在在幹嘛。」

喬伊絲伸手拿了瓶酒，補滿了蘇的杯子。「歡迎來到週四謀殺俱樂部！」他們哐啷一聲碰了杯。接下來的這一晚成了非常愉快的時光。大夥兒聽了幾個戰時的故事，蘇視需要保留了真正的名字跟日期，伊莉莎白則嫌那太麻煩。蘇戴著從喬伊絲那兒拿到的友誼手環——需要情報的時候拍拍人的馬屁，也是很合理的，伊博辛心想。喬伊絲拿了個要給蘭斯的信封請蘇轉交。最終，蘇打出了那種間接在說掰掰的哈欠。

「想到什麼妳會告訴我吧？」蘇問。

伊莉莎白點頭如搗蒜。「我想到什麼妳會第一個知道。他或許希望我幫他，但整體考量下，我寧可他被抓。」

道格拉斯是假死？伊博辛喜歡這個理論。他看得出蘇也是。這是個不太可能，但又不是完全不可能的情況。這組合太完美了。

「好，那我走了，」蘇說，「妳知道怎麼跟我聯絡。」

「別忘了也查一下醫生，拜託，」喬伊絲說。

「我會，」蘇應了聲。

蘇一走，四個朋友重新各就各位。酒杯被一個個倒滿，朗恩跑了趟洗手間。

「能跟蘇聊聊挺不錯的，」伊博辛對伊莉莎白說。「我知道妳平日不太喜歡跟人分享這些事情。」

「我需要聽她講講身分查驗的過程，」伊莉莎白說。「了解一下處裡有沒有將之做到滴水不漏。結果顯然沒有。」

「喔，我覺得她很像妳，」喬伊絲說，「年輕二十歲的妳，不要生氣喔。」

「我一點也不氣，」伊莉莎白說。「我也覺得她有點像我。當然還是差我一點，但也不錯了。」

「所以妳覺得她想得出道格拉斯把線索留在何處嗎？」伊博辛說。

「喔，我知道線索在哪裡啊，」伊莉莎白說。「我今天早上想到的。」

伊博辛點了點頭。不然呢。

「我就知道妳藏了一手，」上完廁所回來的朗恩說。「可憐的蘇。」

「我只是不想拿這事兒煩她，」伊莉莎白說。

「伊莉莎白，妳有時候真的很壞，」喬伊絲露出了微笑。

「還有就是，」伊莉莎白說。「萬一我的直覺錯了呢？到時不就糗了？」

「妳的直覺什麼時候錯過？」朗恩說。

「其實，還滿常的啦，」喬伊絲說。「她只是錯也錯得氣勢很夠罷了。就像顧問那樣。」

「說得好，喬伊絲，」伊莉莎白說。「我可能對，也可能錯。但我在想有沒有人想跟我一起去林子裡散散步，順便確認一下？」

「喔，來了來了，」朗恩摩拳擦掌了起來。

「現在？」喬伊絲說。「好啊，走吧。」

「你不能穿夾腳拖去林子裡啦，朗恩，」伊博辛說。

「喔，不要再這麼愛當天氣預報員了，」朗恩說著套上了外套。「各位老友，我們朝林子出發吧。」

第三十九章

喬伊絲

現在是隔天早上了，如果你知道我在說什麼的話。我剛從店裡回來，關於這點我晚點再補充。我的包包與雨傘都準備好了，就在穿堂的小桌上待命，關於這點也容我稍後再細說。

伊莉莎白覺得道格拉斯自導自演了假死。這很顯然對諜報業出身的她不是什麼值得大驚小怪的事情。幹掉個人，讓屍體的身分被確認為自己，然後帶著兩千萬英鎊遠走高飛。誰能說真相不是這樣呢，畢竟這麼好康的事情真的沒地方找了。

我們昨晚集合在了伊博辛家，主要是伊莉莎白想要拿蘇・里爾登測試一下自己的理論。順帶一提伊博辛的動作俐落多了，但看起來還是很悲傷，而這一點都不像他。我是說，他只有在有清單要列或有事情要解釋的時候憂鬱不起來，但你極少會看到他真正透著悲傷。我說什麼也得想辦法，讓他不要繼續在公寓裡宅著。我要把他弄回他那輛車的方向盤後。或是朗恩的車子也成，總之你知道我的意思。

我們很開心地度過了一晚。是沒有多特別啦，但誰規定我們每一晚都要多特別呢，是吧？有特別來賓來自軍情五處如果倒帶回一年前，可能會讓人感覺非同小可，但我的胃口已經被養大了。蘇・里爾登看上去好像也有點悲傷，我覺得啦。我在想她是不是因為發生了這麼多事，而在工作上遇到了些麻煩。

我正在學習的重要課題是人生要偶爾按下暫停，要懂得喝一杯，跟朋友交流一下八卦，就算是屍體開始在你身邊堆積也是一樣。說起屍體，它們最近好像又開始多了起來。

這講究的是一種平衡，當然，但總體而言，晨間還是繼續會有人陳屍在這兒那兒，而你萬不可讓那影響了自己大啖達美樂。

我們原本並沒有多談案情，是後來伊莉莎白才開始欲罷不能地說起道格拉斯跟天氣什麼的。那是要讓蘇．里爾登上鉤，接著伊莉莎白就開始滔滔不絕了。她說起道格拉斯是假死云云，包括整套手法。我聽著是覺得有點複雜啦。他真的辦到了嗎？

但說說回來，一個人要是連偷兩千萬英鎊都不肯多費點工夫，那這天底下大概也不會有他想認真做的事了，你說是吧？

你可以看出蘇並沒有當場就對這個理論嗤之以鼻。她知道伊莉莎白這麼說是經過了深思熟慮，還有就是蘇多半自己也希望伊莉莎白說的就是真相。查案子的人就會懂，任何能幫助你破案的事情，你都巴不得它們就是事實。

伊莉莎白能稍微敞開心胸，讓我很是為她驕傲，而在蘇走了之後，我原本要跟伊莉莎白說她展現出了真正的成熟，因為終於有一回，她沒有把所有的事情都悶在心裡，但接著她突然說有東西要給我們看，並提議說要去林子裡走一遭。齁，這個伊莉莎白！

你要知道這時已經過了十點，「嗯，今天真的聊得很盡興」我已經說了不止一遍。

我們收拾了隨身物品，朗恩回家去取了手電筒，伊博辛則不願前去，但祝了我們好運。我親了他一下臉頰，告訴他他氣色不差。他會懂我說的是反話，我們這對朋友就是已經做到這樣。

我們一邊往山上爬，伊莉莎白一邊把她是怎麼想通的細說了一下。

道格拉斯還在古柏切斯的時候，伊莉莎白跟他一起走過這段山路，當時帕琵就戴著耳機在後頭跟著。可憐的帕琵，事發以來唯一讓我揪心的，也只有帕琵了。安德魯．黑斯汀斯被殺我完全過得去，要賺快錢當然就活該送命，他選的這一途就是條不歸路。殺魚的人身上怎能不腥。至於道格拉斯嘛？嗯，他若是真死也只能說是自己找死。但帕琵應該要屬於一個完全不同的故事，我很遺憾她不小心走錯了棚。

伊莉莎白與道格拉斯當時曾停在一棵樹前，也就是我們昨晚停在的同一棵樹前。朗恩用手電筒一照，你可以看到樹上有個大洞。朗恩一整個樂不可支，就跟以前傑瑞拿到手電筒時一模一樣。

你聽過一種東西叫做「無人郵筒」嗎？這是存在於諜報界的一種東西。大庭廣眾下的一個地方如果能供你藏匿東西，而且不會有閒雜人等在無意間發現，那這裡就可以稱為無人郵筒。比方說特務A會投遞某個物品要給特務B，也許是一張微縮膠片，也許是諸如此類的東西，那特務B就會看似不經意地晃到小運河旁讓馬從岸邊上拖船的小路上，當然我只是舉例啦，然後再不經意地拔起一根鬆動的籬笆柱子，也是純粹舉例，然後特務A準備的東西就在下面。

當伊莉莎白與道格拉斯站在樹前時，道格拉斯曾對她說這裡會是個很稱職的無人郵筒，還說這裡讓他想起兩人當年用過的一個無人郵筒。當晚伊莉莎白覺得他說得挺對，但此外也就沒再多想什麼了。

好吧，這話說得有點過，畢竟伊莉莎白隨時都在想點什麼，是吧？她現在相信道格拉斯是刻意對她把話題引到樹洞上。她相信道格拉斯在這裡藏了東西要給她。

而，一如很多時候，她猜對了。

她請朗恩把手電筒照進樹洞，結果你猜我們找到了什麼？

話說，我知道你在想什麼，你在想我們找到鑽石了嗎？不好意思，並沒有。我發誓如果我們真的找到了鑽石，那我這則日記絕對不會這樣破題。我會說的是「我們剛剛找到了價值兩千萬英鎊的鑽石」，或至少是這個調調的東西。我不會還在那邊朗恩的手電筒如何如何，伊博辛臉很憂鬱又如何如何。我會直截了當，像元本山一樣開門見山[109]。我會開口閉口都是鑽石長鑽石短。

不過我們還是中了二獎。

伊莉莎白從樹洞中抽出了一封信函，寫在白白淨淨的紙上，外頭還套上了透明的夾鏈袋。那當然是為了防水。憑良心說，夾鏈袋真的是無所不能，我囤了一整個抽屜都是這玩意兒。信紙對摺，正面手寫著伊莉莎白的名字。據她表示，那確實是道格拉斯的筆跡。我們以前都能認得彼此的字跡的，是不？

她把信拿出夾鏈袋，將之展了開來。那紙不便宜，你知道的，就是你在銀行或市議會，比方說啦，都拿不到的那種紙。貴的紙是因為用的樹貴嗎？還是說差別在製作手法？

伊莉莎白讀了信，先是自行了解了內容，然後又念給了我們聽。而一旦聽過了信的內

109 原文是In like Flynn，作為英國俚語，這句話的意思是就是直截了當，毫不拖泥帶水就開始一件事情，重點是代「進去或開始」的In，至於使句子更順的Flynn只是用來押韻而沒有特殊意義的人名，其來源眾說紛紜。

容，你就會知道我們今天要幹啥去了。你就會確切知道為什麼我的保溫瓶跟雨傘會在穿堂的桌上待命。

順帶一提我之所以去了趟商店，是為了他們店裡那台影印機，我剛才就是在忙這個。四份影本要分別給我們四個，多印的兩份是為萬一我們日後判斷克里斯與唐娜會有興趣時預備的。

現在影印的單價漲到三十便士[110]了！這實在很沒天理。而且我還不得不多印幾份，只因為頭兩次我把信上下放反了。真是太坑人了。你會忍不住納悶漲價的錢都用到哪兒去了。我在回家路上跟朗恩說了這事兒，而他也一整個忿忿不平。

原稿我已經送回給了伊莉莎白，而她看起來一臉倦容，跟平常的她相差頗多。但畢竟我們是熬了大半夜吧，我想。總之，她終於戴上了我做給她的友誼手環，這點還滿貼心的。

我的那份影本如今就放在我的面前，上面是這樣寫的：

親愛的伊莉莎白，

是的，從頭到尾我都沒有片刻懷疑過妳，妳這聰明的小東西。情況告訴我妳一定會找到這封信。

沒有謊言，牌都攤開在桌上了，我多半應該為了偷鑽石一事、還有一手搞出這麼大的亂子，向妳賠個不是。那句話是怎麼說的，喔對，每個人都有個價，而事實證明我出賣自己的價碼是兩千萬鎊。魔力滿滿的那麼多錢，親愛的，就靜靜躺在那裡，看著我這頭年居退休的恐龍。簡直說吧，抵抗是沒有用的。單純如此的這個道理，妳懂吧？一頭恐龍，還是留有幾手的。力氣弱了，我也還是有幾個年頭可活的。殺來殺去了這麼多年，剩下的日子我是真想好好把握。白天都沒事做的退休生活真的不適合我。

當然偷人家鑽石就是不對，這我不強辯，至少妳就不會。但我希望妳不要因為我玩得很高興而怪我，畢竟妳自己可是一路玩過來，不是嗎？起碼這幾個禮拜我的心臟都跳得很有力，重出江湖就是這麼過癮。

好我胡說八道夠了，言歸正傳吧。

既然妳已經在讀信了，那我想這就帶出了兩種可能性。也許我已經被殺身死了？有人用酷刑逼我供出了鑽石的下落，然後料理了我？不太可能。我這人經不太起刑求，冒險再好玩也沒用。再者，我大可亂編一通害他們像無頭蒼蠅一樣到處撲空，然後等他們發現自己被拐，我早就在樹林的某個深處入土為安。

要是我真的被殺了，我衷心希望妳內心的某個角落還會懷念我，也希望妳能寬恕我的眾多罪過，畢竟妳的罪過我很多年前就原諒過了。我不知道我後事會由誰來辦，畢竟我身邊還真沒誰跟我有什麼特別的淵源。我身邊確實有幾個跟我有一腿的炮友，但敝人在下我的身邊女人何時少過？這些年我沒深交過什麼朋友，就算有過現在也早沒聯絡。要是他們問起妳，欸妳還真別說，他們搞不好真的會問，那請告訴他們我媽跟我爸埋在

110 新制的一英鎊等於一百便士，三十便士就是零點三鎊。

諾桑比亞[111]。請答應我，務必把我葬得離他們愈遠愈好。也許可以考慮萊伊[112]？還記得我們去度過週末的那裡嗎？記得那小木屋嗎？

當然，我們還有第二種可能，一種會好玩許多的可能。那就是我逃掉了。馬丁．羅麥克斯要我的命，紐約黑幫要我的命，軍情五處想跟我劃清界線，所以這個當下我還沒有怎麼想出怎麼全身而退，但我向來也算是足智多謀，所以也許靈感晚些會來找我？我確實有一兩個小念頭在腦中蠢蠢欲動。

所以我要嘛死了，要嘛發了，而我有個簡單的辦法可以讓妳不用納悶。

鑽石在一個置物櫃裡。妳知道我是主動要求要被安置在古柏切斯，所以我把鑽石放在距那不遠一個方便我去取回的地點。或是方便妳去取回的地點，如果事情落到那步田地的話，我是覺得機會很大啦。

親愛的，鑽石在費爾黑文火車站的五三一號置物櫃裡。妳想撬開它絕對沒問題，但我還是在夾鏈袋裡放了鑰匙。

妳去試試手氣吧。如果妳打開櫃子發現了鑽石，那妳就知道我已經不在人世。如果妳打開櫃子發現鑽石不見了，那妳就知道我脫身了。我會直奔我們的老朋友法蘭科，在安特衛普把鑽石變現。

也就是說，如果妳沒找到鑽石，那聰明如妳就知道我在四處逍遙，而且儼然是一富豪。而如果這讓妳哪怕感到一丁點興趣，都請放心我一定會在某個時候與妳聯繫。妳知道我會找個伴共度餘生，但惟有那個伴是妳，才能讓我成為世界上最幸福的男人。

一個老傻子想要再試一把，請妳不要見怪。

願上帝保佑妳，伊莉莎白，當然也願祂保佑喬伊絲、朗恩跟伊博辛。我估計妳應該會把這當成你們四個人之間的祕密吧。跟蘇跟蘭斯還有處理的同事們，應該就別提了吧？

我在想妳不知道是花了多久時間才找到這封信。我猜是不用太久。如果我死了，那容我說聲謝謝，妳真的腦筋動得很快，而如果我還活著，那起碼我為自己爭取到了多一點逃跑的時間。

妳能找到這個無人郵筒真的很厲害，我就知道妳不會對線索視而不見，妳一向是最優秀的，此後也會繼續是最優秀的。

五三一號櫃，費爾黑文車站。如果鑽石不在那裡，那我就是自由人了。如果鑽石在那兒，那我就是個死人了。

所以，這又是另外一封來自死人的來信嗎？誰知道呢？但我想妳現在應該也是熱血沸騰了吧？

永遠愛妳的

道格拉斯

111 Northumbria，古王國地名，今屬蘇格蘭東南與英格蘭北部。

112 Rye，英格蘭南部城鎮，離海邊不遠。

文情並茂，這點我肯定他。伊莉莎白跟我會在幾分鐘後搭上開往費爾黑文的小巴。我對費爾黑文車站一無所知，但那絕對不是個小車站，因為你可以從那裡坐去布萊頓跟倫敦。網站上說那裡有一家咖世家[113]、一家史密斯[114]，還有一個提供香腸捲跟餡餅的地方。那兒有一間頭等艙的休息室，照片裡看起來非常時髦，還有一個頗具規模的遊客中心[115]。當然，肯定也少不了的，就是行李置物櫃了。

所以也許我們就要找到價值兩千萬鎊的鑽石了。伊莉莎白不會讓我留下它們的，這我知道，但能擁有一下也是不錯的。我們是會把鑽石交給蘇跟蘭斯嗎？還是會把鑽石交給克里斯跟唐娜？我會滿想把東西秀給唐娜看，那會是我的選擇，但要照章行事恐怕由不得我如此。

又或許我們會空手而歸？或許道格拉斯比我們都更是老狐狸，已經不知道逃到哪裡逍遙了？那他就會是一個老人家，一個無拘無束開開心心，錢多到花不完，希望伊莉莎白還愛著他的老人家。

想知道答案只有一個辦法，那就是搭上小巴。

第四十章

蘭斯・詹姆斯打著哈欠抓著癢。從蘇・里爾登敞開門板的辦公室望出去，那會感覺好像他在忙。確認情資報告、交叉比對飛行器的客貨乘載明細？反正就是那些他領薪水該做的事情。還在舟艇特勤隊的時候，日子比較刺激有趣，但他被人開槍的次數也比較多，而到了這年紀，他的膝蓋真的已經不起每五分鐘就要閃避一次槍擊。

蘭斯其實在上網，在看他買不起的房。威爾特郡[116]的鄉村別墅？那怎麼好意思。你可以把那一排馬廄改建成休閒娛樂室。可以俯瞰泰晤士河的閣樓公寓？美景是無敵啦，但你看看那個地板布局，請問你私人劇院要放哪裡？

他在做白日夢。除非，除非啦。

兩千萬鎊可以改變一切，不是嗎？而那兩千萬就在那邊。

蘭斯心想就算是有兩千萬鎊，人也一樣會去看自己一輩子都買不起的房。挖空的火山，也許。沒有人買了房子，但不內心暗暗想要另外一棟再貴上一成的房子。

113 Costa，英國的連鎖咖啡店。

114 WHSmith，簡稱Smith's，英國的連鎖超商。

115 Travel Centre，英國車站的遊客中心兼有售票跟諮詢的功能。

116 Wiltshire，在英格蘭西南部，有很多麥田圈。

錢，是一個陷阱，這點無庸置疑。但在蘭斯的心中，還有比錢更不能掉進去的陷阱。

他抬起頭來，看著敞開房門裡面的蘇．里爾登。她正為了什麼事情全神貫注。公務？他覺得不太可能。誰這年頭會十一點還不到就開始辦公？

她正對著螢幕皺著眉。她知道些什麼嗎？在辦公室裡的她，是在想辦法破案嗎？比較可能的是她在網購灌木、替親戚長輩安排安養事宜，或是在看A片。任何人的任何事情，蘭斯都不會驚訝了。在國安機關幹了二十年，他看多了。那兩個七字頭年紀的女人？她們是什麼來頭？嬌小一點、看起來比較不可怕那個一直盯著他瞧，一副欲言又止的模樣。另外那個，伊莉莎白．貝斯特——蘇在現場似乎也敬畏她三分。她們之間有什麼過去嗎？

蘭斯再次望向了蘇。她似乎陷入了深思，但那多半只是因為她也看到了那棟威爾特的鄉村別墅，也在想那排馬廄要改建成什麼罷了。她應該也在想那兩千萬鎊。

蘭斯目前住在巴爾漢姆區[117]一間只有一個臥房的公寓。前妻的那一半產權讓他們吵了起來。以他的財力他既買不下來，也沒辦法搬家，而她對此也一副無所謂的態度。他曾是個跟富家女一起買下愛巢的窮小子，這在當時既浪漫又讓人對未來充滿希望，但此一時彼一時，如今他們之間唯一的連繫只剩下她老爸那邊寄來的律師函。作為臨時的折衷方案，目前他是按月付她租金。付他負擔不起的房租給一個不差這筆錢的人，給一個半年前還會天天跟他說自己多愛他的女人。律師函裡的口氣可沒這麼客氣。羅巴克、哈靈頓與洛伊事務所可不會把玉臂橫在他的胸膛上，一早睡眼惺忪地給他獻上香吻。

她是不愛他了，還是根本從來沒愛過他？不變的是她跟他們買房的建商上了床，現在則有，名叫馬西默的投資銀行家當她的約會對象。

蘭斯的老媽很欣賞她。大家都很欣賞她。結果是現在蘭斯也不怎麼去看他媽了。他賭這對前婆媳還有在聯絡。

巴爾漢姆至少去他經常上班的米爾班克[118]很方便。但來這個位在戈爾達明，他在案子調查結束前都要一直被借調在此，莫名其妙的臨時編組，可就一點也不方便了。一口氣調查兩起凶殺案，倒是無妨，問題是他得每天早上在八點二十一分的火車上從滑鐵盧站到戈爾達明站站好站滿，那才真正讓人頭大。

雪上加霜的是他還開始掉起頭髮。這些年來讓他受益良多的那種超能力，那頭會在他眼眉上跳舞的頭髮，那頭他可以不假思索地以手代梳順過去，都不用擔心其回彈的方式跟位置會在約會對象前出醜的頭髮，正在離家出走。髮量變稀疏，髮色變灰白，髮線往後退，就在他恢復孤家寡人的節骨眼上。

有時工作需要領槍之際，蘭斯都會閃過往自己腦袋上來一槍的念頭。

他好像應該稍微工作一下了。

蘭斯關掉了「搬得好」[119]的官網，打開了電郵信箱。五處跟六處他都待過，所以蘭斯的信箱會收到各式各樣的垃圾。那些亂七八糟的信件不外乎是安全規範提示，不然就是處裡由中國司主辦的烘焙王比賽結果。

117 Balham，倫敦位於泰晤士河以南的一個區。
118 Millbank，中倫敦的一個區域，位於泰晤士河以北沿岸。
119 Rightmove，英國倫敦的房仲業者。

蘇也發了郵件給他。她明明就在十英尺外，而且門還沒關，但好吧妳要寄就寄吧。他可以去查查那晚在太平間裡的卡特醫師，學經歷有沒有問題嗎？查完寫成報告給她？沒問題。蘇壓力很大，他看得出來。她得趕緊把這一大團謎題解開。

這幾天不斷有灰髮的男人在她辦公室裡飄進飄出，鬼鬼祟祟的。他看著那些男人大抵跟蘇同齡，可能六十出頭吧，但就是更像男人，也更資深。不論那些亮面印刷的手冊上說得多好聽，這世道還是沒變。以軍情五處中一個四十二歲的男性員工來講，蘭斯的發展應該是低標中的低標。所幸想翻身他還有時間，只是他最好趕緊出發。

在從電郵中得知六處的員工餐廳命名大賽由反恐部門的普莉雅．加蘭尼以「碟（諜）影幢幢」的投稿勝出後，他看到一封提醒信提及一架起飛自紐澤西泰特伯勒機場的飛機。蘭斯將之點了開來。

蘇．里爾登在處裡享有很高的評價。每當有問題發生，她會先解決問題，然後再解決製造問題的人。她夠硬，必要時也夠狠，這些都是這份工作附帶的養成。但這次的調查可以說是災難一場。兩名幹員在避難所被槍殺？其中一名死者還是前一個案子的頭號嫌犯？無怪乎蘇的辦公室會一下子跑來那麼多灰髮的男人光顧。

有個架次的飛機被標註了起來，乘客清單上有個名字是安德烈．理查森。該架次的飛機是一台灣流G65R型的私人噴射機，起飛地是泰特伯勒，預定八號星期一早上在法恩伯勒機場降落。

蘭斯關上了電郵，走到蘇的門口敲了幾響。原本不知道在看什麼的她抬起了頭。

ASOS[120]？還是以馬匹為題材的畫作？

「蘭斯，什麼事？」

「有架星期天從紐澤西起飛的飛機，乘客化名安德烈．理查森，而那是小法蘭克．安德雷德的已知別名，他會降落在法恩伯勒機場。離這裡沒多遠，離馬丁．羅麥克斯的住處也沒多遠。」

「所以是丟了鑽石的主人，跑來找搞丟鑽石的人嗎？」

「嗯，」蘭斯應了一聲。他在想普莉雅．加蘭尼死會了沒有。他必須回到婚姻市場中廝殺，不論靠什麼辦「髮」。「也許下星期的監視小組應該派我去支援一下，長官，免得我們錯過什麼蛛絲馬跡？」

「想法很好，蘭斯。他們的駐地在安德沃[121]。你去那兒待一週沒問題嗎？」

一整週不用待在巴爾漢姆的傷心公寓，一整週不用罰站通勤，一整週不用進辦公室。而且搞不好還有功可以立，或是有鑽石會不小心落到自己手裡？

「是，長官。」蘭斯語畢舉起手，很自然地從頭髮中推過，而他很快就意識到那是一個大錯。

120 英國最大的網購業者。
121 Andover，英國地名，在倫敦以西，樸茨茅斯以北。

第四十一章

多愁善感不是伊莉莎白的常態，但凡事都有例外。

她馬上就會知道前夫是死是活。以她對他的認識，道格拉斯——至少生前的道格拉斯？——不會把鑽石的真實位置透露給她以外的別人。他之前設下的不論是何種煙霧彈，都是非常有效的煙霧彈。沒有其他人知道五三一號置物櫃的存在。那是一個藏在古柏切斯山上樹洞裡的祕密。

鑽石只要不在這個置物櫃裡，就在道格拉斯手中。

鑽石只要在這裡，那就代表道格拉斯一直沒能來拿，而那也就代表他死了。一天之內確認這麼多事情也太刺激。

如果道格拉斯活著，那就代表他財大氣粗地在逃亡。同時如果道格拉斯還活著，那就代表帕琵是他所殺。他殺了帕琵，然後用天曉得從哪兒弄來的屍體偽裝了自己的死亡。那具遺體挺新鮮的就是，這點騙不了人。那跟他們多年前從泰晤士河畔拖上來的馬可斯・卡邁克不可同日而語。她的小隊成員各司其職，沒有人去細看馬可斯・卡邁克的屍體。但伊莉莎白看過道格拉斯的屍體。看得可仔細了。那鮮度無可挑剔。所以或許道格拉斯手上沾著兩個人的血？否則他說什麼也不可能全身而退。

所以若以宏觀一點的格局去想，伊莉莎白寧願道格拉斯死了。當然她並不是詛咒道格拉斯死，只是她寧可自己嫁過的是一個丟了小命的賊，也不希望前夫是個活生生的殺人凶手。

她們今天搭上的是滿員小巴。開車的卡爾利托把一根香菸架在駕駛座窗外。這不是一群會在意你抽菸的乘客。而算是禮尚往來吧，卡爾利托也不在意你繫不繫安全帶。那整個場面就像是穿越回了一九七〇年代，那是一個你不管是想死於肺癌，還是想死於車禍，別人都會尊重你選擇的時代。

喬伊絲一語不發，感覺很不像她。她安靜到讓人甚至有點擔心。

一開始伊莉莎白覺得那是因為帕琵。喬伊絲跟帕琵已經建立了關係，這點是確定的。又或者她是在為了席芳難過？畢竟為人母的悲愴她很能感同身受？

但伊莉莎白隨即意識到，她們倆上一次同在這輛小巴上時，伯納坐在後座。那時喬伊絲與伯納還沒真正變熟，算是在曖昧中。喬伊絲很懷念伯納，但她們倆從來沒談起他。就像她們也從來不會聊起史提芬，或是潘妮。事實上她跟喬伊絲到底都聊些什麼呢？英國的鄉間風景在小巴的窗外不停飄過。

「妳跟我平常都聊些什麼啊，喬伊絲？」伊莉莎白問起。

喬伊絲琢磨了一下。「好像都在聊凶殺案喔，是不是？自從我們認識以來？」

伊莉莎白點了點頭。「好像是耶。妳覺得等哪天不死人了，我們會聊什麼？」

「這個嘛，這我們遲早會知道，不是嗎？」

喬伊絲再次望向窗外。伊莉莎白不喜歡看到朋友難過。正常人在這種狀況下會說些什麼呢？管他的，死馬當活馬醫。

「妳會想聊聊伯納嗎？」

喬伊絲轉頭望向她，給了她一個淺淺的微笑。「不了，謝謝。」

喬伊絲的視線回歸到窗外的風景，頭也沒回，就把手擱在了伊莉莎白的手上。

「妳會想聊聊史提芬嗎？」喬伊絲問起。

「不了，謝謝，」伊莉莎白說。喬伊絲捏了一下伊莉莎白的手，就沒再多說什麼了。伊莉莎白低頭看著她的友誼手環。這玩意兒真是醜不啦嘰，但又對她充滿了無比的意義。伊莉莎白的人生裡有同學跟同輩、有教授、有同事跟一任任丈夫。她的關卡一直是朋友。朋友到底圖你什麼？他們期待你做些什麼？她過人的腦子還沒解開這個疑惑。

昨夜大約凌晨四點，她跟史提芬一起醒著，他如數家珍地在講著當年勇，說他年輕時爬過的山有哪座又哪座。激不得的她於是編了一座更高的山峰說自己爬過——「而且沒帶雪巴人，親愛的」——然後他便加碼說他爬聖母峰時也沒靠雪巴人或氧氣筒，逼著她說聖母峰誰沒爬過，她還搬了台平台鋼琴上去呢，兩人的呵呵笑聲不絕於耳。這是愛情，毫無疑問，但這也是友誼。第一次有人認識了她而拒絕被她嚇唬住，就是史提芬。

喬伊絲沒被她嚇唬住，伊博辛沒被她嚇唬住，朗恩那更是一點也沒被她嚇唬住。他們都對她懷著敬意，她覺得啦，他們都知道有事可以依靠她，他們也都會照顧她——雞皮疙瘩——但他們就是不肯乖乖被她嚇住。搞了半天這就是友誼的通關密語？

再認真想想，克里斯與唐娜也沒被她嚇住。所以發難的是史提芬，然後是週四謀殺俱樂部，最近的是克里斯與唐娜？怎麼會突然有一波人不肯被她信手拈來的聰敏跟不假修飾的快狠準給唬弄？

她自然不是認真在發問，因為她心裡有數。在認識史提芬後，她也真的讓自己放鬆了一點。而她一放鬆，一扇心門也隨之開啟，真正的朋友便有機可乘。而他們也確實魚貫而入。

她回捏了一下喬伊絲的手。

「妳知道嗎，其實我並不排斥聊聊史提芬。我只是還不知道怎麼聊比較好。」

原本看著窗外的喬伊絲轉頭過來，對她的朋友笑了笑。

「這樣啊，那我家的熱茶隨時候駕。」

小巴在萊曼[122]文具店外停下，一眾乘客開始收拾行囊。駕駛座上的卡爾利托轉頭昭告天下。

「二小時後見，記得不要順手牽羊，不要亂塗鴉。」

伊莉莎白起身領著喬伊絲往前方的出口移動。喬伊絲說：「在要聊妳的現任丈夫前，就先去確認一下妳前任的死活吧。」

「好，就這麼辦吧，」伊莉莎白說。朋友就是要能做到這樣。

費爾黑文車站在往海濱的方向，從萊曼出發要走十分鐘。隨著商店愈來愈稀稀落落，費爾黑文也變得有點不修邊幅。她們經過了一條路的盡頭，而那條路上全都是出租車庫，青少年騎著腳踏車在那裡進進出出。入秋的費爾黑文開始蟄伏，開始準備過冬，你看不到一日遊的旅人，看不到觀光客，所有人都得各憑本事賺錢過活。伊莉莎白知道你要是把那些車庫一間間打開，多少會有些看頭。

伊莉莎白是不是不該瞞著蘇．里爾登有這封信的存在？嗯，當然不應該，這是什麼蠢問題，但伊莉莎白就是想親手打開那個置物櫃。蘇能體諒的。何況就算蘇不能體諒，她們也遲

122 Ryman，英國的文具零售商。

早得攤牌。伊莉莎白是覺得只要她能把一袋鑽石塞到蘇的手裡，就能也順便塞住她想抱怨的嘴。

在往車站接近的路上，她們途經了店名沒變但從英文被改成法文的黑橋酒館。朗恩的兒子傑森跟週四謀殺俱樂部說過很多黑橋在英文版時期的故事。他們有段時間沒看到傑森了。他正跟戈登·普雷菲爾的女兒凱倫在交往，且各方面似乎都很幸福。這段時間對伊莉莎白來說，愛這種東西絕對是多多益善。

她們抵達了費爾黑文車站。其模樣跟喬伊絲所描述的大同小異。早上上班的尖峰時刻已過，但站裡仍舊朝氣蓬勃。每個人都在自己的故事裡生活。學子揹著背包在尋找月台，西裝筆挺的男性有轉車要趕，念托兒所的小朋友在嬰兒車裡等葡萄乾。

至於站著在仰望車站路標的，則是一個傻傻的老特務跟她的朋友，她們是要找尋價值兩千萬鎊、從紐約黑幫手中被偷走的鑽石。

伊莉莎白看到有個箭頭指著「行李置物櫃」。

第四十二章

朗恩坐在計程車的後座，旁邊陪著的是他的外孫肯德瑞克。他每次都指名馬克的車，因為馬克支持西漢姆足球聯隊[123]，而且在後車窗貼了「投給工黨」的貼紙。

朗恩剛在車站接到了肯德瑞克。他女兒蘇西沒有停留，因為她還得接著去蓋特威機場。朗恩算是問了她一聲好不好，但她在火車又動起來之前只擠出了一句「不用擔心我」，朗恩跟外孫一起揮手看著她愈來愈遠。

此時的肯德瑞克正抱著他的背包，輪流看著左右窗外的每棟新房子、每面新路標跟每棵新樹木，興奮得不得了。

「阿公，有商店耶！」肯德瑞克說。朗恩看了一眼。「就快到了，肯尼。」

「叫我肯德瑞克，阿公。」肯德瑞克說。

「我一直都叫你肯尼啊，」朗恩說。「叫起來比較快。」

「呃，並沒有，阿公。」

「吶，比較快啦。」朗恩說。

「根本沒有，對不對？」繫著安全帶的肯德瑞克把身體前傾到極限，要司機站在他這一邊。

123 West Ham，英國足球最高層級英超的球隊名稱。

「這事於我無關啦，」馬克說，「但是齁，音節只算母音，所以Kendrick跟Kenny確實是一樣的啦。不好意思喔，朗恩。」

朗恩心想連西漢姆聯的球迷都不挺我，人類在孩子身邊還真是軟弱。「那我就叫你肯好了。這樣總比較短了吧。」

「就叫我肯德瑞克啦，行嗎？爹地才叫我肯。」

「肯德瑞克就肯德瑞克吧，」朗恩說。朗恩的女婿他看不太順眼。未看先猜丹尼的BMW後面沒貼上「投給工黨」的貼紙。

「阿公我可以問你一個問題嗎？」

「隨便你問。」朗恩說。

「你家有可以連上網的智慧電視嗎？」

「呃，應該沒有吧。」朗恩說。「我想，我只有一台微波爐。」

「你有喔，朗恩，」馬克撇過頭說道，「你兒子傑森幫你帶了一台來。他的一個朋友在一塊空地上發現了一百台，你還想幫著他賣我一台。」

「所以我還真有一台智慧電視囉，」朗恩對肯德瑞克說。「這是好事嗎？」

「這是天大的好事，我覺得，」肯德瑞克給他打了劑強心針。「我有一台iPad，而我知道自己是個幸運兒，因為不是每個人都可以有一台iPad，但有了智慧電視我們就可以一起玩《當個創世神》[124]，《當個創世神》你知道嗎，阿公？還有，你住的地方有誰養貓嗎？」

「有幾隻貓會跑來。」

「喔，那真是太好了。」

「有隻貓前幾天獵殺了隻松鼠，還想把獵物帶進我的露臺門裡。」

「不會吧！」

「真的啊。但我完全不理牠，直接就把牠掃地出門了。」肯德瑞克想了一下。「但貓咪的天性就是這樣啊，牠們並不是故意要使壞。只是松鼠有點可憐就是了。我會想看到松鼠。所以你到底知不知道《當個創世神》啊？」

「我好像沒聽過耶，孩子。」

「沒關係，不知道可以學。你可以蓋很多新的世界，創造各種新東西，有時候還可以跟人聊天，但玩的時候小心是很重要的。我蓋過一個城堡，堡外有護城河，但就是沒有可以放下來的吊橋，所以沒有人進得去，也沒有人出得來，算是有好有壞吧。伊博辛叔叔也可以一起玩。」

「伊博辛叔叔現在有點低潮，」朗恩說，「對他手下留情一點。」

「喔，沒關係，低潮也可以玩，」肯德瑞克說。「你想蓋什麼，阿公？」

「你說蓋是什麼意思？是要玩的人發揮想像力嗎？還是說遊戲裡會有指示？」朗恩問。

「想像力啦，」肯德瑞克說著把兩手拋向了天空。

「是喔，想像力我不太在行啦。裡面需要戰鬥嗎？」

「要也可以，但我是不太喜歡啦。」

---

124 Minecraft，一款開放世界遊戲，該世界由3D方塊組成，不同方塊代表不同材料如泥土、石頭、礦物、水和樹木等等，玩法主要牽涉到方塊的破壞與安排。可單機也可連線進行，相當受到歡迎。

我的話會蓋個獨角獸農場，肯德瑞克，」馬克從前座加入了討論。「但我會順便在農場外圍蓋些附屬建物來做生意賺錢，就像現實中的農場會有直營的商店那樣，你知道嗎？」

「知道，那很棒耶，」肯德瑞克說。「我也要，說不定再加上溜滑梯？」

「溜滑梯跟冰淇淋，也許？」馬克說著，肯德瑞克則拚命點頭。

「你要不要跟伊博辛叔叔一起蓋，我在旁邊看就好，」朗恩說。

肯德瑞克再次點起頭。「看也很有趣喔，然後你看到貓咪出現就說，我們可以暫停。」

馬克打了方向燈，左轉進了通往古柏切斯的車道。

「我們到了，肯尼，可愛的家到了。」

肯德瑞克抬頭看了眼朗恩，挑起了一邊的眉毛，還晃著兩隻腳。這次他想一口氣從所有的窗戶同時看出去。

「你記得喬伊絲嗎？」朗恩問道。

「嗯哼，」肯德瑞克說。「她人很好。」

「她說她幫你烤了個蛋糕，看你要不要過去看看她？」

「專門替我烤的喔？」肯德瑞克問。

「她是這麼說的。」

肯德瑞克點頭表示好。「但蛋糕可以大家一起吃，我只要一點就好。馬克你也可以一起喔。」

「我很樂意，但我還要去坦布里奇接一個客人，」馬克說。

肯德瑞克想了一下，然後看向了外公。「但我沒有可以給喬伊絲的回禮，所以不然我畫張圖好了。阿公你有紙嗎？」

「店裡會有紙，」朗恩說。

「那我們就去店裡，」肯德瑞克說。

「減速丘來了喔，」馬克提醒說，然後只見車身像兔子跳似的騰空了一下。

肯德瑞克舉起手，抱住了朗恩的脖子。「阿公我們一定會玩得很開心。」他這麼說完便開始用手指數起了各種節目。「我們可以去游泳、可以去散步、可以去看喬伊絲，可以跟所有人打招呼。」他指著車窗外面，「阿公，有駱馬！」

朗恩看著駱馬。那是伊恩．文瑟姆管事的時候替古柏切斯想出的主意。不怎麼合他的胃口，但透過孩子的眼睛看出去，好像也不是全然沒有魅力。要是你最終落得住在一個有駱馬的地方，好像也不是多壞的事情。

肯德瑞克倒回了座椅，不可思議地搖起頭來。「喔，阿公，你怎麼這麼好運能住在這裡。」

朗恩一手環抱住外孫，望出了車窗。你這話說得沒錯，孩子，他心想。

第四十三章

在置物櫃的辦公室裡，值班的是個百無聊賴、頭戴耳機的少女。伊莉莎白舉起她的鑰匙，偕喬伊絲一起經過了少女，少女也朝她們點頭放行。

「上班時間按規定應該不能戴耳機吧，」伊莉莎白說，「這樣妳什麼都聽不到。」

喬伊絲點頭。「不過她頭髮很美。」

置物櫃共有五排，金屬的框是灰色，看得到缺口的門是藍色，從地板到天花板疊了有高高的三層。伊莉莎白領著喬伊絲到了第五排，然後兩人開始往裡走。

「我希望五三一能在中間那層，免得我要彎腰或是踮腳。」

伊莉莎白停下腳步。「妳走運了，喬伊絲，五三一確實在中間。」

她們同時望向了那個櫃子：白色斜體的數字五三一就印在藍色的門上。伊莉莎白看著鑰匙。那是支又小又單薄的鑰匙。這能擋得住誰。櫃台的少女我看也不會想攔人吧。兩千萬鎊的東西藏在這裡，還真是精挑細選。

「好吧，一翻兩瞪眼。」伊莉莎白說著把鑰匙插進了鎖孔。一開始好像遇到點阻力，所以伊莉莎白把鑰匙拔了出來重試。但第二次還是不太順，所以她皺起了眉。她低頭望向了鎖孔。

「恐怕是鎖壞了。髮夾伺候，喬伊絲。」

喬伊絲翻了翻包包，掏出了一根髮夾。伊莉莎白小心翼翼把髮夾插入鎖孔，先是推，然後轉，然後又是推。金屬門旋了開來，揭露了道格拉斯．米德密斯的命運。

跟一個空空如也的櫃子。

好吧，不完全是空空如也。櫃子裡有三面灰色的金屬，外加中間一個被丟棄的洋芋片包裝。鑽石不見了。

伊莉莎白看著喬伊絲，喬伊絲也看著伊莉莎白。

她們在無聲中面面相覷了一會兒。

「櫃子是空的，」喬伊絲說。

「幾乎是空的，」伊莉莎白說，然後抽出了洋芋片袋。

「這算好消息，還是壞消息？」喬伊絲問。

伊莉莎白沉默了一下，然後點起頭來讓自己恢復了行動。

「好吧，無論如何這總歸是個新發展。」伊莉莎白說。「是好是壞就等時間來告訴我們。喬伊絲，把洋芋片袋子收到妳包包裡。」

喬伊絲聽從指示摺好了袋子，將之放進了包包。伊莉莎白闔上了櫃門，重新插入了髮夾。她轉動髮夾，直到門鎖發出了一聲不怎麼令人信服的喀搭。

喬伊絲領頭走了出來，兩人在要離開時朝櫃檯的少女點了個頭。

「不好意思，」少女說。伊莉莎白與喬伊絲一轉頭，只見少女拿下了耳機。「兩件事。首先，我的耳機裡什麼都沒有播，我戴著耳機只是想讓咖世家的店長以為我在聽音樂，免得他過來找我搭訕。」

「是喔，那我道歉，」伊莉莎白說。「那第二件事呢？」

少女望向喬伊絲。「我只是想謝謝妳稱讚我的頭髮。這是我分手後的第一個新髮型，所以妳一句話讓我這天變得非常開心。」

喬伊絲綻開微笑。「天涯何處無芳草，親愛的，聽我的沒錯。」

少女也報以喬伊絲一抹微笑，然後以頭代手指向了置物櫃。「希望妳們有找到想找的東西。」

「我們這個應該算一半一半，很顯然，」喬伊絲說道，少女則戴回了耳機。

就在離開車站的時候，伊莉莎白發了一則簡訊，然後就一頭栽進了車站後面宛若迷宮的巷弄中。喬伊絲對她們走在什麼地方全無概念，但很顯然她們確實有一個目的地，否則伊莉莎白也不會熟門熟路地帶著她在費爾黑文的後巷中忽左忽右。

在一個左轉之後，她們開始在一條小小的步道上前進。她們是要去警局嗎？她們去警局幹嘛？要把洋芋片包裝交給克里斯跟唐娜嗎？喬伊絲很少質疑伊莉莎白，但長此以往她難保哪天不會爆炸，是吧？也許擇日不如撞日？

她們開始穿越起一座小公園；那兒有小朋友一邊爬在鐵架設施上，一邊希望在滑手機的爸媽能注意到他們。她們肯定是要去警察局。既然如此，喬伊絲開始回想那裡有沒有洗手間。肯定是有的吧？但會不會那裡的廁所是被拘提的嫌犯專用呢？

不一會兒喬伊絲就遠遠看到了警局，而警局外頭石階上就坐著唐娜。伊莉莎白剛剛那封簡訊，一定就是傳給她的。

看到伊莉莎白與喬伊絲愈走愈近，唐娜便扶地站了起來。唐娜順勢擁抱了一下喬伊絲，輪到伊莉莎白則被她揮手擋掉。「哈囉，親愛的，沒時間抱來抱去了。妳把燈帶來了嗎？」

唐娜聞言舉起了一個看似支筆的小東西。

「那是幹什麼用的？」喬伊絲一頭霧水。

「可以麻煩妳把洋芋片袋子從包包中取出來嗎？」伊莉莎白問。

喬伊絲就曉得。伊莉莎白不會無緣無故叫她把一個吃過的洋芋片袋子收到包包裡。喬伊絲拿出袋子交給了伊莉莎白。伊莉莎白撕開了包裝的一側，讓鋁箔的內襯暴露出來。接著她鋪平了鋁箔在一層石階上，喬伊絲疑惑地把頭歪向一邊，於是伊莉莎白當起了小老師。

「這是間諜的手法，喬伊絲。如果道格拉斯要讓櫃子是空的，那裡面就會空得很徹底，但顯然這櫃子還不夠空。」

唐娜給喬伊絲看了眼筆燈。「這是紅外光。我以前會拿來照被竊的腳踏車，有時候車主會在上面設置隱形的烙碼。」

「另外當然啦，唐娜早就不用去追查自行車被偷這種小案子了，多虧了我們，」伊莉莎白說。

「這個我不是已經謝過很多次了，」唐娜說。

「她現在辦的都是凶殺案，」伊莉莎白說。

「伊莉莎白，妳不覺得我站在警局台階上要替兩位老太太拿來的洋芋片包裝照紅外線，就是一種知恩圖報的表現嗎？」

「妳知道我們都很感激妳，親愛的。我們辦正事吧。」

「老太太，」喬伊絲呵呵笑了。「我一直覺得這講法很好笑。」

唐娜單膝跪地打開了筆燈。喬伊絲也跟著想要跪下來，但說真的過了六十五歲，你想下跪還真的是有夢最美，所以她最終只能一屁股坐上台階。伊莉莎白倒是成功跪下。她的極限到底在哪兒？

紅光掃過了鋁箔，讓喬伊絲看見了字母。袋子上很顯然寫了一句話。

「現在是怎樣，道格拉斯？」伊莉莎白嘆道。唐娜把燈光移到了鋁箔包的右上角，開始一邊照出也一邊讀出了那些字句。

「『伊莉莎白，親愛的……』」

伊莉莎白咕噥起來，「親你個頭。」

「『伊莉莎白，親愛的，我們都曉得東西沒有一找就到的。這是多一層保障，免得誰還真的不小心發現了樹洞裡的信。但妳肯定知道鑽石在哪裡，是不？妳認真思考一下的話？』」唐娜停下了嘴巴，抬頭向伊莉莎白一望。

「就這樣？」伊莉莎白問。

「嗯，上頭還說了『永遠愛妳的道格拉斯上』，外加三個吻，」唐娜說。「我沒念是不想被妳噴。」

伊莉莎白站了起來，然後又伸手去扶起了喬伊絲。

「所以我們還是不能確認他是死是活？」喬伊絲說。

「恐怕不能。」伊莉莎白說。

「但他說妳知道鑽石在哪裡？」唐娜說。

「嗯，他既然說我知道，那我就是知道，」伊莉莎白說。「我得思考一下。」

說起思考，喬伊絲也有個持續了一段時間的問題，但她沒跟別人提到。畢竟她又沒當過特務，她懂什麼？說出來恐怕會是個被人笑的蠢問題吧。但天氣這麼好，而她身邊又伴著兩個她很喜歡的人，所以管他的，被笑就被笑吧。

「妳們不覺得櫃子的鎖壞掉，很奇怪嗎？」她說。

「怎麼個奇怪法？」伊莉莎白說。

「嗯，鑰匙是他留給妳的，所以理論上在他鎖上置物櫃的時候，鎖應該是好的，而那之後應該就不會有人去開鎖了。既然如此，鎖頭是怎麼壞掉的？」

「問得好，」唐娜說，喬伊絲燦笑。

「問得非常好，」伊莉莎白說。

好上加好！喬伊絲今天也太走運了吧。

「唐娜，置物櫃的室內有監視錄影，」伊莉莎白說。「妳應該不難弄到那些畫面吧？上禮拜的就好。」

「我弄得到，但我可不要因為喬伊絲的一個直覺就得看一星期的閉路電視，沒有不敬之意，喬伊絲。」

「喔，我從來不玻璃心的啦。」喬伊絲說。「過濾監視器真的很辛苦。」

「只要妳弄得到畫面，唐娜，伊博辛現在手上有大把的時間，而且他會很開心自己能派上用場。」

「好吧，我去看看有什麼辦法，」唐娜說。「但如果有任何機會能讓我們局裡介入案子的調查，妳保證會幫我們一把？」

「我覺得妳這要求合情合理，」伊莉莎白說。「萊恩·貝爾德有什麼新消息嗎？」

「下禮拜開庭，我會再跟妳說。」

「妳手上還有什麼有趣的案子嗎？」

「我們有個盯梢的對象是在地的毒販，康妮・強森。相當難纏的傢伙。」

「他們通常都很難纏，」伊莉莎白說。「那我想我們就晚點見囉？」

「我已經等不及了，」唐娜說。

「趁我們還沒見到她，妳有什麼派翠絲的底可以洩漏給我們知道嗎？」伊莉莎白說。

「她這人還行啦，」唐娜說。「就以我的標準來講太像個媽媽了。」

喬伊絲看了眼手錶。小巴還有一小時才集合，時間夠她們去享用杏仁粉布朗尼[125]再來杯薄荷茶。今天是那種一切都怎麼順怎麼來的日子。或許她應該去買張刮刮樂來試個手氣。

第四十四章

「他們都是被打在臉上，所以自然是血肉模糊，」喬伊絲說。「要再來點巴騰伯格[126]嗎，派翠絲？」

「我胃裝不下了，」派翠絲說著舉起了手掌投降。「我已經半個人都是巴騰伯格了。」

「謀殺加自殺？」克里斯問。「還是雙重謀殺？」

「雙重謀殺，」朗恩說。「現場沒有槍被丟下，好嗎？應該是某個先生溜進了屋內——」

「或某個小姐，」唐娜用這話換得了她媽媽表示肯定的點頭。

「某個先生或——沒問題——某個小姐溜進屋內，開了火，砰砰，轟掉了兩顆頭。沒有誰應該落得這種下場。」

「這年頭殺人犯已經是女性比較多了，」喬伊絲說。「撇除殺人不好的問題，這其實是一種真正的進步。」

唐娜把腳塞到了屁股下。所以這樣下去會產生什麼局面？往好的想：一旦意會到派翠絲跟唐娜是母女檔，伊莉莎白臉上的表情無價。她把這事瞞了這麼久，伊莉莎白一定會很不爽，畢竟伊莉莎白最痛恨的莫過於別人有祕密。往壞的想：她會被逼著看自己的老媽跟克里

125 用杏仁粉取代麵粉做成的布朗尼，這是一種減醣烘焙。

126 Battenberg，特色是切面呈二乘二的棋盤格，分屬不同顏色的蛋糕。

斯在週四謀殺俱樂部面前卿卿我我。兩人貼著膝蓋坐在沙發上，摸來摸去、親來親去，說話嗲聲嗲氣。唐娜不是不希望這兩人幸福美滿，但她並不希望這兩人當著她的面幸福美滿。

她甚至不是特別想聽到這兩人是如何地幸福美滿。說到底只要他們幸福，她也就心滿意足了。而眼下他們看來確實很幸福，沒錯吧？會不會這段關係還真能修成正果呢？會不會唐娜還真的扮演了一回奇蹟推手呢？

「而且他們還之前就試過了？就在古柏切斯？」克里斯問。

「之前就有人嘗試要幹掉道格拉斯，沒錯，」伊莉莎白說。「但那人嚴重失手，結果被帕琵爆了頭。願她安息。」

「我原本希望這事能由你跟唐娜來調查，」喬伊絲說。「但他們從軍情五處派了蘇跟蘭斯過來。」

「軍情五處的官員名字我們不好洩漏喔，喬伊絲，」伊莉莎白說。

「喔呦，我只是跟克里斯說而已嘛，」喬伊絲說。「不要大驚小怪好不好。」

「我會去翻《國家機密法》[127]，喬伊絲，看軍情五處的公務員名字算不算機密。」

「總之，他們跟你們倆根本沒得比，」喬伊絲說。「蘇冷漠到像條死魚。有點伊莉莎白的味道可少了那份溫度。但你看得出她對伊莉莎白很是尊敬。」

「大前輩是妳，莉茲？」朗恩說。

「然後就是蘭斯了。正在變禿但還算頗帥，而且手上沒看到婚戒。總之唐娜，我可以幫妳要到他的電話，有興趣嗎？」

「跟準禿頭的間諜交往？嗯，聽起來真是不容錯過，」唐娜說。她禮拜一才去約會過。

對方的檔案說他是個潛水教練，這看在唐娜眼中還挺有氣概的。當然，真相是她少看了一個r，結果是她跟一名駕訓班教練上了一次讓人大失所望的床[128]。此外她還犯了一個錯，那就是千不該萬不該把事情的原委告訴她媽跟克里斯，結果是被他們倆笑好笑滿。老媽開了好幾個他「排檔桿」如何如何的黃色笑話，克里斯則說：「他在從妳『停車格』出來的時候有沒有看後照鏡？」唐娜把手中的酒一飲而盡。

「你們想看看槍擊現場的照片嗎？」伊莉莎白說。

「想，拜託了。」克里斯。

「想看你們得拿點東西來換，」伊莉莎白說。

「果然不出我所料。」克里斯說。

「我們只想知道以下幾件事。頭一個，你們倆交往多久了？」

「無可奉告，」克里斯說。

「我的照片涵蓋了所有可能的角度。進入的傷口、穿出的傷口、室內有哪些物品被弄亂。」

「六個禮拜。」派翠絲脫口而出。

「多謝，」伊莉莎白說。「第二，你們是以什麼前提在交往？我想我可以代表本俱樂部對你們說一聲，你們看起來真的很登對。」

唐娜表演起了嘔吐的動作，而喬伊絲跟朗恩則紛紛點頭。派翠絲笑了。「嗯，我們就先

127　英文名稱是Official Secrets Act。

128　潛水是diving，駕駛是driving，拼法只差一個r。

慢慢來，一天一天看，好嗎？我昨天很滿意、今天很開心，對明天則充滿期許。」

她在來這兒前曾先跟唐娜與克里斯去探望了病榻上的伊博辛，而她當時也給的是相同的回答。伊博辛原本正跟朗恩的外孫玩《當個創世神》玩到無法自拔，但聽到派翠絲的答案，他也硬是抬起頭來給出了這樣的回饋：「理論上我對愛略知一二，而我會說這答案背後的心態感覺相當健康。」

「你們也說點關於你們四個的八卦來聽聽吧，禮尚往來一下？」急著改變話題的唐娜說道。「我是說除了有三個人被槍擊以外的八卦？」

「這個嘛，喬伊絲上禮拜有一天請了戈登．普雷菲爾到她家吃午飯。」伊莉莎白說。

「他是來重啟我的 Wi-Fi，」喬伊絲說。

「當然當然，」朗恩說完又是一杯紅酒下肚。

「照片呢？」克里斯把話題又拉回了槍擊。

伊莉莎白舉起一根手指，然後開始在包包裡尋寶。「我手機弄丟了一陣子，但波格丹替我找了回來。」說著她滑起了手機裡的相簿，然後把東西遞給了克里斯。「喏，拿去，你們小倆口慢慢看。」

克里斯把手機舉在面前，角度微微偏向派翠絲那邊。他翻過了兩張照片，並偶爾會用兩隻手指捏住螢幕來放大細節。

「拍得很專業，」派翠絲說。

「我正要說！」克里斯表示。

「有眼光，跟我一樣。」派翠絲說著吻上了克里斯的嘴唇。唐娜翻了個白眼，咕噥著

「關起門再親好嗎」，但聲音故意壓低到只有喬伊絲聽得到。喬伊絲被呵呵逗笑。唐娜偷偷跟她擊了個掌。

「但現場真是慘不忍睹，」克里斯說。

「給我看看，」唐娜說著伸出了手。

「她老是這麼沒耐性，」派翠絲說。「死活不肯用輔助輪學騎腳踏車，也不肯戴臂環去學游泳。我們跑急診像跑自家廚房一樣。」

唐娜從她媽手中接過手機，開始滑起了相片。一看到兩具屍體，一個年輕女子跟一個老男人，她就兩眼直瞪而登出了周遭的對話。喬伊絲問起了小時候的唐娜是什麼模樣。朗恩在討酒喝。唐娜她媽在好奇戈登・普雷菲爾。這些照片拍下的是實情嗎？感覺哪裡不太對勁。在跟駕訓班教練約會時，他給她看了他上臂的一處中文刺青，她問他那是什麼意思。但他也不知道，他只是覺得中文滿好看就刺了。那時唐娜跟他還沒做第二次，也還沒有下定決心要送客，所以為了找話聊，她便拍下了刺青的照片，餵給了手機上的翻譯app，結果那句中文說的是「文字範例——訊息請於此處輸入」。

有時候事情只是做做樣子，乍看之下沒有問題，直到你換一個角度去觀察。唐娜擱下了手機。

「我知道妳應該已經想到過了，但妳真的百分百確定那是道格拉斯嗎？」

「是，」伊莉莎白說。「我是想到過了。那麼，我們要的監視錄影有消息了沒？」

「什麼監視錄影？」克里斯問了句。

門鈴響起。有人來到了喬伊絲家的門口。

第四十五章

「他說我行文拙劣，」史提芬說。「行文拙劣！」

「我知道，親愛的，」伊莉莎白說。此時是淩晨兩點三十分。多年以前，一個名叫朱利安．蘭伯特的男人寫了篇文章批評史提芬的一本著作叫《伊朗——革命之後的藝術》。那篇書評善者不來，來者不善。說到底他們對彼此本就是對手一般的存在。

「我要把他打到他媽都認不得。他跟誰借的膽子？」史提芬把兩手拍在穿堂牆壁上，力道還不小。史提芬至今仍是個高頭大馬的男人，但伊莉莎白從來沒有因為體型而害怕過他，難道她有朝一日會不得不如此嗎？日子一天天流逝，史提芬的心智也一點點消失。

「不要稱了他的心，親愛的，」伊莉莎白說。朱利安．蘭伯特死於二〇〇三年，一根水管被接到他汽車的排氣管，而車就停在他所租房屋的車庫，那時他已然歷經過一場怨不得別人而且又讓他傾家盪產的離婚。

「我何止要讓他稱心如意，」史提芬說。「我們去看看他被打趴在地上之後還有多會講，好不好？我的鑰匙在哪？」

什麼東西的鑰匙？伊莉莎白心想。車鑰匙嗎？早沒了。公寓鑰匙嗎？幾個月前就藏起來不讓他找到了。史提芬身上早就什麼鑰匙都沒有了。現在的問題是怎麼讓他冷靜下來？

「我剛想到一個不錯的主意，」伊莉莎白說。「你要不要先聽聽看再出門？」

「別想勸退我，伊莉莎白。蘭伯特找死很久了。」史提芬翻找起了一個個抽屜。「他媽的真該死，我的鑰匙放哪兒去了？」

史提芬向來不是個愛計較或壞脾氣的男人。他從來不會為了面子做傻事。那些都是你在他身上看不到，屬於軟弱男人的特質。他從來不覺得自己有必要為了證明自己而犧牲別人。

「我不是要勸你別去，」伊莉莎白說。「你說的我完全同意。誰汙辱你的書，就是汙辱你。而誰汙辱了你，就是汙辱了我。」

「謝謝妳這麼說，親愛的，」史提芬說。

「只不過，我在想你要不要把波格丹一起帶去？他可以開車載你。」

史提芬想了一下，點了點頭。「他在場，肯定可以把蘭伯特嚇得魂飛魄散，是不是？」

伊莉莎白掏出了手機。「我幫你打給他，寶貝。」

明明是凌晨快兩點半，波格丹卻第一響就接起了電話。

「喂，伊莉莎白。」

「喂，波格丹，史提芬想請你幫一個忙。」

「好，讓他聽電話，」波格丹說。伊莉莎白很想知道波格丹為什麼半夜兩點半還不睡。他神祕到讓人跳腳。明明有一雙訓練有素的耳朵，她卻連波格丹家的一點背景音都聽不到。

「波格丹？是你嗎？」史提芬說。

「是我，史提芬。有什麼我能做的？」波格丹說。

「有個傢伙，在肯辛頓[129]，還是康登[130]，我們得好好揍他一頓。」

「行，現在嗎？」

「你來了我們就出發。」

「好，我大概一小時到。你先養精蓄銳，好嗎？讓我跟伊莉莎白說。」

史提芬把電話遞回給伊莉莎白。

「謝謝你，波格丹，」伊莉莎白說。「你真的很夠朋友。」

「妳也是，」波格丹說。「希望妳能把他弄回去睡覺。」

「謝謝你，親愛的。是說你在忙什麼？」

「就一些有的沒的。」波格丹說。

「我聽到的那個背景音是什麼？」她問。

「我不覺得妳聽得到什麼。」波格丹說。

伊莉莎白翻了個白眼。「晚安，波格丹。」

伊莉莎白領著史提芬回到了床上，他已經比之前冷靜很多了。波格丹對人就是有這種效果。她說服不了史提芬脫衣服，但她說服了他蓋著棉被躺在她身旁。

「誰開槍殺了妳兩個朋友妳查出來了嗎？」他問。

伊莉莎白一把抓住改變話題的機會。「還沒，但我會的。」她知道線索已經握在她手中了。但那線索究竟是什麼？究竟在哪裡？

「那當然了，」史提芬說。「沒有人能從妳手中逃走。」

伊莉莎白露出了笑容，親了丈夫的臉頰。「至少你逃不出我的手掌心，是不？」

「不不，是妳逃不出我的手掌心，親愛的，」史提芬說。「我見到妳的第一眼就想好了天羅地網。」

他們會認識，是因為史提芬遞還了她撂下的一只手套，地點在一間書店外面，戲碼是一次戰術性的英雄救美。但伊莉莎白始終沒有告訴他的真相是，她當天稍早就已遠遠注意到他坐在長椅上，儼然就是她從來沒見過的美男子。於是她在途經長椅前時故意遺落了手套，而他也不出她所料的將之撿了起來。掉手套，這種沒有男人抗拒得了的老套。所以，沒錯，沒有人能從伊莉莎白的手中逃跑，他們只是自己不知道。計畫這東西，你永遠都應該準備好。

「他給我留了封信，」伊莉莎白說。「跟我說鑽石要去哪裡找。喬伊絲跟我按圖索驥找了過去，結果找到的只是另外一封信，跟我說我只要動動腦就會知道鑽石的位置。」

「他要妳別再打混了？」

「簡單講就是這樣。」

「妳第一封信是怎麼找到的？」

「我們人在一棵樹邊，樹在上頭的林子裡，然後他聊起了無人郵筒。」

「這對妳好像有點是送分題，」史提芬說。

伊莉莎白笑了。「馬後炮的話是啦。」

「他還說了什麼別的嗎？信裡有沒有什麼蛛絲馬跡？」

---

129 Kensington，倫敦西部的一個區。

130 Camden，倫敦市中心的地區名。

「要不要我去把信拿來？」伊莉莎白說。「我們可以一起研究看看？」

「好啊，就這麼辦，一定很好玩。要我去把水燒上嗎？」

「不，你在這躺好，寶貝。看要不要把鞋子跟外套脫掉就是了，讓自己舒服一點。」

「妳說得對，」史提芬說。

伊莉莎白把腳一甩下得床去，走到了書桌邊。史提芬的鞋子飛過房間，同時伊莉莎白拿著信件影本回到床上。她對著領帶還戴在脖子上的丈夫露出了笑臉。

他們一起把信讀過一遍，期間史提芬會穿插幾句眉批像是「諾桑比亞」、「記得萊伊的那個週末」、「竟然惹到黑幫」跟「永遠愛妳？這點你可就輸給我了，這位大哥」。

或許線索就藏在她視而不見的地方，伊莉莎白心想。她跟道格拉斯曾玩過一種很簡單的暗號，那就是藏頭信，信中每一句話的首字母可以串成一道訊息。他們會用長篇大論的情書互訴衷曲，但首字母連起來卻是別忘了蛋跟衛生紙要補貨。

道格拉斯會使出這麼簡單的招數嗎？就當是在致敬從前？應該不至於？

「我會說鑽石在萊伊的小木屋，親愛的，」史提芬說，「妳不覺得嗎？不然突然提到那裡豈不很突兀？」

鑽石不在萊伊的小木屋。伊莉莎白最先查的就是那裡。那裡已經在一九九五年被推土機剷平，原因是規劃中的外環道路要經過那裡。伊莉莎白再次拿起信，看看每句的首字連起來是不是道格拉斯留給她的訊息。她掃過了開頭的幾段。

是的，從頭到尾我都沒有片刻懷疑過妳，妳這聰明的小東西。**情**況告訴我妳一定會找到這封信。

沒有謊言，牌都攤開在桌上了，我多半應該為了偷鑽石一事、還有一手搞出這麼大的亂子，向妳賠個不是。**那**句話是怎麼說的，喔對，每個人都有個價，而事實證明我出賣自己的價碼是兩千萬鎊。**魔**力滿滿的那麼多錢，親愛的，就靜靜躺在那裡，看著我這頭年居退休的恐龍。**簡**直說吧，抵抗是沒有用的。**單**純如此的這個道理，妳懂吧？

一頭恐龍，還是留有幾手的。**力**氣弱了，我也還是有幾個年頭可活的。**殺**來殺去了這麼多年，剩下的日子我是真想好好把握。**白**天都沒事做的退休生活真的不適合我。

伊莉莎白笑了。算你贏，道格拉斯。有的時候她想得夠用力，還真的能想起她當初嫁給他是看上他哪裡。

「達令，」史提芬說。「妳記得朱利安．蘭伯特嗎，我剛想起他來。」

「沒聽過。」伊莉莎白說。

「我可能會約他吃個午飯。他剛離婚而且狀況很慘。應該去關心人家一下。」

喔，別離開我，史提芬，伊莉莎白心想。別離開我，別離開我，別離開我。

第四十六章

喬伊絲

我壓低了打字的聲音，因為客房裡有人。

客房永遠保持在整理好的狀態，我就怕喬安娜會突然跑來。頻率雖然不高但還是偶爾會遇到。自從她的公司接手了丘頂的開發案後，她就突襲式來訪了幾回。她上次帶我上去看了工地，我安全帽不戴還不行。我就這樣戴著安全帽去敲了伊莉莎白的門，因為我想讓她好好恥笑我一番，但可惜她不在，於是我又跑去敲了朗恩的門，而很幸運地他在。喬安娜幫我跟朗恩照了張相。我把硬頂安全帽戴著，而他則伸出一隻手指指著。那照片在臉書上的某個地方，你想看的話可以去找。我應該把照片貼到ＩＧ上！

客房的枕頭是喬安娜送我的聖誕禮物，因為她說我的枕頭太薄了。她原話說的是我的一個枕頭太薄，兩個又太厚，好像我在故意找碴一樣。好像我跑去BHS[131]翻了個遍，就是專門在找適合的枕頭來激怒我的女兒。房裡還有一支懷特[132]他們家的蠟燭是她母親節買給我的。我把客房裡擺滿了她送我的禮物，她應該就沒什麼好抱怨了吧，至少理論上是這樣，但實務上她總是能在雞蛋裡挑到骨頭。

上一次從倫敦下來時，她念了我一頓，她說我的活動式百葉窗葉片應該往下扳而不該往上扳。她這麼一念，就像最後那根稻草壓垮了我這頭駱駝的背。我跟她說了我已經想說很久的話，那就是我好像怎麼做都不對，然後她說她有同感。我叫她別胡說，還問她這話是什麼意思，而她說這個嘛，媽，我覺得我永遠都不是太胖就是太瘦，不是遇到錯的男人就是跟對的人分手，還有我到底應該把頭髮盤起來還是放下來，我究竟是工作狂還是假太多，我廚房的油漆顏色到底有沒有選錯。這些話還真打中了我的痛處，我有時確實就是那個樣子。但我決定把事情問清楚，於是我站穩了立場對喬安娜說，我挑剔是因為我在乎，是因為我愛妳，而她說所以妳愛妳女兒的方式就是跟我說我太胖？而我說我就覺得妳沒有過重的時候比較開心啊，所以我才好聲好氣提醒妳，但她說或許她很清楚自己什麼時候過重，或許她不開心是因為她媽哪壺不開提哪壺？她這點說得沒錯，所以我說我就不常見到妳嘛，那我只好每次見面就全部擠在一起說啊，然後她說好啊，原來問題就是這麼回事嗎？都是我不夠常過來看妳的錯？到了這個份上我們都吵到沒有台階可下了，所以我只好放大絕說我無條件愛她，而她說我無條件愛她是當然的啊，因為洗腦我的文化就是要我無條件愛她，她說她偶爾會希望我能真的喜歡她這個女兒。而我說寶貝我很喜歡妳啊，是妳不喜歡我，我的生活對妳來說太狹隘了。我會讓妳想起那個妳為了出人頭地而必須改變的自己，而她說喔，所以我是個騙人的假貨囉，是不是？我說當然不是，我非常以她為榮，她這時看向我，說她也非常以我為榮。我問她以我為榮什麼，結果她說我為人敦厚、睿智，又勇敢，我也說她聰明、漂亮又有我永遠達不到的成就，話說到這我們一起哭了起來，然後又抱在了一起。我告訴她我愛她，她也

131 British Home Stores的縮寫，英國的大型居家用品店。

132 The White Company，英國的另外一個居家用品品牌。

跟我說她愛我。我們擦乾了淚水，整理了一下儀容，然後她拉起了百葉窗的繩子讓葉片角度朝下，然後去幫我泡了杯茶。

但有一點，我很欣慰自已生的是女兒而不是兒子。至少我見得著她。

所以我們今晚見著了克里斯的女朋友。她另外一個身分是唐娜的媽媽，很難相信吧？重點是她落落大方，這點倒沒讓人失望，而且還是個老師來著，此時是她的期中假。我對他們的未來有著高度期望，但那或許是因為我生性浪漫，浪漫的人就是會想看到人修成正果，畢竟那樣比較有趣。

道格拉斯跟帕琵的死成了我們共同的話題。唐娜與伊莉莎白所見略同。我們真能徹底確定那具屍體是道格拉斯嗎？我是說，我人也在現場，就我看到的狀況，我可以發誓那就是道格拉斯，但這仍不失為一個有趣的提問。可惜的是這個問題的解決還得再等等，因為此刻我的門鈴響起，門後出現的是帕琵的母親，席芳。

她之前去了趟戈爾達明——「心臟病」[133]，我脫口而出——在那兒指認了遺體。那有多慘我連想都不敢想。她在那裡待了兩天，跟葬儀社、五處的人資，還有律師討論了帕琵的後事，每一樣都相當複雜，事後他們原本想派車送她回家，但她說要來這裡。我想是因為帕琵給了我她的電話，所以她知道帕琵信任我們。而或許她想要跟帕琵生前信得過的人聊聊。她有不少時間都在蘇·里爾登與蘭斯·詹姆斯身邊，或許她心裡有一些那兩人無法回答，或者答了但答案無法取信於她的問題。

你看得出來她受的打擊很大，所以我們的共識是隔天早上再重新集合。她收集到了每個人的安慰與擁抱，而我則替她準備了橡膠的熱水袋當暖暖包。

我聽得到她翻來覆去無法睡著；我本來就不期待她能睡得多好。但我倒是忘了問她早餐想吃什麼，那不然我就一早跑趟店裡把東西都買齊好了，有備無患嘛。

說起期中假，朗恩的外孫這幾天在古柏切斯作客。朗恩的女兒蘇西在旅遊業上班，這回要去加勒比海參加會議。是說什麼會能開到加勒比海？

她先生丹尼——你叫丹尼爾會把他惹毛——會跟她一起去，算是忙裡偷閒，但不太有人清楚他在忙什麼就是了。他會做西裝打扮但不打領帶，這能告訴我們什麼嗎？朗恩一把抓住了這個可以跟肯德瑞克爺孫相處的機會。我們上回見到他，他是個很討人喜歡的孩子，那就希望他能繼續討人喜歡下去吧。小男生大概可愛到十二歲，魔力就會耗盡了，所幸大部分遲早又會找回男人的魅力。

133 Snap，一種「心臟病」系的撲克牌遊戲，比誰看到同數值的牌能先喊出「心臟病」，英文版喊的是snap，因而得名。

第四十七章

「伊博辛叔叔，你說哪一個比較好，猴子還是企鵝？」

「企鵝，」伊博辛說著拍了拍床邊的座位。肯德瑞克坐了下來。

「喔，好，阿公說他不知道。為什麼企鵝比猴子好啊？」

伊博辛放下手上的報紙。「肯德瑞克，你知道我喜歡你什麼嗎？」

肯德瑞克搖了搖頭。「我完全不知道。」

「我喜歡你問的問題都很好。這沒有很多人能做得到。」

「為什麼他們做不到？」肯德瑞克問。

「你看是不是，問得好，」伊博辛說。「是這樣，企鵝比猴子好是因為『企鵝』是一個很明確的詞彙，而『猴子』則非常不明確。我們提到猴子，不同人會想到不同的東西，或許有人的腦海會浮現出山魈，也就是彩面狒狒，也許有人會想到狨猴[134]，又叫拇指猴，相對之下你若提到企鵝，我們想到的都是同一個東西。文字是非常重要的，這一點大多數人都沒有意識到，而愈是明確的文字，我們就認為它愈好。」

「但現實中的企鵝跟現實中的猴子，還是企鵝比較好嗎？」

伊博辛思索了一下，「動物之間沒有誰比誰好。我們都只是一群原子壓縮出來的東西。人類也不例外，樹也不例外。」

「老虎也不例外？」

「老虎也不例外。」

肯德瑞克點起頭。他則重新回到了填字遊戲上。

「你在做什麼？」肯德瑞克跳著在問。「是猜謎遊戲嗎？」

「這是填字遊戲，」伊博辛說。

「填字遊戲無聊還是不無聊？」

「都有一點吧，」伊博辛說。「我就是喜歡它這一點。」

朗恩站起來伸了個懶腰。「我這就要去一趟店裡，伊博辛，要幫你帶個冰淇淋嗎？」

「不用，謝了朗恩，」伊博辛說。

「沒人要吃冰淇淋，好咧，」朗恩轉身就要出門。

肯德瑞克緊緊抿著嘴唇，發出了微弱的一聲。朗恩於是一個轉身。

「你怎麼了，肯德瑞克？」

肯德瑞克繼續閉著雙唇，語焉不詳地咕噥著「嗯哼」聲。

「你沒有什麼東西想要嗎？一些雞蛋？洗碗刷？馬桶魔術靈？沙丁魚？」

肯德瑞克搖頭。

「你確定嗎？我反正是要去一趟店裡。整瓶的威士忌？一顆包心菜？你要的話我可以送你一顆包心菜，如何？」

肯德瑞低下了頭。「不用了，謝謝你，阿公。」

朗恩笑著抱起了外孫。「要不然來點冰淇淋？」

肯德瑞克抬起頭來。「真的嗎？」

「你在放假不是嗎，肯尼。不來點冰淇淋算什麼放假。」

「你剛剛只是在逗我嗎？」

「我剛剛只是在逗你。」

「那我可以要一個龍捲風[135]冰棒嗎？我住基斯阿公家的時候吃過一根。」

基斯阿公。那個老騙子。你賣二手車是買不起那麼大的房子的。而且那傢伙還是米爾沃[136]的球迷。還有，肯德瑞克是什麼時候去住基斯阿公家的？蘇西竟然完全沒跟我提。她跟丹尼感覺在玩什麼把戲。

「我跟你說，你可以吃兩個。」朗恩說，然後把高興到扭來扭去的肯德瑞克放了下來。

「我從來沒有試過一次吃兩支龍捲風。」

在窗外，朗恩看到了喬伊絲走在席芳的身邊。那是帕琵可憐的母親，她是昨天晚上跑來的。朗恩知道他唯一應該對席芳有的感覺是同情，但實際上他想的是她也太美了吧。但還是先等個一星期吧，他想。他真的不介意試試自己的手氣。也許等葬禮結束後？

他把肯德瑞克留給了伊博辛顧，一老一小都很開心。他在套上大衣時還能聽到伊博辛說話。

「平行四邊形[137]的另外一種說法是？兩個字？」

「我想不到平行四邊形還有別的說法，」肯德瑞克說。

「也許你是對的。」伊博辛說。

朗恩推開前門的瞬間笑了。他是怎麼混到這麼個好外孫跟好麻吉的？也太走運了吧。

135 Twister，英國一種漩渦狀的雙色冰棒。

136 Millwall，英國足球界屬於英冠的球隊，英冠次於英超，是屬於第二級的聯賽。

137 Parallelogram，平行四邊形中四邊等長且對角線夾角為直角者為菱形。

第四十八章

派翠絲今早離開了。他們叫了輛去車站的計程車，大家哭成一片，就連她都被逼出了一兩滴淚。公寓一下子變得非常空虛，克里斯的一顆心也空掉了。

伊莉莎白跟俱樂部的大家都被派翠絲收服了。在往外走的時候，喬伊絲小小聲說：「喔，克里斯，她是從你夢裡走出來的吧」，而朗恩則對克里斯豎起了大姆指說：「年輕人，晚上替我好好照顧她。」

克里斯餓了。

這星期稍早他切起了一堆彩椒，就像他看人在《廚神當道》上做過的那樣。他備齊了一顆紅椒、一顆綠椒，還有一顆黃椒。他一直知道超級市場有一包包三色的綜合彩椒可以買。他這輩子已經從那些彩椒面前走過了成千上萬遍，任由彩椒用它們的健康嘲笑在前往派與義大利麵走道途中的他。

他明天就要恢復上班。希望能抓到康妮．強森。有個小組會從倫敦南下「幫忙」。

克里斯一直以來的夢想就是成為一個能夠去買紅黃綠椒的男人。那種會出於自願去買花椰菜或蘿或甜菜根的男人。對克里斯來說，超市中屬於果菜區的走道是他會去買香蕉跟偶爾一包菠菜的地方，其中菠菜是用來放在籃子的上面，免得他會不小心撞見認識的熟人。人都會去看你的菜籃，是吧？克里斯想要假裝他買菜像個大人，吃飯也像個大人。只要把奇巧巧克力棒藏到菠菜的下面，就可以掩人耳目。

克里斯回想起那天，特易購的一名收銀員在幫他買的東西刷條碼。就在刷過了巧克力、洋芋片、健怡可樂、香腸捲之後，那個收銀小姐抬頭看了他一眼，並笑著對他說：「這是怎麼回事，親愛的，要幫家裡的小朋友慶生嗎？」從那之後克里斯就都改用自助結帳了。

他跟派翠絲去採買過食材了。派翠絲問他有沒有下過廚，炒過菜，克里斯騙她說有，但派翠絲說她到處都沒有看到中華炒鍋，至此克里斯才承認，不，他沒有炒過菜，但他一直有這個想法就是了。

他們去了市場，不是超級市場，而是真正意義上的市場，並在那裡買了一點這個跟一點那個。看著派翠絲向一名身穿圍裙的男人問起覆盆子產地，克里斯只覺得自己終於有點人樣了。他們就像廣告裡的一對佳偶。克里斯巴不得趕緊有人來看見他。「什麼，這個？喔，沒有啦，就我跟女朋友來買點豆芽菜。」

這個地方變得空虛，是因為少了派翠絲，少了她在筆電前上著線上瑜伽課結果直接睡著在客廳的地板上。有個會上網學瑜伽的女友，理論上人生已經夫復何求，但比這更完美的是有個樂於午後在家睡大頭覺的女友。克里斯對這一週假期的結束非常抗拒。週一派翠絲就會回到位於南倫敦的學校。他們會變回用Skype通訊跟在不同房間看同一台電視的遠距離情侶。

想起在車庫前盯梢時的三餐，他的心就一沉。派翠絲一走，他就會回到以前的生活嗎？他想起了昨晚。

克里斯淋了一圈椰子油到炒鍋上。椰子油是他們新買的，鍋子也是。而等他把一切真相都向派翠絲老實招認之後，他們就連砧板、菜刀、海鹽跟黑胡椒也都得新買了。原來一趟購物可以讓人天旋地轉到這程度。

只見一個五十一歲的男人把彩椒與豆芽與青蔥與豆腐（關於豆腐又完全是另外一個故事了）丟進鍋裡，耳邊傳來在電視上聽慣了的滋滋作響。他掉下了眼淚。這是所為何來？他是在哭這些年的深夜裡獨享的外賣晚餐嗎？是在哭那些零食、那些用空洞脂肪與熱量堆砌出的麻木紓解、那些在沙發上沒有人可以擁入懷中的漫漫長夜與無盡年月嗎？而如今他眼前卻是各種繽紛的色彩、各種撲鼻而來的香氣，還有那完全不值得大驚小怪，日常到不能再日常的感覺。

克里斯上次照顧別人，乃至於照顧自己，都已經是很久以前的事了。他由著眼淚在熱炒的霧氣中流淌而下，滴進了鍋中。

隨著第一滴淚水在鍋中爆出聲響，一雙玉臂纏上他的腰際，那是醒來了的派翠絲。他轉過身，她則仰頭給了他輕輕一吻。

「你要站得離鍋子遠一點，才比較不會被燻哭。」

「原來如此，」克里斯說。「妳的瑜伽課怎樣？都做完了嗎？」

「嗯，」派翠絲說。「課程有點硬就是了。」

她撐起自己坐到了流理台上。克里斯意識到他曾在電影裡看過女人開懷地坐到流理台上，沒想到如今這一幕竟能活生生在他的廚房裡上演。這個睡眼惺忪的可愛女子，就這樣棲於他的流理台上，一副很開心的模樣。

「所以，你愛上我了嗎？」派翠絲笑著說道。

「那還用說，」微笑的克里斯吻了她一下。

「那就好，」派翠絲說完跳下了流理台，「我去拿碗。」

克里斯的心思回到了鍋上。他別過頭，不讓如今埋首碗櫃在找碗的派翠絲看見。眼淚再次湧了上來，而且這一次更加來勢洶洶。他這是怎麼了？不過就是炒個菜嘛，克里斯。炒個菜，然後有個女的坐上流理台而已。

就在這時他意識到了。意識到了？還是突然懂了？沒關係這不重要，重要的是在那一瞬間他明白了，沒錯，他愛上她了。

喔，天啊，是了。但同時也，喔，天啊，不會吧。

在某個點上，他會不會得真的告訴派翠絲呢？還是或許她可以自己心領神會。

克里斯拭去了眼角的一滴淚珠。一片離家出走到他手指上的辣椒讓他一瞬間痛苦難耐，那些什麼愛啊幸福啊丟臉啊脆弱啊恐懼啊興奮啊的種種翩飛思緒，暫時都得給他排到後面去。

至少他不用再解釋自己在哭什麼了。

派翠絲在的時候，日子比較容易過得健康；一切感覺是如此輕鬆寫意。吃水果、喝無糖低卡版的舒味思通寧汽水[138]，不吃肯德基。

但一個個沒有她的夜晚就比較難熬了。而克里斯．哈德森可不打算一個人水煮花椰菜來吃，那感覺有點怪。吃塊餅乾可以嗎？就一塊？或許他可以來點巧克力，如果只是那種主打健康訴求的店裡有賣的黑巧克力？那麼難吃，肯定很健康好嗎？

---

138 Schweppes Slimline Tonic，英國碳酸飲料品牌。

伊博辛跟他說過堅果對人的健康很好，所以現在克里斯卯起來吃。

線該畫在哪裡呢？

現在已是無處不外送的時代。不光是餐廳，雖然那已經夠糟糕了，而是連本地的商店都是。最多十分鐘，克里斯就可以在門口收到品客洋芋片跟雀巢Aero氣泡巧克力球。

他又吃了一把核桃，嚼得很不甘願就是了。也許他會再來杯花茶？或者來訂條特趣[139]巧克力算了。一條特趣是能多恐怖？還是說來個兩條，畢竟特趣那麼小條？

也許來個咖哩？但把搭配的印度脆餅換成某道青菜？

不要再想著食物了。想想工作吧。萊恩．貝爾德的聽證會就要開了，要取勝應該不難。

想想康妮．強森。她有露出什麼破綻嗎？想到她被那輛Range Rover載著在費爾黑文到處跑，好像沒人能奈她何的樣子，他就很不爽。

克里斯家門口的對講機響起，九點四十五。這時來作客，好像晚了些。

第四十九章

嚴格說起來，這不是約會。

她跟一名從倫敦下來的探長已經出了一整晚的盯梢任務，兩眼一直鎖定的是康妮．強森的出租車庫。唐娜寧可跟克里斯搭檔，而在她媽已經回到南倫敦的此刻，她的這個願望很快就會實現。

車庫這邊沒有什麼異狀可通報：幾個騎著腳踏車的少年來來去去。沒看到新面孔，也沒看到康妮。唐娜有點希望等著等著可以看到萊恩．貝爾德騎著腳踏車出現在車庫的門口，但也許他在出庭之前會盡量保持低調。

康妮對他們瞭若指掌，這點不在話下。但如果她跟克里斯可以克服萬難逮住她，那勳章跟升遷也絕對不是夢想。

這位探長是從倫敦下來支援兩週的小組成員之一。康妮．強森很受警方重視，所以才有這次增援。他此時正坐在她的對面喝著瓶子裡的啤酒（我不需要玻璃杯子，酒已經在玻璃裡了）。他是整個支援小組中唯一的單身漢，如果唐娜在臉書上的地毯式搜查可信的話。

探長名叫喬登，也可能叫傑登。但既然甜點都要上了，現在想問是哪一個好像太遲了。她已經叫了他一晚上的「長官」，他好像也可以接受。至此她已經探得他一次也沒看過英國

139 Twix巧克力品牌。

烘焙大賽[140]，因為那是「無聊至極的垃圾」，但同時他又認為5G手機的基地台是政府的陰謀，而且跟癌症有關。他認為我們最最起碼應該要有所警覺。

他應該有三十五或者四十，只能說這個年齡層的男性不好判斷。他看起來手臂應該挺壯，而光這一點就足夠讓她答應在值班結束後到黑橋來共進晚餐。天啊，她是有多寂寞。她就要滿三十了，身邊的人不是婚後攜手登出朋友圈，就是消失不見。卡爾作為她的前任已有了未婚妻，還真是一點時間都不浪費。但他可是個說過「我需要空間」跟「寶貝我還沒準備好定下來」的男人。他現在的未婚妻是個鞋類的網紅，而不是什麼警察，至於他們預定的結婚地則是杜拜。

所以唐娜來到新市鎮，成了那個新來的女孩。一個年輕黑人女性身處於一個濱海城鎮，讓她自覺是個不受歡迎的異類，而她既不想被討厭也不想當異類。「那妳老家在哪裡？」「南倫敦。」「不，我是說妳真正的老家在哪裡？」「喔，這個嘛，我真正的老家是斯特里薩姆[141]。」

那是一個連鎖藥妝店Boots裡找不到妳要的粉底色號，想弄頭髮至少要跑到布萊頓才能安心的城鎮。當然這些不方便都不要命，但對於她想要消除寂寞也都沒什麼助益。

但你總是要盡量把爛牌打好，也不能都不跟五十歲以下的人社交，於是就有了眼前這個很難講他在外面的名聲怎樣，但在她眼裡好懂得不得了的男人。拚出全力，唐娜。

「我實在很難相信你們還沒把她抓起來，」這個手臂可能很強壯的探長說。

「康妮很精明，」唐娜說。

「精明，或許對小地方來講是吧，我想，」探長說。「但倫敦可不是小地方。你們運氣不錯，我跟救兵這不就來了。」

「可是你們也還沒把她抓起來。」唐娜說。這麼說還不算太過分吧，她想。

「倫敦有倫敦的節奏，親愛的，那是一種不同的脈動。」

「我知道，」唐娜說，「我也是倫敦人。」

「妳必須要住在那裡，真的。才能將之吸收進去。我是說那種大城市的狠勁。」

「我說過了，我是土生土長的倫敦人。你老家又在哪裡？」

「海威科姆[142]，」探長說。

「還真是非善類的地盤。」唐娜說。

「妳是在開我玩笑嗎？」探長說。

「不敢，我只是在找話聊，」唐娜說，「歡迎加入。」

他的眼睛好看嗎？嗯，顏色還不錯啦。這可以加點分。

「對了我住在旅客之家[143]，跟妳說一聲，」探長說著看起了手錶，假勞力士，毫無疑問是從某間證據庫中「借」來的。

唐娜點頭。所以今晚如果不想孤家寡人，她就得去旅客之家跟人上床？好吧她認了。那

140　Bake Off，英國很受歡迎的烘焙比賽節目。

141　Streatham，倫敦南部的一區。

142　High Wycombe，倫敦西部位於白金漢郡的城市名，人口只有十二萬多，治安好到不行。

143　Travelodge，英國最大的獨立商旅業者。

就買個單，順路買瓶酒，然後把該做的事情做一做吧。就當是醉生夢死一下，省得一直記著她媽媽跟上司在那邊共浴愛河。

「妳的上司呢？」探長說。「克里斯．哈德森？他好像不太值得期待？」

「我是你就不會低估他，」唐娜說。說話小心點，你快踩雷了，喬登或傑登。

「他在倫敦恐怕連一秒都撐不了，」探長說。

「撐不了嗎？」唐娜問。

「撐不了，不要說抓人了，他恐怕連新冠肺炎都抓不到[144]，那種傢伙。」

好，爆了。唐娜今晚還是不去旅客之家跟人上個注定會失望的床了。她才不想讓這個莫名其妙的傢伙覺得自己很行。是說她到底幹嘛來吃這頓飯？她圖什麼？服務生送來了帳單，這個平凡無奇的探長在千不該萬不該汙辱了她最好的朋友後，看了單子一眼。

「我們一人一半，妳不介意吧？」探長說。「另外妳加點了酒，所以……」

「當然，長官，」唐娜說著拿起了包包。她得想想辦法改變一下自己的人生。事實上她完全知道自己該找誰聊聊。伊博辛。

她剛把費爾黑文車站的監視錄影寄給了他。他應該不介意她找時間去看看他吧？

唐娜不需要治療，但她不排斥跟剛好是心理治療師的朋友促膝長談。

她的手機響起。是克里斯傳來的簡訊。

第五十章

克里斯．哈德森走到牆邊接起了對講機的話筒。

「哈囉，」恐怕是跟冰淇淋業務員約會完覺得慘不忍睹的唐娜打來的吧？

「嗨，克里斯，是我，」一個跟誰都對應不起來的女聲說了話。

不是唐娜。

「ＯＫ，」克里斯說，「還有別的提示嗎？」

電話裡的女聲笑了。「我跟你說過我知道你住哪裡啊，傻瓜！」

克里斯僵住了。康妮．強森。

「妳要開門讓我上去嗎？我有事要跟你討論一下。不會太久。」

克里斯壓低聲音咒罵了一聲，然後按開了樓下的門。這會是跟什麼有關係呢？他很快打了封簡訊給唐娜。

康妮．強森在我公寓。我若十五分鐘後未報平安，派巡邏車來。

克里斯環顧了四周，確認了公寓還算看得下去。而答案當然是肯定的，因為他為了派翠

144　英文裡抓人跟感染疾病都可以用catch。

絲把公寓整理得人模人樣，並且還沒有時間去把一切搞砸。門後響起了敲門聲。克里斯深呼吸了一下，打開了門。

「哈囉，克里斯，」康妮・強森說。

克里斯沒有應聲，但領她進了門。

「嗯，還不錯嘛，是不？」康妮邊說邊打量起公寓。「不大，但挺不賴。」

「嗯，誰叫我不賣古柯鹼給小孩呢，那就只負擔得起這裡囉，」克里斯說。

「好喔，德蕾莎修女，」康妮說著在克里斯的沙發上坐了下來。克里斯抓了一把餐桌椅，放在她對面，也坐了下來。

「妳知道自己是在玩火吧？」克里斯說。「這樣跑來現役警官的家裡？」

「這個嘛，」康妮說。「你就這樣讓我上來也不遑多讓啊。你這兒有什麼可以喝的嗎？」

「沒有，」克里斯說。他這說的基本上是實話。

「沒有就算了，」康妮說。「我就不拐彎抹角了。你知道多少？」

「關於妳嗎？」

「正是。」康妮說。

「我知道妳殺了安東尼奧兄弟，我知道妳有一輛Range Rover，我知道妳很聰明，但還沒有聰明到可以逍遙法外。所以我說什麼也不會放棄。」

「嗯，」康妮又開了口。「首先呢，你說的我不予置評。至於第二嘛，我覺得你人也挺聰明的。很多人這樣說。」

「我不聰明，」克里斯說。「我比妳聰明，但跟一般人比我還好。」

康妮點了點頭。「也許吧。要找到你的住處著實不難。」

克里斯聳了聳肩。「跟蹤人回家何難之有，康妮。」

「確實，」康妮同意。「跟蹤你到這裡不難，跟蹤唐娜・德・費雷塔斯到巴納比街十九號也不難。對了她今晚跟人約會去了，在黑橋。」

克里斯笑了。「這裡可不是學校的操場任妳放肆。我們是費爾黑文的警察，我們以費爾黑文為家。要追蹤我們不是難事。但如果妳想要嚇唬我們，那這點程度還遠遠不夠。妳不敢碰警察一根寒毛，這妳心裡應該有數。」

「我是不敢，」康妮說。

「那妳想幹嘛？」

「這個嘛，我不想幹嘛。我只想說作為一個生意人，我不可能無止境地容忍你們伸頭探腦妨礙我做生意，我也是有極限的。」

「是嗎？」

「是的。偷拍我客人照片什麼的。我已經快受不了了，所以，就當我是個朋友給你點忠告，你最好別再輕舉妄動。」

克里斯點頭。「當然，畢竟妳都知道我的住址，也知道唐娜的住址了，不是嗎？我嚇死了。」

「這只是個好意的警告，」康妮推著自己從沙發上起身。「你要是不擔心，那就當沒這回事就是了。」

「謝謝，我會的。」克里斯說著帶她到了門口。

「不好意思我這麼晚跑來，」康妮說。「我的作息比較怪一點。喔對了，她還真是個大美人。」

克里斯原本已經準備好要一送她出去就把門關上，但一聽她這麼說卻身體一僵。

康妮笑了。「你終於找到幸福了喔，我這麼說你不介意吧。我想你應該已經想她想到不行了吧？你在這裡，而她卻遠在北邊的南倫敦。」

「妳想都別想，康妮，」克里斯說。

「想什麼？」康妮反問。「我只是說斯特里薩姆離這裡很遠，怎麼了嗎？」

「康妮，我不跟妳說笑，妳還沒有聰明到可以這麼幹，妳還是懸崖勒馬吧。」

「我或許不夠聰明，」康妮笑了，「但我相當危險，或者可以說很難預測，而這已經是很客氣的說法了。跟蹤你回家雖由我親自出馬，但我想跟蹤派翠絲回家的事自有人代勞。」

「出去，」克里斯說。

「我已經站在門外了，傻瓜。」康妮說。「我保證會替你好好看著她，不讓她亂搞。她是真的非常漂亮。我猜她一定讓你神魂顛倒吧。所有頂級的女人都能做到這樣。」

康妮最後給了他一個飛吻，而克里斯則狠狠把門一甩，背靠在門上。快想，快評估風險。要告訴派翠絲康妮撂下的狠話嗎？叫她出入要小心？注意身邊的Range Rover？犯得著這樣嚇她嗎？為了什麼，就為了一些業餘的裝模作樣？天啊！那真的只是做做樣子嗎？康妮究竟有多難以逆料？他可不可以——

克里斯的手機響了。打來的是唐娜。他交代的十五分鐘到了。他知道這電話自己非接不可。

「狀況解除，」他說。

「她想幹嘛？」唐娜問。

要跟唐娜實話實說嗎？克里斯做了一個決斷。他希望自己的判斷是對的。

「她只是想威脅威脅我。還有妳。主要是讓我知道她有我們的住址，叫我們別逼她逼得太緊。」

唐娜不禁笑了。「她覺得我們會怕她？」

「我也笑著打發了她。叫她放馬過來。」

「就這樣？」唐娜說。「就這種業餘的恐嚇？」

「是，不好意思讓妳擔心了。」

「跟我客套什麼。你沒事吧？要不要我過去陪你一下？我們一起看一集《黑錢勝地》[145]。」

克里斯拉開一個廚房抽屜，看著被派翠絲整整齊齊收好的外送菜單。

「不了，我該睡了。妳晚上過得還好嗎？」

「就跟那個從倫敦大都會警局來支援的傢伙一起盯梢啊。叫傑登來著？還是喬登？」

「是強納生，」克里斯說。「那我們明早見。」

「晚安，隊長。」唐娜說。

克里斯又看了一眼菜單。此時他為了咖哩可以不擇手段，但他還是狠狠關上了抽屜。

如果連你自己都不愛自己，那又有誰會愛你呢？

145 Ozark，Netflix上的犯罪類影集。

第五十一章

伊博辛靠躺在床上，床邊桌上有一支雪茄跟一杯白蘭地，至於他的筆電則打開在他面前。他點開了唐娜傳來的監視錄影檔。你想在古柏切斯找到一個跟伊博辛一樣懂資訊科技的活人，會需要走很遠。真的很遠。

「那麼，你聽清楚了，」伊博辛說。「道格拉斯跟帕琵被殺是在二十六日的下午五點之前，所以我們只需要從那時開始看，看到伊莉莎白跟喬伊絲在星期四去檢查置物櫃的時候就行了。也就是從案發算起的大約三天份。」

「ＯＫ，」肯德瑞克說，然後把頭挨上了伊博辛的肩頭。

「要不我在我的筆電上看二十六號，你用你的 iPad 看二十七號？」

「沒問題。」肯德瑞克說。

「那你要是看到誰在開五三一號櫃，就喊一聲。」

「ＯＫ，」肯德瑞克說。「嗯，我不會喊啦，我會跟你說就是了。」

「好計畫，」伊博辛表示同意。「還有我們可以邊看邊聊天。」

「免得我們太無聊！」肯德瑞克說。

「沒錯，」伊博辛說著開啟了檔案。他最快能用八倍速播放，而置物櫃營業時間是早上七點到晚上七點，所以他九十分鐘可以看完一天，加上肯德瑞克就可以九十分鐘看完兩天。也許對八歲的孩子這不是最適合的工作，但這年頭的孩子也實在太嬌生慣養了。

「我開始看我的部分了，」肯德瑞克說。「我們該聊什麼呢？」

伊博辛看著螢幕上的黑白畫面。鏡頭中可以看到整條置物櫃走道。就算是以八倍速播放，螢幕上也還沒看到半個人進出。「學校怎麼樣？」

「嗯，還可以，」肯德瑞克說。「你知道古羅馬人嗎？」

「略知一二，」伊博辛說。一名背包客正把她的包包塞進走道靠裡面的置物櫃。

「你最喜歡的羅馬人是誰？」肯德瑞克問。

「我最喜歡的羅馬人？」

「像我最喜歡的就是布魯特斯[146]。剛出現了一名清潔人員但她沒有偷東西。」

「我想我喜歡小塞內卡[147]吧，」伊博辛說。「他是斯多噶學派中最偉大的哲學家。他非常善於提出全盤的理論，但也總是設法提供實質的建議。他認為哲學不是一部神聖的經文，而是一帖治病的良藥。」

「喔，太好了，我們還沒上到他，」肯德瑞克說。「恐龍裡哪一種最棒？劍龍嗎？」

「是，這點我們所見略同，肯德瑞克，」伊博辛說著暢飲了一口白蘭地。

「他們踢你的地方還會痛嗎？」肯德瑞克問起，但眼睛仍緊盯著錄影畫面。

「我跟其他人說不痛，」伊博辛說。「但其實會，而且很痛。」

「他們應該知道吧，」肯德瑞克說。

146 Brutus，85-42 BC，羅馬共和晚期的一名元老院議員，組織並參與了對凱撒的刺殺。

147 Seneca the Younger，1(4)-65，古羅馬哲學家，亦從事劇作、自然科學與政治等事務。

「他們應該知道，」伊博辛說。「但聽我親口這麼說的只有你。」

「謝謝，伊博辛叔叔，」肯德瑞克說。「有人剛從另外一個櫃子拿出一個箱子，但只是很無聊的東西。他們踢你的時候你有感覺嗎？你害怕嗎？」

「很好的問題，」伊博辛說著，然後只見一個穿著西裝的男人把公事包放進某個置物櫃，接著把領帶也脫了塞進裡面。顯然是丟了工作但還沒跟太太說。「我記得我很害怕，然後我記得感覺自己就像掉進洗衣機裡。那很傻，是吧？」

「不會啊，」肯德瑞克說，「如果是你的真實感覺那就不傻。」

「然後我知道自己可能會死，我記得這點。然後我就想說死啊，好像也沒關係，但這麼個死法感覺不太公平就是了。然後我就想說，要是我先知道會這樣就好了。」

「嗯哼，」肯德瑞克說。

「然後我想起了你的阿公，也想起了喬伊絲跟伊莉莎白，我知道我會想念他們，也知道他們會想念我，然後我就想，我希望自己不要死掉，我希望自己最後能沒事。」

「我很高興你沒有死，因為你要是死了，我們現在就不會在這裡做這個。」

伊博辛點起了雪茄。

「如果是我要被殺了，我也會想起阿公，加上現在我還會想到你。然後我會想到學校裡的柯迪，還有梅莉莎，還有教我們的華倫小姐。當然主要我會想起我媽媽。哇，你那支香菸還真大！你不應該抽菸，你知道嗎？」

伊博辛抽了一口煙。「大部分時候我都照別人說的去做，那樣人生比較輕鬆。但偶爾我會不照著別人說的去做。」

「我也是，」肯德瑞克說。「有時候我會熬夜，但馬麻不知道。」

「你不會想到你把拔嗎？」伊博辛問。「快死的時候？」

肯德瑞克思考了一下。「我覺得他可能會生我的氣。」

伊博辛點頭並偷偷把這件事放在心上。「我也沒想到我爸。」

「你現在沒有把拔了吧，伊博辛叔叔。他要是還活著應該有一千歲了吧。」

這對哥倆好投入了工作一會兒。伊博辛看見七八個人走進走道，但都停在其他櫃子前，而肯德瑞克這邊也差不多。沒有人碰過五三一號櫃。兩人偶爾的交談非常輕鬆，伊博辛發現肯德瑞克最喜歡的數字是十三，因為他覺得它很可憐，而肯德瑞克則出了各種行星的題目問伊博辛。最大的是木星，最棒的是土星（不是地球嗎？地球不能算啦！）。螢幕上的時間持續跳動，速度是他床邊桌上的時鐘的八倍。又一名清潔人員在一天的尾聲出現，然後兩天份的錄影就看完了。

「好好玩喔，」肯德瑞克說。「我們可以一起把另外一天也解決了嗎？」

伊博辛表示可以。他收到一則來自伊莉莎白的簡訊——有什麼發現嗎？——而他回覆有。我有點擔心肯德瑞克跟他爸爸的關係。對此伊莉莎白回覆了一個翻白眼的表情符號。她是真的迷上了表情符號。

在休息上完廁所，過程肯德瑞克比伊博辛快很多之後，他們便看起了伊莉莎白與喬伊絲去開置物櫃那天的錄影畫面，只要看到伊莉莎白跟喬伊絲出現他們就會停下。

快轉的黑白畫面再度開始呼嘯而過。伊博辛與肯德瑞克都樂此不疲，因為快樂的時光沒人會覺得累，是吧？伊博辛問肯德瑞克喜不喜歡書，肯德瑞克說他有些喜歡有些不喜歡。肯德瑞克問伊博辛有沒有住過外國，伊博辛說他住過埃及，然後肯德瑞克把埃及的英文拼給了他聽。

伊博辛看著影片，然後大約在中午時分，他看見了伊莉莎白與喬伊絲。這時他調慢了影片到止常的速度。他聽不見兩人在說什麼，但大致猜到這兩人在說什麼不會是多難的事情。他看見兩人打不開鎖，看見喬伊絲手往包包裡伸，然後看見伊莉莎白又試了一遍，置物櫃門才彈開。影片的畫質不好，但你還是可以辨識出大部分的東西。伊莉莎白取出了洋芋片袋子，也就是今早她秀給伊博辛看的那個，由喬伊絲放進了包包裡，然後她們就離開了。

肯德瑞克很想看喬伊絲跟伊莉莎白的畫面，並在看到時說了句：「喔，我的天啊，真的是她們。」但此外一無所獲的他們只能承認失敗。所以沒有其他人去過五三一號櫃囉？沒有人在伊莉莎白跟喬伊絲之前想要打開櫃子囉。

「要是我們能看到個壞蛋就好了，」肯德瑞克說。

「是啊，」伊博辛說，「伊莉莎白會不高興的。」

「我們看一下事情前一天的好了，」肯德瑞克說。「就當是好玩順便確認一下。」

伊博辛同意了，因為工作不結束，肯德瑞克就還不用回到他阿公那邊。

他們看了二十五號，也就是道格拉斯跟帕琵遇害前一天的影片。當然如果你相信伊莉莎白的判斷，那遇害的就只有帕琵一人。道格拉斯真的偽裝了自己的死亡嗎？嗯嗯。他們這次看影片比較安靜，但這種沉默讓兩人都完全不尷尬。肯德瑞克讓伊博辛猜了火箭速度有多快，但大概也就這樣而已了。

就在兩雙眼睛的共同注視下，他們一起注意到了那個身影。那個身影就跟他們之前看到的不下百來人一樣，走進了置物櫃走道。但不同的是這個人一身重機皮衣跟全罩安全帽，而且還分毫不差地停在了五三一號櫃前。

「我們剛剛看到了什麼，肯德瑞克？」伊博辛說。

「也許是個壞蛋？」肯德瑞克說。

「也許是個壞蛋。」伊博辛附議，然後又抽了一口雪茄。誰需要什麼外面的世界？

第五十二章

蘭斯．詹姆斯陷進一張巨大的白色沙發，在蘇．里爾登身邊坐下。整間房子透著白色無花果跟石榴的氣味。那種氣味他很熟。至少在茹絲搬走並把她的蠟燭也帶走前很熟。他偶爾會在上完廁所後點根火柴，但這差不多也就是他新世紀[148]作風的極限了。

「你有請人到府打掃嗎，羅麥克斯先生？」蘇．里爾登問起。「否則白色沙發的選擇很大膽。」

「村裡有個女人來幫忙好幾年了，」馬丁．羅麥克斯說。「瑪潔麗，還是瑪姬之類的。很謝謝你們跑這一趟，我不喜歡出門，我會暈車。」

「這沒什麼，蘭斯原本就在你的車道底部拍照，」蘇說。「而我也不算忙，手上只是在查兩名同事的命案罷了。」

「調查？」羅麥克斯說。「我以為就是你們倆殺了他們，難道不是嗎？」

「不論你信與不信，不，人不是我們殺的。我們反倒認為是你殺了他們，」蘭斯說。

馬丁．羅麥克斯噘起嘴點了個頭。「這個嘛，他們不可能既是你們殺的又是我殺的吧。但他們死了，這是重點。」

「是，那也算是點共識吧，」蘇表示同意。「你找打掃阿姨來是怎麼安排的，你就不擔心她會不小心撞見什麼嗎？」

「我都會在她來之前先把東西收拾收拾，妳不會嗎？」

「嗯，我會把雜誌收一收，碗洗一洗，」蘇說。

「我也差不多。她到之前半小時我都會忙得團團轉，但我也總是會百密一疏，忘了塊古柯鹼磚或什麼的沒收。這些年下來我已經愈來愈懶得把東西放好了。」

「所以才會把鑽石晾在外面嗎，難怪了。」蘇狠酸了一下。

「嗯，是啦，」羅麥克斯附和著。「總之，她到了我就幫她把BBC廣播第四台打開，她就會忙活起來。是說妳記得自己殺過多少人嗎？」

「八個還九個吧，」蘇說，「你呢？」

「一樣，大同小異吧。」馬丁．羅麥克斯說。

蘭斯環顧四下。他們人在一處可以飽覽庭園美景的玻璃溫室中。有些迷路的彩旗在某棵尤加利樹上掛著。他們這裡應該是才辦過活動。馬丁．羅麥克斯到現在還沒有要招待他們杯咖啡的意思，甚至連杯水也沒倒。但這感覺倒不像是在給他們小鞋穿，而是他真的壓根沒有這種概念。

「我知道有句話是自討沒趣，」羅麥克斯說，「也知道我嘮叨了很久，但我真的不能不把那批鑽石找回來。」

「彼此彼此，」蘇說。

「呃，你們沒有非把鑽石找到不可的必要吧，不是嗎？」

---

148 New Age，起源於上世紀七八零年代一種去中心化的宗教與靈性運動，表現在生活上就是對身心靈療癒的追求，時而會給人一種文青與做作之感。

「我必須說我們有，」蘭斯說。

「但其實不是吧。很顯然找到鑽石可以讓你們很有面子。很顯然有人會因為鑽石找了回來而對你們讚不絕口。但話說到底那不是你們的鑽石，蘇，是吧？」

「嗯，可它們也不是你們的鑽石吧？」蘇說。

「我在一本書裡讀到過有人被黑手黨丟到虎群當中，死得四分五裂，」羅麥克斯說。「事情發生在一座私人動物園裡。妳能想像嗎？」

「嗯，鑽石恐怕真的不在我們手中，」蘇說。「同時我們也不清楚它們的下落。」

「胡說，」馬丁．羅麥克斯說，「在我的推測中是你們殺了他們，外加一場大手筆的掩蓋行動。你們是在你們那幫子人中間聽說的，是不？然後大刑伺候逼供出情報？」

「並沒有，」蘭斯說。

「你難道不能直接拿兩千萬英鎊補給法蘭克．安德雷德嗎？」蘇說。「用現金擺平他不是最快？」

「我的資產大都不好變現，而且大都另外名花有主。我可以偷墨西哥人的錢去還紐約黑幫，然後偷塞爾維亞人的錢去還墨西哥人，但那樣我不就變成那個呑蒼蠅的老太太[149]了，而那將置我於何地？」

「當然是置你於死地，」蘇．里爾登說。

第五十三章

週四謀殺俱樂部全都擠在伊博辛的床邊。伊莉莎白帶了筆記本，喬伊絲準備了巧克力手指餅乾，朗恩帶了一片《洛基第三集》（「洛基系列最棒的一集」）準備完事後跟伊博辛一起看。但在那之前他們得先把另一部片看完。

伊莉莎白用手指打著鼓點，朗恩則踱著步等伊博辛讓一切就緒。他把影像弄到螢幕上。肯德瑞克則在陽台上玩寶可夢。

「所以，」伊博辛說，「這就是今天的題目。這是誰？」

伊博辛按下了播放，然後所有人一起看著那個戴著機車安全帽的身形走進了一排置物櫃當中，停在了五三一號櫃前。那人往櫃子裡插進了一把鑰匙。

「看來這老兄也搞不定那道鎖，」喬伊絲說。

「也可能是老姐，」朗恩說。伊博辛注意到朗恩在性別中立的堅持上愈來愈犀利。

那身形開鎖開得並不順利，但最終櫃門還是彈開了。監視器的鏡頭角度拍不到櫃子的內

149 英國有首押韻童謠講的是老太太先吞了隻蒼蠅到肚子裡，然後又依序吞了蜘蛛去吃蒼蠅、吃了小鳥去吃蜘蛛、吞了貓咪去吃小鳥、吞了狗狗去吃貓咪、吞了山羊去吃狗狗，吞了牛去吃羊，吞了馬去吃牛。這邊是以此比喻挖東牆補西牆只會愈補愈大，終至不可收拾。

部，但他們很清楚那個人在櫃內瞧見了什麼。他們看著那名騎士從櫃子裡拿出洋芋片袋，然後又將之扔了回去。騎士瞅了一會兒空蕩蕩的櫃子，才將之重新鎖上並離去。

伊博辛中止了播放，影片定格成了畫面。

「所以就是這麼回事了。」他說。

「所以這是在帕琵跟道格拉斯被槍殺的前一天？」喬伊絲問。

「是的，我們原本還沒有要看案發前一天的畫面。多虧了肯德瑞克提議。」

「肯德瑞克？」伊莉莎白說。

「是，是朗恩的主意，」伊博辛說。

「想說他可能會覺得好玩。」朗恩說。

「如果這是案發前一天，那怎麼會有其他人知道五三一號櫃的事情？」伊莉莎白問。

「道格拉斯肯定跟誰提了，」喬伊絲說。

「道格拉斯多半跟所有人都說了，」朗恩說。「他的一票前妻。還把事情貼在臉書上。」

「除非那人就是道格拉斯，」喬伊絲說。「我是說這不是沒有可能，對吧？」

「那可能是任何一個人，喬伊絲，」朗恩說。「就我們已知看來，那就算是伊莉莎白也不為過。」

「道格拉斯從頭到尾都在接受拘留保護，所以不可能是他，」伊莉莎白說。「再說，他是唯一一個知道櫃子裡空空如也的人。」

「但他還能告訴誰呢？」喬伊絲問。

他們瞪著螢幕上的神祕人。深色的皮衣、深色的安全帽、深色的手套。

「我們忽略了什麼？」伊莉莎白說。「大家再看一遍吧。」

他們就這樣看了第二遍。第三遍。第四遍。但還是一無所獲。伊莉莎白往後一癱。

「我們看不出性別、看不出年齡，我們甚至受限鏡頭角度看不出身高。」

肯德瑞克從陽台走了進來。「柳橙蘇打真的好好喝喔，伊博辛叔叔。你們都看出線索了嗎？」

「線索？」伊莉莎白問。

「哈囉，伊莉莎白，」肯德瑞克說。「是啊，妳看見了嗎？我猜妳看出來了吧。」

「這個嘛，我確實仔細去觀察了那個身形的站姿，還有其跨步的模式，得出了一些結論，如果那是你說的——」

「不，我說的就是那個線索。妳看出來了嗎，喬伊絲？」

「我什麼也沒看出來，」喬伊絲說。

「我們剛剛烤了杯子蛋糕，糖霜是我做的，」肯德瑞克說。「妳想來一個嗎？」

「沒關係，我的給你吃。」喬伊絲說。

「ＯＫ，」肯德瑞克說。「外公跟伊博辛叔叔，我猜你們看出來了吧？」

「我看到了，」朗恩說。「但為免我看到的跟你看到的不是同一個線索，保險起見還是先聽你說說吧？」

肯德瑞克把身體向前貼近了螢幕。「ＯＫ，注意看他要打開櫃子的地方。」

伊博辛快轉了影片然後按下暫停。四個老人家面面相覷。朗恩稍微搖了搖頭，又聳了聳肩。

「你們看到他把手伸向鎖頭了嗎？」肯德瑞克說。

他們都確實看到了。

「那你們有看到他的外套跟手套之間有一個小小的縫隙嗎？」

他們全都湊近了螢幕。確實在外套袖子往下滑向手肘的時候，看得到手腕上的一點間隙。

「線索就在那裡！」

話聲一落，近視的開始前傾得更厲害，遠視的開始後仰得更誇張。

「所以到底是什麼，親愛的？」伊莉莎白問道。

「他戴著喬伊絲編的友誼手環。」那個想要打開五三一號櫃的身形手腕上，繞著一條用多束羊毛編的賣相不怎麼好的手環，上面還點綴著亮片。

一時間房裡的所有人都低頭看了一眼自己的手腕，再看向了喬伊絲。

喬伊絲也低頭看了自己的手環，然後又抬起頭看著她的朋友。「嗯，這麼一來範圍就很有效地縮小了。」

第五十四章

喬伊絲

要不要聽件你絕對猜不到的事？

肯德瑞克幫忙看了取得自費爾黑文車站置物櫃辦公室的監視影像。這就是朗恩跟伊博辛認為適合八歲小孩做的事情。

總之，肯德瑞克注意到戴著機車安全帽的那人也同時戴著我編的友誼手環！

你真的可以看出那是我的手筆。我不覺得像那樣的手環除了我之外，還有別人編得出來。

你可以想像我們後來的樂子有多少。

究竟誰是我們的神祕騎士呢？伊博辛用了張電腦清單列出全數我給出過友誼手環的人。首先紐約黑幫一個都沒有，所以朗恩第一個被擊沉了。他繪聲繪影地構思了一整套我在小巴上被義裔美國老帥哥勾引的情境，害我們全都呵呵了好一會兒。最好會有這種事啦，但你仍看得出朗恩臉上失望的神情。

我們四個自然榜上有名，外加肯德瑞克。但你能想像那人竟然是肯德瑞克嗎？也許在書裡有可能吧。要是能成為書裡的角色應該很好玩吧？我猜我的屁股在書裡應該會比較不痛。

然後還有幾個有趣的名字。蘇．里爾登有條手環。所以會是她嗎？道格拉斯會跟她說了他把鑽石放在哪裡嗎？但伊莉莎白說如果是蘇，她應該至少會把洋芋片袋帶走。

蘭斯？道格拉斯不太可能把祕密告訴他，但他倒是比較可能不知道洋芋片袋上可以動手腳。

席芳，帕琵的母親，也有一條手環。所以會不會是道格拉斯把地方告訴了帕琵，而帕琵又把地方告訴了她媽？席芳感覺上是很安靜跟低調的人，但我們一個個不也都看起來既安靜又不顯眼。

馬丁・羅麥克斯？但我給他手環是在監視錄影畫面已經拍下之後的事情。另外，我知道我不是那種有資格老喬賣瓜自賣自誇的人，但我滿確定他的手環在我們離開的第一時間就進了垃圾桶。順道一提我確實把他開的五英鎊支票付給了與失智症共存基金會，而就連銀行的女員工都一副好幾年沒看過支票了的臉。

所以，還有誰呢？村附近的幾個人，柯林・克萊門斯、戈登・普雷菲爾、拉金苑的珍，就是跟傑夫・威克斯有一腿的那個，他們的事情誰不曉得？事實上她把她的手環給了傑夫・威克斯，所以我想我們也得把他算進來才成。

然後是波格丹，怎麼能沒有他。我差點把他給忘了。我們討論了大約一個小時。人物、動機、時間、過程？

接著馬克便開著他的計程車來了，因為肯德瑞克該回家了。我們一堆人抱成了一團。伊博辛睡著了——他還不到最好的狀態——所以伊莉莎白跟我便離開了。朗恩說他等送完肯德瑞克會再回來看他的電影。

好，重點來了，這事我只跟你說。

我一跟伊莉莎白說完再見，腦子裡就靈光乍現。我想到了可以如何去確認神祕騎士的身分。我原本要叫住伊莉莎白，但一瞬間我想，不，喬伊絲，妳這輩子就這一次，要不單飛看看？妳不用凡事都依賴伊莉莎白。

於是今早我搭了小巴下山到費爾黑文。我沿上回的老路步行，走過了同樣的街道，抵達了費爾黑文火車站。這次感覺時間花得比較多，主要是沒有走路像行軍的伊莉莎白陪我。我知道她不是刻意要這樣，但她就是會這樣。

我直奔置物櫃辦公室而去，結果一如我所希望的，那個頭上有一襲秀髮跟一尊耳機的好女孩在當班。她甚至還認得我，讓我心情一下子好了起來。從來沒有人能認出我來。

她拿下了她的道具耳機，我問候了她一下，而她說她很好，謝謝。然後我問她是否還有被咖世家店長騷擾，而她回答說真要說，事情比之前更糟了，對方現在甚至會說要用他的摩托車載她回家。我跟她說純粹供她參考，但我跟騎摩托車的男人打交道都沒什麼好結果，然後我們就彷彿兩個久經世事的女子相視而笑，但當然我們都不是。她問我是不是需要去我的櫃子拿什麼東西，我跟她說我需要跟她拿一樣東西，還說我們剛剛會講到摩托車的話題，還真是巧得可以，而我這話也確實引起了她的注意。

是說，昨晚我在跟伊莉莎白分別時得到的靈感是在置物櫃櫃台的女孩工作很認真，沒在打馬虎眼。所以我就想，她說什麼也不可能讓誰戴著安全帽，就這樣大搖大擺地走進置物櫃區。而事實證明我是對的。

她首先跟我說了聲抱歉，因為她不記得那天是幾月幾號了——她的工作內容按她的講法，真的是很枯燥——但她證實了她決計不會讓沒亮出鑰匙跟長相的人進入置物櫃間。所以有戴安全帽的人到此一定要脫掉。我問櫃台區有沒有監視錄影，她說有，因為她的前任就是被拍到上班時間用筆電看A片才被開除。她說她不怪他，因為顧櫃台的時間真的很漫長。

我謝過她，她則問我這是怎麼回事，而我說我不能告訴她，因為事涉政府公務。我得說，她臉上的表情無價。你覺得如果伊莉莎白也在場，那話我說得出口嗎？我很難想像。我真的應該多單槍匹馬做點事情。

接著我按上次的走法穿過了大街小巷，來到了費爾黑文警局，為的是把置物櫃辦公室櫃台有監視器的事情告訴唐娜。當然我忘了伊莉莎白好像總是知道唐娜何時值班，結果就是我撲了個空。所以也許我不應該太常單槍匹馬？這真的是像走鋼索一樣的兩難。

回到家，我把自己做了什麼跟伊莉莎白講，結果她很高興我這麼有創意，但也很懊惱自己沒想到同樣的事情。「妳怎麼沒有跟我說，喬伊絲？」她問，而我說我是在小巴上才想到這些。結果她說我真的很不會說謊，而這點當然是真的。我向她保證以後絕不會再自作主張，但她說做不到的事情不要亂承諾。

伊莉莎白把櫃台監視器的事情寫在簡訊裡，發給了唐娜，所以或許不用太久，我們就可以查出是誰打開了置物櫃。而且理論上，那還能順便告訴我們是誰殺了道格拉斯跟帕琵，是吧？

第五十五章

古柏切斯在深秋的陽光裡十分美麗。正當唐娜爬著山朝村裡走去，一隻駱馬斜著頭越過白色籬笆，朝她投以狐疑的眼光。唐娜用點頭向牠道了聲早。在她右手邊的湖中，一隻飛雁沒抓好降落的高度，有點糗的以腹部迫降在水面上。她發誓那隻鳥環顧起四周，惟恐有同類目睹了牠的窘迫。

再往前有個女人拿著手杖，坐在一張長椅上，引頸面向著太陽。唐娜原本還在想那女人會不會寂寞，結果就有一個男人戴著巴拿馬草帽，在她身旁坐了下來，同時還帶上了三明治跟兩份報紙，《每日郵報》歸他，《衛報》則是女人的。他們這些年是怎麼摸索出這種相處之道，她不禁感到好奇。但當然啦喜歡就是喜歡，沒有道理可循。

想著想著她又經過了一對伴侶，手牽著手，兩老一起對她露出了微笑，道了聲早。他們一路前行，要去湖畔坐定。

何時才會輪到唐娜與人手牽走一路前行，要去湖畔坐定？

路在抵達村子後豁然開朗，首先映入眼簾的建物是柳樹園這座安養院。她上一次去那兒是在伊莉莎白的帶領下，要去見潘妮這名前警察兼伊莉莎白的摯友。當然潘妮現在已經不在那兒。她的病床上如今有其他苦人躺著。

伊莉莎白會不會有天也住進柳樹園呢？喬伊絲呢？朗恩呢？伊博辛肯定不會？想像他們任何一個人那般燈枯油盡，讓她心裡很不是滋味，於是唐娜完全沒有要停下的意思，低著頭經過了柳樹園。

伊博辛所屬的街區就在前面左手邊，中間需要穿過一個仍繽紛盛開著的美麗花園。一名拄著助行器的女士移動到一邊，好把路讓給唐娜，而且還不忘順便說了一句：「開心點，親愛的，很多事不一定會真的發生。」唐娜對她報以一抹淺淺的微笑。

不一定會發生。嗯，是啦，但她擔心的就是有些事永遠不會發生，不是嗎？

走上台階的唐娜又一次納悶起自己來這兒幹嘛。每個人都會有不順的時候，是吧？每個人都會感受到低潮，是吧？但他們不會一個個都跑來找精神科醫師，可憐兮兮地訴苦吧？在她老家肯定不會。斯特里薩姆根本找不到精神科醫師。你有的是可以靠著肩膀哭泣的朋友。他們會叫你振作起來。

但唐娜在費爾黑文沒有朋友，所以她來到了這裡。

唐娜來到階梯的頂端，伊博辛的門已經是敞開的了。他移動起來小心翼翼，給她的擁抱也說多輕就有多輕。

「坐著，坐著。」唐娜說。

伊博辛倚著椅子的扶手，艱難中不失優雅地坐了進去。唐娜在他對面坐定，靠的是船隻畫作下方一張破破爛爛的扶手椅。她就是個尋常的警員，很尋常地去拜訪她的朋友，只不過這個朋友恰巧是個精神科醫師罷了。但她不會多說什麼就是，因為真的來到這裡後，感覺有點蠢。他們可以一起看監視錄影就好了。她沒事的，心情有點低落而已。

「看到你能下床真的太好了，」唐娜說。「還疼嗎？」

「有好一點了，」伊博辛說，「只有呼吸的時候才會真的痛。」

唐娜笑了。「我們要不要一起看一下這些監視畫面？我想說你應該會看得挺開心的？」

伊博辛點起頭。「有得是時間，有得是時間。但首先我想問妳，還疼嗎，唐娜？」

「還疼嗎？」唐娜邊問邊笑。喔，ＯＫ，原來這就是進行的方式嗎？治療都是這樣開始的嗎？

「是，」伊博辛說著把頭歪到一邊，讓唐娜想起了剛剛那頭駱馬。「還疼嗎？」

「我在健身房傷了手腕，我只能透露這麼多了。」唐娜說。她不應該來這裡的，她來這只是浪費伊博辛的時間。

「是嗎？」伊博辛問。「說實話，我的問題與其說是問題，不如說是我的一個觀察。」

唐娜看著伊博辛在他椅子旁邊的茶几上有一塊偌大的寫字板。他伸出手去拿板子，然後從襯衫口袋中取出一枝筆。ＯＫ。

「我不想把話硬塞到妳嘴裡，唐娜，」伊博辛說。「但妳其實大可以自己把這些影片看一看。或頂多把東西寄來給我，再不然還可以把整個週四謀殺俱樂部約出來。但妳卻點名要跟我一對一見面？」

「我想看看你好不好。」唐娜說。

「那妳人還真好，」伊博辛說。「但這我並不驚訝就是，畢竟妳真的是個心地非常善良的女孩子。而妳說巧不巧，我也正想看看妳好不好。所以要不我們小聊一下，看看彼此好與不好？」

她唬弄不了伊博辛，那就來吧。她感覺自己像葛妮絲・派特洛[150]似的。唐娜在破椅子上往後一躺，點起頭，閉上了眼睛。「ＯＫ。」這不算真正的治療對吧？如果你只是跟朋友聊天的話？

伊博辛低頭看著手錶。「妳想從哪裡開始？離開倫敦的決定？妳媽跟克里斯的事情？」

唐娜把頭往後一仰，用鼻子深吸了口氣。

「或許我們應該從寂寞聊起？」伊博辛提議。

通過緊閉的雙眼，唐娜開始潸然淚下。

「會疼嗎？」伊博辛說。

「只有呼吸的時候，」唐娜說。

她在想克里斯今早還順利嗎。

第五十六章

梅德史東皇家法院[151]外頭圍著一張水泥桌子，坐著三個男人。法院建築本身看起來就像是高速公路休息站裡一間一九八〇年代的旅客之家。

克里斯・哈德森來此是工作所需，但其實他完全樂於來法院爽看萊恩・貝爾德出庭。這些年來，克里斯看梅德史東皇家法院已經看到膩。他的天字第一號案子是有名地方議員在火車上涉嫌暴露猥褻，然後推說自己是服用了花粉熱的藥物才行為脫序。那名議員如今搖身一變，成了代表他們的國會議員。他最近的案子是一名帕運會[152]運動員被逮到偷竊珍貴的鳥蛋。她把銅牌掛在胸前出庭，但還是照樣被判有罪。

但這次的開庭他說什麼也不會錯過。萊恩・貝爾德。這個案子能不能成非常難講，這點不在話下。在他家廁所馬桶水箱裡發現的古柯鹼跟金融卡？匿名的檢舉？但有時候有些不得不做的事，你得逼著自己去做。克里斯此前從來沒幹過這樣的事情。週四謀殺俱樂部幾乎是以天為單位帶著他愈走愈偏。

150 Gwyneth Paltrow，1972~，美國好萊塢女星，飾演《鋼鐵人》裡的小辣椒，對讓自己身心安頓有些尺度很大的怪點子，被英國很多人笑。

151 Crown Court，專審刑事案件。

152 Paralympic Games，為身心障礙者舉辦的奧運會，又稱帕奧。

替伊博辛報仇，那是唯一的目標。上一次見到伊博辛，克里斯看到他被打得鼻青臉腫，而他既不喊痛也不抱怨只是讓人更捨不得。萊恩．貝德爾去坐牢對任何人都有利無弊。所以這場審判會讓人非常愉快，但克里斯有另外一個不是那麼愉快的理由要待在這裡。康妮．強森。她能心狠手辣到什麼程度？她真的會傷害派翠絲嗎？他連想都不敢想。他能做什麼去阻止她？誰可以幫忙他？他不能打給伊莉莎白，因為伊莉莎白會叫他把事情告訴派翠絲，而他不打算那樣做。雖然那麼做幾乎可以確定是對的事，是勇者所為，但他就是做不到。一個男人能活到五十一歲，靠的可不是凡事都一頭往前衝。

所以他打給了朗恩。

有隻鴿子正打算偷走朗恩的炸薯條。他堅持要在來法院的路上去一趟麥當勞。朗恩想把鳥噓走，但鳥兒在桌面上寸土不讓，只是先瞪著他，再瞪著他的薯條，就等他卸下心防。

「想都別想，兄弟，」朗恩對鴿子說，然後轉頭對著克里斯。「我想鴿子應該全部都是托利黨[153]的吧。」

「那也是個理論啦。」克里斯說。

「那照這麼說，她是個狠角色囉？」朗恩說。「這個康妮．強森？」

波格丹作為桌邊的第三個男人，點了點頭。

「但身材不錯，我聽說？」朗恩說。

「英國標準的身材不錯，也許，」波格丹聳了聳肩。「不到波蘭的標準。」波格丹是克里斯用電話聯絡的第二個人。在康妮．強森的車庫外盯梢時，他們看到波格丹去串了康妮的門子，離開時身上多了個包裹。克里斯原本決定要找個時間跟波格丹對質，問他些問題。但在那個包裹在萊恩．貝爾德的馬桶水箱裡被發現之後，他所有的問題就都有了答案。惟波格丹很顯然認識康妮．強森，而這一點或許可以派上用場，所以克里斯也對他發出了邀請——跟我在梅德史東碰面，有點好玩，別讓伊莉莎白知道。

「應該只是空包彈而已，」克里斯說。「只是嚇唬嚇唬人，你們不覺得嗎？她應該不會真的對派翠絲出手吧？」

波格丹表情扭曲了一下。「我不知道耶，比這過分的事她也幹過。」

「比殺了我心愛的女人還過分的事？」克里斯說。

「她殺了安東尼奧兄弟，你知道吧？而且還是親自動手，讓兄弟倆眼睜睜看著對方被劈成兩半……」

「天啊，」克里斯說。「對了，如果你有證據能證明這件事的話，你知道我是幹什麼吃的。」

波格丹笑了。「你有事絕對不能跟警察說。這是行規。」

「那是我對你的信任投票，」克里斯說。「謝謝你，波格丹。」

「這事我們會處理，」波格丹說。「朗恩？我們會處理，對吧？」

朗恩點了個頭。

「這是一種惡魔的自由，」朗恩說。「我絕對不會讓惡魔的自由被剝奪。」

「違法的事情別做就是了，知道嗎，」克里斯說。

---

153 Tory，英國政黨名，誕生於十七世紀末，十九世紀中葉演變為英國保守黨，現為保守黨的俗名。

「這個嘛，你給我定義一下，什麼叫違法，」朗恩說。

「違法就是違反法律的規定，」克里斯說，「一點都不複雜。」

「克里斯，老兄，」朗恩搖起了頭。「你此言差矣。合法、違法，只有細細的一線之隔。一九八四那年，我們在諾丁漢郡的曼頓煤礦場外抗議。我們拚命想保住的是一千五百名勞工的工作，是一整個產業的存續。」

「你們英國有煤礦？」波格丹說。

「政府，柴契爾的政府，通過了臨時法說你不能在別人的坑口設罷工糾察線。但我們還是照設不誤，我們寸步不移。這是原則問題。警察手持棍棒跟盾牌朝我們一擁而上，但我們打死不退。我們不還手，但也不退讓。結果我們一個個被推車抬到某個角落，為了我們惹出的麻煩而在廂型車後面被打得遍體鱗傷。隔天我們通通去了法院報到，罪名是擾亂社會安寧，罰鍰兩百英鎊，外加案底跟幾星期好不了的腦震盪。所以莫怪我這個老左派，但我真不覺得我們做的事情違法，我覺得我們做的是對的。」

「這個嘛，就叫時空背景不同，朗恩，」克里斯說。

「然後過了一星期，」朗恩接著說，「我們一個弟兄去圖書館查到了諾丁漢警察局長的住址，主要是他在罷工後不久就被封了個某某爵士之類的頭銜。總之，住址我們弄到手了。然後隔天就有某人的大伯的小叔去弄來一台推土機，把局長家的加蓋剷平。這按我說，才叫真的違法。所以為什麼我說那只有一線之隔。」

「嗯嗯。」

「還有傑森以前上過那個實境秀叫《名人大淘寶》[154]，」朗恩還沒完，「他查出了淘完寶的拍賣會在何處進行，於是便安排了兩名朋友當他的暗樁，透過相互競價的方式把成交價炒高。蓋瑞．桑森，你不會認識他，他是個持槍搶劫過的傢伙，出身英國北部。最終蓋瑞用一百六十鎊標到了傑森用十鎊買來的打火機，讓傑森大獲全勝。這樣算違法嗎？所有的獎金都捐給了多發性硬化症的機構喔，這算違法嗎？」

「這個嘛……」克里斯說。

「我們想說的是，」波格丹說，「我們可以信得過。」

克里斯點頭。「聽著，別殺人就好。但此外只要你們有任何辦法阻止康妮．強森，我都感激之至。」

波格丹跟朗恩點頭。甚至連鴿子都點了頭，於是朗恩分了牠一根薯條。

「然後一個字都別跟唐娜提，一個字也別跟伊莉莎白提。」克里斯說。

「伊莉莎白恐怕已經知道了，」波格丹說。「桌子底下會有竊聽器。」

「但我有件事恐怕非跟喬伊絲講不可，」朗恩說。

「什麼都不要跟任何人說，朗恩，」克里斯說。「我們的對話在這裡開始，也在這裡結束。」

「抱歉了，兄弟，」朗恩說。「喬伊絲覺得你跟派翠絲相愛，但我說，不，他們只是炮友而已，畢竟大家都是男人，我沒有不敬之意，她的確是個極品。」

「謝了，朗恩。」克里斯說。

154 Celebrity Bargain Hunt，英國電視節目，由兩組名人各自去古玩店或市集淘寶拍賣，價高者勝。

「所以我得告訴她。」

「告訴她什麼？」克里斯說。

「我會避重就輕跟她說我們聊了個天，話題我會說跟警察有關，可能啦，我也不知道，重點是我會告訴她克里斯稱呼派翠絲是他『心愛的女人』。她一定會被這粉紅泡泡弄得心花朵朵開。」

「我不覺得我有這麼說過，朗恩，」克里斯說。他有這麼說嗎？

「你有。」朗恩說。

「是，你有。」波格丹補了一刀。「伊莉莎白手裡應該已經有錄音帶了。」

這個嘛，克里斯心想。跟兩個人類朋友坐在水泥桌前，加上有隻鴿子朋友在大快朵頤吃著麥當勞，然後我人在愛河之中，這一幕顯然值得好好呵護住，不是嗎？

第五十七章

「我只記得跳舞以前占了生活很大的一塊，」唐娜說。「你知道嗎？而且這個以前並不是太久之前。那多采多姿的一切去哪裡了？」

「我本身不跳舞，」伊博辛說。「我不具備跳舞需要的快縮肌肉纖維。」

「還有藥、有朋友、有歡笑，我好想念那一切。」

「他們在警隊不會讓妳用藥，」伊博辛說。「妳在那裡很憋屈。」

「裡面的人只會各種掃興，」唐娜說。她的眼睛仍舊閉著，但伊博辛讓她笑了。

「那裡的人會看妳很不順眼吧，我猜，」伊博辛說著看了一下自己的手寫板。「跳舞、用藥、朋友、歡笑。妳覺得哪一樣是我認為最重要的？」

「我猜不會是毒品。」

「朋友，唐娜，朋友是一切的根源。妳跳舞是跟朋友一起跳，用藥是跟朋友一起用，歡笑是跟朋友一起笑。所以真正不見了的，是朋友。他們在哪兒？」

他們去哪兒了？該從哪兒說起呢？「倫敦、美國、跟我不喜歡的男人生了孩子、找到宗教信仰、找到像樣的工作、其中一個加入了英國獨立黨[155]。沒有人有空，所有人都在忙。除了雪莉以外，但她在被關。」

---

155 UK Independence Party，簡稱 UKIP，為英國一個極右派的民粹主義政黨，其重要主張是推動英國脫離歐盟。

「所以還在跳舞的一個都不剩了？」

「就算有在跳，他們也不跟我跳了，」唐娜說。「誰是我最親的朋友？克里斯，在跟我媽上床。我媽，在跟克里斯上床。再來就是你們幾個了，你替我評評理，我的麻吉不該一個個都七十好幾。」

伊博辛點了頭。「同意。或許有一個還行，但我們加起來四個真的多了點。」

「我在這裡認識的唯一真正喜歡而且年齡相仿的，只有康妮．強森，而她是名毒販。但我猜她會跳舞就是了。」

「而且她應該自己也有在吸，我想。」伊博辛說。

唐娜又笑了。她的眼睛還是閉著。這很祥和，這有幫到我。光是把事情明確說出口。這就是治療了嗎？我怎麼感覺不太出來，我只感覺自己終於對誰說了實話。

「睜開眼睛吧，唐娜。我想換種方法跟妳聊一下。」唐娜照辦了，然後伊博辛深深地望進了她的眼裡。「妳知道那些時間不會回來了，是吧？那些朋友、自由、可能性？」

「你不是應該要安慰我，讓我開心起來嗎？」唐娜說。

伊博辛點頭。「放手，讓過去過去。記得那是段美好的歲月。妳原本在山頂，現在的妳在谷裡。這情形會在妳身上發生好幾個來回。」

「所以我現在該怎麼辦？」

「妳自然是往下一座山頭去攀爬。」

「喔對，當然，」唐娜說。不然呢。「那下一座山的山頂有什麼？」。

「嗯，我們不會知道，是不是？那是屬於妳的山。沒有其他人爬過。」

「那要是我不想爬呢？要是我只想要每天下班回家哭它一整晚，然後在所有人面前假裝我一切都很好呢？」

「那就請便。繼續害怕，繼續孤單，繼續來我這兒聊個二十年，然後我也會繼續跟妳說一樣的事情二十年。套上妳的靴子，朝下一座山峰爬去。看看上頭有些什麼。朋友、升遷、寶寶。那是屬於妳的山。」

「下座山的後面還會有別的山嗎？」

「會的。」

「所以我可以等到了別座山再生寶寶嗎？」

伊博辛笑了。「妳想怎麼樣都成。但就是要往前看，不要往後看。我會在這兒看著妳爬山。那張扶手椅只要妳需要，永遠都是妳的。」

唐娜抬起頭，呼出一口氣，眼角閃爍著淚滴。

「謝謝你，我最近感覺自己有點傻氣。」

「孤單是很難熬的，唐娜。那是一座大山。」

「你應該靠這個吃飯，你知道嗎？」

「妳只是有點迷路罷了，唐娜。一個人沒有迷過路，只代表他從來沒去過有趣的地方。」

「那你呢？」唐娜問。「你看起來很悲傷。」

「我是有點悲傷，沒錯，」伊博辛承認。「我被嚇到了，而且我看不出要如何通過這一關。」

「我的建議是去爬下一座山，」唐娜說。

「我不確定我還有沒有力氣，」伊博辛說。這下換成他的眼神開始泫然欲泣。「我的肋骨在痛，搞得我感覺就像是心也在痛。」

「我會在這兒看著你爬山。」唐娜說著拾起了伊博辛的手。這是她第一次看到伊博辛哭，也希望是最後一次。

「不要告訴其他人，」伊博辛說。

「他們早就知道了，」唐娜說，伊博辛點頭。

「包括朗恩。」他同意。

唐娜握緊了他的手。「而如果你敢把今天的對話吐露一個字出去，那就等著被我電擊吧。」

「好咧，」伊博辛說。「那麼，我們可以來破案了嗎？」

「當然，來吧，」唐娜說。

伊博辛對唐娜比了比自己的眼下，她於是跑去洗手間補了個妝。等她回來時，伊博辛已經把她帶來的錄影畫面載進了電腦。那個身穿重機皮衣的神祕人，究竟是誰？

唐娜坐到了他椅子的邊緣，伊博辛點下了播放鍵。

第五十八章

伊莉莎白讀了那封信一遍又一遍。道格拉斯想告訴她的是什麼？而線索若是不在信裡，又會在哪裡呢？相片盒墜裡嗎？她又檢查了一遍，裡頭依舊空空如也。

「而萊伊的小木屋妳也確認過了？」信就在她面前的蘇．里爾登說。

「我第一時間就查了，」伊莉莎白說。「而我在想妳有沒有留意到頭兩段的文字？」

「事情沒那麼簡單，伊莉莎白，」蘇說。「那確實很道格拉斯。」

伊莉莎白花了更長時間才破解頭兩段的謎底。蘇．里爾登反應很快。而那當然，也正是她們會在那裡的原因。

她們在黑橋酒館提早吃了早餐。伊莉莎白的推理遇到了撞牆期，所以她想或許是時候把信跟蘇分享了。她們的思考模式很像。蘇念了兩句伊莉莎白不該把信「暗坎」起來，但也沒有如想像中暴跳如雷。相對冷靜的反應為她們倆省下了一點時間。蘇幫她補充了一點案情。一個紐約黑幫大哥即將飛來英國，不是為了拿回鑽石就是為了幹掉羅麥克斯。整個園遊會的勁頭都來了。伊莉莎白很高興自己可以復出於這江湖，人生最後再精彩一波。

「有什麼他可能在暗示的老地方嗎？」蘇說。「很顯然他希望妳能找到鑽石。畢竟妳是他此生的摯愛什麼的。所以有什麼只有妳跟他會知道的地方嗎？」

「沒有什麼東西跳出來，畢竟我跟這男人已經二十年沒見了。」伊莉莎白說。

「妳運氣還真好。」蘇說。

「言下之意是妳跟他有過些交集？」

「他總是有他所屬的世代，是吧？」蘇說。「我很開心妳願意相信我，拿出這封信來，伊莉莎白。雖然妳要是不拿出來，就未免也太不專業了，但總歸一句我還是非常感激。」

「有時候我們就是得團結起來，是不？」伊莉莎白說。「慢慢上了年紀，我也在學著對人不要那麼多懷疑。」

「嗯，我希望我有朝一日也能有那樣的頓悟，」蘇說。「但至少妳我是信得過的，不管妳稀不稀罕，我想就算我們聯手找到鑽石，也不值得大驚小怪。」

「我們就像是雙胞胎，」伊莉莎白說。

蘇舉起酒杯。「敬雙胞胎。」

第五十九章

「準備要看好戲了嗎？」伊博辛問。

「搖滾區就位，」唐娜說著把手臂環抱住老人家的肩膀。

錄影開始在櫃子被打開的幾分鐘前。他們可以看到年輕女櫃員的頭，可以看到幾個人匆匆忙忙要通過她面前的鐵柵欄。一名要禿不禿的男人身穿咖世家的制服跟墨鏡，晃晃悠悠走了過來。現場似乎有人說了話，主要開口的是女櫃員，然後男人就瀟灑不太起來地離開了。又過了大概二十秒，騎士走進了畫面。同樣的皮衣，同樣的安全帽，同樣的鑽石獵人。

監視畫面沒有聲音，但事件的序列一目了然。神祕人先出了鏡，朝著置物櫃間而去，然後又被櫃員叫了回來。神祕人在口袋裡撈了半天，給櫃員看了某樣東西，然後又被要求把安全帽脫掉。那張臉清楚到不能再清楚，唐娜跟伊博辛心中都沒有一絲懷疑。

他們一時不知該做何解，但他們沒有一絲懷疑。

那是席芳。

那是帕琵的母親，在開著置物櫃，尋找著鑽石，時間是她女兒被槍殺的前一天。

他們甚至能看到席芳在把安全帽戴回去，走向置物櫃間的同時，手上就有那條喬伊絲給的友誼手環。

「我想我們可能得打通電話給伊莉莎白，」伊博辛說。

第六十章

時間在梅德史東皇家法院外面滴滴答答地流逝。朗恩的薯條早就消失得無影無蹤，而克里斯則開始坐立難安起來。案子怎麼還沒被叫到？

他的手機響起。唐娜傳來了訊息。她今天休假但不想跟來。她要嘛會去上一堂路拳道課，要嘛會用高壓水柱沖洗院子。

他正要打開簡訊，就見到萊恩・貝爾德的律師朝他們走來。對方身穿一套嶄新的西裝，說真的還挺帥的。唐娜的穿搭建議又出擊了。來到水泥桌邊的律師搖了搖頭。

「抱歉，」律師說。

「抱歉什麼？」克里斯說，但他其實心裡有數對方要出什麼招。

「他哪裡都找不到，電話也斷了，你的手下也去過他的公寓。那裡什麼都沒有。」

「他人跑了？」朗恩說。

「他跑了。」克里斯答道。

「又或者他可能受了傷躺在某個地方，」律師說，然後在克里斯質疑的眼神下補了一句，「我是他的律師嘛，饒了我吧。對，我要跟隨你們的腳步，也去吃個麥當勞。」

「他要是聯絡上了請通知我們，」克里斯說，「比方說從醫院？」

律師滿臉抱歉地聳了聳肩，搖搖晃晃地就要穿著一身新西裝去吃麥當勞的雞塊。

「天啊！」克里斯說。「我們要怎麼跟伊博辛說才好？」

「我們先什麼都別跟他講，」朗恩說。「等你抓到他再說。」

「我不想傷你的心，朗恩，」克里斯說。「但我們抓不到他。他會在北部，或是在倫敦。某個他可以靜靜等著風頭過去，大家把這忘得一乾二淨的地方。」

「但這案子不會被忘記，」朗恩說，「是吧？該我做的我做了。喬裝進入別人的公寓，把古柯鹼栽贓到他們的廁所。現在輪你做你該做的了。」

「能做的我一定做，朗恩，這點你應該知道。」

「克里斯會找到他的，」波格丹對朗恩說。「然後我們會想辦法替克里斯攔住康妮·強森。我們都是聰明人。」

「要是我們兩邊都做不到呢？」克里斯問。

「我們會想出辦法的，」波格丹說。「你有我的保證。」

「好，誰要吃麥當勞？」朗恩說。

「你不是才吃過，」克里斯說。

「那是早餐，」朗恩說。

克里斯的電話發出了提示聲。「是唐娜的簡訊。」

馬上過來古柏切斯，愈快愈好。有件事很怪，希望他們把萊恩·貝爾德關起來了。

「有人想知道古柏切斯發生了什麼很怪的事嗎？」克里斯說。

有，大家都想。

第六十一章

古柏切斯有兩座湖泊。一座人工湖泊是由東尼．庫蘭的營建團隊在第一期開發中挖掘而成。朗恩很愛那座湖。那湖經過嘔心瀝血的改頭換面，外加有一條美不勝收的環湖鋪面步道。魚兒很愛那兒，天鵝很愛那兒，朗恩也很愛那兒。那兒甚至會閃耀出藍光，只因為他們每週一次會添加一種特殊的化學物質。完全就是一座湖該有的樣子。

你不得不佩服東尼．庫蘭，願他安息主懷。作為一個人他非常爛，湖底某處多半埋著一綑綑古柯鹼，但你不能否認他很懂得湖要怎麼挖。

另外一座湖已經存在了幾個世紀；四周圍繞著蘆葦與野花，湖面上還覆著一層睡蓮跟藻類。你說它是帶綠的棕色已經算客氣了。昆蟲把那兒當寶，而朗恩則完全不懂它哪裡好。魯斯金苑的柯林．克萊門斯曾經每天早上晨泳渡湖，死忠得很，直到他後來染上了威爾氏症[156]，古柏切斯才不得不設立了警語。

他此刻就看得到其中一支告示牌。他們其實可以在室內開這場會的，但朗恩希望伊博辛可以出來散散步，透透氣。要是他離開不了古柏切斯，那至少離開一下他家公寓也好。所以朗恩提議他們在湖邊碰頭，只不過他指的是另外那座假湖。但伊博辛如今看起來還挺樂的，所以他也就沒什麼可抱怨的了。

他們占用了兩張長椅，兩張都可以望見那座不羈到讓人搖頭的湖泊。

「真美，」蘇．里爾登說。她午餐是跟伊莉莎白吃的，但她們都絕口不提這事兒。

「是不是？」喬伊絲說。「多麼狂野。」

就連喬伊絲都喜歡這座愚蠢的真湖？

伊博辛發給所有人一張監視錄影器的截圖。那是席芳，安全帽脫了下來，頭髮放了下來，手上的亮片手環閃耀著日光燈管光線的席芳。

「席芳！」喬伊絲驚呼。

「席芳。」伊莉莎白說道。

「這下可好。」蘇・里爾登說。

他媽的又來了，朗恩心想。每次我開始幻想誰就這樣。

「我知道時間地點都不太對，」喬伊絲說，「但她人真好，願意戴著手環。」

眾人繼續不可置信地瞪著截圖，大家都在思考這可能是怎麼回事。

「這不就是那個跑來你家的女人，喬伊絲，」克里斯・哈德森說。克里斯跟唐娜坐在第三張長椅。

「帕琵的母親，沒錯，」喬伊絲說。她拍死了脖子上的一隻蝨子。妳現在還覺得湖美嗎，喬小絲？

「這些畫面，是帕琵跟道格拉斯被殺的前一天錄下的，」唐娜說。

「前一天的晚間，」伊莉莎白說。「所以是在槍擊之前，也在我們所有人知道鑽石理論上應該在哪裡之前。」

156 Weil's disease，又稱鉤端螺旋體病（Leptospirosis），簡稱鉤體病，是一種人畜共通傳染病，由鉤端螺旋體類細菌引起。

「所以席芳怎麼會比我們還早知道置物櫃的事情？」喬伊絲問。「沒道理啊，是不是？」

蘇・里爾登拿起了席芳的截圖。「伊莉莎白，我在想妳不是跟我在想一樣的事情？妳是不是也想著只有一個人有可能把祕密告訴她？」

伊莉莎白點頭。「唯一的可能，就是帕琵。」

蘇點頭。「但道格拉斯真的有可能把事情告訴帕琵嗎？這點我很懷疑。」

「我也不太相信。」伊莉莎白說。

「也許他們是一夥的？」朗恩說。「他們都在羅麥克斯被竊的現場不是嗎？」

唐娜點頭。「道格拉斯知道他會被軟禁一段時間，所以他把置物櫃的事情告訴了帕琵，帕琵再動用她媽媽替他們拿到鑽石。」

「妳察覺了這推理當中有一點問題嗎，唐娜？」伊莉莎白說。

「道格拉斯根本沒有把鑽石放在置物櫃，」伊博辛說。「所以如果道格拉斯跟帕琵是一夥的，那他們何必讓席芳像隻無頭蒼蠅似的白跑一趟？」

「但如果道格拉斯沒有跟帕琵說置物櫃的事情，那她到底是怎麼發現這祕密的？」蘇問。「唯一有提到這件事的地方就是道格拉斯的信，不是嗎？」

現場陷入了一陣沉默，所有人都在為了想出可能的答案絞盡腦汁。唐娜注意到只有一個人沒在深思，那就是喬伊絲。喬伊絲只是單純在看著伊莉莎白，同時臉上帶著一抹寬容的微笑。就好像她在靜候著某種時機似的。但朗恩才是第一個有所行動之人。

「ＯＫ，」朗恩說。「我知道了。我讀過黑手黨有可以竊聽的設備，他們可以把這些設備瞄準燈泡，然後靠著某種科學原理，具體細節不要問我，Google上都有，然後玻璃會震動，然後他們就什麼房間裡的對話都聽得到。他們前幾天在『談運動』[157]電台上介紹過。所以美國黑手黨跑到我們這裡，很可能開著租來的車，然後——」

「喔，拜託一下好不好，」喬伊絲說。

朗恩住了嘴，眾人聚焦在喬伊絲身上。

「這裡有兩個特務，你們還想不出來嗎？兩個警察，加上一個精神科醫師？結果你們通通毫無頭緒？」

「欸，那我呢？」朗恩說。

「嗯，你起碼盡力了，」喬伊絲說。

「所以妳的意思是妳想通囉？」伊莉莎白說。

「伊莉莎白，」喬伊絲說著搖起同情的頭。「作為我認識的人裡面最聰明的一個，妳有時候也挺糊塗的。」

---

157 talkSPORT，英國的一家體育廣播電台，也是英超聯賽全球官方音頻合作夥伴。

第六十二章

萊恩．貝爾德是個天才，簡單明瞭。法院那個案子明顯是嫁禍栽贓，一看就知道。有人看他不順眼要整他。誰知道是誰？誰又管得了那麼多？那只能證明萊恩是號人物，只能證明萊恩跟人有過節。而出來混的要是沒有幾個敵人，這樣的壞蛋算什麼？什麼都不算。

此時的他窩在親戚史蒂文的公寓裡。他們人在蘇格蘭。他忘了確切的地點，好像是格拉斯哥附近的某個小鎮吧。C開頭的。他在開庭的前一天搭了火車上來。但他沒有買票或什麼的。如果你是萊恩．貝爾德，如果你是號人物，如果你有敵人，那你就不用花錢買火車票。要是真被查票的人抓到你躲在洗手間，然後在某個叫做唐卡斯特[158]的地方被扔下車，他就會重新搭上下一班車，並在紐卡索第二次被轟下車，但這次他就只能在紐卡索過一夜了，因為末班車已經走了。但話說到底他還是到了蘇格蘭，他的親戚也有來接他。萊恩一分，倫敦東北鐵路公司[159]零分。

他媽多年前跟他說過人只要有一技之長，就永遠不會沒工作，而她說得真的太對了。人到蘇格蘭還不到兩個小時，他的藥粉包古柯鹼生意就開張了。

而如今他正坐著跟史蒂文玩著ＦＩＦＡ[160]，超肥美的大麻菸捲抽得他們欲罷不能，肯德基也已經吃了個底朝天。他真乃天才是也。

誰能想得到要到蘇格蘭找他呢？沒有人。這裡天高皇帝遠。他們可能會在倫敦四處找他。也許他們最北會查到盧頓[161]，但他覺得連盧頓都很拚。萊恩此前從未來過蘇格蘭，而他也想不到什麼理由警察會想來。

保險起見，他如今用柯克這個他向來喜歡的名字自稱。就算警方一路找到這裡，並且四處打聽，他們也問不到有誰聽說過什麼萊恩．貝爾德。這就叫萬無一失。

確實，他今天自稱了三四次萊恩．貝爾德，但那是在跟史蒂文的朋友三杯黃湯下肚後才這樣，而他們看起來都還滿靠得住的。

稍早他打開了地方新聞台去看看自己有沒有上新聞。比方說什麼肯特毒販逃亡中之類的，或是「警方說萊恩．貝爾德是個危險人物，請民眾切勿靠近」。但這裡的地方新聞都說蘇格蘭語。這些蘇格蘭語的東西誰看啊？有人放火燒掉了一處休閒中心[162]，但有趣的東西也就到此為止了。

他短短一天內就搞定了工作、住處，還有新的名字。他在YouTube上看了一個關於帕布羅．艾斯科巴[163]的節目，而他做的正是帕布羅會做的事情。事實上，帕布羅！這名字好多了。什麼柯克就當沒發生過，明天起他就是史蒂文的親戚，帕布羅。

158 Doncaster，北英格蘭地名，再往北會到大城里茲。

159 London North Eastern Railway，縮寫為LNER。

160 FIFA是國際足球總會的縮寫，這兒指的是同名的官方授權電玩遊戲。

161 Luton，倫敦北部不遠的城市。

162 Leisure centre，英國通常是由市議會公營的民眾休閒場所。

163 Pablo Escobar，1949-1993，靠生產走私古柯鹼到美國致富的哥倫比亞毒梟，極盛時壟斷了美國古柯鹼走私的八成市場，一九八九年排名《富比士》富豪榜第七，身價達三百億美金。

犯。

當然啦，帕布羅・艾斯科巴最後是被槍打死，但那是因為他大意了。那種疏忽萊恩不會虧他想得到蘇格蘭！你怎能不佩服他。

第六十三章

所有人的目光都在喬伊絲身上。她一聲不吭地在營造氣氛，就像《X音素》[164]的主持人準備要宣布比賽結果。至於填滿這段沉默的，則是昆蟲大軍掩襲蘆葦沙洲的嗡嗡聲。唐娜看得出來她很享受成為目光焦點。唐娜為她開心。

「喔呦，妳玩夠了沒，喬伊絲，」伊莉莎白說，「別賣關子了。」

「我只是想多給你們幾秒鐘思考罷了，」喬伊絲說，並拿著熱水瓶喝了一小口茶。

「這下子精彩了。」朗恩說。

「妳想通了什麼，喬伊絲？」唐娜問道。

「也沒什麼，」喬伊絲說。「就是說，伊莉莎白，妳跟道格拉斯去林裡散的那回步，我們前幾天晚上走過的同一趟路？」

「我在聽，」伊莉莎白說。

「妳記得道格拉斯跟妳說他偷了鑽石，並刻意聊到那棵樹，那處無人郵筒的時候嗎？」

「我怎麼感覺像這會是伊莉莎白的鍋，」朗恩的口氣有點樂觀其成。

「嗯，帕琵當時也在，對吧？」

「但她戴著耳機，喬伊絲。」

164 X Factor，音樂選秀節目。

「這個嘛，我們最近不是還認識了另外一個戴耳機的人嗎？車站置物處櫃台的可愛妹妹。不知道她在聽什麼喔？」

「她什麼都沒在聽。」伊莉莎白說。

「什麼都沒在聽。所以誰敢說帕琵戴著耳機有在聽東西？誰敢說她沒有把身邊的對話聽得一清二楚？」

「漂亮，」朗恩說。

「所以她聽到了道格拉斯的自白，也聽到了你們用過樹洞當無人郵筒，」伊博辛說。

「然後她把線索兜在一起，得出了跟妳一樣的結論，」喬伊絲說。

「然後她便回到了山上，找到了信，讀了內容，將之放了回去，」蘇說。

「然後跟她媽說要去哪裡找鑽石，」朗恩說。

這下子所有人的目光都集中在伊莉莎白身上。唐娜看得出她正在用力思考。最終她抬起頭，直視著喬伊絲。

「喔，喬伊絲，妳有時候真的是聰明到讓人討厭。」

喬伊絲笑得燦爛。

「看來，」伊莉莎白說，「實則精明的帕琵可能只是在裝傻。還詩人咧，詩個頭。」

「所以這代表案情發展到哪裡了？」蘇問。「帕琵發現了信，聯絡了母親。席芳因而南下，但沒有找到鑽石。」

「然後隔天帕琵就被槍殺了，」克里斯說。

「不好意思，我其實不認識你。」蘇說。然後又看向了唐娜，「還有妳。」

「克里斯．哈德森探長，肯特警局，」克里斯說。「而這位是唐娜．德．費雷塔斯警員。」

蘇點頭然後看向伊莉莎白。「這兩個人知道要守口如瓶嗎？」

伊莉莎白點頭。「他們知道，憑良心說。」

「那還真榮幸，承妳貴言。」克里斯說。

「我想我懂了，」喬伊絲說。「我想我知道是怎麼回事了。」

「妳火力全開喔，喬伊絲，」伊博辛說。

「這不複雜。席芳沒有找到鑽石，並將此事告知了帕琵。帕琵自然很氣餒，便去找了道格拉斯攤牌。『鑽石在哪？我知道鑽石在你手上。』道格拉斯也火了。帕琵找到了他的信，還把事情告訴她媽，誰知道她媽又會跟誰講？所以他只能除掉她。他擊斃帕琵，裝死，然後我們晃了進去，看到兩具屍體，而真正的道格拉斯則搭著計程車，奔向了鑽石真正的所在地。」

「喔，喬伊絲，」伊莉莎白說。

「怎樣啦？」喬伊絲問。

「這真是血淋淋地告訴了我們要見好就收。」

「喔，」喬伊絲說。

伊莉莎白拿出手機，點開了在霍夫那棟避難屋裡拍下的照片。「我就覺得案發現場怎麼看怎麼怪。」

「看來妳找到手機了，是嗎？」蘇說。

伊莉莎白開懷地聳了聳肩。「原來掉在沙發後面。這整件事看起來都太像排演過的，太完美了。所以我之前才會懷疑這是道格拉斯自導自演的一齣戲，是他開槍殺了帕琵，然後為了裝死而用另外一具屍體來代替自己。」

「可是現在？」唐娜問。

「嗯，可是現在我覺得會不會是剛好反過來。萬一裝死的不是道格拉斯，而是帕琵呢？」

「帕琵不會做這種事，」喬伊絲說。

「太平間的屍體是帕琵是誰跟我們說的？」伊莉莎白問道。

這個問題的答案眾所皆知，但蘇第一個開了口。

「席芳。」

而這麼一來事情就都串起來了。兩名特務給過，兩名警員給過，精神科醫師與護理師給過。甚至連朗恩都給過。關於母親與女兒與鑽石的那點事。他們究竟知道帕琵什麼？他們究竟知道席芳什麼？什麼都不知道，他們什麼都不知道。

第三部

一日暢遊機會多

第六十四章

喬伊絲

嗯要不要猜猜看，誰剛剛搭過了歐洲之星[165]啊？正是在下，喬伊絲・米德寇弗。

我嘗試說服伊博辛開車載我們去艾希弗德國際車站，但他死活不依。他推說肋骨痛，但你看得出他肋骨已經好很多了。我昨天才看到他從高高的架子上取下一只茶壺。但我會再找機會引誘他出門，你就看我做不做得到吧。

有個理論正在試水溫，伊莉莎白的理論，但所有人似乎都已經對其買單了，亦即帕琵就是命案幕後主謀。她發現道格拉斯偷走了鑽石，便想要占為己有。於是她構思了一個繁複的計畫，一個在我看來繁複到過頭的計畫，好讓鑽石能落入她手。

但我還是覺得不對。帕琵那麼乖。難道真的是我看走眼了嗎？也不是不可能，畢竟我很容易相信人。醫院以前有個護理師是偷嗎啡的慣竊，但她生性卻非常內向羞怯。《艾默戴爾農場》[166]裡有個演員我愛，愛到我追蹤了他的ＩＧ，上頭總是會有他妻子與寶寶跟狗狗的照片，而我也一向喜歡他們。總之，傑森曾經跟他一起上《名人轉捩點》[167]，然後傑森回來說他是個讓人討厭的混蛋。他沒有深入解釋，但他說他的混蛋雷達很靈光，而那也確實是傑森的強項，所以我信了他。我並沒有取消ＩＧ的追蹤，但那感覺已經回不去了。不可諱言的是他家的廚房真漂亮。

所以也許我也錯看了帕琵。也許她真的幹了那些事情。兩千萬英鎊終究不是一筆小錢。

上述理論的關鍵在於她把席芳扯了進來，讓做媽媽的席芳去指鹿為馬，說那具屍體就是帕琵，誤導我們走上錯的方向。而這是有可能的。如果喬安娜開口要我假裝某具屍體是她，我應該也會聽話。遇到自己的親生骨肉，你會先幫忙再問問題，不是嗎？她曾經要我告訴她一個男朋友說她搬去耿西[168]，所以我也算過來人。他是她男朋友裡我很喜歡的一個。我現在也有追蹤他的ＩＧ，他跟當醫生的太太生了兩個可愛的孩子。我想他們應該是住在諾里奇，但不要跟人說我這麼說。還有也不要跟喬安娜說我在追蹤她前男友。

欸我本來要說什麼？

喔，歐洲之星！對。歐洲之星的椅子超好坐，茶免費，還有插孔讓你幫手機充電。在走跨海隧道穿越英吉利海峽時，我發了簡訊給喬安娜，跟她說猜猜妳媽在哪？但她直到今天晚上才回答，而這時我都已經坐上計程車，要從羅伯茨布里奇站回家了。

你去過安特衛普嗎？應該沒有吧，但也很難講。那是一個很宜人的城市。當地有一座大教堂，同時我們應該路過了有八九間星巴克。我們跟人約在下午兩點，對方是一名叫法蘭柯的男人。法蘭柯作為一名鑽石商，運河邊一長串船屋裡有他的工作室，走過去要經過一排台

---

165 Eurostar，連接英國、法國、比利時、荷蘭的高速鐵路服務，從倫敦出發後會先跨越英吉利海峽進入法國。

166 Emmerdale，英國開播自一九七二年的超級長壽肥皂劇。

167 Tipping Point，英國獨立電視網的一個益智問答節目。

168 Guernsey，位於英吉利海峽，屬於海峽群島中的一個小島，人口六萬多。

階。船屋的門口會有小小的黃銅銘牌。我以為那裡會有一扇扇窗戶後面是滿滿的鑽石，但事實證明我想太多了。有個窗戶後面是隻貓咪，而那已經是窗戶後面最讓人興奮的東西了。

法蘭柯很帥。我是直到今天才真正見識到比利時人的長相，但我想如果法蘭柯的長相可供參考的話，那未來我肯定會長眼一點。銀白頭髮、黝黑皮膚、藍色眼睛、半月眼鏡。我問他在工作上是不是夫唱婦隨，而他說他是個鰥夫來著。我把手放到他的手上面，單純只是想安慰他，結果招來了伊莉莎白的白眼。

也許帕琵被人殺了，也許道格拉斯被人殺了，也許他們倆都被人殺了？沒有人能確定，而那就是癥結所在。但不論是哪種情形，凶手都一定得來這裡把鑽石變現，就算不是跟法蘭柯做買賣，也一定是跟法蘭柯認識的某人做買賣。

他問我們倆要不要來杯牛奶，我說好，因為我想不起來自己上一次喝牛奶是什麼時候。你呢？而喝著喝著我就在想，嗯，這搞不好會是我人生的最後一杯牛奶，是不？我想不到還有什麼狀況會有人說要招待我喝牛奶。除非我嫁給一個俊俏的比利時人。對此我堅決保留有這種可能性的權利。

試想要是我嫁給法蘭柯？試想那個鑽戒！試想喬安娜臉上的表情。她現在交往的對象是某支足球球會的主席。他一天到晚泡在健身房，而她雀躍的步伐就像腳底裝了彈簧。我會走路去市場買些茶點。法蘭柯則負責坐在那兒，牛奶不離手，然後我會問他今天賣了多少鑽石（或是說些我已經琅琅上口的行話），而他則會從半月形的眼鏡上面看過來，用比利時語[169]說些不知道什麼東西。嗯，拜託了，我一點也不排斥這個場景。

我很慶幸自己今天穿來了在ASOS網購來的綠色新大衣。

我滔滔不絕起來了，是吧？但我敢說那是因為你沒見到他，否則你也會跟我一樣。伊莉莎白問起道格拉斯有沒有來找他，法蘭柯說他大概一個月前接到道格拉斯說近日會來訪的電話，但後來音信全無。他們顯然都是同一群曾經一起闖蕩胡來的老朋友。

然後伊莉莎白問起有沒有道格拉斯以外的人帶著價值兩千萬英鎊的鑽石來找他。他還是說沒有。

保險起見我們描述了我們想得到的每一個人。我們形容了帕琵，我們形容了席芳，我們形容了蘇跟蘭斯，我們形容了馬丁・羅麥克斯，我們還形容了美國黑幫與哥倫比亞的販毒集團，但通通是白做工，近兩個禮拜都沒有我們描述的人前來。

我續了一杯牛奶，只是為了拖時間，但天下無不散的筵席。法蘭柯一連親了我三遍，於是我心想，這下子有搞頭了，但接著他親伊莉莎白也是一連三遍，所以那肯定只是比利時人的習慣而已。

我們必須回車站了，但在途中我買了些要給伊博辛的巧克力跟要給朗恩的啤酒。店家把東西包得有夠美的。

我本以為我們可以在電車上補眠，但老實說我們都在聊天。如果這一切的幕後主謀是帕琵，那她肯定會來找法蘭柯。歐洲能夠二話不說替人變現兩千萬英鎊鑽石的地方，屈指可數。如果帕琵手裡真揣著鑽石，那或許她正低調在避風頭？而要是她手裡還沒有鑽石，那她就會是在尋找的過程中。但鑽石到底在哪兒呢？道格拉斯的信中某處就有線索。惟我們讀過

---

169 比利時沒有比利時語，其官方語言為：荷語、法語、德語。

了信，帕琵也讀過了信，究竟誰能先一步解開其中的奧妙呢？

回程算是趟遠路，所以我們在北法某處拆了要給伊博辛的巧克力，分而食之，然後我又打開了要給朗恩的啤酒，兩人一塊暢飲。

所以我得在帕琵找到鑽石之前找到她人。伊莉莎白說她有一計可以引蛇出洞。

我可以遠遠看到她的燈還亮著，而那就代表她在思考帕琵的事情。

願妳的燈光永遠不滅，伊莉莎白。

我們不打算告訴伊博辛說萊恩·貝爾德人間蒸發了。我們會避重就輕說這案子進度沒那麼快。我討厭說謊，但我覺得這個謊有它的必要性。

朗恩說克里斯愛著派翠絲。關於這點，我也這麼覺得。我看好這一對能修成正果。

我要上床睡覺了。我知道我應該要想著帕琵與鑽石。但實際上我打算要想著運河畔的那棟人房子，外加通往房子的石階，還有門邊的銅牌。

人必須持續懷抱著夢想。伊莉莎白深諳此理，道格拉斯對此也心知肚明。伊博辛忘記了，但我會在這裡等待時機，幫忙他想起。

第六十五章

棋局告一段落，晚間真正的工作已揭開序幕。

伊莉莎白還覺得頭有點暈是因為火車上的那幾罐比利時啤酒。還有她們在車站等計程車時的那杯葡萄酒。還有她進家門時那杯波格丹替她準備好的琴通寧。還有她此刻正在喝著的琴通寧。

波格丹與史提芬磨出了一場平手的消耗戰。波格丹對史提芬把人世間所有能罵的髒話都罵了一遍，而史提芬只是笑著說：「喊出來，老兄，喊出來就對了。」

他們三人現在在客廳裡坐定。伊莉莎白與史提芬坐沙發，手挽著手，而波格丹則坐在扶手椅上，兩腿開開。這時是凌晨一點。但沒有人很在意這一點。波格丹喝著紅牛，伊莉莎白忍不住想起了那個老問題，他平常都幾點去睡。

波格丹跟她說了今天原本要去聽審的見聞。萊恩．貝爾德放了法院鴿子。別跟伊博辛說。惟他們會很快把人找到；帕琵整理出的檔案還在他們手裡。

帕琵？等等，發生什麼事了？伊莉莎白是怎麼看走眼的？

所有人內心都有一個小偷。她認識過一個教區牧師偷走並熔化了所屬教會的十字架，只因為他賭馬輸了錢。但不是每個人內心都有一個凶手。帕琵呢？感覺實在是看不出來，但伊莉莎白不是沒被唬弄過，次數不多，但不是沒有過。她看著波格丹給自己倒上了一罐能量飲料，怎麼看怎麼光明磊落。

而帕琵開槍打死了安德魯・黑斯汀斯。當然啦她事後在那裡抖個不停，但誰都可以有那種演技。不由自主地，伊莉莎白發起了抖來。

「妳冷嗎？親愛的。」史提芬問。

你看，是不是很簡單。史提芬把手環抱住她，她也順勢把頭挨在他的肩上。真是個好男人。還有，帕琵的世代很愛演，是不？一整個世代，一點點小事就爆氣，一點點批評就敏感到不行，說真的現在怎麼都看不到了，從前那些……等等，這不是她心裡真正的想法，她才在火車上讀了一份別人忘了拿走的《每日快訊》。大部分年輕人都跟唐娜一樣，努力打著屬於他們的新仗。希望他們福星高照。

她更用力陷入了史提芬的肩膀。她心上短暫劃過了一個想法，萬一他們兩個都沒死呢？萬一假死是他們共同策畫的呢？

萬一帕琵跟道格拉斯是一對戀人呢？

伊莉莎白沒把握道格拉斯幹不出這種事來。愈是得不到的女人他愈愛。愈是不應該得到的女人亦然。為了把妹他會不惜翻天動地，不惜承諾她整個世界。

但帕琵這邊呢？老實說她覺得帕琵愛上道格拉斯的可能性，比帕琵殺死道格拉斯的機率還低。雖然愛上一個人跟想殺死一個人，往往差別很小就是了，是吧？尤其當你愛的是道格拉斯時。

波格丹說著又乾掉一罐紅牛。「所以帕琵說『我殺了你，道格拉斯，除非你老實跟我說鑽石在哪裡』。」

「真敢。」史提芬說。

「嗯嗯，」伊莉莎白說。她又睏又舒服。帕琵跟道格拉斯沒可能是一對。

波格丹接著推理。「然後道格拉斯跟她說『我把它們埋在了一棵樹下，樹在籬笆旁，別殺我』，但她還是開了槍。」

『喬伊絲的狗快買好了嗎？」史提芬說。

「蛤？親愛的，」伊莉莎白說。

「妳朋友，喬伊絲。她不是打算買隻狗？」史提芬怎麼盡記得這些事。

「喔還沒，親愛的，狗的事先擱下了，可能最近太多人被槍殺，我想。」

「做事是要看時間，看地點，」史提芬同意。

「道格拉斯當然不會老實交代，」伊莉莎白說。「他再過一百年也不會說出鑽石在哪裡。」

「我想也是，」史提芬說。「但拿槍指著他的臉，要他說出藏鑽石的地點？這女孩兒還真是不顧顏面。」

「所以帕琵還潛伏在外面，」波格丹說，「找尋著鑽石。」

「而且一肚子火，毫無疑問，」史提芬說。「對了，有誰想吃晚餐嗎？有千層麵喔？」

「可能等一下吧，現在不要，」波格丹說。

「所以你會怎麼做，如果你是帕琵？」史提芬問。「選項有哪些？」

「那很明顯啊，」波格丹說。

「喔，好，」伊莉莎白說，她下定決心要從史提芬的肩膀上振作起來。她還有正事沒有完成。

「我會盯著伊莉莎白，」波格丹說。「遲早她會知道地點，然後你就可以跟著找到鑽石了。」

「喔，伊莉莎白會找到鑽石那是一定的，」史提芬說。「她會舞姿翩翩地帶著口袋裡響叮噹的鑽石，就這麼飄回來。」

「而等伊莉莎白找到鑽石，帕琵也會在一旁虎視眈眈。」波格丹說。

「所以為了找到帕琵，我得先找到鑽石？」伊莉莎白說。「但那現在看來好像不太可能。」

「沒有什麼事是不可能的，親愛的，」史提芬說。「信裡一定有妳沒留意的線索，妳再去把信讀一遍。」

「線索不在信裡，」伊莉莎白說。「我們已經仔細看過了。」

「總之妳會理出頭緒的，」史提芬說。「那肯定只是妳那前夫在搞些小把戲。」

「我們只需設個陷阱，」波格丹說。

「用鑽石當餌，」史提芬說，「把腦子動起來，妹子。」

「我怕是我的腦袋已經累一天了，」伊莉莎白說道。她思考了一整天，思考了一輩子。除了思考還是思考。只為了發現自己一心尋找的，就只是眼前這樣。像這樣眼前有個壯到椅子快坐不下的波蘭大漢，外加一個自認可以不靠地圖就暢遊威尼斯的銀髮帥哥。

伊莉莎白重新把頭倒回了史提芬的肩膀，閉上了眼睛。她閉上眼之前看到的最後一樣東西，是遠遠牆上的鏡子。那個跟她對望的老女人是誰？運氣也太好了吧這人，不論她是誰。她看著鏡子裡的丈夫還打著領帶，帥氣的鞋子也還沒脫，還有鏡子裡的波格丹頂著光頭、渾身肌肉，短T上是耐吉的Logo，只不過那Logo在鏡子裡讀起來不是NIKE，而是EKIN。

她重新睜開了眼睛。

第六十六章

「嗯，他會殺了我的，」馬丁．羅麥克斯話說得像在跟白痴溝通。「我兩條腿會被他們砍斷，黑手黨的作風妳不是不知道。」

「同意，」蘇．里爾登說。「所以我們才在你這兒啊，來保護你。」

「那祝你們好運，」羅麥克斯說著，轉頭看向在窗邊望著外頭花園的蘭斯．詹姆斯。「祝你們好運，蛤，蘭斯你聽到沒？」

「他們要是想殺了你，就一定會殺了你，」蘭斯說。「我們應該可以拖住他們一下，但黑手黨你是知道的。」

「我可知道了，」羅麥克斯說。「他們進門連鞋都不懂得脫。」

蘭斯已經習慣了每天上午來看一下馬丁．羅麥克斯，時間抓在十一點前後。守著一棟無聊的房子監視實在是非常難捱，特別是羅麥克斯這人大門不出二門不邁，整天在家宅。所以他們雙邊同意了一項安排。

羅麥克斯讓他幫手機充電加上Wi-Fi也隨便他用，作為交換蘭斯要回答他關於舟艇特勤隊的問題。

他沒有要問什麼機密的東西，很顯然，只不過羅麥克斯是個瘋狂的軍事史迷，而蘭斯有很多精彩的故事在腦子裡。蘭斯曾隨舟艇特勤隊駐於普爾[170]長達十五年，期間他出過許多大家都聽說過的任務，也出過很多大家都永遠不會聽說，或至少不會聽到他說出口的任務。

「法蘭克・安德雷德會在週一搭私人噴射機降落在法恩伯勒機場，」蘇說。「我猜他會直奔這裡而來。」

「他幾點幾分落地？」羅麥克斯問。

「上午十一點二十五，」蘭斯說。

「這樣子，他會遇上堵車，」羅麥克斯說。「A3[171]會大打結。」

舟艇特勤隊負責的很多工作都來自國家安全局，或是來自祕密情報局，也就是軍情五處跟六處。年齡漸長後，蘭斯花在追擊蓋達恐怖組織的時間變少了，伏案處理文件的時間變多了。時不時他會北上到倫敦進行工作簡報。他會針對各種行動提供諮詢意見。就這樣不知不覺中，他被私下徵詢了永久加入軍情五處的意願。但當然他還是可以參與任務出動，比方說突襲馬丁・羅麥克斯的住處，諸如此類的。只要有心，蘭斯就沒有闖不進去的空間，也沒有不能殺死的對象。跟他前妻有一腿的那名建商應該要覺得自己命大。

「那天早上我們會派一組人過來，」蘇說。「蘭斯會擔任現場指揮官。」

「SBS[172]？」羅麥克斯問。

「不好說。」蘇說道。

「好啦，是啦。」蘭斯揭曉了答案。

他知道自己在眾人的眼中依舊是個步兵，多多少少被那些公學[173]畢業的小孩看不起。他知道自己有原地踏步到死的危險，除非他能設法展現出自己的貢獻。

像這次的案子就是個很好的起點，就像一張漂亮的名片。

「只要你們找到鑽石，就不需要這麼勞師動眾的大陣仗了，」羅麥克斯說。

「我向你保證那是我們的計畫。」蘇說。

「嗯，看來留給你們的日子不多了。」羅麥克斯說。

「我有信心我們會找到的。」蘇說。

蘭斯可沒有這樣的自信。也許伊莉莎白・貝斯特找得到？那是唯一的希望了。但不論如何，馬丁・羅麥克斯想再看一眼那些鑽石，此生是不可能了。江湖規矩就不是那麼寫的。

至於江湖規矩究竟是怎麼寫的？蘭斯心想他也只能靜觀其變，但馬丁・羅麥克斯死定了，此事已經沒有懸念。

---

170 Poole，英格蘭南部靠海的城市。

171 連接倫敦市與樸茨茅斯的主幹道。

172 舟艇特勤隊的縮寫。

173 Public school，英國的高級私立中學，基本上是貴族學校。

第六十七章

伊莉莎白跟喬伊絲搭著小巴，正在要去費爾黑文的路上。喬伊絲準備了燕麥酥，伊莉莎白則帶上了情報。喬伊絲不吝於分享燕麥酥，但伊莉莎白可不打算把情報拱手讓人。

「跟我說嘛，」喬伊絲說。

「時候還沒到。」伊莉莎白說。

「妳真的很會欺負人耶，」喬伊絲說。

「哪有，」伊莉莎白說。「對了，妳有要養狗嗎？史提芬在問。」

「關妳屁事，」喬伊絲說。她開始不想分一塊燕麥酥給伊莉莎白了，問題是她這次特別嘗試加了椰子油，急需有人試吃給意見，所以她現在有點給也不對不給也不對。

伊莉莎白一早就傳了訊息給她。

我們今天上午的行程是去費爾黑文。穿點跟鑽石會搭的衣服。

然而，但她話就只說到這，後頭就讓人猜了。喬伊絲動用了一件新的羊毛衫，這次是海軍藍，今天的這一趟最好值得。

「我們該拿萊恩·貝爾德怎麼辦才好？」伊莉莎白說。

「妳問我我問誰啊，」喬伊絲說。「妳不是什麼事都難不倒嗎。」

「我們現在是在吵架嗎？喬伊絲。」伊莉莎白問。「這還真新鮮。」

「是朋友就不該有祕密。」喬伊絲說。

「但這是個好的祕密，所以別耍性子了，」伊莉莎白說，「我只是想給妳個驚喜。」

小巴在費爾黑文的萊曼文具店外靠邊停下，司機卡爾利托跟車上的大家說起再見，然後一邊在抽電子菸，伊莉莎白見狀便拜託了他一下，抽點正常的香菸好嗎。

「所以我們要去哪裡？」喬伊絲問。

「妳知道我們要去哪裡啊，」伊莉莎白說著便兀自朝海邊走了起來。

「妳真的很讓人生氣耶，」喬伊絲說著從後頭追了上去。

「我知道，」伊莉莎白說。「我是當真忍不住，不是沒想改過。」

隨著店家慢慢變得稀疏，她們發現自己走上了一條熟悉的路。她們經過了一排又一排的出租車庫，經過了黑橋酒館。伊莉莎白跨著大步，喬伊絲則在後頭匆忙跟上。

「我們要二訪費爾黑文車站嗎？」喬伊絲問。

「奉聖喬治之名[174]，我覺得她好像猜到了，」伊莉莎白說。

「我們為什麼又要去火車站啊？」但伊莉莎白只是悶著頭往前趕。

她們的腳步始終沒有停下來，直到兩人再次身處於費爾黑文火車站的站內。這次她們就不用看指示標誌了。最終她們來到了置物櫃辦公室，顧櫃台的女生拿下耳機對她們露出了微笑。

「歡迎妳們回來！」

「謝謝，」伊莉莎白說。

174 聖喬治是基督教信仰中的殉道聖人，是英格蘭有求必應的守護聖者，By George是英國人驚喜時常發出的驚呼。

「我幫得上什麼忙嗎？」

「不用，謝謝妳，親愛的，」伊莉莎白說著拎起了五三一號櫃的鑰匙。

伊莉莎白跟喬伊絲鑽進了成排的置物櫃之中，伊莉莎白停在了第一個櫃子前。她從包包中拿出某樣東西，交給了喬伊絲。那是道格拉斯送給伊莉莎白的盒墜項鍊。

「妳在盒子裡有什麼發現嗎？」喬伊絲問。「所以我們今天才會跑回來嗎？」

伊莉莎白舉起一隻手指讓她閉嘴。「喬伊絲，我這次破案是托妳的福。」

「喔，讚喔，」喬伊絲說。

「嗯，托妳跟波格丹的福啦。」

「我不介意跟波格丹分享榮耀啊，」喬伊絲說。

「妳推測出帕琵偷聽到了我與道格拉斯的對話，讓我不禁認真回想了一下那天我跟道格拉斯都說了些什麼。我跟妳說過，道格拉斯這人沒一個字是廢話。他就是這麼一絲不苟。就連在婚禮誓詞中，我都注意到他在『我願意』後頭加了一個小到不能再小的問號。」

「喔喔，」喬伊絲說。

「當我跟他人在樹旁邊時，他提到了我們在東柏林用過的一個無人郵筒，只不過，那處無人郵筒是在西柏林才對。我當時以為他是老糊塗了所以沒有多想。男人比較不經老，這我們都知道。」

「所以他沒有老糊塗？」

「打開項鍊盒墜，妳說說妳看到了什麼？」

喬伊絲乖乖打開了盒子。「什麼都沒有啊，只有一面鏡子。」

「完全對，只有一面鏡子。一面沒什麼鳥用但道格拉斯堅持要交給我的盒子。但鏡子能幹嘛呢？鏡子能讓東柏林變成西柏林，能讓NIKE變成EKIN。還有呢？」伊莉莎白舉起了鑰匙。

喬伊絲差點尖叫了出來。「鏡子能讓五三一變成一三五！」

伊莉莎白點頭，然後用手勢比劃著眼前的整排置物櫃。

「開鎖的重責大任，可以交給妳嗎？」

喬伊絲跟在她的身後。「不，妳來吧。」

她們來到一三五號櫃前，伊莉莎白把鑰匙滑進了鎖頭，順得有如絲綢。她轉動了鑰匙，櫃門隨即旋開。櫃子裡是一個藍色的絲絨袋子，頂端附有可以把袋口縮緊的拉繩。伊莉莎白示意要喬伊絲去拿。喬伊絲拿起了袋子，鬆開了拉繩。

鑽石在袋內閃閃發光。三十來顆吧，全都是大個頭。

她的羊毛衫選得恰到好處。

「妳握著兩千萬英鎊在手上，喬伊絲，」伊莉莎白說。「放進妳的包包，好嗎？還有答應我在回到小巴之前不要被人搶劫。」

伊莉莎白再把手伸進了櫃子，抽出了一封手書。執筆的是道格拉斯。她讀了內容，然後把信轉給了喬伊絲。

達令，伊莉莎白

所以妳找到它們了？很抱歉把妳耍得團團轉，但這樣很好玩，不是嗎？妳是想到我把西柏林說錯成東柏林時就想通了嗎？還是後來靠鏡子才得到了靈感。這就像穿吊帶褲卻還是綁上皮帶，有點多此一舉吧，我知道。但我在不想讓事情變得太容易之餘，卻也想用雙重保險來確保妳最終一定能抵達目的地。妳應該沒有跑去萊伊的小木屋吧？他們多年前就為了開路而將之剷平了。

總之，恭喜妳了。它們很漂亮吧？妳會拿它們怎麼辦呢？妳真的應該留下它們。別客氣了，妳知道妳想要的，是吧？

說點稍微嚴肅哀傷的，那就是既然妳在讀這封信，不可諱言的我必然已經身死。這就像俗語講的鞦韆與旋轉木馬[175]，妳說是吧？只不過人生的得失不就是一場收之桑榆但又失之東隅的徒勞嗎？所以我倒也不覺得死之將至就該破例。

我在想我會不會上天堂？我是很懷疑啦，妳不覺得嗎？

我會愛妳，到永遠。

道格拉斯

喬伊絲把信交回到伊莉莎白手上。伊莉莎白把信折好，放回了櫃內。喬伊絲看著包包裡面，看著鑽石。它們被塞在凱特．亞金森的小說[176]下面。

「所以我們拿這些鑽石怎麼辦？」她問。「我想我們總不能就這樣占為己有吧？」

伊莉莎白把手臂勾上了她的朋友。「我們要以之作餌來逮住帕琵跟席芳。」

喬伊絲點頭。「能再見到帕琵就太好了，即使他殺了道格拉斯。」

「另外，這餌說不定還能順便替我們抓到另外幾條也值得抓的魚，」伊莉莎白說。

「也許我們可以留下一兩顆鑽石？」喬伊絲說。「我想應該不會有人注意到吧？」

「我想，」伊莉莎白說，「我們需要召集週四謀殺俱樂部緊急開會。」

「太好了，」喬伊絲說。「對不起我之前不該生氣的。」

「別放心上，」伊莉莎白說。「是我顧人怨。」

喬伊絲笑了。「妳知道就好。要來塊燕麥酥嗎？」

「總算。」伊莉莎白說。

---

175 Swings and roundabouts，指兩種選擇各有得失，最後結果大同小異。

176 Kate Atkinson，以系列偵探小說著稱的英國小說家。

第六十八章

唐娜在克里斯的沙發上喝著威士忌。他們剛剛在看《繼承之戰》[177]，她心中第一名的劇。數十億的英鎊、家族內的紛爭、每隔五分鐘就有人上下直升機，好像坐直升機很便宜似的。這她很可以。克里斯是第一次看，因為他已經快五十二了，沒有人逼絕不看新東西。她知道不推一下，他會很樂於看《囧男四賤客》與《拉姆齊之拯救廚房大作戰》的重播看到老死。

此刻克里斯正在跟她媽用FaceTime視訊。

「真希望妳在這裡，派派，」他張口就來。

派派？真是夠了！還有什麼叫「真希望妳在這裡」？我在這裡陪他是陪心酸的喔？

派翠絲回答：「我星期天就下去，熊大。」

唐娜忍不住苦笑。他們高興就好。跟伊博辛談過後，她感覺幫助很大。生活不再從她身邊愈逃愈遠了。事實上正好相反，現在變成她在從生活身邊愈逃愈遠。她現在的想法就是往前看，往上爬，總之就是那一套啦。

這時她媽媽的門鈴響了一聲，然後只見她說：「別走，帥哥，我去應一下門喔。」

「別管它，」克里斯脫口而出。唐娜抬頭看了一眼。那口氣聽起來不太像平常的他。但派翠絲把他的話當成了耳邊風，該說不意外嗎；畢竟她們母女流著相同的血液。

「別管它？」唐娜問了聲。

克里斯用手勢打發了她。「我只是聊得太開心欲罷不能。」他的目光跳回到了螢幕上。派翠絲還沒回來。

唐娜斜著頭問。「出什麼事了嗎？」

「下了班就別老想著當警察好嗎？唐娜。」克里斯說。

「你還真是個好師父，」唐娜說。「每天都能跟你學到新東西呢。」

派翠絲還是沒回來。克里斯開始吹起了口哨。但他的腿卻以高速抖動中。事情肯定有哪裡不對勁。

「所以你覺得《繼承之戰》好看嗎？」唐娜問起。

「嗯嗯，好看，」克里斯說，但他的眼睛從頭到尾都黏在空無一人的螢幕上。能看見的只有沙發的上半部、一盆瀕死的植物，還有唐娜缺了顆門牙的學校老照片。

「你寧可看空螢幕也不看我喔？」

「抱歉，」克里斯說，並只短到不能再短地瞄了唐娜一眼，就又把精神放回他的電腦上了。現在是什麼情形？難道他戀愛了嗎？算他識相。

「你沒有什麼事瞞著——」

唐娜話沒說完，就被回到電腦前的派翠絲打斷。「抱歉，是自由民主黨來宣傳。我得糾正他們關於學費議題的錯誤。」

克里斯的腿不抖了。但又把小腹縮了起來。

177 Succession，HBO影集名。

唐娜的手機響起。伊莉莎白傳來了簡訊。

誠摯邀請妳參加週四謀殺俱樂部的會議，明天中午十一點在拼圖室。建議撥冗參加。

第六十九章

克里斯不在乎生活裡有沒有這些東西。兩名特務被槍殺，或者是一名特務被另外一名特務槍殺。又或者根本沒有特務被槍殺，整件事情都是一場大型的魔術障眼法？只不過，不論真相如何，這都不是他可以插手的事情。他可以親手逮住犯人，將人銬上手銬，但這種事情決計不會傳進誰的耳裡。這是屬於軍情五處的業績。

當然你問這些東西有不有趣，當然有趣，謀殺跟鑽石怎麼會不有趣，而且今天如果他沒有要擔心的事情，那他說不定也能玩得很盡興。但他現在滿腦子都是康妮・強森。精確地說是康妮・強森跟派翠絲。昨晚派翠絲的門鈴一響，他內心就感到一陣不祥。他拚了命對唐娜守口如瓶，只希望朗恩跟波格丹可以創造奇蹟？

但無論如何他還是來了，算是出於禮貌。在拼圖室裡，週四謀殺俱樂部的口水如江水滔滔。

在拼圖室裡有著無敵存在感的是三面巨大的斜板，各自用一片透明壓克力蓋著，壓克力下面躺著的三幅半成品分別是名畫《乾草車》、日落時分的雪梨歌劇院，還有一個是兩千片的查爾斯王子與黛安娜王妃婚禮。目前婚禮拼圖只完成了四個邊邊跟那對幸福新人的雙眼。在開場寒暄時，克里斯一直無法將目光從黛安娜的眼眸中移開。她的未來已經成為無人不知的歷史。可憐的黛安娜，他心想。我希望妳至少這一路上有稍微玩到。

但轉眼間伊莉莎白投下了震撼彈，一下子把克里斯的全副注意力拉了回來。

「所以兩千萬英鎊的鑽石在妳那兒？」克里斯．哈德森說。「在妳手裡？」

「是，大概就是這個數，」伊莉莎白說。

「東西在哪裡？」唐娜問。

「先別管鑽石在哪裡了。」伊莉莎白說。

「它們在我燒水的水壺裡，」喬伊絲說。

「妳的特務朋友知道妳找到鑽石了嗎？」克里斯說。

「還沒，」伊莉莎白說。「我會告訴他們，但在那之前我得先擬好計畫，我在想能不能請你們幫忙？」

「要是我們幫忙，鑽石能讓我看看嗎？」唐娜問。

「當然，親愛的，妳當我會那麼冷血嗎？」伊莉莎白說。

「唐娜跟敝下能幫上什麼忙？」克里斯問。

「是唐娜跟敝人喔，」伊莉莎白說，「我跟你說了，你要保證不能生氣。」

「挖咧，又來了，」克里斯說。

「我想安排跟紐約黑幫見個面，在費爾黑文。」

「當然當然，」克里斯說，「但有什麼特別的理由嗎？還是只是妳約好的橋牌取消了，所以妳的每日行程多了一個空檔？」

「你知道我不喜歡開玩笑，克里斯，」伊莉莎白說。

「我們想把帕琵引出來，」喬伊絲說。「所謂引蛇出洞。」

「她肯定還在尋找鑽石，」伊莉莎白說。「所以她必然會以某種辦法注意我的動態。要不至少她會掌握蘇．里爾登的動態，或馬丁．羅麥克斯。所以我想讓所有人，連同鑽石，都集中在一個空間裡。星期一下午。時間就，三點前後吧？」

「我不懂妳會需要唐娜跟敝下做什麼，」克里斯說。

「唐娜跟敝人啦，」伊莉莎白說。「我需要你們在開會地點的外面，替我放亮眼睛注意帕琵是不是來了。」

「這些根本不是我份內的事啊，伊莉莎白，」克里斯說。「我沒辦法突然跳出來說我要參與。唐娜，妳也說兩句話，這不是我們的案子。」

唐娜的口徑與克里斯一致。「這些命案都不歸我們管。馬丁．羅麥克斯不歸我們管，紐約黑手黨不歸我們管。很遺憾。我滿想辦黑手黨的案子。」

「就算我們真的去了現場，」克里斯說。「妳又打算在我們守在外面時做些什麼？把一堆鑽石交還黑手黨嗎？」

「這部分的計畫我還沒想清楚，」伊莉莎白說。「但我遲早會的。」

「這你就放心吧，」伊博辛說。

「抱歉，」克里斯說，「我替你們做過各式各樣的事情，然後我一直在想那條線該畫在哪裡，而我覺得替你們把風，好讓你們把價值兩千萬鎊的鑽石交給世界第一大的犯罪集團，這已經突破我的底線了。」

雙方就此陷入了僵局，然後朗恩清了清喉嚨，說話了。「我有一個提案，一個很好的提案，大家想先聽聽看嗎？」

「朗恩，我很愛你，」伊莉莎白說。「但你確定自己的提案好嗎？」

「我一直在想，」朗恩說。「既然說這不是克里斯的案子，那我們為什麼不把它變成克里斯的案子呢？」

「這確實聽起來有好提案的潛力，」喬伊絲對伊莉莎白說。

「克里斯，」朗恩說。「你跟唐娜一直在查那個毒販，對吧？那個女的？」

「你說康妮・強森？」唐娜說。

「她叫這名字嗎？那就是了吧，我對她一無所知。」朗恩說。「重點是那是你們的案子，對吧？」

「對。」克里斯說。

「那麼，我們把她牽扯進來如何？我們跟她說我們是個大幫派，從倫敦下來的。跟她說我們跟紐約的黑手黨有筆鑽石交易，並要在她的地頭上進行，然後我們聽說她在道上的風評不錯，最後問她想不想參與？」

克里斯想往朗恩臉上親下去。他不會真的親啦，但他真的很想。

「所以蘇跟蘭斯可以帶人一擁而上把羅麥克斯跟黑幫老大抓住。你跟唐娜可以逮捕那個女毒販。你剛才說她叫什麼名字來著？」

「她叫康妮・強森，朗恩。」克里斯說。想來想去，他還是決定要親一下朗恩，等有機會就親。

「名字你說了算，」朗恩說。「但這提案你怎麼想？」

克里斯看向唐娜。「如果我們收到密報說康妮・強森在進行交易，而且要時間有時間，要地點有地點呢？我們會前往調查，也是合情合理的吧？」

「我們起碼會過去看看狀況吧，我想，」唐娜說。

「朗恩，」伊莉莎白說。「這提案不壞，一點也不壞，但我們要怎麼讓康妮．強森相信我們是倫敦下來的大幫派呢？」

朗恩示意要大家注意他，還擺出一副很受辱的模樣。「這就該我出場了，是不？我會換上套西裝。跟他們說我叫比利．貝克斯特或吉米．傑克森，來自倫敦的康登區。秀一下身上的刺青，再秀一下鑽石。」

「嗯嗯，」伊莉莎白說。

「我不確定有沒有道上兄弟刺毛主席的刺青，」喬伊絲說。

「好吧，我會帶上波格丹一起，」朗恩說。

「嗯，這計畫愈來愈有模有樣了，」伊莉莎白說。「我們會在星期一早上去法恩伯勒機場接法蘭克．安德雷德，把好消息告訴他，讓他知道鑽石在我們手上，請他務必跟我們走。我們會請蘭斯把羅麥克斯帶來，讓所有人都來見見康妮．強森。我們會安排蘇在卡車裡竊聽，而毫無疑問的，帕琵會在附近徘徊。最後該被抓的通通會被抓，該領獎章的也通通會領到獎章，而我們還趕得及回來看《書呆子》[178]。問題是我們該把所有人集中在哪裡見面？我需要一個我們可以控制的地點，一個無路可逃的地點。」

唐娜開了口。「從岸邊伸進海中的長堤碼頭尾端，有間電子遊樂場，而遊樂場的上面有一間經理辦公室。我去過一次是因為那兒的機台匯集了太多未成年的小孩，經理還想用共計

178　Egghead，英國的一個益智競賽節目。

一千英鎊的十便士銅板賄賂我。」

「長堤的尾巴聽起來很適合，」伊莉莎白說。「喔，還有伊博辛，我會需要你開車載我們往返法恩伯勒。」

「下星期一太快了，我不行，」伊博辛邊說邊搖頭。「我的肋骨還在痛，眼力也不行。可能還得休養幾星期吧。我不是不想，我很樂意，但我怕是我真的做不到。」

唐娜看著伊博辛。「可我想你應該行吧，是不是？只是開上一座小山丘而已喔？」

伊博辛想了想。然後還是對她搖了搖頭，並用嘴型說了聲「對不起」。克里斯看著唐娜。那是在演哪齣？

「很好，」伊莉莎白說。「每個人都有事要做。」

「除了喬伊絲，」伊博辛說。

喬伊絲笑了。「喔，我有事要做喔。只是現在還不能說。朗恩，你開完會可以陪我走路回家嗎？我有個想法要跟你說。還有唐娜，妳要不也一起晃過來看看，順便我可以讓妳在回家之前欣賞一下鑽石？」

第七十章

喬伊絲

我不想在大家面前說我找到了萊恩．貝爾德，尤其是不想在伊博辛面前說，伊博辛甚至連萊恩．貝爾德失蹤了都不知道。

我手上有帕琵交給我們的檔案，裡頭有萊恩．貝爾德的全數情資、大頭照，還有大量的細節，而我也做足了功課，試圖從中得到一些靈感。

有件事我可以順便一提嗎？那就是帕琵在檔案的正面留了一張便利貼，然後又在便利貼上留下了一個親親跟一張笑臉。我只是在想，一個殺人犯會這麼做嗎？

也許冷血的殺人凶手在便利貼上畫笑臉早就行之有年，沒什麼好大驚小怪？我差點要說我不認識什麼殺人凶手，但當然最近我認識了一些。

我知道我們每個人都可以進行各式各樣的偽裝。傑瑞曾在我們去多爾多涅[179]露營的時候假裝他是荷蘭人。他裝出了口音跟各種特徵。但他那麼做只是因為好玩，只是為了逗我一笑，他沒有打算要對誰開槍。

我想帕琵在樹洞裡找到信應該是個事實。否則其他的事情都很難成立。而我已知帕琵的

179 Dordogne，法國的一省。

母親打開了五三一號置物櫃，還有就是隔天有人在聖阿爾班斯的避難所開槍殺了人。而這麼一來，帕琵儼然就是千夫所指。

但我還是會一直想起便利貼上的親親跟笑臉。

喔對了，檔案。

我已經先行在ＩＧ上查詢過萊恩·貝爾德，這是基本的。結果我查到一共十二個萊恩·貝爾德，但在肯特的只有一個，@BigBairdWolf2003。但那是個私人帳號，而我又不是什麼電腦駭客，更不認識什麼電腦駭客，所以我就沒有深究下去了。英國電信上週派了人來修理我的寬頻，我問她有沒有認識誰懂得駭入私人的ＩＧ帳號，但她說她不認識。

我還是不知道我@GreatJoy69帳號的私訊要怎麼讀取。它們現在已經累積到一千多封了。好無力。

總之，雖然有點老喬賣瓜自賣自誇，但我想到了一個好點子。帕琵的檔案裡有張萊恩·貝爾德的親友明細，所以我開始一個一個在ＩＧ上搜尋這些人。我的想法是，嗯，他總是去了哪裡吧，是不是？要是哪天需要亡命天涯，我共事過的一個女性——叫珊卓拉·努珍嗎？——退休後住在懷特島，我多半會去投靠她。她說她家在一個前不著村後不著店的地方，但你還是能收到特易購的宅配，所以我完全可以在那裡樂不思蜀。珊卓拉偶爾會讓人有點受不了，但既然要亡命天涯，我也就不好太挑剔了。

萊恩·貝爾德的母親人在利特爾漢普頓[180]，但我在ＩＧ上沒看到她。我甚至在臉書上都找不到她，所以她很有可能已經不在人世。萊恩有個姊姊琳恩，而我想我應該是找到她了，問題是她幾乎沒有貼文，頂多是po一些彩虹圖來力挺各種人事物。我為她開心，但那不是我要找的東西。

接著我們來到各種親戚，而親戚那就多了。所謂一表三千里可不是開玩笑的，我必須說。聽我用說的好像感覺很快，但其實不然。要確認的人真的有夠多，而且我還要不斷分心去看我追蹤的人有新貼文。像喬．威克斯[181]新上傳的一套動作就被我看完了。

檔案提到一名史蒂文．貝爾德。他出生在佩斯利[182]，那兒我知道是在蘇格蘭，所以我追查了一下，結果蘇格蘭有一大票姓貝爾德的，當中名叫史蒂文的也是一抓一大把。我滑動瀏覽了一些人，結果無意間找到了一個帳號叫@StevieBlunterRangers4Eva。

他渾身有一種萊恩．貝爾德的神韻，包括眼睛一帶給人一種不祥之感，所以我便動念深究了一下，結果沒多久就有了收穫。兩天前，這個StevieBlunter貼出了一系列的派對照片。現場看起來是一個凌亂的小公寓，而即便是透過無聲的照片，那場判斷也感覺非常吵。

然後我便發現了我在找的那張照片。標題寫的是：

Bluntin of ma nut wi ma cuz Pablo

這句話我實在是分不清主詞受詞在哪裡，但照片上可以看到史蒂文．貝爾德，而他勾肩

180 位於霍夫與樸茨茅斯中間的英格蘭南方濱海城鎮。

181 Joe Wicks，英國健身教練兼電視主持人與作家。

182 Paisley，屬於大格拉斯哥都會區的一個小鎮。

搭背的對象正是萊恩．貝爾德，兩人一人一支捲菸在抽著。一目瞭然。所以原來他在那兒。蘇格蘭。

在週四謀殺俱樂部開完會之後，我請了唐娜跟朗恩過來。

開門見山，我秀了鑽石給唐娜看。她拿起最大的一顆放在無名指上，開始像模特兒一樣走來走去。然後她逼著朗恩也做了一樣的事情，兩人笑開了懷。趁著他們在玩，我拿著空出來的水壺去泡了三人份的茶。

我給他們倆看了照片，兩人都誇我幹得好。朗恩給我個擁抱。我想跟朗恩說他不是我的菜，但他很會擁抱人。有天他會讓某個口味非常獨特的女人得到一個非常好的丈夫。

對席芳來講是真的可惜了，她原本可以是那個女人的。我在想她究竟是什麼人？

唐娜替我翻譯了ＩＧ上的那句標題。那說的是「跟我的親戚帕布羅一起抽大麻」。帕布羅肯定是萊恩．貝爾德的綽號。

唐娜說她會直接聯繫斯特拉斯克萊德[183]警方，將人繩之以法。但我跟她說了我的打算。她跟朗恩聽完後都同意我的計畫有趣得多了。

他們倆都才剛離開，而鑽石又回到了原本的水壺裡好生待著。

朗恩明天會去見康妮．強森。我真希望自己能化身一隻蒼蠅在牆上旁觀。我真心想。你會看到他在那一刻變成自信的巨人，而我也對他有著絕對的信心。

檔案上的便利貼仍躺在我眼前。帕琵的笑臉。我什麼都不知道了。真的不知道。

或許她週一會出現在費爾黑文的碼頭上，又或許她真的已經死亡，而我們忙活了半天只會是徒勞一場。

但我想伊莉莎白有一件事想得對。那就是我們要是把所有人都集合在長堤的盡頭，把鑽石擺出來，那誰殺了誰跟為了什麼而殺，就會真相大白。

183 Strathclyde，蘇格蘭地名。

第七十一章

康妮．強森今早已經換過三回衣服了。夏天的洋裝太刻意，連身服又不夠刻意，她購自惠斯勒[184]的褲裝剛剛好，但她試了半天都沒有地方讓她舒服地藏槍。

最後她靈光一閃，想到了可以換上她上健身房穿的萊卡緊身衣。這身裝扮可以一口氣傳達幾個訊息。首先是，「喔，今天見這一面沒什麼大不了的，我只是在要去健身之前擠出點空檔」，但更重要的是，這代表「看個夠吧，波格丹，這就是等著你的好康囉」，但給人的感覺又能多一分健康，少一分浪蕩。

而且她的槍又可以方便地藏在腰包上。

桌上有一大袋搖頭丸。她先將之整理好放進抽屜，才確認了一下手錶。他們隨時會到。波格丹之前將一封信塞到了車庫門下──好像情書喔，好多粉紅泡泡。他說要帶個叫維克．文生的傢伙來商討某筆交易事宜。文生據說是來自倫敦的大咖。

她自然上網Google了維克．文生，結果什麼都沒有，而這也讓她放下了心裡的大石頭，這傢伙是專業級的。

影印機旁靠著一支纏著鐵絲網的棒球棒，康妮將之推到了看不見的地方。她再次檢查了自己的頭髮。波格丹今天會穿吊嘎[185]來嗎？那雙極品手臂在那兒一波未平一波又起，讓人忍不住想──

鐵門上聲響大作。好戲上場了，康妮。她在去應門的途中發現某大衣掛勾下方有一大片血漬。想清已經來不及了，來客只能試著接受真實的她。

她開了門，走進的是波格丹與維克・文生。雙方握了手。波格丹沒穿吊嘎來，但戴了墨鏡，所以她不擔心沒有材料遐想。維克・文生看起來很面熟，但她想不起在哪兒見過。他們以前是不是有過交集呢？他看起來頗像回事，那張挨過拳頭的臉令人肅然起敬，但他的西裝有點緊，還有那是西漢姆聯的領帶嗎？

沒有人想要咖啡——「你去健身之前絕對不能喝咖啡」，波格丹說。也沒錯，當然了，她該要先想到的。三人坐了下來。

「久仰了，康妮，」維克・文生說。「波格丹跟我誇了妳很多事情。」

波格丹跟他誇了我很多事情。所以波格丹會拿我當話題。「原來如此，那波格丹是在你手下工作嗎？」

維克・文生笑了。「波格丹不在任何人手下工作。但三不五時我會請他幫我些忙。他辦事我放心。妳懂嗎？」

「我懂，」康妮說。她看著戴墨鏡的波格丹一語不發地坐著，就像達西先生[186]一樣。她完全相信他做起事來不用人操心。

「我有件事可能用得上妳。妳對鑽石有興趣嗎？」維克・文生問道。

---

184 Whistles，英國的時尚品牌，為威廉王子妻室凱特王妃的愛牌。

185 台語，通常是當作內衣穿的背心。

186《傲慢與偏見》中外冷內熱的男主角。

她究竟是在哪裡見過他？

「我還好耶，」康妮說。「但我對錢有興趣就是了。您的事跟錢有關嗎？」

維克．文生點頭。波格丹環顧起車庫內。她很慶幸自己先把搖頭丸跟棒球棒都收起來了。你看得出他喜歡整齊。

「妳跟黑手黨打過交道嗎？」維克問起。

黑手黨？喔，這下子有趣了。

康妮搖起頭來。「我曾經想把天空體育台退掉不看了，那應該是我最接近跟黑手黨打交道的經驗了。」

「有位先生週一會來費爾黑文，他叫法蘭克．安德雷德。我需要一個人去跟他接洽。為此我們在伸進海中的長堤尾端準備了一間房。那以前是間經理辦公室。」

康妮點頭。那個房間她熟。畢竟她曾經威脅過要一把火把電子遊樂場燒了。到時也許波格丹也會在場，那她要穿什麼才好？黑手黨與波格丹？

「我需要一個信得過的人去把這個交給安德雷德先生，而波格丹推薦妳。」

維克．文生遞過一個藍絲絨袋。她解開拉繩。是鑽石，他沒開玩笑。

「這些值多少錢？」康妮問。

「值得我不能讓這事出差錯，妳這麼想就好，」維克．文生說。他襯衫上的釦子很繃，而他那張臉真的很熟。這到底是怎麼回事？

「你有什麼理由不能親自去嗎？」

「我們有點過節。他兄弟是我殺的。」

康妮點了頭。「我懂，我是過來人。那為什麼要在長堤尾端交易呢？」

「很多人想搶這批鑽石。為什麼我不能說，反正很多人虎視眈眈就是了。所以我們需要一個可以徹底監視進出的地方。」

「幫你我有什麼好處？」康妮說。

「現場會有另外一個傢伙，叫羅麥克斯來著。他是安德雷德的心腹，在南倫敦的古柯鹼生意做得很大。重點是，他在找新的盤商。」

「他原本的供應商怎麼了嗎？」

「出了場跟水泥車相撞的意外，」維克說。

「駕駛技術真差，」康妮說。

「所以我跟他說可以考慮一下妳。先小買個五萬鎊，看看品質如何，確認一下妳是不是他要找的人選。」

康妮點頭。

「而就當作是介紹費，妳要替我把鑽石交給安德雷德。如何？」

維克．文生對她微微一笑。康妮見過這傢伙，她在內心發誓。她見過這張臉。而且天底下哪來這麼好的事情。這該不會是條子，是克里斯．哈德森在設計她吧？

康妮翻找起她的腰包，掏出了手槍，對準了維克．文生。如果他真叫維克．文生的話。

維克跟波格丹雙雙稍微揚起了眉毛。

「抱歉了，朋友，沒有不敬之意，但我認識你，我見過你。」康妮繼續把槍口對著維克．文生的眉宇之間。維克撓了撓手臂上的刺青，上頭寫著「肯德瑞克」。眼神死盯著維克的康妮問起波格丹：「他是誰？波格丹，老實跟我說。跟我說實話，我就放你們哥們走，今天的事就當沒發生過。」她可以殺了維克．文生然後照樣跟波格丹去喝杯酒嗎？恐怕是沒辦法了，但開槍殺人可以讓她先爽一波。

「他是維克．文生，」波格丹說，「我跟他合作過幾次，從來沒出過麻煩。」

「然後呢，」康妮說。維克．文生看起來老神在在。但豆大的汗珠從他的頸脖滑落，穿過了褪色的西漢姆聯刺青。

「他打給我，幾個禮拜前吧，跟我說：『波格丹，你有信得過的人可以介紹給我嗎？』我跟他說康妮，因為我信得過妳。」

天啊，我太難了，康妮心想，但我得專心。

「他問我妳是不是在賣古柯鹼，我說當然啦，誰不賣古柯鹼。所以他叫我跟妳買貨，給他看看。」

「所以你那天才來買了一萬英鎊的份？」康妮問。

「那一萬鎊是維克的錢。」

康妮笑了起來，她放下槍，給了維克．文生一個擁抱。他汗出得比她想的還兇。

「怪不得我老覺得你的臉我看過！我會派人跟蹤每個從我這兒出去的人，看他們是不是警察、對手之類的，然後拍些照片回來。波格丹交貨給你，是在碼頭邊吧。」

康妮拉開抽屜，翻找著一些照片，最後抽出一張是朗恩跟波格丹被拍到在費爾黑文碼頭上。

「打扮得像個水管工，我喜歡。我就知道我認識你的臉。抱歉了，文生大哥。我不是故意要用槍指著你。」

「無妨，」維克．文生說著又抓了抓他的「肯德瑞克」刺青。「記得星期一帶著這把槍，有備無患。」

「那，這事就說定了，」康妮說。「五萬鎊的古柯鹼跟一袋鑽石。」

「星期一，下午三點，」維克．文生說。

康妮看向波格丹。「你會一起來嗎？」

波格丹取下墨鏡直視著她。「嗯，這活我們可以一起幹。」

我的天啊，那眼神真是熾烈。「我們要不要一起去喝一杯？」

「妳不是要上健身房，」波格丹說著戴回了墨鏡。

媽的！

「我還有一個不情之請，康妮，」維克．文生說。「希望妳不介意，不是什麼很難的事情。」

「你講，」康妮說。

「我太太的姪女是這裡本地人，而她有個兒子[187]在找機會發展。所以我在想妳那天會不會需要一個人幫忙開車，願不願意讓年輕人試試？」

「司機我不缺。」康妮說。

「但我比較想用我知道能信任的人。」維克．文生說。「總是一家人嘛。而且他已經替妳

187 即內姪孫。

稍微工作過，他是這麼說的啦。他可以在大功告成後載我們三個去用個晚飯，要是妳願意賞光的話？」

康妮確實願意。

「成，他叫什麼名字？」

「萊恩·貝爾德，」維克·文生把張紙塞給了康妮。「他目前人在蘇格蘭；這是他的住址。妳覺得妳可以在週一前派人上去接他下來嗎？」

「當然，」康妮一邊點頭，一邊已經在想著那頓晚飯要去哪吃。週一在碼頭上會非常好玩。

第七十二章

伊莉莎白一遍又一遍向喬伊絲解釋法恩伯勒不是希斯洛或者蓋特威那種機場，所以裡面不會有店家。但她的朋友還是免不了垂頭喪氣。

「可是那裡連史密斯超商都沒有，」喬伊絲環顧著入境航廈說。

「妳是想買什麼啦，拜託？」伊莉莎白問。此刻是上午十一點三十分，小法蘭克・安德雷德隨時都會從入境門後現身。

「嗯，也沒要買什麼啦，只是原則問題，」喬伊絲說。「畢竟上完廁所就沒別的事好做了。」

「讓妳無聊了還真是對不住，喬伊絲，都是我沒事帶妳來見黑手黨的大哥，以便我們能載他到鑽石的交換地點，然後逮住某個殺人兇手。」

「我只是念一下而已嘛，」喬伊絲說完就老實在椅子上坐下了。伊莉莎白沒有能說服伊博辛開車載她們到法恩伯勒，所以朗恩的司機朋友馬克就開著計程車送她們過去。雖說有伊博辛一定會比較好玩，但馬克作為朗恩的朋友也提供了不錯的陪伴。她原本對馬克會聽哪一台廣播有點擔心，但答案揭曉他聽的是ＢＢＣ的廣播二台，所以她沒有被罵得很慘。

喬伊絲悶悶不樂的。伊莉莎白知道什麼可以讓她開心起來。

「那個點子真是太棒了。把萊恩・貝爾德找來當康妮的司機。至於一開始能先把他給找出來，嗯，那真是天才。」

「不要再刻意讓我開心起來了，」喬伊絲說。「我現在應該要在Boots藥妝店裡選購旅行用的盥洗用品才對。」

「收到，」伊莉莎白說。現在是萬事俱備只欠東風。碼頭會在會面開始的第一時間封閉維修。克里斯跟他的小組會在現場就位。他們已經接獲了密報說康妮．強森會於下午三點在碼頭末端現身，且身上除了古柯鹼外還會有把私槍。

一群日本商人走過。一名司機用推車推著他們的行李。伊莉莎白巴不得把進入這座機場的每一件行李都打開來瞧瞧，包括來自四面八方的私人噴射機。她曾經短暫擔任過希斯洛機場的行李處理者，負責在貿易代表團的公事包上釘上追蹤器。

蘇今天下午也會過去。那場對話相當之難搞。是，伊莉莎白找到了鑽石；不，鑽石如今不在她手邊；是，東西現在在英格蘭南部沿岸一名毒品女王手裡；是，她明白這不是最穩當的做法。她是在哪裡找到鑽石的？嗯，那說來話長。雙方就這樣沒完沒了，不停地用威脅與難聽的話相互伺候。「我以為我們早有默契？」為什麼人都這麼容易失控？人生苦短。

蘇終究冷靜了下來，屆時她會藏身在某處監看加監聽。

蘭斯也不會缺席。他現正在馬丁．羅麥克斯的住處蹲點，所以也會順便開車載他去。這部分講好了不會有問題。

「我可以跟妳說樣事情嗎？」喬伊絲問。

「只要無關乎這裡為什麼沒有店可逛就可以。」伊莉莎白說。

「我不是想找碴，」喬伊絲說，「但我實在……我實在不覺得帕琵是這一切的幕後主謀。

我知道我心軟，我真的知道。自從她放心把她媽媽的電話交給我之後，我就覺得自己很想保護她。我就是很好騙吧，也許。」

「我一直想問，她在把紙條塞進妳口袋的時候，有跟妳使眼色嗎？」伊莉莎白問。「她睫毛有啪啪啪嗎？還是有跟妳賣慘？」

「都沒有，紙條我是回到家才發現的。還有，我還沒跟妳說她畫了笑臉在便利……」

入境大門在她們身邊刷的一聲打開，門後走出的男人穿得非常招搖，看著好像要去比高爾夫球一樣。Polo衫、米色西裝褲、推高到髮線處的太陽眼鏡。也許四十來歲？他隻身一人，只帶了個小公事包。他還在四處張望找著租車櫃台，伊莉莎白跟喬伊絲已經跨出大步朝他左右兩側進占。

「你一定就是安德雷德先生了吧，」伊莉莎白說。

安德雷德停下動作看向伊莉莎白。

「不是，」他說。

「我是喬伊絲，」喬伊絲說。「這位是伊莉莎白。」

「那很好，」法蘭克．安德雷德說。「如果沒別的事我很忙。」

他再度邁開腳步，伊莉莎白與之並駕齊驅，喬伊絲則匆忙跟了上去。

「你不需要租車，安德雷德先生。」伊莉莎白說。

「恕我不同意，」法蘭克．安德雷德說。

「羅伯茨布里奇計程車公司的司機馬克載了我們過來，」喬伊絲說。「我們原本擔心後車廂會放不下你的東西，但看來你就一個公事包而已。那是台豐田的Avensis[188]。」

安德雷德再次停下腳步。「兩位女士，很抱歉，我不知道妳們是誰，也不想知道。我有地方要去，有人要見。」

「我們知道，」伊莉莎白說。「我們來就是要幫你。你要去見的人是馬丁．羅麥克斯吧。」

安德雷德狠狠瞪了伊莉莎白一眼。

「為的是你的鑽石。」喬伊絲說。

安德雷德狠上加狠地瞪了喬伊絲一眼。伊莉莎白看著喬伊絲臉紅了起來。我的天啊，有哪個男人是她覺得不帥的嗎？

「ＯＫ，兩位女士，我大老遠飛過來很累。我只想鑽進我租的車，見到馬丁．羅麥克斯，把我這趟的目標拿到手，然後直接回到這裡，趕緊飛回家去。」

「這個嘛，馬丁．羅麥克斯那兒沒有你的鑽石，」伊莉莎白說。「我有。」

「我的鑽石在妳那兒？」

「鑽石在我手裡，是的。」伊莉莎白說。

「ＯＫ，」法蘭克．安德雷德說。「而妳覺得因為妳是個老女人，我就不會殺了妳嗎？」

「嗯，我沒這麼想，法蘭克，」伊莉莎白說。「我完全相信你會殺了我，一點懷疑都沒有。但同樣地我也不會猶豫要不要殺了你。所以我們可以不要再繼續裝模作樣，來談點正事成嗎？」

法蘭克．安德雷德笑了。「妳要殺我？」

「她可以喔，」喬伊絲作起了證來。「我不覺得她想殺你，但必要時她會。」

「ＯＫ，」安德雷德說。「所以我的鑽石在哪兒？」

「東西在費爾黑文，」伊莉莎白說。「海邊長堤的最末端。」

「那費爾黑文又在哪裡？」安德雷德問。

「說起這個，你有沒有突然覺得我們很好用了？」伊莉莎白說。

伊莉莎白看到馬克已經駕車繞到航廈的前面了，並對她輕按了一下喇叭。在黑手黨的面前按喇叭真的不是個好主意，但她想這種事最好馬克會知道。

「你跟我們來，你跟馬丁・羅麥克斯好好講，然後我的代表就會把鑽石交給你。我們最慢晚上九點前會把你送回到這裡。」伊莉莎白說。

「連同我的鑽石？」安德雷德問。

「連同你的鑽石。」伊莉莎白說。然後她指著馬克的車，「那我們出發吧？」

「我憑什麼相信妳們？」

「嗯，你可以自行判斷啊，」伊莉莎白說。「然後看看我朋友喬伊絲的臉，你覺得這張臉會騙人嗎？」

喬伊絲笑了。「你要的話我可以把副駕駛座讓給你，我是坐前座過來的，但坐後面我也不介意，反正我大概會一路睡回去。」

馬克下了車，打開了後車廂，然後對法蘭克・安德雷德伸出了手。

「所以行李只有這樣嗎？我叫馬克，很榮幸為您服務。您真的是黑手黨的人嗎？」

---

188 豐田針對歐洲市場設計的房車名稱，台灣原廠並未引進。

伴。

法蘭克・安德雷德遞過公事包。「嗯，算是吧。」他看了眼車子，又看了眼他的三名旅伴。

「對了，」喬伊絲說。「這一趟起碼要兩個小時，你需要先去上個廁所嗎？」

第七十三章

唐娜跟克里斯的車停在一家商店外頭的小巷裡，而店裡賣的是棉花糖、倫敦塔橋的模型，還有國際電話卡。他們面對著海，跟天色一樣灰暗又陰沉的大海，費爾黑文碼頭的長堤在他們左手邊清晰可見。

唐娜吃著冰淇淋。她問克里斯要不要來一點，但克里斯拒絕，然後低下頭看了他那袋葵花籽一眼。

康妮．強森是第一個到的。她把Range Rover停在了碼頭前面的寬敞人行道上，下得車來，然後環顧起四周。她揹著一個運動用的大包包，而唐娜希望那裡面就裝著五公斤的古柯鹼。有五公斤的古柯鹼，就有機會把康妮在這個下午結束之前送進牢裡面。

唐娜看不見隔熱貼紙後開車的是誰，但她很期待能重新把萊恩．貝爾德抓住。喬伊絲的搜索能力令她不得不佩服。

突然間出現的是波格丹，突然到唐娜不確定他原本待在哪邊。他們已經監視了碼頭半小時，卻完全沒注意到那麼個大男人，那麼個高大木訥、一雙藍眼如此深邃的男人。唐娜發誓她的冰淇淋真的融化得更快了。她看著波格丹陪康妮．強森走上了長堤，還像個紳士般替她揹起那袋古柯鹼。

「他人不錯，」克里斯說。

「嗯嗯，」唐娜沒有異議。

繼Range Rover，一輛黑色蓮花跑車靠邊停下，下來的兩個男人一個老，一個沒那麼老。唐娜看到克里斯低頭望向他手機裡的一張照片。

「老的那個是馬丁・羅麥克斯，」克里斯說。「那另外一個就肯定是軍情五處的特務了。」

「蘭斯，」唐娜說。喬伊絲跟唐娜說過她或許可以參考一下蘭斯，但他太老了。而且那個頭髮是怎麼回事？不過喬伊絲這推薦還不算太離譜啦。早個十年也許有機會。

蘭斯・詹姆斯跟馬丁・羅麥克斯開始沿著長堤前進，車則留在原地。唐娜心想要是能去軍情五處上班然後車就可以隨便停，一定很爽。唐娜曾經在斯特里薩姆的利多超市跟一個拿著劍在揮舞的男人扭打，結果回頭就發現她的車子因為跨了兩格而被上了固定夾。

再五分鐘就三點了。鑽石跟古柯鹼似乎讓人都準時了起來。一輛駕駛座車門外用噴漆寫著羅伯茨布里奇計程車的豐田Avensis，成了第三輛抵達的車子，停在蓮花跑車之後。

唐娜不認識的計程車司機下了車，逕自走到後車廂。副駕駛座鑽出一個只能是小法蘭克・安德雷德的男人。

馬丁・羅麥克斯跟小法蘭克・安德雷德不干唐娜跟克里斯的事，但那不代表看到他們出現不有趣。軍情五處會處理他們兩個，肯特郡警要管的是康妮・強森跟萊恩・貝爾德。大家井水不犯河水。

伊莉莎白撮合了這場協議。

而說起伊莉莎白，伊莉莎白就來了。她跟喬伊絲出了豐田的後座，其中喬伊絲顯得睡眼惺忪。

司機把一個公事包交給法蘭克，兩人握了手。

波格丹回來了，並示意要法蘭克・安德雷德跟他走。安德雷德看了一眼伊莉莎白，她點了點頭。伊莉莎白沒跟安德雷德握手，喬伊絲也一樣。這點很不像她們倆。

波格丹對法蘭克・安德雷德微微一笑。唐娜見過波格丹笑嗎？她覺得沒有，但她現在有點想再看一次。「爬妳的下一座山，」伊博辛是這麼跟她說的。看著他與小法蘭克・安德雷德往長堤遠處走去，唐娜開始想像「爬」波格丹會是什麼感覺？她一口吞掉了她的巧克力脆片棒，然後又嚼起了螺旋麵包。

「所以大家夥都到齊了，」克里斯說。「妳準備好了嗎？」

「準備好了。」唐娜說。

她看著伊莉莎白踏上長堤的步道，喬伊絲跟在後頭，試著拂平她一趟車坐下來弄皺的裙子。她們經過了蓮花跑車，又經過了Range Rover。喬伊絲看了過來，認出了他們，並用力揮起手來。看樣子喬伊絲想成為合格的臥底還沒那麼快。唐娜揮了回去，喬伊絲看起來異常開心。

喬伊絲與伊莉莎白來到一輛停在步道欄杆旁的白色廂型車，而這車除了毫無記憶點之外，還被警示的帶子圍了起來。廂型車的車側寫著：「T・H・哈格里夫斯——專業欄杆。歡迎疑難雜症。」

伊莉莎白跨過了帶子，喬伊絲也緊隨其後。廂型車裡有人開了後門，她們雙雙爬了進去。

第七十四章

此處作為一人辦公室可謂綽綽有餘，你可以在這得過獎的長堤上，居高臨下地監看吃角子老虎機在電子遊樂場中的日常運作。

但此時，這個房間卻顯得有點擁擠。康妮．強森坐在辦公桌後，馬丁．羅麥克斯在她對面。小法蘭克．安德雷德踞於窗台之上。蘭斯．詹姆斯倚著牆，而波格丹則站在門前。

自我介紹非常簡短，主要都是「你是誰？」、「關你屁事」這一類的。但小法蘭克．安德雷德倒是跟馬丁．羅麥克斯握了個手。「看來我今天可以不用殺你了，馬丁！」「好像是這樣喔，法蘭克。尊夫人還好嗎？我送的馬芬她有沒有收到？」

關於會議本身，大家都有點不太確定該怎麼起頭，畢竟這場會議根本不是在場的誰所發起。發起這場會議的是此刻坐在四百公尺外一輛白色廂型車裡一名現年七十六歲，正仔細聽著他們會說些什麼的女人。

所以開球的責任就交給了房間裡真正的一條漢子。

「那好吧，」波格丹說。「我們開始吧。」

＊

那好吧，波格丹說，我們開始吧。

白色廂型車裡，戴著耳機的蘇．里爾登正看著監視螢幕，上頭是由辦公室裡的攝影機所中繼回來的畫面，而那些攝影機又是蘇的小組成員用週末安裝好的。

伊莉莎白與喬伊絲得共用一只耳機，一人聽一邊。預算縮減。

「妳確定鑽石還在她手上嗎？」蘇問。

「我把事情交給波格丹去負責，」伊莉莎白說。「所以沒錯，我很確定。」

「她的運動袋裡是什麼鬼東西？」蘇問。

伊莉莎白聳了聳肩。騙康妮・強森帶毒品過去是為了讓克里斯與唐娜好辦事，蘇沒有必要知道這麼多。她看回了螢幕上那個擁擠的辦公室，畫質比她現役的時候好不知多少倍。

法蘭克・安德雷德坐在現屬於他的窗台上，對康妮・強森說起話來。

所以我的鑽石在妳那兒？

鑽石在我這兒，康妮說。我姑且相信你說鑽石是你的。

妳鑽石是怎麼拿到手的？安德雷德問。

從我的可可利[189]盒子裡掉出來的，康妮說。你真的是黑手黨的人嗎？

他是做生意的，馬丁・羅麥克斯說。很受敬重。

對，我就是黑手黨的人，安德雷德說。現在，把鑽石讓我看看。

來吧，好戲開始了，伊莉莎白心想。接下來的發展他們不會喜歡的。願老天保佑他們各位。

189 Coco Pops，家樂氏的盒裝早餐脆片，裡面會放給小朋友的塑膠玩具。

＊

康妮把手伸進大運動袋。他們什麼時候才要聊到毒品？她要她的五萬英鎊，她要跟這些人做更多更大的生意。她一直很擔心，她必須承認，她擔心這一切。她戒慎恐懼。但目前一切的事態發展都跟她被告知的一樣。維克・文生都說明過了。有個黑手黨派來的人，有個花俏的老傢伙，嗯，就在那兒，還有波格丹也在。一切都很讓人安心，而她也急著要給人留下好印象。那兒還有一個人，看起來很無聊的準禿子，但他大概只是個保鑣吧。只要波格丹認識他就行了。

她把藍絲絨袋放到了她面前的桌上。

「好，哈利路亞，」花枝招展的老頭說了。

「打開給我看看，」安德雷德說。「把鑽石倒到桌子上，一顆也別灑了。」

別灑了？這話說得還真奇怪，康妮心想，但這人是個美國佬，美國佬說英文就是奇奇怪怪。她鬆開了拉繩，小心地將鑽石傾倒在桌面上。

「喏，你看看，」康妮說，「一顆都沒灑。兩顆都在這兒，一根寒毛都沒少。」

現場陷入一陣靜默。安德雷德、花俏男，甚至是那個保鑣都瞪大眼睛看著桌上的鑽石。

康妮突然察覺到現場有股異常的氣氛。

「妳手上就兩顆鑽石？」安德雷德說。

「是啊，」康妮說。「這些難道不是鑽石。你在期待什麼？」

＊

你在期待什麼？康妮．強森說。

「剩下的其他鑽石呢？」蘇．里爾登看似要炸鍋地看著伊莉莎白。

「喔，我只給了她兩顆，」伊莉莎白說。「兩顆夠把凶手釣出來並讓事情稍微變精彩了。妳那幫手下發現帕琵在附近鬼鬼祟祟了嗎？有消息嗎？」

「我的天啊！」蘇說。「妳就不能有哪件事直來直往一點嗎？」

「除非直來直往對我有好處，」伊莉莎白說。「而今天直來直往對我沒好處。」

「所以鑽石在哪兒？」蘇問。

「它們很安全，」伊莉莎白說。「它們現在在喬伊絲的微波爐裡，因為比起泡茶不可少的水壺，喬伊絲遠遠不那麼常用微波爐。」

螢幕上顯示著法蘭克．安德雷德掏出了把槍。

「我的老天！」蘇說。「妳都幹了些什麼好事，伊莉莎白？」

*

蘭斯看著法蘭克掏槍，自身也掏出了槍來。安德雷德的槍口對準了康妮．強森，而蘭斯的槍口則對準安德雷德。

「我的鑽石在哪兒？」法蘭克．安德雷德說。「全部。」他口氣聽來冷靜，但在蘭斯的評估中，他臉上掛著的並不是一副冷靜之人的表情。蘭斯不怪他。這裡現在到底是在幹嘛？詐騙嗎？

「這些就是你的鑽石啊？」康妮．強森說。「把槍放下，你也太愛演了吧。」

「剩下的呢？」安德雷德說。他現在連聽起來都不冷靜了。

「剩下的？」康妮說。「我就拿到這麼多啊。」

「拿到？」安德雷德說，「從誰手中拿到？」

「一個老傢伙，維克．文生，」康妮說。「你最好不要為了這事兒開槍打我喔。那傢伙給了我鑽石，跟我說這個花俏的男人想進五公斤的古柯鹼，然後叫我來這個碼頭上見你。這是你跟他的糾紛。」

「什麼古柯鹼？」法蘭克．安德雷德說。「維克．文生又是誰？」

「這些古柯鹼啊，」康妮說著把手伸進她的包包。但她掏出來的不是古柯鹼，而是她的槍。她把槍口瞄準了安德雷德。

「這麼小的房間，竟然這麼多槍。」波格丹說著嘆了口氣。

「這把槍英國味還真重，」安德雷德說。「他長得什麼模樣？維克．文生？」

「老老的，感覺像拳擊手之類的，」康妮說。「刺青一堆，西漢姆聯的跟一堆亂七八糟的都有。」

馬丁．羅麥克斯一拳打在桌上。

「我認識他，」羅麥克斯說。

「我想也是，」安德雷德說著把槍對準了羅麥克斯。「你們在搞什麼鬼？」

挖咧，我也想問這個問題，蘭斯心想。康妮．強森的槍對著安德雷德。安德雷德的槍對著羅麥克斯。照這個邏輯，蘭斯覺得自己應該瞄準康妮．強森，這樣感覺才會平衡。所以事情接下來會怎麼走？肯定會有人倒大楣，他要做的就是確定那個人不是自己。要是死在這個地方也挺妙的。頭上是海鷗在呼叫，下面則有空空如也的吃角子老虎機在嗶嗶嗶地吵。萬一被打死，那至少他就不用煩公寓廚房牆壁的事情了。不過話說回來，還是盡量別被打到啦，蘭斯。

「我跟你一樣莫名其妙啊，法蘭克，」羅麥克斯說。「我只是正常過日子正常呼吸，但我相信這一定有個非常簡單的──」

「夠了，」法蘭克・安德雷德說。他扣下了扳機，打中了馬丁・羅麥克斯的胸膛。羅麥克斯在椅子上往前一倒，血從他的西裝中汩汩流出。安德雷德重新瞄回康妮・強森，雖然他從小受的教育是要先把男人殺光再動女生。但他晚了一步。康妮・強森已經擊發了一顆子彈，而子彈先是將法蘭克・安德雷德貫穿，然後飛出了窗外，飛向了那片灰色的海。

馬丁・羅麥克斯抬起頭來，就像是在想對第二聲槍響說點什麼。但不論他有什麼話想說，都只能下輩子再說了。他向左跌了下去，身體撞在了地上。

法蘭克・安德雷德滑下了窗台，在下方牆上的暖氣塑膠外殼上留下了厚厚一抹緋紅的血跡。他的兩隻腳最後停在了馬丁・羅麥克斯的手肘內側。兩個男人就這樣貌似睡著。他們夢裡有槍、有毒、有錢，不斷在拿但從來不給。

接下來呢？蘭斯心想。地上橫著兩具屍體，桌上放著兩顆鑽石，桌子下面有一整袋古柯鹼。他跟康妮各拿著一把槍指著對方，兩人都不太知道該如何是好。

波格丹站到了兩把槍的中央。

「康妮，這傢伙不干妳的事，妳也不干這傢伙的事。他來只是為了這兩個死人跟鑽石。妳東西收一收快逃。」

外頭在長堤上是舟艇特勤隊的隊員，他們眼睛睜得老大都是在等帕琵的出現。他們知道不用管康妮．強森，他們收到的命令很清楚。她將能順利跑回自己的車子。

康妮抓起包包，一屁股滑過桌面，然後直奔門口。波格丹幫她開了門。她摸上他的臉，吻了他一下。

「打給我，知道嗎？」她說，然後飛快地消失無蹤，裝滿古柯鹼的大包包隨著她邊跑邊晃。

蘭斯審視了現場。他身邊這高大的波蘭男子臉紅著，而地上兩具屍體的血液則開始交融。

＊

蘇一聽到兩聲槍響就從廂型車衝了出去，但伊莉莎白沒覺得需要跟去，所以喬伊絲也沒有輕舉妄動。

「不會吧，」喬伊絲說。

「我也不希望有人被殺，這種事自然是能免則免，」伊莉莎白說。「但今天這些人叫做死不足惜。」

喬伊絲想了一下。伊莉莎白決定只給康妮．強森兩顆鑽石的當下，這樣的結果就已經注定好了。伊莉莎白狠起來，也是很狠的。與她為敵之人我只能說非常想不開。

這個世上少了小法蘭克．安德雷德，絕對是有好沒壞，這點不需要懷疑。來自羅伯茨布里奇計程車行的司機馬克曾想跟他聊聊棒球，但卻被他嗆了一句「他媽的給我閉嘴」。好吧，加強語氣的「他媽的」是我加的。是黑手黨也好不是黑手黨也罷，小法蘭克．安德雷德真是個乏味又沒料的男人。

曾經是個乏味又沒料的男人。

那馬丁・羅麥克斯呢？這傢伙坐擁豪宅跟以百萬為單位的財富，結果幹的是那種勾當。他用髒錢資助的那些東西。軍火、黑幫、軍閥。用來掩蓋屍臭的忍冬花香。然後她想起他開給與失智症共存基金會的那張支票。面額五英鎊。她看著螢幕上羅麥克斯的屍體，心中沒有一絲漣漪。

這些年喬伊絲看過太多善良的人、無辜的人、不幸的人死去。有時她會回家掉眼淚，而傑瑞會靜靜抱著她，因為他知道自己說什麼都不對。

但她不會為這兩個王八羔子掉半滴眼淚。「死得好，」傑瑞還在的話會說，而喬伊絲會連聲稱是。但主動讓事情發生，像伊莉莎白剛剛做的那樣？那代表伊莉莎白比較壞嗎？還是只代表她比較誠實？這個問題得請教聰明人。她會去找伊博辛問問。

她看著監視器上的蘭斯開始把鏡頭畫面一個個切掉。每切一次她就會看到她編的友誼手環一回。直到最後一個螢幕也變黑。

「所以現在怎麼辦？」她對伊莉莎白說。「我不覺得他們有發現帕琵？」

「喔，帕琵死了，喬伊絲，」伊莉莎白說。「我在來這兒的車上想通了。傑瑞米・范恩[190]的節目一開始我就茅塞頓開。」

「是喔，」喬伊絲說。「所以現在怎麼辦？」

190 Jeremy Vine，BBC廣播二台的老牌主持人，以午間節目著稱。

「嗯，」伊莉莎白說著看起了手錶。「我估再半小時左右，然後我希望能跟殺死道格拉斯跟帕琵的凶手一起搭驗屍官的廂型車，回去戈爾達明。」

*

康妮在長堤上跑得像在飛。她開槍擊斃了一名紐約黑手黨的大哥，她吻了波格丹，她還保住了她的古柯鹼，所以你很難給今天打分數。她得回到辦公室，在那兒重整旗鼓。目前看來她真的可以乾乾淨淨地全身而退。她信得過波格丹，至於另外一個人對她好像意興闌珊。

Range Rover就在前面了。開車的萊恩．貝爾德實在不怎麼樣得誇張。她記得他替自己幹過幾趟活，但也不是說幹得多好。他身上飄著大麻的臭味，而且連加熱座椅怎麼用都不會。再就是他竟然想跟她搭話，這真是不可原諒。等再見到維克．文生，她一定要好好告一下他這姪孫的狀，管他們是不是一家人。

康妮冒險看了一眼身後，沒有人追上來。甚至沒有人朝她的方向看來，這一點實在有點怪。一名金髮女子身穿OL的套裝跑在碼頭上，同時還揹著個運動包？這任誰都會多看兩眼吧？但如今長堤上卻安靜得跟什麼一樣，只有穿著深色衣服的幾對情侶在手勾著手散步。

她手一伸抓住Range Rover的車門，將之一甩而開就要往裡面鑽，結果直接鑽到了探長克里斯．哈德森的大腿上。她連句話都還來不及講，就被上了手銬。

「嗨，康妮，」克里斯說。「妳被捕了，妳什麼話都不用說，後面我就省了。」

往前座一看，康妮發現萊恩．貝爾德被銬在了副駕駛座。方向盤後面的變成了唐娜．德．費雷塔斯。她回頭看著康妮。

「Range Rover我還是第一次開，康妮，所以有點頓挫還請多多包涵。但我已經把費爾黑文警局輸入衛星導航了，所以至少不會太繞路。妳今天搽的是什麼香水？感覺好有質感。」

＊

「所以我們只需要馬的另外一種說法，」伊博辛說，眼前的填字遊戲顯示在筆電螢幕上。

「馬──兒？」肯德瑞克一邊說，一邊在FaceTime視訊的畫面上跳進跳出。

「太長了，」伊博辛說。

「但我只想得到這一個耶，」肯德瑞克說。「會不會是出題的搞錯了？」

伊博辛點點頭。「嗯，搞不好喔。」

他今天應該跟去的。他應該開車載喬伊絲跟伊莉莎白去機場的。應該載她們去碼頭的。他此刻應該要跟他們一起在現場的。朗恩傳來簡訊。又死了兩個人，但死的是對的人，所以大家心情都滿好的。

車行的馬克會載朗恩回家，到時他會帶炸魚薯條過來。伊莉莎白跟喬伊絲還有漫長的一晚上要忙。

「你還會痛嗎？」肯德瑞克問。

「會，」伊博辛說。「但跟你阿公聊天時就不會，跟你聊天也不會。」

＊

透過Range Rover的擋風玻璃，唐娜看到伊莉莎白跟喬伊絲爬出了白色廂型車的後座。

伊莉莎白看見在方向盤後的唐娜，便對她投以一道充滿希望的目光。作為回應，唐娜用大拇指比了一個讚，伊莉莎白點頭並用嘴型告訴她「幹得好」。

朗恩這時出現在她敞開的駕駛座車窗旁。

「喔，他們今天都到齊了，」唐娜說。「領退休俸的也有戶外教學嗎？」

「那是維克・文生，」康妮說著就要往前衝，但被手銬拉住。「那些毒品是他的，快把他抓起來。」

朗恩看著康妮。「我沒聽過這名字，親愛的，聽起來像是個十足的壞蛋。」他然後望向克里斯。「她幹了什麼好事？說來聽聽。」

「殺人，」克里斯說。「鏡頭都拍下來了。外加一大袋古柯鹼。」

「所以被整得最慘的就是她囉，沒錯吧？」朗恩說。他接著再看向了萊恩・貝爾德。

「你怎麼樣，還好嗎？萊恩。」

萊恩・貝爾德安靜地哭著。

「你哭個夠，」朗恩說。「另外我跟你說個故事。兩個禮拜前，你搶了某人的手機。差不多我這個年紀，那個人，但看起來更顯老，頭髮還有點少。你狠狠在他後腦杓踢了一腳，記得吧？我想不出有什麼理由你要這麼做。而自從你幹出這事後，聽著，我也看他哭過，而我不喜歡那樣，萊恩。我知道你無所謂，兄弟，但他是我最好的朋友，被你踢的那傢伙。我希望你給我記住他叫什麼，可以嗎？伊博辛・阿里夫。你在牢裡給我每晚記住這個名字。誰惹伊博辛・阿里夫，誰就等著倒楣。」

康妮又一次想要撲向朗恩，同時還發出凶狠的嘶叫聲。「等我出獄你就死定了。」

了。」

朗恩看回了康妮。「這個嘛，我今年七十五，妳要坐三十年的牢，嗯，我應該是死定

唐娜看到波格丹走了過來。喔天啊。他走到朗恩的身後，把人從車窗旁拉到他身邊。

「該走了，」波格丹說，而朗恩點了頭，臨走前瞪了淚眼汪汪的萊恩．貝爾德一眼。

「伊博辛．阿里夫，」朗恩說。「你可別忘了，萊恩。」

波格丹看著唐娜。「妳是唐娜？」

「是，」唐娜給了他肯定的答案。

「我是波格丹，」波格丹說。

「我知道，」唐娜說。

波格丹點頭。「ＯＫ。」他接著望向了後座說，「哈囉，康妮。」

「你們全都死定了，」康妮說。「你們一個個都是。」

「是啊，誰不會死呢，遲早的事。」波格丹沒有反駁，而唐娜則看著他離去的背影，他

用一隻手臂摟住朗恩。

第七十五章

伊莉莎白當了回傻瓜，但起碼她想通了自己為什麼會上當。說真的，這都該怪到馬可斯．卡邁克的頭上。

從最一開始就是。泰晤士河畔那從一開始就不存在的死者。倫敦某醫院無人認領的遺體，由她的幹員打扮成他們要的模樣。那完美說明了她這一行包含如何鋪天蓋地的障眼法，直叫人發自內心相信你要他們相信的事情。用複雜手法讓真相難以被識破，那叫一個嘔心瀝血。

伊莉莎白是這方面的高手，一如道格拉斯也精於此道。抽屜裡的某處還放著一張他們婚禮上的照片。伊莉莎白跟道格拉斯都燦笑到你絲毫不會懷疑那是他們一輩子最幸福的一日。沒有什麼是表面上那樣。

只不過，伊莉莎白如今了解到，有時候事情就是表面上那樣。還好她明白得還不算太晚。

她人坐在驗屍官廂型車後面的長椅上。他們的目的地是戈爾達明的停屍間，道格拉斯與帕琵的屍體獲得指認的同一個停屍間。

她身邊坐著喬伊絲。喬伊絲正拿著手機在玩尋字遊戲[191]。伊莉莎白意識到她應該多聽聽喬伊絲的看法。本來嘛，帕琵當然沒有犯案。帕琵既沒有殺害道格拉斯，也沒有又殺死了某個無辜的年輕女子來當她假死的替身。

帕琵沒有跟她母親密謀偷走鑽石。席芳的事一定有別的解釋。

到底什麼樣的人會相信帕琵是幕後的主謀？笨蛋到一個程度就會。或是聰明過了頭的人也會。

伊莉莎白開始了解到或許，有些時候，事情的表象就是其真相。就像當朗恩擁抱她，或是當喬伊絲替她烤了個蛋糕，又或是伊博辛幫她把文件護了貝，他們並沒有在耍什麼心機。他們不需要什麼回饋，他們只要她的開心，只要她的友情。他們只是單純喜歡她，如此而已。伊莉莎白花了好長時間才接受了這個真相。

對面的長椅上坐著蘇．里爾登。蘇．里爾登跟她的思考模式如出一轍，兩人曾拿這開過玩笑。雙胞胎，伊莉莎白當時真以為那只是個玩笑。

在兩邊長椅之間占據了廂型車全長的東西，是馬丁．羅麥克斯的屍體。由軍情六處處理的法蘭克．安德雷德在另一輛廂型車上，走著不一樣的公路。

帕琵跟道格拉斯都是一槍斃命。沒有什麼假屍體，沒有什麼驚天的陰謀掩蓋。他們都是被蘇．里爾登開槍擊斃。出於一個非常明顯的理由。同時蘇．里爾登還編織了一條她知道伊莉莎白沒有抵抗力的線索。

問題是怎麼證明？

伊莉莎白看向喬伊絲，她正吐著舌頭，饒富興味地用手指把她看出來的單字圈起。貌似忠良的女人最不可信。她其實正在全程錄音。一如她所接獲的指令。

191 Word search，一種在排列整齊的字母方陣中把英文單字圈出來的遊戲，直橫斜都可以。

這趟車程一展開，就是預期中蘇有如連珠炮般的種種追問，她除了想知道關於鑽石的種種，還好奇康妮．強森究竟是誰？她為什麼要揹著一大袋古柯鹼前來？伊莉莎白盡可能不失禮地回答了所有疑問。但接下來她也有問題要問。

「所以，」她起了頭，並微笑著前傾了身體，在用布蓋住的羅麥克斯遺體上開了口，「我們沒找到帕琵囉？」

「沒有，」蘇說。「沒有半點人影。」

「這就怪了，」伊莉莎白說。「也許她真死了。妳覺得呢？蘇。」

「也許吧，」蘇說。「但我們還是解釋不了她母親為什麼會去找鑽石？」

「妳差點就把我唬住了，妳知道嗎？」伊莉莎白說。

「我很確定我不知道妳在說些什麼，」蘇說。

「我在說妳殺了道格拉斯跟帕琵。妳知道他們在何處避難，妳毫無阻礙地走了進去，妳朝他們開了槍，然後妳又直接走了出來。」

「聽起來真簡單。」蘇說。

「是很簡單。但妳知道簡單的東西引不起我的興趣。所以妳誤導我靠著一條線索在各式各樣聽來盡善盡美的理論中穿梭。只求為妳自己多爭取一點時間去找到鑽石。或是藉此讓我去替妳找到鑽石。不論哪一種目的，妳都要保持住我的興趣。」

「嗯，妳這說得就有點離譜了，」蘇說。「妳想像力也未免太豐富，伊莉莎白。」

伊莉莎白搖搖頭。「這回正是我的想像力誤了我，我得這麼說。我一意識到是妳把席芳的電話塞進喬伊絲的口袋，整個謎團就迎刃而解了。」

「喔，難怪妳那天會問我紙條的事，」喬伊絲說。

蘇．里爾登的手機響起。她開啟訊息並露出了笑意。

「這個嘛，妳說巧不巧——傳訊息來的就是帕琵的媽媽。她有好消息。」

「願聞其詳。」伊莉莎白說。

「『我聽說我們找到鑽石了。就放在喬伊絲的微波爐裡，真想不到。不討人厭但有點無聊。但我想這至少代表我們可以脫掉拳套，用拳頭好好過兩招了。』」

蘇．里爾登按下車內對講機，另一頭是廂型車司機。「改變計畫。我們先去古柏切斯退休村。從這過去不遠。」

一道電器特有的回聲答覆她。「郵遞區號？」

蘇想了一下，從包包中拿出一把槍對準了喬伊絲。「喬伊絲，郵遞區號？」

第七十六章

克里斯．哈德森拿著紅蘿蔔棒在嚼。習慣了以後它們其實並沒那麼糟。好吧，還是很糟，只是味道至此好像已不那麼重要。康妮．強森被關回了拘留室。她的偵訊開始沒多久就告一段落，過程中幾乎都是她在放話要殺了他、殺了唐娜、殺了波格丹，還有殺了她亂槍打鳥在猜是誰的朗恩。其中波格丹被她那張嘴糟蹋得最有畫面。但她倒是沒提到派翠絲，可能是她忙忘了吧。那些話他不會透露給派翠絲或唐娜半句，至於朗恩或波格丹他確信他們不會在意。

萊恩．貝爾德的偵訊就比較不吵了。事實上那是一段沉默的八分鐘，其中只見萊恩．貝爾德不住抖動著肩膀啜泣，搞得他的律師只好提議他們明早再繼續。好消息，這代表克里斯晚上可以休息。

說起萊恩．貝爾德的律師，克里斯忍不住注意到他的穿搭又上了一個檔次，剪的髮型也更講究，甚至好像還開始減重有成。他噴的凌仕艾科[192]多到都出水了，但過來人的克里斯知道你不可能一瞬間變成另外一個人。偵訊完，律師把唐娜拉到一邊，想約她去喝一杯。脫下的婚戒在他口袋裡，這不用說也知道。唐娜表示她很樂意，但他們最好等到案子告一段落，免得影響進行中的調查工作。就算是已經累了一整天，唐娜還是非常能隨機應變。

克里斯的心思回到了梅德史東皇家法院外的水泥桌前，回到了朗恩與波格丹對他的許諾。他們果然說到做到，所以謝了，兩位壯士。派翠絲下週日會再一次南下費爾黑文，而這次克里斯會跟她說他愛她。有時候天地萬物就是會讓你得償所願，而他希望伊莉莎白與喬伊絲也能順利完成今天想要完成的一切。

不用人逼就會去吃紅蘿蔔棒的男人，有為者亦若是。

192 Lynx Africa，男用止汗噴霧香水。

第七十七章

如今換成伊莉莎白瞪著蘇．里爾登的槍管。她生涯一共瞪過多少根槍管？二十？三十？但她至今還不是活得好好的。

基本原則是，只要他們沒有第一時間殺了你，那他們多半就不會殺你了。當然凡事都有例外，但現在擔心這個意義不大。

驗屍官的廂型車正朝著古柏切斯而去。席芳怎麼會找到藏在喬伊絲家的鑽石？肯定是有人跟她說了確切的位置。伊博辛？史提芬？他們是不是被席芳成功逼供？拜託不要。她要冷靜。

「我可以跟妳說說我認為的來龍去脈嗎？」伊莉莎白說。「就當是打發時間。還是妳覺得這樣太『〇〇七』了妳受不了？」

「不會，請便，」蘇說。「能騙到妳我感到說不出的光榮。」

「帕琵在樹洞裡發現了信，」伊莉莎白開始娓娓道來。「這點正如喬伊絲所說。但她沒有打起鑽石的主意，也沒有把信拿給母親。她把信交給了妳，因為那就是帕琵會做的事情。她懂得盡忠職守的道理。所以妳讀了信，讀了道格拉斯的自白。只不過那段自白於妳並不是新聞，妳早就知道了。妳跟道格拉斯聯手策畫了這一切，沒錯吧？」

「就一個小小的退休計畫，沒錯。」蘇認了。

「我曾在某個點上閃過一個很糟糕的想法是道格拉斯跟帕琵是一對戀人，」伊莉莎白說。「但我錯了，是不？妳跟道格拉斯才是一對戀人。」
「喔，真的耶，」喬伊絲說，「我懂。」
「這點我沒說錯吧？」伊莉莎白問。
「妳說對了。」蘇說。
喬伊絲來回看著這兩人。「他喜歡的都是同一個型，是吧？」
「我看得出那股吸引力，不騙妳，」伊莉莎白說。「我比他大快要十歲，妳比他小十歲。他掐得準準的跨到我們這兩個世代，是不？」
「他夠帥，」喬伊絲說。「完全不是我的菜，不好意思喔兩位，但非常帥。」
伊莉莎白直視起蘇的眼睛。「所以妳讀了信、看到了鑰匙、置物櫃號碼，諸如此類的。我想他此前應該沒跟妳說過他藏鑽石的地方吧？」
「他跟我說了鑽石很安全。」蘇說。
伊莉莎白點頭。「所以信中的情資對妳來說很有趣。至少算得上有利可圖。但真正爆炸性的消息是在信的更後面，是吧？當他提到他還愛著我？當他提到有需要他願意等我。妳這才意識到自己跟他不在一條船上，也意識到你們倆不會帶著兩千萬鎊朝日落處雙宿雙飛了，就是在那個瞬間吧？而恐怕也是在那一瞬間，妳認知到妳必須殺了他？」
蘇聳了聳肩，槍管也跟著她聳了聳肩。
「他想要把鑽石占為己有，」伊莉莎白說，「更過分的是他想要把鑽石據為他跟我所有。惟聰明如妳當然知道那根本不可能。一開始你們倆的計畫是要看著調查工作告一段落，任其大事化小小事化無，然後把鑽石變現。而如今妳的計畫需要有所改變。」

「到目前都一百分，」蘇說。「自然是遲了點，但一百分。」

「所以妳決定錢要通通屬於妳，」伊莉莎白說。

「我一點都不怪妳，」喬伊絲說。

喬伊絲還繼續在玩圈字遊戲。你有的時候不得不佩服她。即便最好的朋友被槍指著，她還是一點都不懷疑對方能脫困。伊莉莎白相信自己嗎？那是個好問題。在古柏切斯等著她面對的是什麼處境呢？史提芬沒事吧？伊博辛沒事吧？

伊莉莎白一邊動腦嘴也沒停。「所以怎麼殺他？這個嘛，作為第一次的嘗試妳把道格拉斯的藏身處洩漏給馬丁．羅麥克斯，而這無異於簽下了道格拉斯的追魂令。這很卑鄙，但想帶著錢遠走高飛妳別無選擇，再說妳也很氣。羅麥克斯派出他的手下，安德魯．黑斯汀斯，去執行殺人任務，但半路殺出個程咬金，就是可憐的帕琵，她擊斃了黑斯汀斯，道格拉斯這個路障得以繼續活蹦亂跳，但無妨，妳的決心沒變，而這點我可以理解，畢竟我們都會由愛生恨，是不？」

「那還用說。」蘇說。

「我就不會。」喬伊絲說。

「最好是啦，喬伊絲，妳從愛到不愛是用月份當單位的好嗎，」伊莉莎白說完又繼續瞪回蘇．里爾登的槍管。「所以妳依然需要剷除道格拉斯，而且這次妳知道妳得親力親為。妳知道妳有權把道格拉斯與帕琵安置到霍夫，到一個妳使用過的避難所，一個妳可以如入無人之境的場所。所以親手殺他於妳不難。難的是如何殺完而又能逃掉？那才是妳的問題。」

「確實，」蘇．里爾登同意。「我不用逃掉太久，到我找到鑽石就夠了。」

「或許，」伊莉莎白說，「妳擔心我會想通這一切？」

「我是擔心，」蘇說。「我只需要妳在想通我是凶手之前先把鑽石找到。而妳也沒有讓我失望。」

「持平而論，她最終還是破案了，」喬伊絲說。

「但鑽石終究還是我的。」蘇說。「等鑽石一到手，我就消聲匿跡。消失對我一點都不難，伊莉莎白，這妳應該懂。所以我都想好了。到時候妳想把我的罪行公諸於世，請便。反正沒人找得到我。」

「妳不會開槍打我們吧？」喬伊絲說。

「只要妳們乖乖的，」蘇說。

「乖，我們真的不擅長。」喬伊絲說。

「我知道妳抗拒不了帶著點機鋒的懸疑，伊莉莎白，」蘇說。「我知道我有辦法讓妳追著自己的尾巴打轉。妳跟凶手共進午餐，還跟凶手聊怎麼查案，一整個渾然不覺。妳說那是不是很好笑？」

伊莉莎白點頭。「妳的計畫成形後，妳意識到妳需要幫手。所以妳用電話聯絡了席芳。是說這裡我就看不懂了。她究竟是誰？我猜是老朋友吧？還是欠妳人情的某個老同事？」

「再猜，」蘇．里爾登說。

「無所謂，」伊莉莎白說。「她答應了妳開給她的不知道什麼條件，幫妳搞定這場雙重謀殺……妳就給她？」

「一百萬英鎊，」蘇．里爾登說。

「很夠了，」伊莉莎白說。「妳來到古柏切斯帶走安德魯．黑斯汀斯的屍體，然後走時順便把紙條塞進喬伊絲的羊毛衫，上頭只簡單寫著『打給我媽』，並附上席芳的電話號碼。」

「等等，」喬伊絲說，「所以席芳其實不是帕琵真正的媽媽？」

「跟上好嗎，喬伊絲，」蘇說。

「不要那種口氣跟喬伊絲說話，」伊莉莎白說。

「喔，我沒關係，」喬伊絲說。

伊莉莎白感覺到驗屍官的廂型車往左一個急彎，然後速度放緩，穿過了路面上的牛柵欄路障。他們進入古柏切斯了。

「妳派席芳去確認置物櫃裡有沒有鑽石，而我想妳事前已經去確認過那裡有監視錄影了吧？」

「是的，」蘇說。

「妳算準我遲早會查到監視錄影，進而被引導到席芳身上，然後開始有憑有據的想像。」

「結果妳的確查到了席芳，也發動了想像。」蘇說。「我早知道妳克制不住那股衝動！帕琵自導自演了一切的想像真的太香。明明那麼離譜，但我就知道妳會聰明反被聰明誤地上當。」

警笛聲以高速從他們身邊劃過。蘇愣了一下，然後明顯看得出鬆了口氣。那是救護車，而不是警方的巡邏車。伊莉莎白心一涼。救護車高速駛離古柏切斯。車裡載的是誰？史提芬嗎？

「妳甚至一開始覺得是道格拉斯在自導自演，是不是？」蘇笑了。「那是個意外的驚喜。完全不在我的預想內，但我很樂於配合妳演出個幾天。妳是我得力的白痴助手，伊莉莎白，我這麼說妳不介意吧？」

伊莉莎白努力不去鑽救護車的牛角尖，遠方的警笛聲如今已變得模糊。「查完置物櫃的席芳去跟妳回報，當然她一無所獲。隔天妳就去了趟在聖阿爾班斯的避難所，先射殺了帕琵，我猜？」

「正確，」蘇說，「很遺憾，但人有時候身不由己。畢竟她看過那封信。」

「而且先殺了她也助於妳鼓勵道格拉斯把鑽石在哪兒告訴妳？他告訴了妳什麼？他在妳朝他開槍之前說了什麼？他顯然沒有把祕密說出來，是吧？」

「他只是說『跟緊伊莉莎白，她自然會找到鑽石』。我心想這話挺中肯，而且我大概也問不出別的東西了，所以我就一槍斃了他。」

「而妳也確實跟緊了我，這我沒話說。」

「而妳也確實找到了東西。所以謝謝妳，」蘇說。「如我所說，妳是我得力的白痴助手。我不會再繼續糾纏妳太久，我保證。」

廂型車停了下來。蘇把握槍的手放進了包包，但槍口依舊對準伊莉莎白。司機打開了後門。

「妳們先請，兩位女士，」蘇開了口，然後司機便攙扶著伊莉莎白跟喬伊絲下了車。蘇緊跟其後，不需要人幫忙。

「我們不會耽擱太久，」蘇對駕駛說。「只是有一便士要花一下[193]。」

193 英國人要尿尿的委婉語。

此刻來到下午五時。天色將暗，古柏切斯亮起了盞盞燈火，依舊是尋常的日子，尋常的作息。電視上的益智猜謎、看到一半的書籍、電話上的孫子孫女、晚歸的鳥兒正要回巢裡棲息。伊莉莎白看到柯林・克萊門斯從院子裡搬進一把花園椅。渥茲渥斯苑的米蘭達・史考特正在寄信。她參加各類廠商所辦的促銷競賽，結果去年讓她贏到了終生無限供應的洗衣粉。寶瀅[194]在知道她已經九十二歲的時候恐怕樂得合不攏嘴。

在這個快樂的地方，一切都如此寧靜安詳。一天又這樣過了，一家子平安健康，窗簾拉下，暖氣啟航。那完全不是上得了新聞的風光，卻真正值得你多將之放在心上，那柔和的嗡嗡聲響，代表幸福滿足正運轉得很順暢。

看出窗外，你只能瞥見兩位老太太在夜裡一起散著步。那是喬伊絲跟伊莉莎白吧，是不是？還真是如膠似漆，這一對。她們身後幾步跟著一個稍微年輕點的女人。看方向是要去喬伊絲家吧。

「碼頭上的槍響一結束，我就講起了電話，」蘇說。「我聯絡了三個不久前透過馬丁・羅麥克斯認識的男人，他們三個可以幫你處理一些見不得光的狀況，但費用可不能出現在帳上。他們有特種部隊的資歷，有渾身的武裝。他們原本就在待命中，於是我派他們陪席芳直接過來。我知道肯定有人知道鑽石在哪裡。你那個斷了肋骨的朋友，還有妳那個老公，伊莉莎白，雖然我讀到的資料說妳不管跟他說什麼，他都記不住。可憐的傢伙。」她看著面前的伊莉莎白僵硬起來，露出了笑容。

「我的天啊，這真的沒有想像中簡單。『完美的犯罪』，道格拉斯是這麼跟我說的。說什麼不會有受害者。結果現在死幾個了？五個嗎？但救護車我們剛剛都聽到了，所以誰曉得呢，搞不好還得再加兩個。」

伊莉莎白的手機在包包中響起。

「別亂動，」蘇說。

伊莉莎白依令沒有輕舉妄動。但她也不需要輕舉妄動。她認出了那個人化的來電鈴聲。

她們來到喬伊絲家的前門。伊莉莎白抬頭看著她最好朋友家的窗戶。窗簾是拉上的。她今早來接喬伊絲的時候窗簾並沒拉上。喬伊絲輸入了密碼，三個女人進入了建物。

電梯門在她們正前方。伊莉莎白按開了電梯門。蘇・里爾登微微一笑。

「妳們在電梯安分一點，我樓上可是準備了三個帶武器的男人。」

「我們已經放棄了，蘇，」伊莉莎白說。「妳還不懂嗎？拿完妳的鑽石走人就是了。」

門闔上後的電梯抽動了一下，開始爬升。蘇立在喬伊絲與伊莉莎白身後，槍對著兩人的背。電梯抵達二樓後門打開的瞬間，蘇被遮擋住了視線。

「喬伊絲，快蹲下！」伊莉莎白喊了聲。

伊莉莎白跟喬伊絲往地上一撲，為波格丹騰出了開槍的空間。他一槍命中了蘇身上他瞄好的位置，子彈穿過肩膀。蘇鬆開了包包與手槍，睜得老大的眼神裡滿是驚訝。

波格丹一腳踢開了蘇的手槍，然後扶起了喬伊絲跟伊莉莎白。

「快進屋，」波格丹說，「我把水燒上了。」

---

194 Persil，衣物洗劑的國際大廠。

第七十八章

「這把年紀我算是又開了一次眼界，」這麼說的史提芬坐在喬伊絲家的沙發上。「我本來在我的椅子上打個小盹，結果突然被什麼聲音吵醒。我眼睛一睜開，三個傢伙就拿槍指著我頭說『別衝動』，我說『這是幹什麼？難不成你們是來找伊莉莎白？』，你知道的，他們全都穿得一身黑，槍啊什麼都一應俱全。『一點也不是，』中間的傢伙說，『鑽石在哪裡，快說。』」

說到這他被一聲低沉的呻吟聲打斷。喬伊絲正在替坐在廚房椅子上的蘇・里爾登包紮肩膀。

「別唉了，妳當自己還是寶寶啊，都幾歲了，」喬伊絲說著拉緊了繃帶。

「所以我就裝起了『無辜的法國人』，這麼說你們懂吧，『鑽石？什麼鑽石？』反正我就跟他們鬧，但他們一點都不覺得好笑。然後這位女士……」史提芬朝另外一張廚房椅子點了個頭，那兒坐著兩手被綁在身後的席芳，「走了進來，客氣得跟什麼一樣說『說吧，史提芬，說了我們馬上就走』。總之我就在那兒拖時間，我想不起來妳去了哪兒，伊莉莎白，但我想或許妳很快就會回來。所以我就說了，『喔，我不知道什麼鑽石的事，不好意思，我不管那一塊，妳得等老闆回來，她應該不會出去太久，』然後這位女士——抱歉我忘了妳叫啥？」

「席芳，」席芳說。

「這名字真美。然後她就說：『伊莉莎白一時半刻回不來了，而且我們要是拿不到鑽石，那她就永遠都不會回來了。』這時我就想，是喔，那這樣妳知道的伊莉莎白應該不是我知道的伊莉莎白。我認識的伊莉莎白永遠回得來，這點我可以打包票。她從來沒讓我失望過。」

「以後也不會，親愛的，」伊莉莎白說。

「這時氣氛開始緊繃起來。『鑽石在哪兒？』『什麼鑽石啦？』其中兩個黑衣人開始翻箱倒櫃。欸，有人跑來翻箱倒櫃現在是我們家的日常了嗎？親愛的。」

「嗯，我現在都不太想整理抽屜了，沒意義。」伊莉莎白深有同感。

「然後我聽到鑰匙在鎖頭裡的轉動聲，所以我想說，喔喔，她回來了，但門一開，出現的是那個男人，」史提芬示意他說的是房間角落的那個身形。

「朗恩回家去看斯諾克撞球了，所以我想說史提芬可能會想聽我說說下午的槍擊，」波格丹說。

「說時遲那時快，三個黑衣人已經把槍通通對準波格丹，他還真倒楣，然後我就在想，快想辦法脫身啊。」

波格丹接下了說故事的棒子。「史提芬說這些人在找鑽石，於是我說：『是喔，那你們找對人了，跟我來，東西在喬伊絲家。我帶你們去的話，可以分我一顆嗎？』三人望向席芳，而她就一副行啊，好啊的模樣。『那就跟著我，但出了門把槍收好，我可不想讓你們嚇壞老人家。』然後他們就嘰哩呱啦咕噥了一番，但結論是OK，所以我們就走出了門。」

「結果他們才一出門，我就聽到令人振奮的乒哩乓啷聲，」史提芬說。「二十秒後走進來的是波格丹，他要我幫把手把外頭清一清。」

伊莉莎白：「所以，那些救護車？」

「載的是那三個黑衣人，沒錯，」波格丹說。「於是我對席芳說，聽好，幕後主使是誰？而她看著地板上那三個帶槍的男人，大概覺得自己應該招一招算了。她說跟她合作的是蘇，OK，這我懂。所以我說發個訊息給蘇，跟她說妳拿到鑽石了。『我要說在哪找到的？』她說。而這我沒概念，所以我看著史提芬。」

「而我說：『就實話告訴她吧，』騙她也沒好處。『鑽石在喬伊絲家的微波爐裡。』」

伊莉莎白望向蘇。「親愛的，我希望妳聽到這能感覺生不如死。」

「我們笑她笑了好久，是不是，伊莉莎白？」史提芬接著說。「她不得不把鑽石從水壺拿到微波爐，是因為她一直忘記水壺裡有東西，而且又一直要泡茶。」

「喔，所以現在是拿我尋開心就是了？」喬伊絲說。但這麼說的她臉上卻透著笑意。

「救護車來了之後，他們問了一堆問題，是我也會。」

「我叫他們去問克里斯．哈德森，」波格丹說。「他欠我個人情。」

「喔，是嗎？」伊莉莎白說。

「然後我們就蹦蹦蹦跑去喬伊絲家等妳。」

「我從窗簾縫看到妳，」波格丹說。「打了通電話給妳手機，讓妳知道我在這。然後我就開槍打了蘇。」

「剩下的大家就都知道了。」史提芬說。

伊莉莎白走到喬伊絲的微波爐邊，取出一個綠色的絨毛袋。那平日是用來裝拼字遊戲的塑膠字母，但如今卻是滿滿的鑽石。她當著蘇．里爾登的面，把鑽石倒到了廚房桌上。

「妳看清楚了，蘇。就是為了這些東西。帕琵、道格拉斯、安德魯．黑斯汀斯、羅麥克斯．法蘭克．安德雷德都死了。吃不到的妳就盡量看個夠，看個爽吧。」

「持平一點講，」喬伊絲從沙發上發了話，「馬丁．羅麥克斯跟法蘭克．安德雷德會死不是蘇的鍋。是妳的。」

伊莉莎白點頭，算是認了這句話。她轉向席芳。

「妳又是怎麼被扯進來的，席芳？妳跟這一切的關係是什麼？」

「我太好騙了，」席芳說。「一直都是。還有我不叫什麼席芳，我是莎莉，莎莉．蒙塔格，妳還記得這名字嗎？」

道格拉斯的三屆前任。開起同學會了。

蘇．里爾登又咳了一聲，從喉頭擠出來的呼喊。「拜託，我得去醫院。」

「我想波格丹應該已經把救護車都叫完了。」伊莉莎白說。

「我們再等個兩小時好了，」喬伊絲說。「我不會讓妳死的。我還等著看妳坐牢，那才有趣呢。妳要來點止痛藥嗎？」

「要，拜託。」蘇說，痛楚已經刻蝕在她的臉上。

「啊，真不巧，」喬伊絲說。「我一顆都沒有。」

第七十九章

派翠絲看著時鐘，嘆了口氣，給自己再倒了杯酒。

九點半，外頭一片黑暗，而她的珍．奧斯汀作業才改到一半。她想起克里斯。她最近愈來愈常想起克里斯。派翠絲有過戀愛的經驗，而這種種跡象都愈來愈明顯。但也有可能那是她酒喝多了加上珍．奧斯汀的作用。

她向來很擔心唐娜的工作，現在她還得多擔心克里斯的工作。她有辦法克服這個心魔嗎？不過至少他們都在費爾黑文上班啦。感覺起碼比倫敦安全。畢竟一個小小的費爾黑文，能出多少事呢？

那裡有學校吧，是不是？當然有啦，派翠絲，妳在說什麼傻話，哪裡沒有學校？是說妳擔心費爾黑文有沒有學校幹嘛？又不是說妳馬上就要搬下去或什麼的。

她期中假在那裡過得很安心，也很開心。安心是因為有克里斯，有唐娜在身邊。開心是因為有克里斯，有唐娜在身邊。他們此刻都感覺好遠，因為偌大的屋子裡如今只她一人獨坐。但週末呢？週末她會開車南下去看他們。

她有點想打給克里斯。也許跟他說說她有多想他？也許。又或者明天再跟他說就是了？等她沒那麼醉的時候？沒錯。人生中有些步伐一旦踏出去，就沒有回頭路了。所以還是如履薄冰吧。妳不會想把自己弄得像個傻瓜。

派翠絲笑了。她要怎麼做，才能在克里斯面前把自己弄得像個傻瓜？她要打給他。她要再改三篇作文，然後她就要打給克里斯來獎勵自己。她會刻意把話說得含糊一點，口齒不清一點，但如果妳能在一個男人面前講話大舌頭，那就代表妳可以跟這男人無話不說。也許她會提到珍・奧斯汀，看看話題會發展到哪裡？她會很高興能聽到他的聲音。禮拜一電視上有飛鏢轉播嗎？有的話她確信他一定守在電視旁。

有聲音傳來自外頭的街上。大概是狐狸吧。

她從一疊作文上頭又取下一篇。班・亞當斯。派翠絲強烈懷疑班沒有讀過一個字的《理性與感性》。她還合理懷疑他偷懶只看了電影，主要是他不小心在作文裡把愛蓮娜・達斯伍叫成了艾瑪・湯普森[195]。有你的，小子。喔，天啊，這樣下去她會改到天荒地老。

那已經快變成派翠絲的口頭禪了，改作文真的會要了她的命。

就在拿起又一篇作文時，她聽見有人敲門。她又看了一眼時鐘。這麼晚會是誰。

派翠絲知道她多半應該當作沒聽到。但搞不好是鄰居需要幫點忙。而她願意不計代價離開批改作文的地獄一下。

派翠絲起身朝穿堂走去，葡萄酒還握在手裡。唐娜跟她說過一百次要裝輔助鎖，要裝貓眼。「任何情況下都不要對陌生人開門，媽。」她是覺得她媽有多老？派翠絲會去裝輔助鎖跟貓眼，但要等她再老一點。派翠絲還不到五十歲，她才不要在自己家裡還膽子這麼小。唐娜擔心她很好，很貼心，但派翠絲照顧得了自己，多謝女兒妳不用這麼客氣。她也應該打給

195 台灣導演李安版的《理性與感性》在一九九五年上映，分別代表理性與感性的兩位女主角分別是艾瑪・湯普森與凱特・溫絲蕾。

唐娜一下。唐娜最近心情有點低潮。所以先打給克里斯，再打給她的寶貝女兒。還是先打給她的寶貝女兒？

派翠絲把酒杯擱在了穿堂的桌上，三兩下確認了一下頭髮，然後點了個頭算是給自己打氣。不論今天門口是誰，妳都應該拿出最好的一面。

敲門聲重新響起，這次聽得出更多堅持。好啦，來了。派翠絲扳開了門閂，把門往後拉開。

門一開，她就驚訝到嘴闔不起來，什麼作文，什麼紅酒，什麼頭髮亂不亂，都被她拋到九霄雲外。

敲門的不是鄰居。她努力想在腦中進行運算，但時間太短。

「那個，」克里斯站在她的門階上，手裡有花，眼淚在臉頰。「我知道現在很晚了，但我真的想馬上告訴妳，多等一分鐘我都受不了。我愛上妳了。這可能很蠢，所以對不起。」

派翠絲用力想擠出點話。她開心到又一次檢查了頭髮。珍．奧斯汀再世會怎麼講？

「我可以進去嗎？」克里斯問。

「當然，親愛的。當然，你可以進來。」她說。派翠絲拿起穿堂桌上的酒杯，把引導的手伸向了克里斯。

一切盡在不言中。

第八十章

「我只是想說我可以來打掃一下，」喬伊絲說。「我會讓掃地機器人到處吸一下，然後用一點光澤先生[196]。我會避開你那些哩哩叩叩的東西。」

「謝謝妳，喬伊絲，」伊博辛說著喝了一小口茶。「真可惜昨天那麼好玩被我錯過了。」

「我會講給你聽，別擔心。」

「朗恩氣炸了他沒有跟到，」伊博辛說。「尤其是席芳也在場。」

「暫且讓他小頭安分一點也不是什麼壞事啦，」喬伊絲說著撣了撣側櫃。「你現在感覺怎麼樣？對自己？」

伊博辛滑回了他的扶手椅裡面。他微微一笑然後聳了聳肩。

喬伊絲點頭開始打掃。「我今天需要你幫忙。」

「對不起，喬伊絲，我做不到。今天無法。」

「你都還不知道我要你幫什麼忙。」

伊博辛笑了。「我怎麼會不知道。今天是幾星期以來我們第一天的太平日子，喬伊絲。妳想讓我開車載妳去動物救援中心吧？去把妳認養的狗狗領回來？」

「嗯，是，拜託，我就是這個意思。你要不把茶喝一喝，我們就可出發了？就當開車兜

196 Mr. Sheen，品牌名，家具與地板的拋光噴霧。

兜風？」

「我恐怕要說個不。」

「你好像覺得一個不字就可以打發得了我？」喬伊絲說。「你認識我多久了？」

伊博辛把身子往前傾，茶放回了矮桌上。「喬伊絲，妳看看我。」

喬伊絲放下雞毛撢子，按伊博辛的話做了。

「我知道妳想幹嘛，也很感動妳有這份心。妳知道我害怕，妳知道我不想離開這間公寓，同時我更是決計不想離開古柏切斯這個村子。妳知道這樣不健康，妳想要照顧我。但聰明如妳不會跑來跟我說要我振作，妳知道我已經碎成太多塊，再振作也黏不回去了。所以妳心生另外一計，一個真正的妙計。『伊博辛，幫幫我』代表的是妳的以退為進。但喬伊絲，妳今天並沒有非去動物救援中心不可。不會有誰想跟妳搶艾倫的。我看過照片上的牠，全世界大概只有妳會看上牠了。而等妳真的要去救援中心的時候，沒有我妳也不會去不成。叫輛計程車，或是找別人載妳。戈登．普雷菲爾有台Land Rover，那車就非常適合運狗。妳的善良我真的心領了，但我不可能上當。我已經決定不再踏出古柏切斯一步。我已經接受了那是我的命運。」

喬伊絲點頭。

「妳真的很會讀心，喬伊絲，別以為我沒注意到。我也知道妳慣用的伎倆，軟中帶硬，用暖意包裝強逼。但請明白一點，那就是在我身後的這些檔案裡，有著許多不論我如何扭動掙扎都幫不了的人，我搆不到的人，我解決不了的問題。妳也喜歡解決問題，喬伊絲。妳受不了東西沒有歸位。所以妳今天才過來，帶著笑容過來，而我知道妳對我的關懷是發自內心，所以妳才開口要我載妳去動物救援中心，畢竟這種請求我怎麼可能拒絕？然後一個神不知鬼不覺，我就回到了方向盤的後面，出到了古柏切斯的外面，被迷惘的浪浪所包圍，到時候妳想就算我不喜歡狗——其實剛好相反——我也一定能跟這些迷惘而孤單的狗狗產生同是天涯淪落人的共感。都同樣迷惘、孤單，而等著喬伊絲讓事情好起來。這是一個天衣無縫的計畫，妳的聰明與對朋友的忠心都沒有話講。但是，我接著要說的話請妳聽好了，這不可能成的。我太害怕了。偶爾會認輸的人才是智者，而我希望我在妳心中是個智者。我名下有許多專業證書。所以，謝謝妳，真心誠意地謝謝妳，但就這一次，這不是妳能解決的問題。」

伊博辛往椅背上一靠。

「原來如此，」喬伊絲點了頭，並把雞毛撢子擱在肩頭上。「但我在想喔，可不可以容我這麼說……」

*

大約四十五分鐘後，喬伊絲瞄到了指向動物救援中心的第一個路標，伊博辛下了交流道。

「我超愛看在一片空地上有馬了，」喬伊絲說。「你能看出牠們的開心。人活著就是為了開心，你不覺得嗎？」

伊博辛搖了搖頭。「這我無法苟同耶。生命的祕密是死亡。每件事都關乎死，妳要知道。」

「這個嘛，以最近發生的事情來看，確實如此，」喬伊絲。「但說每件事都跟死有關？會不會稍嫌武斷了點？」

「我說的是本質上，」伊博辛說。「我們的存在之所以有道理，靠的全是死亡；死為我們的故事提供了意義。我們的旅程永遠向著死亡。我們的舉措要嘛是害怕死亡，要嘛是因為我們選擇不去面對死亡。我們可以每年經過這個地點一次，年年如此，而馬兒跟我們都不會愈活愈年輕。一切都與死脫不了干係。」

「這也是一種人生觀啦，我想，」喬伊絲說。

「這是唯一對的人生觀，」伊博辛說。「救援中心會有廁所嗎？」

「理論上應該要有，」喬伊絲說。「就算沒有給訪客的，也會有員工廁所。」

「喔，我不能用員工廁所，」伊博辛說。「我一向覺得無功不該受祿。」

「是說，如果什麼東西都跟死亡有關，那不就等於什麼事都跟死亡無關嗎？」喬伊絲說著用副駕的化妝鏡補了點口紅。

「怎麼說？」伊博辛問。

「嗯，就說所有的東西都是藍色的好了。你、我、艾倫，一切，假設啦。」

「ＯＫ。」

「那，既然所有的東西都是藍色，『藍』這個字眼就沒用了嘛，是不是？」

「這我接受，」伊博辛真的接受了。

「那如果沒有『藍』這個字，那世上就不會有『藍』色的東西啦，對吧？」

「這個嘛，死亡是一種事件，所以……」伊博辛剛起了個頭，就看見動物救援中心的入口在他左前方。「我們到了！」

他鬆了一口氣，因為喬伊絲說得確實有理。

也許真的不是每件事都得跟死有關係？如今真是個一探究竟的好時機。

第八十一章

波格丹瞪著棋盤，但這不合理啊。他剛犯下了一個致命的錯誤，而他從來不犯致命的錯誤。史提芬把雙唇抿住。他也注意到了這個錯誤。他仰頭望向波格丹。

「乖乖，」他說，「這還真不像你，非常不像你。」

史提芬出動了他的主教來收割這個錯誤。波格丹沒救了。他再次低頭看著盤面，但棋子都開始跳起舞來，完全不受控。他試著眨了幾次眼睛想讓一切消失。他想讓一切歸位，想把原有的秩序找回。

「你有心事？」史提芬問。

「沒什麼，」波格丹說。平常他說沒什麼就是沒什麼，但今天顯然並不平常。

「既然你這麼說，我也不好多問。」史提芬說。「但難道你又殺了誰？」

波格丹看著棋盤。看著棋子。他找不出活路。史提芬要贏了。

「你愛伊莉莎白？」波格丹說。

「太渺小了這個字，愛，」史提芬說。「但沒錯。說起這個，她去哪兒了？她明明有告訴我。」

「安特衛普，」波格丹說。

「那確實像是她會去的地方，」史提芬說，「好，繼續。」

「你是什麼時候知道自己愛她的？」波格丹問。「我是說，要多久？」

「二十秒吧，大概。」史提芬說。「我一眼就認出了她。我就想，『喔喔，原來妳在這兒啊，我等妳好久了。』」

波格丹點點頭。

「你是不是煞到誰了啊？」史提芬問。「所以棋才下成這樣？對了你隨時可以投降認輸喔。你應該回不回來了，是吧？」

波格丹看著棋盤。也許真的回不去了？但他還不打算放棄。

「你怎麼知道一個人喜不喜歡你？」波格丹問。

「這個嘛，大家都喜歡你啊，波格丹，」史提芬說。「但我想你問的應該是那種喜歡喔？」

波格丹點頭，然後繼續看著棋盤，拚了命想要找到出口。

「男生女生？」史提芬問。「這我不得不問一下。」

「女生，」波格丹說。

「哇咧，那我就欠伊莉莎白二十鎊了，」史提芬說。「最好就是直接問。問她要不要去喝一杯？她如果說好，那就是答案了。」

「要是她說不好呢？」

「不好就不好啊，你就把身上的土拍一拍，天下何處無芳草聽過吧。」

波格丹想起那座橋的矮牆。想起橋下的石頭與河流。他媽媽幫他織的那件黃色毛衣。他低頭瞅著棋局，頭搖了下去。有時候棋子就是不在它們該在的地方。有時候你就是沒辦法主控一切。而也許那其實也無妨？他會約她去喝一杯，而萬一她要說不，那就讓她說吧。

波格丹對史提芬伸出了手。

「我認輸。」

「好孩子，」史提芬說。「她是誰？」

「她叫唐娜，」波格丹說。「是個警察。」

「你正好需要，」史提芬說，「保你不會誤入歧途。去約她喝酒就是了，你這不可理喻的男人。」

波格丹聽到前門開啟。伊莉莎白回來了。

她帶著滿滿一包檔案走了進來。

「哈囉，親愛的，」史提芬說。「妳去哪兒了？」

「安特衛普，親愛的，」伊莉莎白說著在他的頭頂親了一下。

「聽起來是妳會去的地方，」史提芬說。

「你們兩個男生玩得開心嗎？」

「波格丹問我是什麼時候知道自己愛上妳的？」

「喔，真的啊。你怎麼說？」

「我跟他說陪審團還沒回來，我現在是姑且當作自己愛妳。」

「是說你們怎麼會聊到戀愛的話題？」

「親愛的，波格丹跟我也得有我們的祕密，是不是？」

「一定要的，」伊莉莎白附和。

波格丹看著從伊莉莎白包包中凸出來的資料。「在安特衛普還順利嗎？一切都好？」

「一切都好，是，」伊莉莎白說。「一切都處理好了。」

第八十二章

喬伊絲

所以艾倫下禮拜就要來跟我作伴了！救援中心必須來公寓進行訪視，確認一下我是個合格而恰當的飼主。我自然有這個自信，但讓人確認一下也不錯。

我很慶幸他們沒有上禮拜過來。蘇在廚房地板上流了一地血，價值上千萬的鑽石躺在廚房桌子上面，波格丹把三把槍暫放在客房棉被下面。我不清楚「合格而恰當」的標準是什麼，但我猜上禮拜的我家應該會違反一兩樣。

還有順便提醒一下，是，狗狗叫艾倫，不叫羅斯提。他們讓我們帶牠在廣場上遛了一圈，結果伊博辛很嚴厲地跟我說下不為例。艾倫這名字真的適合牠，老實講。

我們一拍即合的程度就像天雷勾動地火。伊博辛想讓牠坐下，但艾倫理都不理他，只是開心地追逐著自己的尾巴。這隻狗狗真是深得我心。

我趁還沒走之前，在中心幫牠拍了張照，好秀給伊莉莎白與朗恩看。他們都說牠看起來很不安分，但我知道他們這麼說是莫大的讚美。

總之，那張照片現在在ＩＧ上是@GreatJoy69的大頭照了，所以各路看官可以自行對艾倫有所評斷。

再順道一提，喬安娜解開了我私訊的謎團。她登入我的帳號，替我地毯式搜尋了一遍。她跟我說我要是不想收到一波接一波的男人屌照，那我最好把帳號名稱改掉，不要叫什麼極樂六九才好。

我想不用我說，我一個字都沒改。

我知道我說過，我希望能發生點什麼。你還記得嗎？而後來發生的一切，也的確讓人回味無窮，至少整體而言啦。

至少不提帕琵的話。

我們昨天見到了帕琵真正的媽媽，而她也真的叫作席芳，我想蘇計劃時應該有查。伊莉莎白跟我陪她坐著聊起帕琵，她跟我都哭了。她得去認那具已經被認過一次的遺體。她腿肚上的傷疤，其實來自她很小的時候的一場車禍。席芳有很多女兒的照片，我們陪她看過了一遍。

伊莉莎白把帕琵那本放在霍夫床邊桌上的詩集，交給了席芳，裡頭的書籤還留在原來的地方，還留在一首叫作〈阿倫德爾之墓〉的詩上。

阿倫德爾離布萊頓不遠，傑瑞跟我曾去那裡的古董店淘過寶。那時世上還沒有星巴克，但我們去了一家很棒的茶館。

帕琵的葬禮是下星期，而我們都不會缺席。朗恩會帶花去給正牌的席芳。鐵桿的樂觀主義者是他。伊博辛會開車載我們。

對於道格拉斯對蘇說只要跟緊自己就可以找到鑽石，伊莉莎白有點情緒。倒不是說這事有什麼大不了，伊莉莎白說，但她總不免有種被背叛的感覺。我笑著問她她是不是誤會了什麼？道格拉斯要蘇跟緊她，是因為道格拉斯知道伊莉莎白最後一定會拆穿蘇，把蘇拿下。她覺得我說的有道理之後，便開朗了一點。

也許他們現在需要的是一點點祥和與寧靜。就一點點？喬安娜週末會下來。她會把球會主席男友也帶來，我會負責煮午餐。我邀請了朗恩當陪客，因為他會知道該聊些什麼。

我問了朗恩足球球會的主席都吃些什麼，結果他說火腿、雞蛋與薯條。所幸朗恩的那點把戲騙不了我，所以我準備做些燒烤。

我會一五一十告訴他們最近發生的一切，只保留鑽石的下落，那是只有伊莉莎白、伊博辛、朗恩跟我知道的事情。那是我們共同的決定，也是屬於我們的小祕密。每個人都有祕密，是吧？

說起祕密，我這裡還有一個，而你知道以後絕不能說出去。我還沒跟伊莉莎白說。我上週三下山去了一趟費爾黑文，那兒在碼頭邊有一家小店。他們一堆人在那裡你射我我射你的時候，我們應該就在附近。我跟店家約了個時間。我不知道預約有沒有必要，尤其是星期三。

店裡的女士花了幾小時，而且我到現在還在痛，但這個痛很值得。我從來不穿無袖的衣服，畢竟我的手臂也沒什麼看頭，所以不會有人看見，除非我運氣來了可以跟人裸裎相見。那東西在我左手臂的頂端，怎麼看怎麼可愛。

就一朵小小的罌粟花刺青。

第八十三章

蘭斯・詹姆斯留下了喬伊絲寄給他的傳單。那太貴了，但人總是可以有夢想吧，是不是？他很慶幸自己沒把傳單扔了，因為鑽石的錢一進來，他就下訂了。

如今他環顧整個房間，空間比他原本的整間公寓還大。滿滿的橡木飾板，還有地毯，真正的地毯。兩面大得不像話的窗戶面向著都柏林灣。

那天在長堤的盡頭可以說混亂得一塌糊塗。報告他寫了老半天才寫完。誰為了什麼而開槍打了誰。他刻意省略了一些細節，編造了一些或許沒有發生的情節。監視器的畫面不見了，所以剩下的就是蘭斯、波格丹與康妮的三面之詞了。蘭斯與波格丹見面喝了一杯，串好了供，事情就這樣搞定了。最後的報告還不算太離譜啦，更糟糕的他也寫過。

他漏掉的一大重點，當然就是那兩顆鑽石。它們就躺在桌面上，天啊，就像在噴泉裡的便士閃閃發光。他把鑽石收進了口袋裡，畢竟他有什麼選擇呢？它們還能去哪兒？

這是蘭斯第一次做犯法的事情，也會是最後一次。嗯，好吧他有次放假曾經開過一台租來的車，然後技術上他沒有保險，但大概也就是這樣了。

如果你人生要幹一票大的，蘭斯心想，那就選偷黑手黨的鑽石吧。

他們在碼頭槍戰後給了他幾天假，叫他去放鬆一下。放鬆？在根本不屬於他的那棟小公寓裡要怎麼放鬆？廚房牆壁一片斷垣殘壁要怎麼放鬆？施工的師傅不意外地沒有回來讓事情有始有終。

所以蘭斯搭上了渡輪前往澤布呂赫，然後換乘火車去了安特衛普，坐了計程車抵達珠寶區，最後來到一個欠他一次人情的軍火商給他的地址。

鑽石全部值兩千萬鎊，這他是知道的。所以他偷偷放進自己口袋裡的那兩顆會值多少呢？一百萬鎊？夢想一下兩或三百萬鎊會太過分嗎？他一路上都在看「搬得好」的app。

蘇・里爾登從事情一開始就跟他說了伊莉莎白・貝斯特的一切。她的聲譽、她的勇氣、她的機智。處裡的傳奇。他原本以為——回頭看蘇肯定也以為——伊莉莎白肯定寶刀已老。蘇肯定也覺得伊莉莎白・貝斯特可以任她擺布。

但蘇會有很長的時間可以後悔自己看錯了伊莉莎白。

在火車上看著所有昂貴的豪宅，蘭斯真的早該想到的。

珠寶商檢查了這些寶石，邊看邊點頭還邊笑。「這些是好東西，非常好的東西。」他說著。蘭斯是從哪兒得到這些東西的？蘭斯告訴他這是一個親戚過世留下的。

「你有證明文件嗎？」

「恐怕沒有。」

珠寶商聳了聳肩。管他的。他放下了放大鏡。

「真的是好東西。我可以給你三萬鎊。」蘭斯肯定看起來很驚訝，因為珠寶商隨即改口說：「OK、OK，三萬五。」

是了，當然了，蘭斯早該知道的。他早該知道伊莉莎白不會把一百萬鎊，或兩百還是三百萬鎊，留給康妮・強森或任何一個可能趁亂得到鑽石的人。她把一整窩狗仔中最弱小的兩顆給了康妮。兩千萬鎊中的三萬鎊。蘭斯笑了起來。反正他也花不了一百萬鎊。五處每年都會稽查，看人員有沒有異常的花費跟鋪張。這是要確認俄國人或沙烏地阿拉伯人沒有買通你。或確認你沒有順手偷拿了些黑手黨的鑽石。在這種狀況下想支出三百萬鎊，簡直就是不可能的任務。

但花個三萬五千鎊呢？那就易如反掌了。他買下了茹絲那一半的公寓。當然了，她沒有多問他錢是哪來的，因為對茹絲來說，兩萬五千鎊根本微不足道。

那剩下的一萬鎊呢？嗯，他就是靠著那一萬鎊來到了這裡，來到都柏林這個有著橡木飾板跟美麗窗戶，宏偉的房間。咖啡桌上疊著不是拿來看的雜誌，陪著他等待。

他好奇著兩千萬鎊其他的部分怎麼了。伊莉莎白拿那些錢怎麼了？也許她把錢占為己有。所以也許蘇原本可以買通她的嗎？蘭斯覺得不太可能就是了。他在想會不會有朝一日他可以親口問問伊莉莎白。他希望能有那天，他真的希望能再與她相見。

蘭斯從雜誌中拿起了《週日版電訊報》。封面很面熟。「祕寶——英格蘭最美麗的庭園？」還真是祕寶，他在想馬丁．羅麥克斯豪宅最終的新主人會從屋子各處挖出哪些驚喜？

他正要翻閱文章，角落櫃台後那名衣冠楚楚的男士說：「莫里斯醫師可以給您看診了。」

蘭斯站起了身，刻意將手指梳過了髮線。在植髮之前，他想最後一次記住現在的感覺。

「麻煩你們了，」蘭斯說。

第八十四章

希薇亞．芬奇脫下了因為剛剛踩到水坑而顏色變深的麂皮鞋，把椅子朝空蕩蕩的書桌拉近。

她每週進辦公室兩天，如此已延續了大概十年。從她退休起就一直是這樣。她偶爾會休一週，通常是因為她的孩子跟孫子來看她。她沒有自己的辦公桌，他們都是看當天哪裡有位子就安排她坐哪裡。空間很吃緊，錢也很吃緊，希薇亞只是很開心能跟大家一起努力。她很開心可以幫幫這些幫助過她的人。

不論他們把她放在哪裡，她都會拿出丹尼斯的照片，將之靠在她的電腦上。好讓她別忘了自己為什麼來這兒。

她登入了網路銀行。今天的工作是要進行帳戶金額的交叉比對，確認該付來的錢都入帳了，也確認沒有未經授權的錢跑了出去。她偶爾會遇到的異狀是說好要轉的錢沒有入帳，或是某位同仁買午餐用錯了信用卡。真正棘手的狀況從未發生過，但檢查一下總是比較好。

但今天當希薇亞點入主帳戶後，她立刻就發現了一個錯誤。真要說，這個錯誤讓人有點莞爾，這是那種在開心的日子裡，她會一回到家就跟丹尼斯分享的烏龍。

希薇亞撥了電話給銀行，提供了她的資料。銀行小姐重跑了一遍她通報的烏龍，但卻信誓旦旦地表示資料正確無誤。但這不可能啊。希薇亞非常客氣地請坐在辦公桌另外一頭的同事幫自己確認，同事也照辦了。但答案還是一樣。於是希薇亞又多問了一些細節。

希薇亞謝過了麗莎，放下了電話。

大頭們都在會議中。他們八個人圍著一張用小不足以形容其小的圓桌。玻璃會議室的帷幕下半部是白霧狀的，但從上半部透明的部分她可以看到眾人的頭頂，還有擠在角落並站在翻頁掛圖旁，對著數字在指來指去的執行長。

希薇亞從來不曾打斷過他們開會，連在夢裡都不會，真要說。她從來不喜歡成為目光的焦點，也很慶幸會計這個角色鮮少需要打斷會議。但今天的事情她恐怕真的得破個例。

她在螢幕上檢查再檢查。然後在她寫下的資料上檢查再檢查。她最後看了一眼照片上的丹尼斯。她的丈夫，她摯愛的丈夫。先是因為失智症拋下了她，然後永遠地拋下了她。一個死了兩次的男人。勇敢點，希薇亞，丹尼斯在妳身旁。

隨著會議室門口愈來愈近，她開始能聽見交頭接耳的討論聲，尷尬也開始發作。她在門外打住了腳步。進了門的她，在眾人眼中會是什麼模樣呢？一個傻不隆咚、又瘦又乾的老女人嗎？希薇亞，那個來的時候會問聲早，桌上放著過世老公的照片，然後到晚上下班前都不會再說一句話的女人？希薇亞？那個每次有人要給她茶喝就會舉起她熱水瓶表示她有的女人？希薇亞？那個毛衣跟裙子永遠搭不起來的女人？嗯，她想她改變不了自己是誰，而這事非同小可。希薇亞敲起門來。

門後頓了一拍，然後就聽見一聲：「是，請進。」

希薇亞推開了會議室的門，圓桌邊的七張臉跟掛圖旁的一張臉，通通朝她轉了過來。她一下子感覺有點眼花撩亂。掛圖上印著基金會的標誌。「與失智症共存——與愛共存」。他們不遺餘力幫助過她跟丹尼斯，而她也全力以赴地回報了。她出不了錢，所以她就出時間跟力氣。她看著眼前的他們在等著她開口。所以管他的，拚了。

「打斷各位開會真的非常非常不好意思，」她說。「但我想問這裡有沒有哪位知道安特衛普匯來的兩千萬鎊是怎麼回事？」

致謝

喲，喲，喲，喲，喲，讓各位久等了，《死了兩次的男人》上台一鞠躬。

大家還喜歡這個結局吧？我三十年前讀過一本作品，當時作者就是用全書的最後一句話補滿了整個故事的拼圖，自此我對這種鋪陳的創意就念念不忘。

在那本書中，身為讀者的我們到了最後一行，才獲悉壞蛋整本書一直帶在身上的那個包裹裡裝的是希特勒被冷凍保存起來的大腦。我當時並不知道三十年後，這種特定的「真相大白」之術會被用在這本書裡，但總之我就是一直把這種伏筆的埋法記在了心裡。

回想起來，《週四謀殺俱樂部》的最後一行是在講鵝莓奶酥蛋糕，所以我真心覺得自己作為一名作家，我成長了。

好的，致謝是吧。老樣子，我有一堆人要感謝。雖然我再三向出版方要求，但最終他們還是不肯讓我用滿分十分幫人打分數，分數愈高的幫我愈多，所以我就還是用傳統的流水帳把名字一一列出吧。

感謝我超棒的編輯，凱蒂．洛夫特斯（Katy Loftus），感謝不可或缺的智慧與熱情可以在她身上合體，也感謝她經常把「朗恩真的會這樣說話嗎？」這問題掛在嘴上。好的編輯帶你上天堂，而凱蒂是天堂的頭等艙。我一定是有燒好香才能跟維京出版社（Viking；屬於企鵝出版集團）的超強團隊合作，主要是我們在《週四謀殺俱樂部》發行時就都玩到欲罷不能，而我真的很高興看到原班人馬能在《死了兩次的男人》重聚。奧莉薇亞．米德（Olivia

Mead）與克蘿伊・戴維斯（Chloe Davies）、喬治婭・泰勒（Georgia Taylor）、艾莉・哈德森（Ellie Hudson）、艾蜜莉亞・費爾尼（Amelia Fairney）與薇琪・莫伊納斯（Vikki Moynes），妳們都非常非常#週四謀殺俱樂部。

感謝無與倫比的銷售團隊，還有帶領你們的山姆・法納肯（Sam Fanaken），話說山姆每次出現，都會帶來一山還有一山高的銷售數據，加上一大還有一大大，感覺見鬼了的眼睛。同時我要特別感謝理查・布雷沃利提供了我將來萬一打算以英國空降特勤隊（SAS）為題創作驚悚小說時，一個可以用上的現成筆名。此外我要感謝的還有DeadGood團隊、理查・布雷沃利（Richard Bravery）與喬艾爾・荷蘭（Joel Holland）操刀的書封無懈可擊，PageTurners團隊，讓人驚艷無比的有聲書團隊，以及企鵝出版英國官網的山姆・帕克（Sam Parker），乃至於所向披靡的安妮・安德伍德（Annie Underwood）。

維京出版社部分我要感謝的最後兩位是娜塔莉・沃爾（Natalie Wall）跟大師級的文字校對崔佛・霍爾伍德（Trevor Horwood）。崔佛，我剛剛才寫了一個用And開頭的句子，有關係嗎？再跟我說。

說巧不巧，巴拉克・歐巴馬（Barack Obama，前美國總統）的出版社也是維京，但你在接待會上從來都看不到他。

我很幸運能擁有一位無可挑剔的版權經紀人，茱麗葉・慕慎思（Juliet Mushens）。在我合作過的人當中，鮮少有人能把專業跟熱血結合得如此完美。謝謝妳所做的一切，茱麗葉，沒有妳就沒有我。也謝謝優秀的麗莎・狄布拉克（Liza DeBlock）。麗莎原本是茱麗葉的助理，但隨著她一天天愈來愈資深，麗莎很快就會一句話都不跟我說了。

於我有恩的還有我的美國團隊，潘蜜拉・多爾曼（Pamela Dorman）、潔拉米・歐爾頓（Jeramie Orton）、珍妮・班特（Jenny Bent）、克里斯提娜・法扎阿拉洛（Kristina Fazzalaro）、諾拉・艾莉絲・德米克（Nora Alice Demick）與瑪莉・米雪兒絲（Marie Michels）。潘蜜拉告訴我說我不能叫這本書《下個星期四》，而在這一點跟在許多其他點上一樣，她都是對的。潘蜜拉跟她的團隊又優秀，又很支持我，所以只要規定一解禁，我就會飛過去當面感謝他們。

我還很幸運能邂逅許許多多國外的出版社。我非常開心能有你們為我把這個有著濃濃英國味的故事帶到世界各地，同時喬伊絲在中國紅了。我在想她對此會做何感想？

我深深的感激要獻給馬克・畢林漢（Mark Billingham）、露西・普雷伯（Lucy Prebble）、凱蒂・蕭教授（Katy Shaw）、卡洛琳・凱普尼斯（Caroline Kepnes）、安迪・歐修（Andi Osho）、莎拉・平柏羅（Sarah Pinborough）與安娜貝爾・瓊斯（Annabel Jones）。他們對需要幫助與建議的我總是有求必應。不論我的問題有多小或多蠢，他們總是會有誰跳出來替我解惑。任何作者，乃至於任何一個人，都應該為了有這樣隨叫隨到的火力支援而感到幸運。

針對好幾處具體的情節安排，我也要特別感謝巡迴法官安潔拉・拉弗提御用大律師（HHJ Angela Rafferty QC）與倫敦特委法官馬克・盧克拉弗特御用大律師（Recorder of London HHJ Mark Lucraft QC）。感謝你們在面對我詢問「但這種狀況真的可能發生嗎？」時給了我「是的」的答案。那真的讓我鬆了一口氣。

感謝英國上下所有令人感佩的書商，謝謝你們對我大力支持，還每次我去簽書會都趕緊端上茶跟餅乾。霍夫的城市圖書（City Books）這次在故事裡粉墨登場，但其實此外還有許許多多的遺珠，而將來我保證會在書中介紹更多書店給大家。請支持你家附近的實體書店。「用進廢退」所言不虛。

同時我要感謝所有在封城期間照看我們的所有第一線工作人員。你們的付出將長存大家的心中。

謝謝妳，了不起的拉蜜塔・納瓦伊（Ramita Navai；伊朗裔英國記者、紀錄片與書籍作者，常為了報導以身涉險），讓我得以在這個對我們所有人都非常艱難的一年中保持著清醒與安全。我知道就算到了要進養老村的那天，我們也依舊會是最好的朋友。同時我的感激還要傳達給納法伊一族全體。拉雅（Laya）、拉敏（Ramin）與寶拉（Paola），沒有能像我一樣擁有這麼棒的一群伊朗／哥倫比亞裔好友。另外我要在此特別向一個非常特別的人物致敬，那就是我們在二〇二〇年痛失的好友庫洛什・納瓦伊（Kourosh Navai）。你的機鋒與魅力、你的敦厚與堅毅，還有你的玩心與忠心，庫洛什，都會讓你以榮譽會員的身分，在週四謀殺俱樂部裡永遠有一席之地。

最後照例我要感謝家人。我要謝謝母親給我的愛與支持，也謝謝她讓我有取之不盡的題材可發揮。謝謝麥特（Mat）與阿妮莎（Anissa），還有珍・萊特（Jan Wright），你們對我都是非同小可的存在，我平日應該多跟你們講的。我在第一集的最後感謝過我最親愛的外公外婆弗來德（Fred）與潔希（Jessie），而我這次還要。事實上只要我手上還有筆在寫的一天，我就會永遠感謝他們下去。

最後的最後我要感謝我的孩子們。我知道我書一開始已經把這本續集獻給你們了，但你們實在是我這輩子所遇過最美好的事物，就連富勒姆以四比一的進球數踢贏了尤文圖斯[197]都比不上。愛你們。

---

197 二〇一〇年三月十八日，在由歐洲各職業足球球會參與的歐聯杯賽事中（由歐洲足聯主辦並以球會為單位進行的歐洲聯賽以歐冠杯為第一級，歐聯杯屬於第二級），英格蘭的富勒姆爆冷以四比一擊敗了義甲強權尤文圖斯，殺進前八強，成就了球迷心中的一場經典賽事。富勒姆最終在該屆比賽中得到亞軍的佳績。

臉譜小說選 FR6592

死了兩次的男人：週四謀殺俱樂部2

The Man Who Died Twice

原著作者 理察・歐斯曼 Richard Osman
譯　　者 鄭煥昇
書封設計 蕭旭芳
責任編輯 廖培穎
行銷企畫 陳彩玉
業　　務 陳紫晴、林佩瑜、葉晉源

出　　版 臉譜出版
發 行 人 凃玉雲
總 經 理 陳逸瑛
編輯總監 劉麗真
城邦文化事業股份有限公司
台北市民生東路二段141號5樓
電話：886-2-25007696　傳真：886-2-25001952

城邦讀書花園
www.cite.com.tw

發　　行 英屬蓋曼群島商家庭傳媒股份有限公司城邦分公司
台北市中山區民生東路141號11樓
客服專線：02-25007718；25007719
24小時傳真專線：02-25001990；25001991
服務時間：週一至週五上午09:30-12:00；下午13:30-17:00
劃撥帳號：19863813　戶名：書虫股份有限公司
讀者服務信箱：service@readingclub.com.tw
城邦網址：http://www.cite.com.tw

香港發行所 城邦（香港）出版集團有限公司
香港灣仔駱克道193號東超商業中心1樓
電話：852-25086231　傳真：852-25789337

馬新發行所 城邦（馬新）出版集團
Cite（M）Sdn. Bhd.
41, Jalan Radin Anum, Bandar Baru Sri Petaling,
57000 Kuala Lumpur, Malaysia.
電話：603-90563833　傳真：603-90576622
電子信箱：services@cite.my

一版一刷 2021年10月
I S B N 978-626-315-184-0

售價：450元
（本書如有缺頁、破損、倒裝，請寄回更換）

國家圖書館出版品預行編目資料

死了兩次的男人：週四謀殺俱樂部2／理察・歐斯曼（Richard Osman）著；鄭煥昇譯. -- 一版. -- 臺北市：臉譜出版：英屬蓋曼群島商家庭傳媒股份有限公司城邦分公司發行, 2021.10
面；　公分. --（臉譜小說選；FR6591）
譯自：The Man Who Died Twice
ISBN 978-626-315-184-0（平裝）